Rebeldia Perdida

Série Aliança de Sangue — Livro 04

Tradução
ANDRÉIA BARBOZA

AUTORA BESTSELLER DO USA TODAY

LEXI C. FOSS

Rebeldia Perdida
Série Aliança de Sangue — Livro 04
Lexi C. Foss

Copyright de Rebel Bitten © Lexi C. Foss, 2020.
Copyright da tradução © 2020 por Andreia Barboza.
Copidesque da tradução: Luizyana Poletto.

eBook ISBN: 978-1-950694-72-3
Capa Comum ISBN: 978-1-950694-85-3

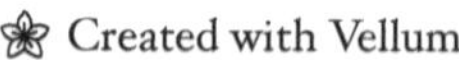 Created with Vellum

— Você está flertando com a morte, linda? — Ryder me perguntou, arqueando a sobrancelha.

Seus olhos escuros tinham um toque de diversão que não correspondia à mão ameaçadora em volta do meu pescoço. Talvez isso o divertisse – minha fraqueza e morte iminente. Um vampiro típico.

Isso me fez querer desafiá-lo, não por não dizer meu nome, mas por dar um apelido, para mostrar a ele que há anos vivo em um mundo desafiador. Que sua opressão não significava nada para mim. Que eu superaria mais essa, mesmo que morresse.

— Willow — murmurei, a falta de ar tornando impossível falar mais alto.

Seu olhar caiu para meus lábios.

— Diga de novo.

— Willow — repeti. Então ofeguei violentamente quando ele afrouxou o aperto em minha garganta.

— Mais uma vez — ele exigiu.

— Willow. — Desta vez, a voz saiu mais forte, meus pulmões queimando enquanto o oxigênio, tão necessário, entrava pelas minhas vias aéreas.

— Willow — ele disse como se experimentasse o som. — Sim, eu gosto.

Ele passou o polegar pelo meu pescoço, com o corpo sólido e duro contra o meu.

— O que vou fazer com você? — ele se perguntou, olhando para onde meus seios encontravam seu peito. Suas pupilas dilataram, assim como as narinas quando ele sentiu meu cheiro.

Engoli em seco, sentindo a garganta queimar.

— Você me intriga, escrava — ele finalmente disse. — Sugiro que continue assim. É a única razão pela qual você ainda está viva.

Eu não sabia o que dizer. Como reagir. Para onde olhar.

Então continuei olhando em seus olhos insondáveis, aquelas íris escuras e hipnóticas que não revelavam nada.

Idade e experiência fluíam dele.

Este vampiro era antigo.

Letal.

Da realeza.

E ele afirmou que eu o intrigava. O que é que eu deveria fazer com essa informação?

À Tracey, pela amizade e por sempre me fazer sorrir. Seu Jace é o próximo. <3
E para Wendy, espero ter feito justiça ao seu Ryder. ;)

Rebeldia Perdida

Série Aliança de Sangue — Livro 04

Houve um tempo em que a humanidade governava o mundo enquanto lycans e vampiros viviam em segredo.
Esse tempo já passou.

Willow

Estão me perseguindo até nos meus sonhos.
E quando acordo, eu o vejo. Olhos negros impressionantes, com uma pontada de maldade. Ele é meu salvador e meu pior pesadelo juntos.
Porque ele é meu dono.
Ele me encontrou.
Ele me salvou.
Mas não quero ter dono. Quero ser livre. Mesmo que isso me mate.

Ryder

Eu precisava de uma diversão, um brinquedo, algo para me distrair desse tédio perpétuo. E ela apareceu como se o Todo-Poderoso tivesse ouvido minhas orações.
Ou, mais precisamente, o diabo.
Porque não sou um homem bom. A humanidade morreu dentro de mim há muito tempo. Precisei disso para sobreviver.
Mas ela é tão bonita. Acho que vou mantê-la e fazê-la minha.
Pelo menos por um tempo. Afinal, os seres humanos são frágeis demais.

Bem-vindo à região de Ryder.
Pode não ser minha ainda, mas será em breve.
Pois não vivi tanto tempo sendo bonzinho.
Eu prefiro morder.

Caro leitor,

Obrigada por se juntar a mim nesta jornada pelo futuro. É um lugar sombrio, depravado e muito divertido de brincar. A história de Willow e Ryder foi a primeira que me veio à mente quando comecei o mundo da Aliança de Sangue, mas à medida que descobri mais sobre eles, percebi que não poderiam liderar a série.

Por quê? Porque Ryder é assustador. Ele é assumidamente sádico, não tem qualquer toque de humanidade e não é um homem que eu gostaria de irritar. Ele é a epítome do vampiro: um monstro da noite que vê os humanos mais como comida do que como seres. E isso é nítido em sua voz.

No entanto, de alguma forma, ele é exatamente o que Willow precisa. Ele até me faz desmaiar em alguns pontos.

Espero que você goste da história deles. Eu também adoraria saber o que você acha sobre Ryder e Willow quando terminar a leitura, seja através de uma resenha ou por meio de comentários em meu grupo de leitores do Facebook!

Ótima leitura! <3

Abraços,
Lexi

Ps. Assine minha newsletter para receber trechos exclusivos, notícias de lançamentos e muito mais!

Houve um tempo em que a humanidade governava o mundo enquanto lycans e vampiros viviam em segredo.

Esse tempo já passou.

Bem-vindo ao futuro, onde as linhagens superiores fazem as regras.

Prossiga por sua conta e risco.

A Aliança de Sangue

O direito internacional substitui toda a governança nacional e será mantido pela Aliança de Sangue — um conselho global dividido em partes iguais entre lycans e vampiros.

Todos os recursos devem ser distribuídos igualmente entre lycans e vampiros, incluindo território e escravos de sangue. No entanto, a posição social e a riqueza ficarão a critério de cada grupos e casas.

Matar, machucar ou provocar um ser superior é passível de punição com morte imediata. Todas as disputas devem ser apresentadas à Aliança de Sangue para julgamento final.

Relações sexuais entre lycans e vampiros são estritamente proibidas. No entanto, parcerias de negócios, quando proveitosas e adequadas, são permitidas.

Os seres humanos são classificados como propriedade e não possuem direitos legais. Cada um será marcado através de um sistema de classificação com base no mérito, inteligência, linhagem, habilidade e beleza. Priorização a ser estabelecida no nascimento e finalizada no Dia do Sangue.

Por ano, doze mortais serão selecionados para competir pelo status imortal do sangue, a critério da Aliança de Sangue. Desses doze, dois serão mordidos para a imortalidade. Os outros vão morrer. Criar um lycan ou vampiro fora desse processo é ilegal e passível de punição com a morte imediata.

Todas as outras leis ficam a critério dos grupos e da realeza, mas não devem desafiar a Aliança de Sangue.

Prólogo

Um Aviso de Ryder

TUDO BEM, AQUI ESTÁ A QUESTÃO: EU NÃO SOU HERÓI. NÃO sou um cara bom. Nem sou um príncipe. Bem, tecnicamente, essa última parte é mentira, considerando que estou atuando como realeza temporária da Região de Silvano – que, em breve, será renomeada como Região de Ryder porque, vamos encarar, soa muito melhor.

De qualquer forma, como eu estava dizendo, não sou um cavaleiro de armadura brilhante. Se você quer uma espécie de herói pretensioso, vá falar com o Jace. Ouvi dizer que ele é bom em salvar pessoas.

Eu sou mais prático. Se alguém ficar no meu caminho, eu tiro. De forma permanente. Se algo me diverte, eu brinco. O que me leva ao ponto central da história.

Willow.

Ah, Willow.

Ela é uma coisinha linda. Meio destruída pelo tempo que passou com os lobos, mas eu vejo a beleza em seu estado danificado. E não tenho nenhum desejo de melhorar suas imperfeições. Na verdade, desejo explorá-las. Usá-las. Transformá-la em um brinquedo danificado projetado apenas para o meu prazer.

Então, se você está procurando uma história com felicidade e flores, este não é o livro.

Sou um ser brutal.

Vivi sozinho por mais de um século por uma razão.

E não sou fã da besteira política que assola os imortais.

Este mundo é sombrio. Humanos são escravos. Vampiros e lycans fazem as regras (porque somos a espécie superior). Tem sido assim desde a revolução, há cento e dezessete anos, e não parece haver um fim à vista.

A menos que alguém apareça e lute.

Duvido que eu seja esse homem. Mas, ei, a Aliança de Sangue está cheia de surpresas. Então vamos dançar conforme a música, não é?

Bem-vindo à minha cabeça.

É um lugar perigoso.

Não diga que não avisei. Porque avisei. E a prova disso está nesta página.

Willow

Dor.

Muita. Dor.

Tentei me mover, gritar, implorar para que parassem, mas nada funcionou. Nem meus lábios. Nem minha garganta. Nem mesmo meus pulmões. Eu era prisioneira em meu próprio corpo, sentindo cada agressão torturante enquanto me rasgavam ao meio.

As drogas me anestesiavam o suficiente para impedir que o conceito de realidade rompesse minha mente. No entanto, senti cada estímulo. Cada ataque de suas garras. Cada golpe de língua.

Algo estava muito errado.

Geralmente, eles vinham um de cada vez, cheirando a álcool e fumaça.

Mas o fedor do álcool era diferente desta vez, os toques eram mais fortes e extraíam sangue.

— Ela está caindo — um deles falou.

— Não brinca, idiota — outro sibilou.

— Sumam daqui — um terceiro disse — Agora.

Tentei abrir os olhos, ver meus agressores e descobrir o que havia mudado. Eles sempre me mantiveram lúcida o suficiente para *senti-los*, para forçar minha participação involuntária nesta dança miserável com o destino.

No entanto, agora eu estava flutuando.

Alto, alto, muito acima do solo.

Humm, isso é bom. Uma nuvem de felicidade e nada. Tão escuro. Tão sombrio. Tão eu.

Uma descarga elétrica atingiu minhas veias, me forçando a voltar à consciência e meu destino era uma mancha escura no horizonte.

Não, não, não.

Não quero estar aqui.

Não quero ver.

Por favor, não me obrigue. Por favor!

Grunhidos penetraram em meus ouvidos e uma agonia excruciante rasgou minhas entranhas. Era demais. Abri os olhos. A luz surpreendente da sala ligou um interruptor dentro da minha cabeça. Íris verdes brilhantes cintilaram para mim e seu prazer selvagem era palpável e dominador.

Tudo ficou silencioso. O único som era a batida do meu próprio coração.

Olhei em volta, procurando pelos perpetradores e me encontrando sozinha em um mar vermelho-sangue e branco.

A porta estava aberta, iluminando um corredor de pedra escura.

Onde estou?, me perguntei, engolindo com dificuldade e estremecendo com a sensação de lixa na minha garganta. *Esta não é minha gaiola.*

Este lugar me fez lembrar de uma sala de exame médico, semelhante às que eu visitava mensalmente na universidade. Eles colheram amostras de novo?

Não. Fiz uma careta. *Eu não estou mais na universidade. Mas onde estou?*

Então olhei para o meu abdômen e um grito ameaçou escapar da minha boca. Coloquei a mão sobre meus lábios antes que pudesse soltá-lo e pontos pretos dançaram diante dos meus olhos com a horrível exibição em meu corpo.

Marcas de garras.

Mordidas.

Sangue.

Ah, deusa... eles tentaram me *comer. Merda de lycans*!

Eu queria massacrar todos eles.

Queimar este mundo inteiro até não sobrar nada.

Eu deveria ter sido uma Vigília. Não, deveria ter ido para a Copa Imortal. Não para os campos de reprodução.

Meu estômago embrulhou quando me inclinei para vomitar no piso vinílico. Não saiu nada, apenas uma queimadura ácida.

Este lugar parecia o pior tipo de pesadelo, e eu nem sabia há quanto tempo estava aqui por causa das drogas.

Mas eu estava totalmente lúcida agora.

Por quê?

Eles me deixaram aqui nesta poça de sangue para morrer?

Merda. Eu não tinha sobrevivido a essa existência horrível para encontrar meu fim em uma mesa de algum laboratório totalmente branco.

A porta, pensei, olhando para ela de novo. *Ainda está aberta*.

Uma parte de mim esperava que se fechasse, para minha mente pregar uma peça maligna em mim sobre uma possível fuga. Porque não havia como evitar esta vida.

Humanos eram gado.

Presas.

A parte inferior da cadeia alimentar.

Lycans e vampiros governavam. Faziam os decretos. Escolhiam nossos destinos. Foram eles que me mandaram para *cá*.

Eu os odiava. Queria massacrar todos eles. Uma fantasia falsa, que eu sabia que não poderia ser realizada. Eles eram muito fortes. Sobrenaturais. *Imortais*. Mas uma garota podia sonhar, e eu sonhava.

A porta, pensei de novo, saindo da mesa. *Ainda. Aberta*.

Só pode ser um truque. Um jogo. Talvez os lycans tenham decidido me convidar para uma caçada lunar.

Estremeci com a ideia. *Não, obrigada.*

Mas e se eu fugir?

Minhas pernas estavam boa.

Morrer com dignidade não seria melhor do que sucumbir ao destino nesta mesa?, me perguntei, delirando um pouco com a ideia de correr. Isso me deixaria exausta. Provavelmente me mataria. Mas seria melhor que ser comida até a morte.

E era exatamente isso que aconteceria se eu ficasse aqui, sob a custódia desses lycans.

Reprodução era a última coisa que eu queria.

Eles poderiam procriar seus próprios lobos. Meu corpo era meu. Agora e sempre.

Prove, uma voz sombria sussurrou na minha cabeça. *Fuja.*

E vou para onde?, me perguntei.

Qualquer lugar é melhor que isso.

Gemi e meu estômago revirou com uma nova onda de sofrimento. Me enrolei em uma bola e imediatamente me arrependi, sentindo minhas entranhas pulsarem.

Vou morrer, percebi, meu sangue de repente queimava diante desse pensamento. *Vou morrer nesta porcaria de mesa. Nesta merda de sala. Sozinha.*

Um grunhido saiu da minha garganta ferida com a injustiça de tudo isso.

Eu havia me esforçado muito pela minha posição neste mundo. Ser relegada ao campo de reprodução foi um grande tapa na cara. O fato de esses animais terem me transformado em uma pilha de carne crua só me irritava mais.

Não.

Eu não morreria assim.

Aqui, não.

Veria o sol pelo menos mais uma vez. Os lycans que se fodessem. Dane-se tudo isso.

Um grito ficou preso na minha garganta quando me forcei a

rolar para fora da mesa e ficar de pé, mas meus joelhos travaram, me segurando.

Os hematomas em minhas coxas latejavam a cada passo em direção à porta enquanto uma substância pegajosa escorria pelas minhas pernas. *Sangue. Meu sangue.*

— Se mexa — sussurrei para mim mesma. — Não pense. Apenas corra. — Mal reconheci minha voz. Era um som áspero que os lycans provavelmente ouviram. Mas o corredor estava vazio.

Não reconheci esta parte do complexo. Não havia nada nas pareces, mas tinha muitas salas de exame.

Me fez lembrar de uma enfermaria de hospital.

No entanto, a que visitei na universidade depois de um acidente tinha muito mais movimento. Silas tinha me furado durante um exercício de *sparring*, sua faca passou perto demais das minhas costelas e fez um corte feio. Ele se sentiu muito mal depois, mas eu me curei.

Olhei para baixo. Não tenho certeza de vou me curar disso.

Minha palma estava vermelha, meus dedos mais fechados que abertos. As marcas de garras em minha pele eram horríveis.

Ninguém me parou quando cheguei à saída.

Os alarmes não tocaram quando saí, e fui recebida pela lua e não pelo sol. Estremeci, observando o tamanho dela. *Por favor, não fique cheia.* Se eles tiverem me libertado só para me perseguir... *ah, deusa, não.* Eu lutaria contra eles. Cairia gritando. Não me importava mais. Me recusava a ser estuprada e usada novamente. Para *procriar.*

Merda!

Comecei a correr, a adrenalina disparando pelo meu corpo e me fazendo desabar.

Descendo, descendo, descendo até a margem do rio.

O mundo mudou enquanto rolei violentamente para a água fria. Eu nem tinha certeza de como cheguei tão longe, a lembrança dos últimos minutos passando pela minha cabeça.

Isso é a morte.

Os momentos finais.

Não! Continue. Correndo.

O mal cheiro me fez lembrar do inferno. Turvo. Nojento. Espesso.

Coloquei a mão na barriga, a lama se misturando com minhas feridas.

Talvez isso pudesse impedir os lycans de me comer mais tarde.

Corra. Corra. Corra.

Tudo estava girando. O mundo. Minha vida. Muito sangue. Eu me virei, assustada com a luz que vinha de cima, apenas para perceber que era a lua. Senti a histeria tomar meus pensamentos por um breve momento.

Então, continuei correndo.

Não sei para onde ir.

Apenas corra, corra, corra.

O ar quente me manteve viva, a água e a lama formaram uma espécie de casulo cobrindo minha pele. Este mundo era um pesadelo. O que fiz para merecer esse destino? Estudei muito.

— Eu não deveria estar aqui — murmurei para mim mesma, novamente olhando ao redor e não encontrando nada além de árvores, céu infinito e rio.

Meus pés estavam dormentes.

Cortes.

Machucado.

Tudo em mim se retorceu.

Mas o canto se repetiu. *Corra. Corra. Corra.*

Eu não podia desistir. Não sabia do que estava correndo.

Até que uma voz ecoou. Paralisei. O tom sombrio provocou um arrepio de pressentimento pela minha espinha. *Os lycans. A caçada à lua. Eles estão aqui. Eles me encontraram. E vão me comer!*

Comecei a correr, mas tive o braço preso por um agressor.

Me balancei com todas as forças, usando meu treinamento como último recurso.

Corra, corra, corra, se tornou *lute, lute, lute*.

Bati com o joelho em sua virilha e o som de surpresa soou como música para meus ouvidos. Em seguida, outro tentou me agarrar por trás. Reagi, dobrando meus instintos, chutando, mordendo, rosnando, gritando e me tornando a presa menos atraente que se possa imaginar. Eu os faria me matar antes de me submeter a mais desse tormento.

Uma cotovelada ao lado da minha cabeça me fez cambalear.

Um xingamento masculino ecoou no ar.

Seguido por uma série de estrelas dançando diante dos meus olhos.

Cai, cai, cai.

Desta vez, caí na margem lamacenta, não na água.

Espero que me deixem afogar, pensei enquanto meu mundo começava a girar. *Me deixem me afogar.*

Ryder

Fiquei boquiaberto com a humana esfarrapada absorvendo a lama como se fosse oxigênio aos meus pés.

— O que foi que aconteceu?

— Parece que alguém acabou de perder um brinquedo — Damien falou devagar, cruzando os braços e semicerrou os olhos cor de caramelo.

Sim, um brinquedo que quase estragou minhas partes baixas com aquele soco cruel na virilha. Se eu não tivesse virado a coxa no segundo exato, teria caído de joelhos – um feito que ninguém havia realizado em séculos. Nem mesmo Damien.

A mulher sibilou, com a consciência oscilando entre a vida e a morte. Mais um minuto naquela posição e ela se afogaria. Talvez até menos. Ela não estava na melhor forma, mas lutou muito. Não que Damien e eu estivéssemos tentando machucá-la – ficamos muito surpresos com sua aparição repentina para reagirmos.

No entanto, ela veio até nós como uma mulher selvagem, o que achei admirável. *Humm.*

Olhei para Damien.

— De qualquer forma, como eu estava dizendo, Lilith me promoveu a realeza temporária da região de Silvano.

Meu melhor amigo arqueou uma sobrancelha escura para mim.

— Isso é para ser uma punição?

— Tenho certeza de que é mais uma punição para ela do que para mim — respondi em tom divertido. — O que acha? Devo manter a região de Silvano como minha?

— Acredito que alguns ficarão descontentes com essa decisão.

— O que só a torna mais atraente — admiti quando a mortal começou a engasgar para valer no chão. — Esse não é um barulho muito atraente — informei a ela.

— Devemos acabar com o sofrimento dela? — Damien perguntou, seguindo meu olhar. — Parece um pouco triste.

Inclinei a cabeça para o lado, observando-a.

— Ela tem um senso de luta dentro razoável de si. Ouvi dizer que isso é raro hoje em dia.

— É — ele respondeu. Como Damien passava mais tempo com a sociedade atual do que eu, levei suas palavras a sério e me agachei ao lado da mulher fragilizada. Seu olhar encontrou o meu e chamas azuis cintilaram em suas íris.

Muita raiva.

Dor.

Desejo de vingança.

Todas as emoções eu entendia muito bem.

Suas pupilas dilataram quando a alcancei, puxando-a apenas o suficiente para tirar sua boca e nariz da lama.

— Parece cruel torturá-la — Damien apontou.

— Sim, mas estou curioso para ver quanto tempo esses instinto vai durar. — Algo sobre ela me intrigou. E já fazia muito tempo que eu não encontrava nada remotamente interessante nesta vida. — Eu te disse que o Kylan cortou a cabeça do Silvano? — perguntei a Damien, com o foco ainda na mulher cuspindo.

— Deve ter sido uma visão fascinante.

— Foi — admiti. E, ainda assim, essa humana me cativou mais. Particularmente quando ela fez uma careta ameaçadora adorável para mim. — Você é uma guerreira mesmo, não é? — Eu a virei de costas, então olhei para Damien. — A propósito, tem algo estranho acontecendo com o Kylan e o Jace. Quero saber o que é.

— Estranho como?

— Eles estavam se dando bem. — Tirei uma mecha de cabelo enlameado do rosto da mulher, querendo ver suas feições. — E o Kylan não se dá bem com ninguém.

— Vou investigar.

— Vou precisar de um levantamento da região também. Uma lista de quem pode se opor à minha liderança. — Eu não tinha certeza se pretendia permanecer como membro da realeza ou não, mas ter esses detalhes com certeza me ajudaria a tomar uma decisão apropriada.

— Algo mais? — Damien perguntou.

A mulher começou a tossir e seus olhos perderam o brilho com cada vibração.

— Não — disse a ele. — Acho que é tudo por enquanto. — Franzi a sobrancelha enquanto observava a vida entrar e sair da sua existência.

Os humanos eram muito lamentáveis.

Submissos.

Fracos.

No entanto, ela tentou lutar comigo. Seria ridículo se não fosse tão triste. Passei os dedos por seu cabelo loiro emaranhado. *Como ela seria em outra realidade?*, me perguntei, passando as costas dos dedos pela sua bochecha.

— Morrer ao lado do rio Sabine — eu disse, balançando a cabeça. — Não é o local de sepultamento que eu escolheria.

Damien grunhiu.

— O corpo dela terá desaparecido pela manhã. Se não for um lobo, um jacaré vai cuidar disso.

— Humm. — Comecei a me levantar quando vi um lampejo de algo em seu olhar que me prendeu mais uma vez. Um brilho dourado. Como um lobo. Desapareceu em um flash, mas a guerreira permaneceu mais uma vez. Um massacre me encarou de volta. Uma promessa de morte. Uma sedução que não pude ignorar. — Tudo bem, humana. — Peguei-a no colo com facilidade.

— O que você está fazendo? — Damien perguntou, franzindo o nariz com o mal cheiro que emanava da garota. — Planeja devolvê-la?

— Por que eu faria isso? — Parecia um desperdício devolvê-la aos lobos. — Vou ficar com ela.

— O quê? Por quê?

Dei de ombros.

— Ela é engraçada.

— Ela está morrendo.

— Sim — concordei, olhando para ela novamente. — Parece um desperdício de sangue, se você me perguntar.

Damien parecia ter engolido um sapo.

— Você é doente, Ryder.

Nunca neguei isso. Na verdade, assumo a reputação. Havia uma razão para eu não lidar bem com os outros.

— Me ligue quando tiver as informações de que preciso — disse a ele ao começar a descer a estrada perto da margem do rio.

— Tente não pegar nenhuma doença — ele falou para mim.

— Ela é humana, não um guaxinim — respondi. Não que vampiros pudessem pegar doenças zoonóticas ou qualquer outra.

— Parece mais um rato — eu o ouvi murmurar antes de abrir a porta do seu veículo. Ele dirigia um daqueles quatro por quatro, do tipo que fazia muito barulho quando acelerava. Eu tinha alguns na garagem, a maioria com mais de um século.

Uma das vantagens de viver no campo era ter espaço de armazenamento adequado. Eu tinha recursos mais do que suficientes para viver sozinho por mais alguns séculos. O mundo estava uma merda há cento e dezessete anos, quando vampiros e lycans assumiram o controle e rebaixaram os humanos à posição de gado.

Eu não queria nada disso.

Concordo que vampiros e lycans são espécies superiores? Claro que sim. Estamos no topo da cadeia alimentar. Mas isso não significa que imaginei transformar minha presa em coelhinho manso. Que diversão havia em caçar um roedor quando costumávamos caçar tigres?

Seduzir mulheres foi um passatempo divertido.

Agora, elas só se ajoelhavam como boas garotinhas e chupavam paus no piloto automático.

Foda-se. Isso.

Eu queria fazer valer a pena. Fazer minha conquista clamar por mais, não só chorar porque doía. Bem, eu não era contra isso, mas preferia uma combinação das duas coisas.

— E você, pequena guerreira? — perguntei à mulher em meus braços quando cheguei na entrada da garagem. — Como chupa um pau?

Ela revirou os olhos, tornando uma resposta impossível.

Mal estava respirando.

Suspirei.

— Não é mais divertido — disse a ela. — Vocês, mortais, estão condicionados a se curvar e aceitar. O que tem suas recompensas e benefícios, mas tira o entusiasmo das coisas.

Subi as escadas da varanda de dois em dois degraus, depois abri a porta com o pé.

Os alarmes que eu tinha armado não dispararam, já que a tecnologia reconhecia meu corpo escaneado na entrada. Fiz uma pausa, tentando ouvir qualquer coisa fora do comum, mas encontrei tudo calmo e silencioso. Do jeito que eu gostava.

Quase sorri até me lembrar do motivo pelo qual deixei meu santuário há quase uma semana.

Merda de Silvano.

Ele passou pelo meu quintal como um rei, disparando todos

os alarmes ao longo do caminho. Fiquei tão chateado que o segui até o Clã Clemente só para ver o que ele estava fazendo.

Quando o inferno começou, até que me diverti com a luta.

Um grande erro – algo que descobri no segundo em que Lilith chegou. Essa vadia se achava uma deusa.

— A única coisa real sobre a Lilith é sua torre luxuosa em Chicago — murmurei, descendo as escadas para o porão. — E isso ficaria melhor como uma pilha de entulho.

A hierarquia deste mundo não fazia sentido.

E agora, eu fazia parte disso.

Talvez Damien estivesse certo sobre esse ser meu castigo.

Bem, eu certamente faria da vida de Lilith um inferno, só por diversão.

Também foi ideia minha dar um passo à frente, principalmente porque eu não queria aquela vadia em qualquer lugar perto da minha propriedade.

Por que todos a idolatravam? Ela era só uma vampira comum e ainda mais jovem. Pelo menos, quando comparada a mim e a Kylan. E a Cam.

Onde é que o Cam está?

Não acreditei nem por um segundo que ele estava morto.

Aquele idiota está no fundo de uma cova em algum lugar, apenas esperando para ser encontrado. Sua *Erosita* está viva e respirando no Clã Majestic, algo que ninguém mais parecia notar. Mas eu notei. Assim como reconheci uma trama se formando entre Jace e Kylan. Felizmente, isso envolveria a morte de Lilith.

A mulher em meus braços se engasgou, não de surpresa, mas em um último esforço para se salvar.

— Certo. — Me ajoelhei e a coloquei no chão de concreto. — Agora, o que vou fazer com você?

Passei o dedo ao longo do seu pescoço, em seguida, desci por seu esterno até as marcas irregulares em seu estômago. Parecia que alguém tinha feito uma cirurgia nela com dentes e garras em vez de equipamento cirúrgico adequado.

— Você veio do acampamento de reprodução — adivinhei. Minha propriedade, infelizmente, fazia fronteira com a fazenda usada para criar mais lycans do Clã Clemente. *Será que Edon continuaria com a prática?*, me perguntei. Algo sobre o novo alfa me pareceu diferente dos outros de sua espécie. Ele parecia quase humanizado.

Observar sua liderança poderia ser interessante.

Não que eu me importasse o suficiente para realmente me envolver.

Claro, se eu permanecesse na realeza, não teria escolha.

— Tantas decisões — refleti em voz alta, avaliando os ferimentos da pequena guerreira mais uma vez. Eu podia ver porque os lycans a escolheram para reprodução. Ela tinha bons quadris. Pernas tonificadas. Os seios eram um pouco pequenos, mas algumas calorias resolveriam o problema. O mesmo com as costelas salientes.

— Humm. — Levei meu pulso à boca e o mordi. — Vamos ver o que um pouco do meu sangue faz por você, certo? — Pressionei a ferida aberta em seus lábios, permitindo que minha essência vital se infiltrasse nela. — Você vai precisar engolir, escrava.

Ela não obedeceu de imediato, o que só a fez engasgar.

Soltando o ar de forma dramática, me reposicionei no chão e usei a mão oposta para colocar sua cabeça na minha coxa para um ângulo melhor. Sua garganta começou a funcionar automaticamente, como se seu espírito tivesse assumido o controle e reconhecido o presente que lhe ofereci.

Passei os dedos por seus cabelos enquanto ela se alimentava, sussurrando palavras de encorajamento. Se Damien me visse, ficaria boquiaberto. Porque este não era eu. Parecia a coisa certa a fazer com minha nova escrava.

— Quando você estiver melhor, escolheremos um nome — disse baixinho. — Ou talvez você já tenha um. Por mim, tudo bem. — A menos que fosse algo como Veronica ou Whitney. Eu não me importava muito com elas.

Na verdade, havia muitos nomes dos quais não gostava.

Então talvez eu tivesse que escolher um para ela.

Minha ferida começou a se fechar, então a reabri e pressionei contra seus lábios novamente.

— Continue bebendo — ordenei. — Quando você terminar, vou te dar um banho.

Então eu acabaria comendo-a ou brincando por um tempo.

Dependia de quanto ela se provasse ser divertida.

Para o bem dela, esperava que ela mostrasse mais do que um pouco de fogo. Caso contrário, eu acabaria apagando suas chamas e extinguindo sua vida.

Willow

Frio.

Duro.

Cimento.

Quase gemi ao senti-lo pressionar cada centímetro do meu corpo, a substância amaldiçoando minha existência. Houve tantas vezes que eu só quis rastejar para o concreto e me esconder, mas não consegui. Isso me deixou exposta. Vulnerável. *Sofrida.*

Mas eu não me sentia muito agoniada agora, o que era estranho porque eu poderia dizer que dormi no chão por algum tempo. Normalmente, eu acordava dolorida e cansada após meus cochilos, mas meus membros pareciam vivos hoje. Energizados.

Me estiquei, sentindo os músculos relaxarem e aquecerem em resposta. *Estranho.* Não conseguia me lembrar da última vez que me senti tão viva.

Meus lábios se curvaram.

Na verdade, eu não conseguia me lembrar de muita coisa. Tudo parecia borrado, como se eu tivesse vivido em uma névoa a vida toda e agora estivesse saindo dela.

Devem ser as drogas, pensei, rolando de costas para olhar as barras de ferro sobre a minha cabeça. Arregalei os olhos. *Essas são novas.*

Olhei para a esquerda – mais barras. O mesmo à minha direita.

Estou em uma gaiola.

Não era pequena, talvez três por três, todos os lados expostos ao ar livre. E abaixo de mim, havia uma laje de concreto frio. Nenhuma janela decorava as paredes além da minha prisão e a sala tinha um leve odor almiscarado. Partículas de poeira flutuaram no ar.

Ah, isso é interessante. Semicerrei os olhos para elas, observando enquanto pegavam a luz fraca, suas cores eram como um flash intrigante. Era como se eu nunca tivesse visto poeira antes. Sempre foi tão hipnotizante?

E minha pele sempre foi tão macia?, me perguntei enquanto meus dedos roçavam a coxa nua. Passei as unhas sobre meus quadris até o abdômen, causando uma onda hipnótica de calor. *Tão suave e perfeita.*

Eu estava nua – nenhuma surpresa nisso. Mas também estava limpa, o que me pareceu estranho. Embora eu realmente não conseguisse lembrar o porquê. A razão estava perdida em algum lugar das minhas memórias, a névoa espessa me impedindo de me agarrar a algo específico.

Isso realmente importava?

Eu me sentia bem. Tipo, *muito* bem.

Virei de barriga para baixo, apoiei a mão no chão e me levantei com facilidade. A gaiola era cerca de trinta centímetros mais alta que eu. Estendi a mão para agarrar o aço frio e fiquei maravilhada com a textura sedosa. *Resistente. Pesada. Perfeita.*

Meus joelhos dobraram enquanto eu testava minha força. Me suspendi com facilidade e até fiz um tipo de flexão de braço na barra. Legal. Não conseguia me lembrar da última vez que consegui fazer isso. Na Universidade? Em uma aula com o Silas?

Inclinei a cabeça, tentando me lembrar do curso, mas a memória falhou.

A falta de foco provavelmente deveria ter me preocupado,

mas depois de meses ou anos de abuso de drogas, eu não conseguia pensar além da paz de ter a cabeça limpa.

Sem pesadelos.

Sem lycans.

Sem aulas.

Apenas existência.

Soltei as barras para me virar, me sentindo mais leve que o ar. Então caí em uma posição de luta, movendo as pernas com uma fluidez que parecia certa. Perfeita. Pulei, tomando cuidado com a cabeça e comecei uma rotina que meu corpo parecia compreender mais do que minha mente.

Silas me ensinou isso, reconheci, sem saber quando. Ontem? há um mês? Há anos, talvez? O tempo parecia irrelevante. Talvez pela rapidez com que minhas mãos estavam se movendo. Fiz cada movimento de luta com uma precisão que podia sentir na alma.

No momento em que terminei, estava suando e arfando com o esforço. Mas também me senti revigorada. Poderosa. Completa.

Mais daquelas partículas de poeira cintilaram, atraindo meu foco para as sombras mais escuras da sala. Onde estou? Minha mente se recusou a responder. Algo sobre os acampamentos de reprodução – nos quais me recusei a pensar. Eles me mudaram para uma nova cela? Quando voltariam? Me drogariam de novo?

Estremeci. Essa deveria ser a causa do meu estado. Talvez eles tivessem aumentado a dose e tudo isso fosse um sonho.

Não era impossível. Minha mente não permitiria uma imaginação positiva. Eu vivia um pesadelo. Estava presa. Considerada eternamente...

O que é isso? Semicerrei os olhos para o brilho que vi no escuro, um vislumbre prateado nas sombras.

Então começou a se mover.

Pulei para trás e me encostei nas barras atrás de mim, agarrando as colunas de metal ao lado dos meus quadris.

O ser parecia crescer, como se ele se levantasse do chão. E então ele entrou na luz fraca.

Meu coração parou. *Ah, merda...* ele era perfeito demais para ser humano, seus traços nítidos como se tivessem sido gravados em mármore.

Mandíbula quadrada.

Nariz reto.

Maçãs do rosto severas.

Olhos que brilhavam como diamantes negros.

Cabelo escuro e despenteado que combinava com a leve camada de barba por fazer.

Engoli em seco. Era um vampiro. No entanto, ele manteve vantagem enquanto vinha em minha direção, seu olhar intrigado com uma pitada de crueldade.

Onde estou?, me perguntei novamente, me importando muito mais com a resposta. Como acabei no covil de um vampiro?

Potente nem mesmo começava a descrever o homem que parava do lado de fora da porta da minha jaula. Ele exalava poder e sexo. Dominação. Superioridade. Arrogância.

Quase sufoquei com sua presença. Seu olhar hipnótico me manteve cativa.

Meus professores vampiros não eram como ele. Eles podiam comandar uma sala, mas este homem parecia poder comandar um exército inteiro com um único olhar.

— Onde você aprendeu a fazer isso? — ele perguntou. Sua voz era tão profunda e sensual que arrepiou meus braços.

Engoli em seco.

— U-universidade. — apertei as barras de metal enquanto meus joelhos ameaçavam se dobrar sob seu olhar penetrante, suas íris percorrendo cada centímetro de mim.

— Você teve aulas de luta?

— Sim — sussurrei.

— Por quê? — Seus olhos escuros encontraram os meus mais uma vez. — Qual era o seu objetivo?

Meu coração disparou no peito, as respostas preenchendo minha mente antes que eu pudesse pensar nelas.

— Eu queria ser Vigília. — Embora eu não conseguisse me lembrar do porquê no momento. *Tudo estava tão nebuloso. Muito estranho.*

Que brilho prateado foi aquele que vi no escuro? me perguntei. Olhei para ele e encontrei um relógio em seu pulso direito. *Isso. Como não notei?*

— E te mandaram para a fazenda de procriação em vez disso — ele respondeu e seu olhar pecaminoso caiu para o meu peito antes de descer para o ápice entre minhas coxas.

Um arrepio percorreu minha espinha.

Estive nua na frente de diversos seres sobrenaturais – humanos também – mas algo neste vampiro fazia meus nervos apertarem minha garganta.

— Acho que você teria servido melhor em um harém — ele comentou. — Mas sua genética deve ter te marcado para reprodução.

Eu não tinha certeza de como responder a isso, então não disse nada.

Ele continuou a me observar como se eu fosse um presente. A apreciação era evidente em seu olhar.

— Como eu cheguei aqui? — deixei escapar e imediatamente paralisei quando seus olhos se fixaram nos meus.

— Você não se lembra?

— N-não — admiti.

— Fascinante. — Ele inclinou a cabeça de uma maneira estranha e a expressão intrigada dominou suas feições novamente. — Imagino que você tenha absorvido muito da minha essência.

Ergui as sobrancelhas.

— Eu o quê?

— Meu sangue, escrava. Você bebeu meu sangue.

— Por quê?

— Para sobreviver — ele respondeu como se isso explicasse tudo. — Suas memórias retornarão em breve. Suspeito que pesadelos as acompanharão.

Ele falou as palavras com indiferença, o que só pareceu aumentar o calafrio que tomou conta de mim.

Não quero me lembrar.

Mas queria saber algumas coisas. Como...

— Quem é você? — Percebi meu erro no momento em que ele arregalou os olhos.

Uma série de ordens começaram a aparecer na minha cabeça, provenientes de algum curso que fiz quando criança e que ficaria gravado para sempre em meus pensamentos, mesmo sob minha aparente perda de memória.

Humanos não se dirigem a seus superiores.

Humanos não olham para seus superiores.

Humanos não se envolvem com seus superiores.

Humanos se curvam diante dos seus superiores.

Humanos estão aqui para agradar seus superiores.

Humanos são comida.

Humanos existem para o prazer nas mãos de seus superiores.

Humanos não...

— Achei que a sociedade costumava destruir a tendência dos humanos de falar fora de hora — o vampiro comentou, me tirando dos meus pensamentos.

Eu precisava me desculpar, implorar seu perdão, me curvar a seus pés. E, no entanto, meu corpo se recusava a fazer todas essas coisas, como se eu estivesse sendo sustentada por fios invisíveis que me obrigavam a desobedecer.

Alguma parte de mim estava fundamentalmente quebrada.

Desisti da ideia de aquiescência perfeita. Eu não queria mais ser uma humana obediente. Mas não conseguia descobrir quando ou como isso tinha acontecido, a memória decisiva era um fio solto na minha cabeça sem um fim adequado.

No entanto, o desafio parecia certo. Poderoso. *Libertador.*

— Eu sou o Ryder — ele murmurou depois de vários segundos de silêncio. Ele não parecia descontente ou estar se divertindo. — Quanto à sua investigação anterior sobre como chegou aqui, você apareceu na minha propriedade e atacou a mim e ao meu tenente. Bem, acho que ele é um soberano agora.

— Seu soberano? — repeti, o título significando algo mortal dentro do meu cérebro. *Apenas vampiros reais têm soberanos.*

— Sim. Uma mudança recente que ocorreu enquanto você cochilava no chão. — Ele deu de ombros. — Eu precisava de alguém em quem pudesse confiar para cuidar de alguns assuntos em San Jose, e ele é o único em quem confio.

— San Jose?— Me senti como um papagaio repetindo palavras, mas não reconheci este lugar. *Onde estou?,* me perguntei, não pela primeira vez desde que acordei. No entanto, agora eu já não queria mais saber tanto quanto precisava.

— Ah, sim, você não sabe, não é?— Ele suspirou, o som claramente cheio de aborrecimento. — Nunca gostei de ter que renomear toda a região, mas acho que vou precisar remover o título atual, não é? Não posso permitir que os vampiros desta região pensem que Silvano ainda está no comando já que Kylan o matou e tudo mais.

Kylan.

Silvano.

Dois vampiros da realeza.

E se Kylan matou Silvano, isso significava que houve uma mudança no regime. E se este homem estava falando sobre soberanos e renomear regiões... então...

— Você é um vampiro real — murmurei. O que já deduzi há alguns minutos, mas não registrei seu nome como familiar, o que fez com que eu não conectasse o pensamento como um todo.

Até agora.

— É o que parece — ele murmurou. — Não é um trabalho que sempre desejei ter, mas aqui estamos. — Seus olhos encontraram os meus e um brilho calculista irradiou de suas profundezas. — O que significa, pequena, que preciso decidir o que fazer com você.

Estremeci e senti as barras nas minhas costas ficarem mais frias.

Vinte e dois anos treinando para me tornar uma boneca reprodutora. E agora, isso.

Não, obrigada.

Estava farta dessa vida de merda. Se ele não me matasse imediatamente, então eu simplesmente teria que lutar...

— Está com fome? — ele perguntou, interrompendo meus pensamentos.

Se estou com fome? Isso é algum tipo de piada de vampiro?

Em vez de responder, apenas o encarei.

Ele me olhou de volta, seu olhar inquisitivo enervante. Era o tipo de olhar que um monstro dava à sua presa antes de brincar com ela.

— Você ainda está estimulada com meu sangue, então talvez não sinta fome. Mas com toda aquela atividade física, além de curar várias feridas fatais nos últimos três dias, você deve estar faminta. — Ele enfiou a mão no bolso para pegar uma chave. — Então, que tal discutirmos seu destino durante a refeição?

Isso tinha que ser um truque.

Algum jogo cruel.

Que vampiro real convidava uma prisioneira para jantar, a menos que ele pretendesse fazer dela a sua refeição?

A porta tilintou quando ele a abriu.

— Venha, escrava. Vamos encontrar algo para você comer. — Ele se virou como se não tivesse nenhuma preocupação no mundo, o que, suponho, ele não tinha. Eu era humana. Uma mortal. A parte inferior da cadeia alimentar aos seus olhos.

Mas o que ele não entendia era o fato de que eu não tinha nada a perder.

Se ele não planejava me devolver para aquela prisão de

procriação, então ele pretendia sugar meu sangue. Nenhuma das opções me atraía.

No entanto, eu não recusaria seu convite para deixar a cela. Só não tinha intenção de segui-lo até a sala de jantar.

O chão de cimento estava frio sob meus pés enquanto eu o seguia, procurando com por qualquer coisa que eu pudesse usar para incapacitá-lo. Tudo dependia da minha capacidade de pegá-lo desprevenido, o que não seria difícil, já que ele me deu as costas.

Ele achava que eu era uma humana mansa.

Uma boneca destruída que ele poderia comer.

Ah, ele não poderia estar mais enganado.

Eu era alimentada por ódio e vingança. Vontade de matar. De abater. De *sobreviver*. Eu o derrubaria e fugiria ou morreria tentando.

Lá, meu cérebro indicou quando viramos em direção a uma escada. Bem ao longo da parede, havia uma mesa cheia de várias ferramentas, o metal brilhava de forma sedutora na luz fraca.

Me pegue. Me use. Machuque-o.

Era o que esses itens me diziam. Peguei um quando passamos, envolvendo o cabo de madeira que levava a um topo sem lâmina. *Um martelo. Perfeito.*

Levantei o item, inclinei-o para o lado direito da sua cabeça e o balancei.

Mas ele girou de repente, agarrou meu pulso e interrompeu meu movimento no meio do caminho. Sua mão agarrou meu quadril, me forçando a virar com ele enquanto me empurrava contra a parede em frente à mesa.

— Largue isso. — Duas palavras proferidas como uma ordem que alguém poderia estar dando a um cachorro.

Não tive escolha. Sua força era superior à minha em todos os sentidos. Soltei o martelo, e ele caiu no chão com um estrondo.

— Boa garota — ele disse, me pressionando contra a parede com as coxas coladas às minhas. Ele soltou meu pulso e segurou minha garganta, apertando-a. — Humm, me diga seu nome. — Suas íris capturaram e se mantiveram nas minhas, me desafiando a mentir para ele.

Eu sabia que não deveria tentar.

As identidades mortais eram todas meticulosamente catalogadas e passei por inúmeras classificações na universidade, cada uma exigindo doações de sangue e impressões digitais para fins de identificação.

— Setecentos e um do ano cento e dezessete — respondi formalmente, com as mãos caídas ao lado do corpo. Durante meus dias de universidade, o termo potencial havia sido adicionado ao início. Mas eu não era mais um potencial. Fui *designada*.

Ele piscou para mim.

— Pedi um nome, não um monte de números. Como as pessoas te chamam?

— Setecentos e um do ano...

Ele apertou minha garganta, restringindo minhas vias aéreas e efetivamente silenciando minha voz.

— Não. Como os outros humanos te chamam na universidade? — Ele não me soltou, semicerrando os olhos. — Se me der outra porcaria de número, posso não permitir que você respire novamente. Acene para que eu saiba que você entende.

Tentei engolir, mas não consegui, seu aperto era tão forte que eu estava começando a ver borrões.

Então balancei a cabeça, esperando que isso o convencesse a liberar minha garganta.

Ele não soltou.

Em vez disso, disse:

— Diga seu nome.

Meus olhos se encheram de lágrimas e lutei internamente contra o desejo de simplesmente sucumbir ao seu estrangulamento. Eu estava tão em conflito que não conseguia nem levantar as mãos para segurar suas mãos. Não mudaria nada.

Ele apenas segurava, talvez até mesmo apertasse mais e quebrasse meu pescoço.

Não seria muito mais fácil se eu simplesmente deixasse de existir? Mas então eu teria lutado todos esses anos por nada.

Foi exatamente como me senti quando me colocaram naquele acampamento de procriação.

No entanto, minha aversão ainda parecia confusa, como se tudo tivesse vindo de um pesadelo, não da realidade. Mas eu sabia que o mundo não funcionava assim. Tudo era real. Incluindo a mão apertando minha garganta, ameaçando me matar se eu não desse um nome a este vampiro real.

Que coisa incrivelmente bizarra. Nomes eram para sobrenaturais, não humanos.

Isso não queria dizer que eu não tinha um em segredo.

Porque eu tinha.

Eu simplesmente não deveria usar nada além do número.

Minha colega de quarto da universidade, Rae, me deu aquele apelido há mais de uma década, dizendo que precisávamos de uma maneira de nos comunicar. Isso serviu como um desafio. Eu não conseguia me lembrar do porquê isso era importante, a memória desaparecendo antes que eu pudesse entendê-la. Isso me decepcionou, porque de alguma forma, eu sabia que era um dia que não queria esquecer.

— Você está flertando com a morte, linda? — Ryder me perguntou, arqueando a sobrancelha.

Seus olhos escuros tinham uma nota de diversão que não correspondia à ameaça da mão em volta da minha garganta. Talvez isso o divertisse – minha fraqueza e morte iminente. Vampiro típico.

Isso me fez querer desafiá-lo, não para omitir meu nome, mas por dar um, para mostrar a ele que tenho vivido em um mundo de desafios. Que sua opressão não significava porra nenhuma para mim. Que eu superaria isso, mesmo que exigisse minha morte.

— Willow — murmurei para ele, a falta de ar tornando impossível falar mais alto.

Seu olhar caiu para meus lábios.

— Diga de novo.

— Willow — repeti, então ofeguei violentamente quando ele afrouxou o aperto em minha garganta.

— Mais uma vez — ele exigiu.

— Willow. — Desta vez, saiu com força, meus pulmões queimando enquanto o oxigênio, tão necessário, entrava pelas minhas vias aéreas abusadas.

— Willow — ele disse como se experimentasse o nome. — Sim, eu gosto dele.

Ele passou o polegar pelo ponto que pulsava em meu pescoço, com o corpo sólido e duro contra o meu.

— O que vou fazer com você? — ele se perguntou, baixando o olhar para onde meus seios encontravam seu peito. Suas pupilas dilataram, assim como as narinas quando ele sentiu meu cheiro.

Engoli em seco, sentindo a garganta queimando.

— Você me intriga, escrava — ele finalmente disse depois de um instante. — Sugiro que continue a fazer isso. É a única razão pela qual você ainda está viva.

Eu não sabia o que dizer. Como reagir. Para onde olhar. Então continuei a encarar seus olhos insondáveis, aquelas íris escuras e hipnóticas que não revelavam nada.

Idade e experiência fluíam dele.

Este vampiro era antigo.

Letal.

Da realeza.

E ele afirmou que eu o intrigava. O que é que eu deveria fazer com essa informação?

Ele não afastou o olhar do meu e seus lábios se curvaram em um sorriso cruel.

— Tente me atacar novamente e você não vai aproveitar as consequências.

Com um olhar final que prometia punição caso eu o desobedecesse, ele se virou para as escadas mais uma vez.

— Venha, pequena Willow — ele gritou de volta para mim quando não o segui de imediato. — E deixe o martelo. Tenho armas muito mais eficientes lá em cima.

Fiquei boquiaberta atrás dele. Isso foi uma ameaça ou um convite?

Só há uma maneira de descobrir...

Ryder

Um martelo. Contraí os lábios. Não era a solução mais inventiva. No entanto, foi bom saber que minha nova escrava tinha espírito de luta. Exploraríamos esse seu lado mais tarde.

Seus passos ficaram silenciosos atrás de mim. Hesitantes.

Ela provavelmente achava que eu pretendia mordê-la.

Uma expectativa justa, que eu definitivamente aceitaria em algum momento, mas não hoje. Ela mal havia se recuperado, e eu queria garantir que ela tivesse forças antes de jogarmos de verdade.

Eu a levei para a cozinha e apontei para um par de banquinhos próximos à bancada.

— Sente-se.

Ela não discutiu, apenas se acomodou e cruzou os braços. A nudez não parecia incomodá-la, algo que suspeitei ser resultado da sua educação.

Um cavalheiro provavelmente lhe ofereceria uma camisa.

Como eu pulei a escola de etiqueta, não vi motivo para isso. Se ela quisesse andar nua pela casa, eu não iria impedi-la. Além do mais, ela tinha belos seios que eu podia ver sobre a bancada.

Bela vista.

Ela poderia ficar sentada ali o dia todo, e eu seria um homem muito feliz.

Já fazia um tempo que não recebia uma mulher em minha

casa. Muito menos alguém tão deslumbrante quanto Willow. Fiquei chocado que a sociedade tivesse desperdiçado sua aparência no campo de procriação. Havia "harém" escrito nela com aquelas pernas longas e olhos que pareciam dizer *me coma*.

Mas imaginei que muitos humanos fossem como ela hoje em dia, com toda a procriação especializada que Lilith havia estabelecido.

Muito robótico e chato. Embora eu achasse eficiente. Eles criaram Willow e, por isso, pude ficar temporariamente satisfeito com o sistema.

Fui até a geladeira para pegar pão, frios e queijo. Com a recente visita de Damien, eu tinha alguns mantimentos frescos da região de Silvano. Ele morava na cidade mais próxima, o que o tornava uma conexão decente com a sociedade atual quando eu queria alguma indulgência.

Embora eu tivesse praticamente tudo que precisava na despensa, às vezes ansiava por algo um pouco diferente. E Damien conhecia bem meu apetite.

Willow observou enquanto eu montava dois sanduíches – um para ela, outro para mim. Ela arregalou os olhos enquanto eu me movia, seu choque vindo à tona quando empurrei um prato pela bancada até ela.

— Não gosta de peru? — perguntei.

— O-o quê? — Ela estremeceu. — Eu... quero dizer, acho que sim. — Ela franziu a testa para a comida como se fosse estranha.

— Eles não te davam sanduíches na universidade? — perguntei, sem saber o que era costume na dieta humana atualmente.

— Hum, não — respondeu, levantando o pão para examinar o conteúdo.

Peguei meu sanduíche e dei uma mordida enquanto ela observava. Então perguntei:

— Com o que alimentam vocês?

— Legumes. Proteína. — Ela colocou o pão no lugar, pegou o sanduiche como eu havia feito e levou ao nariz para cheirar.

Eu sorri.

— Preocupada?

— N-não — ela gaguejou baixinho antes de dar uma mordidinha na casca. Ela franziu a testa enquanto mastigava.

— Que nutriente é esse?

— Pão.

— Pão — ela repetiu. — Um carboidrato?

— Sim. — Dei outra mordida na minha criação enquanto ela colocava o seu no prato.

— Não temos permissão para comer carboidratos — ela disse, deixando evidente a confusão em sua voz. — Eles não são nutritivos para a química do nosso corpo.

Eu apenas a encarei.

— Sério? Você vai discutir comigo por causa de um sanduíche?

— Eu.. não, eu só... não entendo. Isso é um teste?

— Sim — eu disse lentamente. — É um teste da minha paciência. Agora coma a porra do sanduíche, Willow. — *Não é nutritivo para a química do nosso corpo? Que tipo de besteira é essa?*

Não admirava que ela fosse tão magra. A sociedade a deixou passar fome.

Ela deu outra mordida hesitante, com os olhos fixos em mim o tempo todo, como se temesse que eu pudesse puni-la por desobedecer.

Para onde foi a minha lutadora? Eu preferia a garota valente com o martelo, não essa corça frágil. Eu tinha provocado isso nela? Porque seria decepcionante.

Willow torceu o nariz enquanto continuava a comer, mostrando seu desgosto.

O que havia para não gostar na porcaria de um sanduíche?

— Você precisa de maionese ou algo assim? — perguntei a ela.

— Maionese? — ela repetiu. — Não sei. O que é isso?

Esperei pelo final da piada, mas não veio. Porque ela estava falando cem por cento sério.

Uau. Eu sabia que Lilith era uma vadia, mas isso a levava a um nível totalmente novo.

— Você provavelmente também não conhece chocolate, não é?

Seu olhar inexpressivo me deu a resposta antes de ela sussurrar:

— Não.

Balancei a cabeça e foquei no meu sanduíche. Ela fez o mesmo e nós dois caímos em um silêncio confortável com ela no banquinho e eu em pé na sua frente. Ter companhia era um pouco estranho, mas não totalmente ruim. Embora, definitivamente tivéssemos que trabalhar em sua exposição às coisas do velho mundo.

Sem maionese.

Sem pão.

Sem carboidratos.

— É exatamente por isso que eu não queria ter nada a ver com a nova ordem mundial — disse a ela. — Embora parte disso faça sentido do ponto de vista regulamentar, é um pouco exagerado e, francamente, chato pra caralho. Não há mais perseguição. Nem emoção. — Suspirei e coloquei o prato vazio na pia assim que meu relógio tocou.

Franzindo a testa, olhei para a notificação, então fui para o monitor preso na parede ao lado da geladeira para abrir o display.

A tela número cento e quatorze me mostrou o motivo do alerta.

Damien.

Ele me deu um aceno, sabendo que eu o veria na câmera, então correu até a porta da frente. Apertei um botão no painel próximo à tela, abrindo para ele.

Quando me virei para Willow novamente, a encontrei boquiaberta com meu sistema de segurança.

— Você deveria ver o que tem no meu escritório — eu disse. — Esta é apenas a versão mini. — Eu tinha um desses em cada cômodo da casa para facilitar o acesso.

A maioria dos vampiros investia em equipe de segurança.

Eu preferia tecnologia.

— Agora que você está ciente da minha propensão à segurança, espero que cumpra a minha sugestão de não se aventurar em qualquer lugar sem minha permissão. Essas câmeras são apenas a ponta do iceberg, escrava. Você não quer saber o que montei lá fora.

Damien entrou na cozinha quando terminei a última frase, e seus olhos castanhos dourados foram imediatamente para a bela loira na bancada e seu sanduíche comido pela metade.

— Ela ficou muito bem limpa — ele comentou.

— Ficou mesmo — concordei, sem me preocupar em apresentá-los. Ele sabia onde eu a tinha encontrado. Até que eu decidisse o que queria fazer com ela, não havia sentido em fornecer detalhes adicionais. — Presumo que você tenha novidades para mim?

Expressei isso como uma pergunta, porque realmente não havia outra razão para Damien aparecer de novo em um curto espaço de tempo. E tínhamos conversado ontem por telefone quando eu o informei sobre seu novo título de Soberano.

— Sim. — Sua atenção permaneceu em Willow e pude ver suas pupilas cintilarem com interesse enquanto ele a observava nua. — Parece que há quem não leve a sério a sua candidatura. Recebi notícias da cidade de Silvano sobre vários potenciais candidatos se mobilizando para assumir o controle nesse ínterim.

— Ah, é?

Ele murmurou uma confirmação antes de acrescentar:

— Acho que uma demonstração de força pode ser necessária.

— Jolkin não aceitou o cargo? — questionei.

— Não — meu melhor amigo confirmou. — Considerei matá-lo para provar um ponto, mas achei que você gostaria de fazer as honras.

Considerei o velho soberano da antiga Houston.

— Você tem o que, quinhentos, seiscentos anos a mais que ele?

— Setecentos, na verdade — Damien falou, finalmente tirando seus olhos da minha escrava e voltando o foco para mim. — Mas o filhote ainda se imagina rei.

Eu grunhi.

— O Rei de Houston. — Que título infeliz. — Você quer permanecer em Houston como soberano ou assumir outra área? — Oferecer uma troca era o mínimo que eu podia fazer por Damien. Ele era o único ser em quem confiava neste mundo.

Bem, isso não era verdade.

Eu confiava em outra pessoa, mas não falava com ela há mais de cem anos. A maioria a considerava morta. No entanto, ela estava muito viva. Apenas se escondendo e ganhando tempo.

Assim como eu.

Só que eu escolhi me esconder sozinho.

— Gostaria de acompanhá-lo até a cidade de Silvano — Damien respondeu. — É onde todos os fogos de artifício vão estourar e você sabe o quanto eu gosto de um bom show.

Contraí os lábios.

— Você é tão sádico quanto eu.

— Talvez um pouco menos — ele respondeu, movendo-se para ficar ao lado de Willow. — Você já a provou? — Ele segurou seu cabelo, puxando as mechas para trás para expor sua garganta.

Me aproximei dele, repetindo a ação para arrumar todo o seu cabelo loiro nas costas.

Ela não se mexeu.

Mal respirou.

Mas peguei a centelha de fogo em seu olhar, mesmo enquanto seu corpo se submetia abertamente.

Me inclinei para inspirar seu cheiro, roçando o nariz no ponto de pulsação de seu pescoço.

— Ainda não — admiti baixinho contra sua pele macia. — Ela ainda está se recuperando.

Ela engoliu em seco, seus nervos disparando apenas o suficiente para me dizer que a estávamos deixando desconfortável. Ainda assim, ela permaneceu obediente e quieta, sempre a humana treinada.

Suspirei contra sua garganta.

— Ela precisa de algum trabalho. — Porque eu realmente não me importava com subserviência.

— Parece perfeita para mim — Damien rebateu.

— Porque você está na manipulação da mente que Lilith orquestrou. — O que eu não conseguia entender. Era uma imitação grotesca que desafiava a natureza.

Damien roçou os nós dos dedos sobre o mamilo intumescido.

— Não há nada de errado em ensinar aos humanos o seu lugar.

Eu não poderia criticar a lógica, mas sentia que deveria haver uma maneira melhor de fazer isso.

— O que você planeja fazer com ela? — ele perguntou.

Me afastando do seu pescoço, encarei seu perfil.

— Não sei ainda. — Passei o dedo por seu braço, então me concentrei nele. — Preciso que você me faça uma lista.

— De ideias?

Eu bufei.

— Não. Eu tenho muitas delas. Preciso de uma lista de quem precisa ser controlado na região de Silvano.

— Humm. — Ele desviou a atenção dos seios dela para encontrar meu olhar. — Eu posso fazer isso.

— Excelente. — Pressionei a mão na parte inferior das costas de Willow. — Você tem mais alguma coisa para relatar, Damien?

— Não. — Ele olhou para o meu toque que demonstrava

posse e deu um passo para longe da minha escrava. — Vou providenciar uma lista para você.

— Ótimo. — Passei o polegar ao longo da coluna de Willow e admirei os arrepios em seus braços. — Além disso, avalie os territórios soberanos. Me avise de qual você gosta e tomarei as providências necessárias. Depois que terminarmos com a cidade de Silvano, quero dizer. — Porque eu não recusaria sua oferta de ajuda. Precisava da sua aliança.

Os vampiros valorizavam a lealdade.

Infelizmente, virei as costas para esta nova sociedade, optando por viver dentro das fronteiras de duas regiões conflitantes. Ninguém mexia comigo, porque me mantive quieto. No entanto, reivindicar a realeza temporária fez isso mudar.

Não fui ingênuo. Eu sabia que teria inimigos por causa da minha decisão. E daria as boas-vindas àqueles idiotas que se apresentassem e tentassem me provocar.

Lilith aceitou minha autoindicação por um motivo.

Só precisava ter certeza de que todos na Região de Silvano entendiam isso.

Damien assentiu.

— Eu te aviso sobre qual território eu desejo, mas vou me concentrar primeiro em sua lista de candidatos. Vai demorar.

— Eu sei. — Minha espécie adorava hierarquia e respeitava a idade. Tudo o que eles exigiam era um lembrete severo de por que deveriam se curvar a mim. Eu usaria a lista de Damien como um ponto de partida, colocaria aqueles que se opusessem a mim em seus lugares e partiria daí. — Terminou o seu sanduíche, escrava?

Passei o polegar na coluna de Willow mais uma vez e ouvi enquanto seu pulso acelerava.

— Sim, Meu Príncipe — ela respondeu, se dirigindo a mim com formalidade.

Olhei para Damien.

— Isso é algo com que eu deveria me acostumar?

— Sim, Meu Príncipe — ele repetiu, curvando os lábios em um sorriso zombeteiro. — Você é da realeza agora.

— Sim, eu sou — respondi. — Em uma sociedade que não compreendo totalmente. — Eu tinha testemunhado o suficiente para entender os meandros, mas não era tão versado nas normas e regras humanas.

O que realmente me deu uma ideia.

Segurei o quadril de Willow e a girei no banquinho, forçando-a a me encarar e dar as costas a Damien.

— Agora tenho uma utilidade para você.

Ela não olhou nos meu olhos, pois estava no modo submissa total.

Isso me irritou pra caramba.

— Olhe para mim quando eu falar com você, Willow — exigi.

— Ela foi treinada para não fazer isso — Damien acrescentou.

Murmurei um xingamento.

— Quando estivermos à sós ou perto do Damien, quero que você sempre olhe para nós. Que se fodam as regras. — Segurei seu queixo entre o polegar e o indicador para atrair seu olhar para cima. — Entendido?

— Sim, Meu Príncipe.

— E pare com essa merda também. Me chame de Ryder.

— Outra coisa que ela foi ensinada a não fazer — Damien me informou inutilmente. Bem, tecnicamente, foi útil. Eu simplesmente não me importava com isso.

— Pode ir agora, Damien — eu disse a ele.

Ele deu de ombros.

— Tenho mesmo trabalho a fazer.

— Sim, você tem.

— Eu saio sozinho. — Ele me deu um sorriso irônico antes de sair. Esperei até ouvir o alarme ser ligado novamente – algo que Damien fez pressionando um botão para mim do lado de fora – antes de focar meu olhar em Willow mais uma vez.

— Você vai me ajudar a aprender mais sobre as regras da sociedade para os humanos — avisei a ela. — Imagino que você também tenha feito aulas sobre a estrutura política atual?

Ela piscou para mim.

— Sim.

— Você sabe os nomes de todos os alfas da realeza e dos clãs? — questionei. A maioria deles eu também conhecia. Isso era mais valioso em termos de ela ser capaz de me acompanhar quando necessário.

— Sim. Pelo menos, aqueles que ocupavam cargos de liderança enquanto eu estava na universidade.

— Você está no ano cento e o que mesmo?

— Dezessete.

— É o ano atual — falei. — Então, você só ficou nos campos por alguns meses, já que a cerimônia do Dia do Sangue não foi há muito tempo. — Algo que eu só sabia por causa de minha recente estada no Clã Clemente. O novo companheiro do alfa foi uma adição recente ao seu território, oriundo da Copa Imortal.

Seus olhos brilharam.

— Apenas alguns meses?

— Sim, escrava. Talvez um ou dois. Não tenho certeza, porque não compareci.

— Mas você é da realeza — ela protestou. — Todos os membros da realeza comparecem.

— O que, suponho, significa que estarei no próximo. Que sorte a minha — eu disse, impassível.

Ela entreabriu os lábios, mas nenhuma palavra escapou, como se eu tivesse roubado sua capacidade de responder. Ótimo. Este não era o ponto de nossa discussão.

— Você vai me ensinar mais sobre os costumes atuais — eu disse. Não porque eu pretendesse cumprir qualquer uma das ordens ridículas, mas porque eu queria estar ciente delas. — E, em particular, você sempre me tratará como Ryder. Também vai olhar para mim quando eu falar com você. Na verdade, nenhuma das regras se aplica quando estivermos juntos. Prefiro que seja quem você, não uma marionete estúpida.

Agora sua boca me lembrava um peixe e seus olhos estavam arregalados em confusão.

— Esse não é um visual atraente, Willow — eu disse a ela. — Você deveria estar me intrigando, lembra? Ou você perdeu a vontade de sobreviver quando Damien apareceu?

Suas narinas se dilataram em resposta, mas ela não disse nada.

— Resposta errada, escrava. — Segurei seu quadril e a puxei em minha direção, levando a mão oposta para sua garganta.

As chamas floresceram em suas profundezas azuis.

— O que você quer que eu diga?

— Palavras.

— Palavras — ela repetiu.

Semicerrei os olhos.

— Palavras criativas.

— Palavras criativas.

Comecei a apertar, apenas o suficiente para informá-la de que esse joguinho não estava funcionando para mim.

— Cuidado, Willow. Sua desobediência nos levará a um lugar que talvez você não goste.

— Mas não é exatamente a minha desobediência que você quer? — ela rebateu.

Meu aborrecimento se derreteu ligeiramente.

— Você está sendo espertinha, escrava?

— Não te entendo — ela disse enquanto eu envolvia um braço em suas costas, segurando-a contra mim à medida que a outra mão continuava em sua garganta.

Tão delicada e bonita.

Frágil, mas forte.

— Humm, você realmente me interessa, escrava — eu a elogiei, decidindo permitir que ela entrasse em sua programação da sociedade. Porque eu podia ver a lutadora por baixo do exterior recatado. Eu só tinha que trabalhar para convencê-la a jogar. — Este mundo foi projetado para destruir os humanos, o que torna sua resiliência muito mais atraente.

— Você está me aplaudindo por ter vontade de viver?

— Estou.

— Talvez eu não sobreviva — ela sugeriu e todos os sinais de sua submissão desapareceram sob uma onda de desafio.

— Acho que sim, Willow. — Eu a soltei e dei um passo para trás. — Acho que você não sobreviveu tanto tempo só para desistir agora. É por isso que você vai me seguir escada acima como uma escrava obediente e me deixar mostrar seu novo quarto.

Eu poderia mantê-la no porão, mas tinha uma área para hóspedes muito mais confortável anexa à minha suíte. Contanto que ela não tentasse me atacar com outro martelo, eu permitiria que ela ficasse lá.

— Terminou a comida? — perguntei, levantando seu prato.

— Sim — ela respondeu, olhando para seu sanduíche meio comido. — Eu... não estou acostumada a grandes refeições.

Outro problema com a programação da sociedade. Em vez de comentar sobre isso, descartei o resto da comida e coloquei o prato na pia.

— Me siga.

Ela não discutiu.

Não tentou pegar uma faca do balcão enquanto passávamos por ele.

Ela simplesmente me seguiu, subindo as escadas, andando pelo longo corredor e até a porta no final. Abri para revelar uma área de estar que unia dois quartos. Apontando para o da esquerda, eu disse:

— É onde eu durmo. Não recomendo entrar, a menos que você queira transar. — Eu a levei para o outro quarto, atravessei a porta e acrescentei: — Você vai ficar aqui.

Havia uma cama queen-size, duas cômodas, uma mesa de

cabeceira, um banheiro conectado e um closet. O quarto também se abria para a varanda que abrangia toda a suíte. As portas tinham sensores, então eu saberia se ela saísse. Estar no segundo andar deveria impedi-la de tentar escapar, mas algo me disse que esta mulher poderia tentar mesmo assim.

Se ela o fizesse, eu a pegaria.

Então a puniria.

Meus lábios ameaçaram se curvar com a ideia. Poderia realmente gostar disso.

Acendi uma luz para permitir que ela absorvesse tudo. Mas Willow não parecia tão animada quanto eu esperava. Ela parecia estar nervosa.

— A menos que você prefira o porão — ofereci, me virando para ela. — Pessoalmente, acho que isso é um pouco mais conveniente.

— Eu... sim, isso é... bom. — Ela não parecia muito certa.

— Agradável?

— É... — Ela apertou os lábios para o lado como se procurasse as palavras. Esperei, lhe dando tempo para formular o que ela queria dizer. Mas ao invés de falar, ela vagou até o banheiro.

Curioso, eu a segui.

As luzes se acenderam automaticamente com o nosso movimento, o interruptor perto da porta ligou os sensores do cômodo. Ela estremeceu e olhou para cima, em seguida, procurou a fonte antes de espiar o box do chuveiro no canto. Era de um tamanho razoável para, pelo menos, duas pessoas, com chuveiros duplos, piso aquecido e algumas configurações diferentes de água.

Só porque eu morava sozinho não significava que economizava nos luxos da vida.

Willow mordiscou o lábio antes de se virar para mim.

— Eu... não sei como isso funciona. A universidade tinha dormitórios. Nós compartilhávamos os chuveiros. E eu não...

minhas memórias... — Ela se encolheu e desviou o olhar para o chão.

Dei um passo em sua direção.

— O que tem as suas memórias?

— Estão confusas — ela admitiu baixinho. — Estou tendo dificuldade em me lembrar do acampamento de reprodução e de certas coisas sobre meu passado.

— Entendo. — Isso geralmente acontecia quando um humano fazia a transição para um estado sobrenatural. Eu mal conseguia me lembrar dos meus dias mortais. Claro, eu estava velho pra caramba. Então era de se esperar. — Provavelmente está relacionado com o fato de você ter bebido meu sangue.

Seus olhos brilharam ao encararem os meus.

— Isso rouba as memórias de um humano?

Eu ri.

— Não, escrava. Isso dá a imortalidade temporária ao ser humano, e é por isso que você foi capaz de se curar. Mas parte da transição imortal é esquecer seu passado mortal. — Estendi a mão para brincar com uma mecha leve de seu cabelo, a ponta enrolada perto do seio. — Isso vai passar. Você precisou de muito da minha essência para se curar.

— Sangue de vampiro dá imortalidade aos humanos?

— Acho que eles não ensinaram isso a você na universidade — murmurei, sorrindo. — Não gostaríamos que ninguém soubesse dessas coisas, não é?

Era exatamente por isso que Willow poderia ser útil para mim. Contanto que ela continuasse a falar livremente, eu seria capaz de usar seu conhecimento e experiência para elaborar minha abordagem para este novo mundo. Como um acontecimento distorcido do destino, a jovem sabia mais sobre a sociedade que eu. Pelo menos, até certo ponto. Trabalhando em equipe, poderíamos juntar todas as peças.

— Vamos lá — eu disse, puxando seu cabelo de brincadeira antes de soltar a mecha. — Vou mostrar a você como usar o chuveiro e as outras comodidades do quarto. Então vou deixar você se aclimatar. — Eu tinha alguns arquivos para revisar que Damien me enviou ontem.

Desempenhar o papel de um vampiro real daria muito trabalho.

Talvez eu acabasse cumprindo um mandato temporário.

Só o tempo diria.

Willow

ME ACLIMATAR.

Eu nem tinha certeza do que fazer com esse termo. Nem tinha certeza de como lidar com o fato de que ele me deixou sozinha no quarto.

Ele saiu.

Não trancou a porta.

E simplesmente... me deixou sozinha.

Levei quase uma hora para me obrigar a andar pelo quarto. Fiquei esperando que ele aparecesse para me dizer que tudo isso era uma espécie de piada cruel, mas ele não voltou mais. Nem mesmo quando decidi tomar banho. Nem quando enrolei uma toalha no meu corpo. Nem quando saí para a varanda para apreciar a paisagem da propriedade, banhada pelo céu noturno.

Estrelas cintilavam no céu, assim como uma lua brilhante que não estava totalmente cheia.

Fiquei olhando para ela por incontáveis minutos, o ar fresco se tornando um conceito estranho que me congelou. Eu já tinha experimentado um momento assim? Um em que não esperavam que eu estivesse em algum lugar, não tivesse um monstro pairando sobre meu ombro para ditar ordens ou não estivesse do lado de fora apenas para um exercício de campo?

Procurei na minha mente nebulosa e não encontrei nada.

Olhei para cima mais uma vez, inspirei lentamente e expirei de maneira semelhante.

Foi só quando senti o cheiro de loção pós-barba mentolada que percebi que não estava sozinha.

Os pelos ao longo dos meus braços se arrepiaram e minha garganta se apertou.

— Eu... sinto muito. Eu só... eu estava...

— Admirando a noite? — Ryder terminou por mim, saindo das sombras e indo para o luar brilhando na varanda. — Você tem permissão para ficar do lado de fora, Willow. — Ele passou um dedo pelo meu braço. Seu toque era estranhamente calmante e, ao mesmo tempo, aterrorizante.

Ele é um vampiro da realeza.

Isso fazia dele antigo. Poderoso. Perigoso.

Engoli em seco e me forcei a encará-lo, precisando ver seus olhos. Eles serviam como um lembrete da sua letalidade, a frieza dos olhos escuros enviavam um arrepio pelo meu espírito. Este não era um homem em quem eu queria confiar, mesmo que ele tivesse me oferecido algo que ninguém mais tinha – um momento de paz.

— Estou me preparando para me retirar — ele me informou baixinho. — Só queria ter certeza de que você não precisava de mais nada. Mais comida, talvez?

Meu estômago revirou com a ideia, já que o sanduíche ainda pesava dentro de mim.

— Não, obrigada. — Soou muito educado. Quieto. Estranho demais.

Estou falando com um vampiro da realeza.

Por que é que estou falando com um vampiro da realeza?

Conforme as horas passavam, minhas memórias começaram a voltar. Não todas de uma vez, apenas pedaços e respingos da minha história, incluindo momentos surpreendentes do meu passado e punições que eu ansiava por esquecer. Cursos que eu não queria fazer nunca mais. Exames que assombravam meus pesadelos.

Parte de mim queria se curvar a seus pés. Essa era a parte servil e obediente da minha mente que havia sido treinada durante incontáveis anos para sempre me submeter.

Nunca olhe um superior nos olhos.

Se incline.

Implore.

Dê prazer.

Estremeci com o último. Minha experiência em dar prazer aos lycans não era algo que eu queria revisitar tão cedo. Felizmente, o acampamento de reprodução ainda parecia uma névoa em minha mente. Talvez por causa das drogas. Ou talvez fosse o seu sangue. Nesse caso, provavelmente eu acordaria gritando mais tarde, quando os terrores noturnos chegassem.

— Não sugiro fugir — Ryder comentou com calma. — Porque se os lobos não te pegarem, eu vou. Nenhum dos resultados vai terminar bem para você. — Ele roçou os nós dos dedos na minha bochecha, parando no meu pescoço. — Coloquei algumas roupas na sua cama. Sinta-se à vontade para fazer o que quiser com elas.

Com isso, ele se afastou e desapareceu por um conjunto de portas de vidro que imaginei que levassem a seu próprio quarto. Ele não as fechou, me fazendo imaginar se estiveram abertas esse tempo todo. Ou ele veio aqui pelo meu quarto?

Meu quarto, repeti para mim mesma, franzindo a testa. Que conceito estranho. Rae e eu compartilhamos um quarto uma vez, ou o que a universidade chamava de quarto. Era mais como um espaço com divisórias Nossas camas eram juntas. Tínhamos dois baús para nossos uniformes. E nada mais. O banheiro era compartilhado e aberto, assim como os chuveiros. Eram neutros em relação ao gênero também, algo que começou a causar desconforto na puberdade, mas rapidamente aprendi a não me importar com a nudez.

No entanto, Ryder me deu roupas.

A curiosidade me fez voltar para o quarto e imediatamente peguei a roupa que ele havia deixado na cama para mim.

Uma camiseta branca que tinha o cheiro dele.

E um short de ginástica grandes demais.

Provavelmente, eram os tecidos mais grossos que já tive permissão para usar. Não usados ou translúcidos, mas roupas de verdade.

Quem é você? me perguntei sobre ele, perturbada por seu comportamento. *Por que você está fazendo isso?* Eu nunca conheci um membro da realeza antes, mas conhecia bem a reputação. Eles gostavam de brincar com a comida, seus jogos eram notoriamente cruéis.

Ele estava fazendo isso para me aplacar? Para me dar uma falsa sensação de esperança?

Se fosse esse o caso, ele teria que tentar muito mais.

Não comprei todo o ato cavalheiresco.

Todos os vampiros tinham segundas intenções. Ele alegou que queria que eu o ensinasse sobre a sociedade, mas como um membro da realeza, ele já conhecia as regras. Só que ele não estava fazendo o papel de nobre. Começando com a casa. *Onde estão todos os vigílias? Seu harém? Sua equipe mortal?*

O único ser que eu tinha visto até agora era Damien, que agiu mais de acordo com minhas expectativas do que Ryder. No entanto, sua franqueza também era única.

Ah, mas quando eles me tocaram juntos, pensei que tinha acabado de virar o jantar. E ao invés de ficar apavorada, me senti... *faminta*. Interessada. *Intrigada*, como diria Ryder.

O que era muito errado.

No entanto, também esperado.

Os vampiros eram criaturas atraentes, sua aparência impecável e apelo hipnótico eram duas características letais que ajudavam em sua habilidade de cativar as presas.

E fui vítima do seu fascínio.

Quase me inclinei na direção de Ryder para induzi-lo a me morder.

Ele disse que eu não estava pronta, o que implica que ele pretendia fazer de mim sua refeição no futuro. Enquanto também me usa para obter informações.

Balancei a cabeça, toda a experiência se transformando em um cataclismo de confusão.

O que eu precisava fazer era descansar, aproveitar as vantagens enquanto eu tinha acesso a elas e planejar meus próximos passos. Me tornar o jantar de Ryder não ia funcionar para mim. Mas não poderia escapar até ter uma ideia melhor de onde estávamos, bem como uma noção de para onde ir.

Vesti sua camiseta e short, em seguida me deitei debaixo dos lençóis da cama muito macia. Me sentando, franzi a testa para o colchão fofo. Por que era tão confortável? Onde estavam os caroços? A laje de cimento duro? Como alguém podia dormir assim?

Em vez de tentar, puxei os cobertores do colchão e fiz uma cama adequada no chão. Sem travesseiro.

Muito melhor. Mais sólido. Me fez lembrar minha casa anterior.

Uma vida que não vivi.

Um mundo que deixei para trás.

Para um futuro que eu não entendia.

Willow

Três dias se passaram e eu continuava sem entender Ryder.

— Você quer que eu te ataque? — perguntei devagar, olhando sua posição no tapete.

Estávamos na sala de treinamento, cercados por uma variedade de armas. Ele me deu uma faca para usar em nossa luta – uma atividade que foi ideia dele, não minha. Assim como tudo o que fizemos nos últimos dias.

— Quero que você tente, sim — ele respondeu. — Considere isso um teste das suas habilidades. Ou você prefere o termo exame? Você mencionou isso algumas vezes ao falar dos seus cursos.

O homem estava obcecado com minha experiência universitária. Não fazia sentido. Ele já devia saber que cursos fiz, que notas tirei e os caminhos que me abriram neste mundo.

No entanto, ele me questionou como se não soubesse de nada sobre o mundo atual, algo que achei difícil de acreditar, já que ele era um vampiro da realeza. Mas não agia como nenhum dos vampiros que estudei. Ele morava sozinho. Sem segurança. Sem criados. E me pediu para fazer coisas estranhas, como treinar com ele.

— Todos os meus exames envolveram oponentes humanos — eu o informei. — Nunca ataquei um superior.

— Ah, é? — Ele ergueu uma sobrancelha. — Então o incidente do martelo foi para me seduzir, não para me machucar?

Vacilei.

— Isso foi diferente.

— Como assim?

— Eu queria fugir. Não foi um exame.

— E você quer escapar agora, escrava? — ele perguntou, caminhando em minha direção enquanto seus olhos escuros queimavam com malevolência. — É assim que eu te provoco para uma luta, evocando o medo?

Engoli em seco e dei um passo para trás, me encostando na parede enquanto o vampiro sem camisa se aproximava. Tentei desviar para o lado, mas ele estendeu a mão e seu braço bloqueou meu caminho. Então ele repetiu a ação do outro lado, me prendendo entre ele e a parede.

— É essa a inspiração de que você precisa, Willow? — Ele se inclinou e o calor de seu corpo se tornou uma perspectiva atraente junto ao meu.

Ele era letal.

Lindo.

Um predador encurralando sua presa.

Um mistério que eu não deveria admirar.

E, ainda assim, meu coração acelerou com sua proximidade, o cheiro mentolado da sua respiração era como um convite entre nós.

Há apenas três dias, eu queria lutar pela minha vida. Então ele me mostrou uma bondade que eu nunca encontrei antes. Falou comigo como se eu fosse importante, me alimentou, me vestiu e me deu uma cama.

Cada movimento que ele fez me surpreendeu.

Senti o perigo à espreita, mas suas ações eram insuportavelmente estranhas. Ele me chamava de escrava, mas soava mais como um carinho do que uma classificação.

Ele encostou o nariz na minha bochecha e traçou uma linha

até a orelha, a leve carícia provocando um frio na minha barriga. Eu não sabia como processar isso. Meu corpo quase se apoiou nele, mas a razão me fez ficar imóvel.

Isso tudo era um truque, suas habilidades vampirescas substituindo minhas sensibilidades.

Ele não é um amante.

Não é um amigo.

É o inimigo.

— Você deveria estar despertando meu interesse — ele me lembrou baixinho enquanto o calor da sua respiração fazia cócegas em meu pescoço. — Desempenhar esse papel de tímida não é muito atraente, Willow.

Estremeci e meus lábios se moveram sem som. O que ele queria que eu dissesse? Talvez nada. O que ele realmente queria era que eu lutasse. Eu ainda estava com a faca na mão e meus braços estavam livres ao lado do corpo.

Seria fácil atacá-lo.

Machucá-lo.

Então, talvez eu pudesse fugir.

Esse era meu plano original. Eu o ignorei nos últimos dias, porque precisava de tempo para me adaptar à minha nova situação. Mas eu estava tão confusa hoje quanto quando acordei há alguns dias.

— Sei que você está lutando com suas memórias — ele murmurou. — Você se esqueceu de como lutar também?

Não era bem esquecimento. Era mais como uma névoa. Eu me lembrava de tudo, mas havia uma película cinza sobre cada pensamento, sombreando minhas lembranças com um filtro de sonho.

As únicas experiências que eu não conseguia me lembrar giravam em torno do meu tempo no acampamento de reprodução. Algo terrível aconteceu lá. Algo que eu não queria pensar e que que envolvia olhos verdes brilhantes.

Em vez disso, me concentrei na minha formação

universitária, nas aulas que assisti, nas amizades que fiz e trabalhei para trazer isso à minha mente. Elas não eram perfeitas, mas estavam lá, espreitando dentro da névoa bizarra que eu havia imaginado.

Ryder suspirou.

— Se você não quiser treinar, então vou te comer.

Meu foco mudou para ele, para suas íris ardentes. Sua expressão estava muito séria. Ele me morderia bem aqui e agora se eu não fizesse o que ele exigia. Eu podia ver a convicção em seu olhar.

Nunca fui mordida por um vampiro.

Também não queria começar com isso agora.

Sua sobrancelha permaneceu arqueada, me mostrando que sua paciência estava por um fio.

Ele queria que eu lutasse? Certo. Era eu quem estava armada, não ele. E suas mãos estavam ocupadas prendendo-me contra a parede.

Ataquei com a lâmina, vendo-o pular para trás um instante antes de eu alcançar meu alvo. A ponta da faca mal roçou em seu abdômen nu e seus lábios se curvaram em um sorriso selvagem.

— Boa escolha — elogiou. — Mais.

Este homem estava louco.

Completamente maluco.

Será que a coisa de realeza era mentira? Alguma fantasia estúpida que ele criou para si mesmo no meio de onde quer que estivéssemos? A geografia que eu entendia era baseada na região. Eles não explicavam onde ficavam os campos de reprodução ou outros destinos. Apenas as regiões e capitais.

Ryder se agachou e sua expressão me convidava a brincar.

Em vez de rejeitá-lo, aceitei. Se eu pudesse machucá-lo, mesmo que um pouco, teria uma oportunidade de escapar. Em último caso, isso me diria contra o que eu estava lutando.

Considerei arremessar a adaga nele – fiz um curso inteiro de luta com facas – mas não queria perder minha única arma.

Em vez disso, corri em volta dele, tentando alcançar suas costas, mas ele girou comigo, estendeu a mão e agarrou meu pulso. Me virei em uma tentativa de escapar, deixando meus instintos assumirem o controle. Mas seu aperto fez com que eu me contorcesse de uma forma que me forçou a largar a faca.

Merda.

Eu deveria ter arremessado.

Infelizmente, não houve tempo para corrigir o erro. Ryder já estava vindo em minha direção, tentando encontrar uma maneira de me subjugar.

Colocou meu braço para trás, mas usei o impulso a meu favor para girar e tentar acertar seu joelho. Ele se esquivou, seu contra-ataque me acertando bem no esterno.

Merda, ele é rápido.

Silas era meu principal oponente na universidade. Às vezes, Rae. E nenhum deles era tão rápido quanto Ryder.

Ele se movia com uma precisão que eu teria admirado se não fosse a pessoa que ele tentava cortar.

Escapei do seu aperto mais uma vez e corri em direção ao suporte de armas. Ele riu atrás de mim, então xingou quando encontrei um par de estrelas ninja. Mirei as duas em seu torso, mas ele as evitou se curvando de um jeito maluco que não deveria ser possível.

Fiquei tão chocada que parei de me mover e fui puxada para o chão um segundo depois. Tentei me afastar da maneira que fui treinada, mas ele segurou meus pulsos com uma das mãos e os puxou sobre minha cabeça. Em seguida, colocou a palma da mão oposta na minha garganta, seu olhar pensativo enquanto eu me contorcia embaixo dele.

— Isso foi trapaça — ele me informou com a respiração muito mais uniforme do que a minha. — Eu te dei uma faca. Você perdeu.

Inspirei um pouco de ar antes de responder:

— Você não disse que eu não poderia pegar outras armas.

Ele curvou os lábios.

— Acho que não.

Inclinou a cabeça para o lado e roçou o polegar no meu pescoço.

— Não foi um desempenho horrível, Willow. Foi melhor do que eu esperava, na verdade.

Isso não parecia ser um grande elogio. Não que um elogio fosse justificado. Quanto tempo resisti? Um minuto? Talvez dois?

Quase rosnei de frustração.

Então seus quadris se acomodaram entre os meus, e minha frustração se transformou em algo totalmente diferente. O calor se espalhou por minhas veias do ponto onde nossas virilhas se tocaram e meu coração começou a bater de forma instável no peito.

Ele me deixou impotente, sem opção a não ser obedecer.

E está excitado.

Minha garganta ficou seca com a percepção. *Estou completamente à sua mercê.*

— Você precisa comer mais, Willow. — Seus olhos escuros irradiavam uma fome que rivalizava com sua crescente excitação. — Vai ajudar no crescimento muscular adequado e preencherá suas curvas. — Seu olhar desviou para a minha boca e depois para o tecido que cobria meu peito.

Eu usava as roupas dele – uma camisa branca lisa e uma cueca samba-canção. Nenhum dos dois deixava muito para a imaginação, especialmente quando me senti úmida entre as coxas.

Ele é um caçador, pensei, inspirando profundamente. *Um vampiro. Um predador envolto em uma miragem de perfeição.*

E agora, toda aquela perfeição estava pressionada contra mim, seus músculos parecendo uma parede de tijolos.

Seus olhos escuros finalmente voltaram para os meus e o conhecimento em suas profundezas roubou minha capacidade de pensar. Ele podia sentir o cheiro da minha reação. Podia sentir com o polegar em meu pulso. Ele sabia que tinha a vantagem em todos os sentidos.

Eu estava perdida.

Não era uma palavra que eu não poderia pronunciar na presença dele. Não sem sofrer uma punição.

No entanto, uma parte de mim teve que admitir que eu não o recusaria, por mais do que apenas razões sociais. Sua presença colocava meus sentidos em perigo, tornando difícil pensar.

Razão pela qual demorei um momento para registrar o alarme que soava ao nosso redor. A sirene estridente mal penetrou em meus pensamentos até que Ryder se levantou para ir até um dos painéis de segurança.

Ele tinha um em cada cômodo, incluindo o quarto de hóspedes no andar de cima. Tentei brincar com a do meu quarto temporário ontem, mas não consegui ativá-la. O que me fez entender que só respondiam a ele.

— Humm — ele murmurou, examinando as imagens de segurança que preenchiam a tela ampla. — Temos companhia. — Ele olhou para mim. — Sabe como usar uma arma?

— Não. — Os humanos não tinham permissão para manusear armas dessa natureza, apenas ferramentas de combate como bastões e espadas. Parecia algo que ele deveria saber, além de várias outras coisas.

— Vamos retificar isso mais tarde — ele disse, digitando um código no painel que fez com que a parede se abrisse ao seu lado.

Arregalei os olhos ao ver a sala adjacente que Ryder tinha acabado de revelar. Havia um arsenal gigante. O martelo empalideceu se comparado a tudo aquilo, me dizendo que ele não estava brincando quando disse que havia armas melhores lá em cima.

Uau.

A grande sala ostentava várias fileiras de facas, armas, granadas e uma variedade de outros itens. Ryder saiu da minha vista.

Me obriguei a ficar de pé, com intenção de segui-lo, mas o painel chamou minha atenção. Silhuetas cor de laranja pintavam o fundo sombreado de roxo. Isso me fez lembrar dos scanners térmicos que estudei no curso de segurança na universidade. O objetivo da aula era demonstrar todas as maneiras com que os humanos eram observados e "protegidos". Na verdade, era uma forma de nos impedir de escapar. Ou foi assim que Rae, Silas e eu interpretamos.

— Quantos são? — Ryder perguntou da outra sala. Quando olhei para ele, o vi me observando da soleira. Ele não pareceu se importar que eu tivesse verificado a filmagem. Na verdade, parecia satisfeito com isso.

— Nove — respondi, supondo que ele queria que eu dissesse quantas manchas laranjas estavam nas telas que ele havia deixado no painel.

— Doze — ele corrigiu, desaparecendo novamente. — Mas você chegou perto — ele gritou para mim.

Fiz uma careta para a tela.

— Onde estão os outros três?

— Estão vindo do oeste — respondeu da outra sala.

— Oeste? — repeti, tentando descobrir qual monitor mostrava isso. Havia seis na tela, todos em diferentes partes de sua propriedade.

— Canto superior direito — ele disse ao retornar com uma arma na mão. Ele a usou para dar um tapinha na imagem no painel antes de prendê-la no cinto, onde havia outras duas.

Cerrei os olhos para o sombreado roxo, franzindo a testa quando percebi uma ligeira mudança na cor.

— O que é isso? — Não eram cor de laranja como os outros. — Por que essas estão tão fracas?

— Idade — ele respondeu. — Vá escolher algumas facas. Você vai precisar.

Isso não soou bem. Queria perguntar o que estava

acontecendo, mas ele desapareceu novamente antes que eu tivesse a chance.

Então fiz o que ele pediu e peguei algumas facas da parede de armas que decorava a área de luta. Eram ferramentas de combate destinadas a treinamento corpo a corpo, muito diferentes dos itens da sua sala secreta.

Também peguei duas estrelas ninja, uma das quais enfiei cuidadosamente na parte de trás da cueca samba-canção. A outra ficou em uma mão enquanto eu segurava duas facas na outra.

Isso não é muito eficiente, pensei enquanto Ryder voltava com um colete escuro que combinava com sua calça preta. Ele ainda estava sem camisa por baixo, deixando os braços musculosos em exibição. Eles flexionaram de forma ameaçadora quando ele enfiou uma lâmina no cinto de ferramentas. Isso me lembrou do que os Vigílias usavam, porém com tecnologia melhor.

Estava prestes a pedir um, mas minha boca se esqueceu de como funcionar quando vi o brilho escuro em seus olhos.

— Se você entrar lá sem minha permissão, vai se arrepender — ele me informou ao se aproximar. Em seguida, segurou meu queixo entre o indicador e o polegar e me forçou a olhar para ele. — E se pensar em usar essas adagas em mim esta noite, vai descobrir como eu prefiro usar uma faca. Entendido?

— Foi você quem me mandou atacá-lo — eu o lembrei. Este não era o momento para um debate, mas minha cabeça exausta não pôde evitar jogar as palavras de volta para ele. Tudo o que ele fazia era contra as normas.

Não eram seus Vigílias quem deveria lidar com o ataque do lado de fora? Não era essa uma das suas principais responsabilidades – garantir a segurança de seu vampiro real?

Ryder é mesmo quem diz ser?

Ele semicerrou os olhos.

— Agora não é hora de bancar a espertinha, escrava.

— Só estou dizendo que você sempre muda as regras. — Tornando impossível saber o que esperar dele.

— Então aprenda a me ler melhor — ele respondeu, apertando meu queixo com mais força. — Esses idiotas querem me matar. É por isso que estão aqui. Sugiro fortemente que você faça o que eu digo se quiser sobreviver.

Sustentei seu olhar.

— O que você quer que eu faça?

— Que me ajude a matá-los.

— Como?

— Protegendo o interior — ele murmurou, afrouxando um pouco o seu aperto. — E tente não morrer. Não terminei com você ainda.

Isso parece promissor, pensei.

— A energia vai cair em cerca de sessenta segundos como resultado dos meus protocolos de emergência — acrescentou. — Agora vá encontrar um esconderijo decente antes que isso aconteça. Se alguém diferente de mim te tocar, esfaqueie. Entendeu?

Parte de mim queria dar uma resposta sarcástica, mas as bolhas que se moviam na tela me fizeram reavaliar minha postura e assentir.

— Tudo bem.

— Boa menina — ele murmurou, pressionando um beijo em meus lábios que provocou um arrepio na minha espinha. — Boa matança.

Ryder

AQUELES IDIOTAS ACHAVAM QUE PODERIAM SE ESGUEIRAR ATRÁS de mim. Eu teria rido se não fosse um insulto.

Rastejei sobre o telhado da casa, com cuidado para ficar nas sombras. O sistema de segurança entrou em ação há cerca de quarenta segundos, envolvendo a propriedade na escuridão. Mas eu não podia fazer nada quanto à lua pairando no alto.

Os idiotas vinham de todos os lados, tornando difícil para mim escolher uma posição. Então fui para o canto voltado para os três com o mínimo de calor corporal. Eram os mais velhos. Os vampiros não ficavam mais frios com o tempo, na verdade, precisávamos de menos sangue para sobreviver. E as varreduras térmicas detectaram esse aspecto do sinal corporal. Isso me ajudava a saber com quem eu estaria lutando antes que eles chegassem.

Nenhum deles se compararia a mim em idade, a menos que Kylan tivesse decidido me fazer uma visita inesperada. Mas, da última vez que verifiquei, ele ainda tinha cérebro. Então, de jeito nenhum estaria rastejando no meu quintal agora.

Girei o pescoço, relaxando os ombros e me agachei perto do rifle *sniper* que eu mantinha para esse propósito. Eu tinha sete, todos em áreas diferentes e em direções opostas.

Nunca se poderia estar preparado demais na minha posição.

Irritei alguns vampiros quando optei por permanecer aqui em

vez de assumir um papel de liderança. A maioria desistiu de tentar me punir por isso. Então suspeitei que esses cretinos estivessem aqui por um motivo totalmente diferente.

Tudo bem, Idiota Número Um, vamos ver onde você está.

Eu tinha equipamento de visão noturna habilitado, o que me permitia espiar facilmente meu alvo, à cerca de setecentos metros de distância. Foi exatamente por isso que instalei o equipamento de segurança nas fronteiras. Isso me dava tempo para me preparar e os alarmes não seriam ouvidos de longe, mesmo pelos ouvidos dos lycans.

Procurei o *Idiota Número Dois* e o *Idiota Número Três*.

Eles se afastaram um pouco, tornando difícil derrubar a todos em sequência. O que significava que um ou dois poderiam desaparecer depois que eu disparasse a primeira bala.

Esperei meio segundo, medindo a distância das trajetórias, em seguida, disparei uma bala diretamente no crânio do *Idiota Número Dois*. Ele sobreviveria com uma leve dor de cabeça, mas não acordaria por, pelo menos, uma hora. Isso me daria tempo suficiente para derrubar alguns dos outros de forma permanente e deixá-lo vivo para interrogatório.

O *Idiota Número Um* tentou se jogar no chão, exatamente como eu esperava que ele fizesse. Puxei o gatilho para garantir que ele ficasse lá, então me concentrei no *Idiota Número Três*. Ele também desabou no chão, a falta de árvores tornando difícil se esconder.

Cinco.

Quatro.

Três.

Dois.

Puxei o gatilho. Seu ângulo de fuga era previsível.

E aqueles eram os mais velhos do grupo, deixando nove jovens vampiros para brincar.

O rifle comprometeu minha posição e me custou o elemento surpresa, mas valeu a pena derrubar as ameaças maiores.

Ficando na ponta dos pés, me inclinei na lateral do telhado para uma das escadas improvisadas que construí no revestimento de tijolo. Vários passos rápidos depois, minhas botas tocaram o cascalho.

Não perdi tempo olhando ao redor. Mesmo que os vampiros tivessem fugido, não estariam aqui.

Me movendo alguns metros para a direita, me ajoelhei e abri um dos alçapões na terra, em seguida entrei no túnel. A propriedade inteira continha um labirinto no subsolo, toda alinhada com entradas ocultas que só podiam ser acessadas por minha impressão digital.

Talvez eu devesse ter colocado a Willow aqui, pensei enquanto fechava a porta. Em seguida, fiz uma careta com a ideia.

Desde quando tento proteger os outros?

Balançando a cabeça, corri em direção à área onde o maior número de vampiros foi visto nas câmeras. Eles provavelmente já haviam se separado, mas eu poderia pegar alguns desprevenidos com uns dos meus presentes à espreita pelo terreno.

Depois de correr um pouco, diminuí o ritmo e parei ao lado de um dos painéis para exibir as imagens da propriedade.

Dois criminosos já haviam alcançado a porta da frente.

Mais três estavam contornando os fundos da casa.

Um ficou perto do perímetro externo, imóvel. Talvez ele não quisesse mais jogar. Essa seria uma decisão inteligente.

Outro estava a menos de três metros da minha posição e paralisado, provavelmente porque podia sentir minha presença.

Eu o ignorei para caçar Willow. Encontrei-a na sala de estar encostada na parede, a posição do corpo alerta e na defensiva. Ela escolheu se esconder da vista de todos, lhe dando duas vias de fuga destacadas pela lua que entrava pelas janelas.

Boa garota, pensei. Em seguida, procurei os dois últimos intrusos.

Ali. Sorri com a localização deles, a cerca de cem metros da casa. *Só um pouco mais perto*, eu os incentivei enquanto acessava uma tela de administração no painel ao lado da imagem.

Vamos lá. Dê alguns passos.

Isso mesmo, bom garoto.

Tudo bem, você também, amigo.

E... três... dois... apertei o botão e sorri quando a explosão balançou a infraestrutura ao meu redor. Os túneis estariam seguros – o raio da explosão não ultrapassava a área que eles haviam acabado de entrar e ficava longe do meu refúgio subterrâneo – mas aqueles dois vampiros estariam gravemente feridos ou mortos, dependendo do quanto estivessem próximos do ponto de detonação.

Tudo bem, eu tinha sete para derrubar ainda.

O mais próximo de mim começou a avançar novamente, tornando mais fácil alcançá-lo.

Usando o painel de segurança, engrenei um ponto de armadilha em sua trajetória e sorri quando ele caiu direto nela. Seus uivos de dor resultantes eram música para meus ouvidos. A única maneira de escapar daquela armadilha de urso era perdendo o membro. Mais cedo ou mais tarde, cresceria de volta, mas não rápido o suficiente para salvá-lo de mim.

O trio atrás da casa veio na minha direção, procurando no campo pela minha localização, porque o idiota acima de mim estava gritando que eu estava por perto.

Sim, caminhe por aqui, eu os incentivei, cantarolando baixinho uma velha canção que surgiu na minha cabeça. Ninguém mais fazia música assim. As artes morreram com a população humana. Uma pena, porque eu gostava de entretenimento teatral. Os lycans também gostavam, ocasionalmente criando os seus, mas não era a mesma coisa.

Comecei a dançar no ritmo da música que tocava na minha cabeça enquanto observava os idiotas nos monitores se movendo exatamente para onde eu queria. Com um pequeno giro, preparei outro explosivo e ri quando pisaram direto nele.

— Obrigado por jogar — murmurei, não me importando se o idiota acima de mim ouvisse. — Quem quer ser o próximo a dançar?

Ainda cantando a música que já havia sido famosa, abri as telas da casa e encontrei os outros dois lá dentro, caminhando na direção de Willow. O Cara Esperto Número Doze havia recuado, sua presença não estava mais na propriedade. Eu tentaria rastreá-lo mais tarde pelo cheiro.

Primeiro, precisava cuidar dos dois últimos palhaços dentro da casa.

A postura tensa de Willow me disse que ela os ouviu se aproximando. Com sorte, ela poderia segurá-los até eu chegar.

Eu realmente deveria tê-la colocado em um lugar mais seguro.

Por que me importo?, me perguntei quando comecei a correr em direção a sua localização através dos túneis. Eu mal conhecia a garota. No entanto, uma parte de mim a reivindicou.

Willow me fascinou de uma forma incrível. Ela era obediente, mas desafiadora. Lindamente destruída no que dizia respeito à sociedade – um atributo que a tornava perfeita na minha cabeça.

Também senti seu ódio inato por minha espécie e seu desejo de escapar desta vida. Todo o tempo, uma guerreira estava prestes a vir à tona dentro dela, decidida a sobreviver. Ela tinha um cheiro delicioso e possuía curvas atraentes que só fazia o apelo aumentar.

E seus olhos.

Humm, sim, aqueles lindos olhos azuis exibiam a miríade de sentimentos que ela continha. Eu queria quebrar suas paredes para liberar o vulcão que havia dentro dela, mas estava ganhando tempo. Jogando nosso próprio joguinho íntimo.

Devia ser por isso que eu estava correndo em sua direção agora.

. . .

Nós NÃO TERMINAMOS e se aqueles idiotas pegassem meu brinquedo novo, eu não iria simplesmente matá-los. Eu aniquilaria suas almas antes de permitir que caíssem nas garras da morte.

Cheguei à escotilha do porão em tempo recorde, depois puxei o painel ao lado da porta para verificar como estavam todos lá dentro.

Os intrusos se separaram. Ignorei o do segundo andar e observei o do primeiro, que estava virando para a sala de estar onde Willow se escondia.

Ele a encontrou imediatamente, já que seu cheiro era um farol para um vampiro.

Mas ele não viu as facas.

Ela a jogou com uma precisão que admirei, acertando-o bem no peito. Em seguida, apontou uma estrela para o pescoço dele, alojando os dois instrumentos em seu corpo com o impacto.

Muito bem, elogiei. Estava impressionado. Mas suas ações chamaram a atenção do segundo predador e seus passos soaram nas escadas enquanto ele descia correndo para localizar a ela e ao amigo.

Abri o alçapão do porão, sentindo o sangue esquentar em minhas veias com o pensamento de ele alcançar a minha Willow.

Seu suspiro atingiu meus ouvidos e o som de um rosnado masculino vibrou nas paredes.

Ao entrar, encontrei-a lutando com o vampiro, sua técnica impecável, mas ela não era páreo para a força sobrenatural dele. Uma das estrelas estava presa na parede – um lance perdido. O que significava que ela só tinha uma faca sobrando.

— Vadia! — o vampiro gritou. Ouvi o som de um osso quebrando, o que provocou um arrepio na minha espinha e o grito de dor de Willow me forçou a me mover.

Nem pensei.

Agi.

Posicionei a arma, mirei no alvo e uma bala atingiu sua cabeça, forçando-o a soltá-la.

Mas isso não era bom o suficiente.

Me aproximei dele e disparei mais três tiros em seu crânio, depois mais dois em seu pescoço. A faca de Willow brilhou no chão. Guardei a arma no coldre, recuperei a faca e comecei a trabalhar para arrancar a cabeça dele.

O outro cara recebeu um tratamento semelhante e só depois de concluir a tarefa percebi que o som alto em meus ouvidos vinha do meu peito.

Eu estava ofegante.

Sanguinário.

Furioso.

Willow se encolheu no chão, segurando o braço contra o peito enquanto mordia o lábio inferior, tentando não chorar. *Minha guerreira forte.*

Abaixei a faca. Fui até minha escrava trêmula e me ajoelhei ao seu lado. Ela se encolheu para longe do meu toque, deixando evidente a sua dor.

— Shh, não vou te machucar. Deixe-me ver.

Ela tremeu, mas fez o que pedi.

O cretino quebrou os ossos do seu antebraço, provavelmente torcendo o pulso enquanto tentava tirar a faca da sua mão.

Mais cedo ou mais tarde, ela iria se curar, e eu precisava garantir que os vampiros de fora não acordassem nunca. Mas não poderia deixá-la.

Em vez disso, me acomodei no chão para me sentar ao seu lado, mordi meu pulso e levei-o à sua boca.

— Beba.

Ela me encarou, com lágrimas e um brilho no olhar que eu nunca mais queria ver nela.

— Agora, Willow — insisti, sem querer permitir que ela sofresse.

Ela engoliu em seco, franziu o nariz em desgosto, mas

obedeceu e pressionou a boca na ferida aberta. Seu primeiro toque na minha pele foi hesitante. Abri a boca para instruí-la, mas ela começou a chupar antes que eu pudesse falar.

Um gemido baixo vibrou em meu braço e seu prazer em beber de mim foi como um golpe eufórico em meus sentidos. Usando a mão livre, enrosquei os dedos em seus cabelos e a puxei gentilmente para mais perto até que ela estivesse encostada em mim.

Ela relaxou, ainda segurando o braço quebrado enquanto o meu antebraço descansava em sua coluna para mantê-la ereta.

Segurá-la parecia ser certo. Caloroso. Real de um jeito intoxicante.

O que está acontecendo comigo?, me perguntei. Eu não abraçava.

Ignorando a estranheza da nossa situação, optei por abraçá-la e garantir que ela tomasse mais do que o necessário do meu sangue. Aceleraria sua cura, assim como aconteceu há uma semana.

— Em breve, você vai sentir uma sensação de formigamento no braço — eu disse baixinho. — É assim que você vai saber que o osso está colando. Precisamos posicioná-lo corretamente e mantê-lo nesse ângulo durante o processo. Ele deve voltar ao normal em algumas horas ou até antes. — Meu sangue era antigo, minha imortalidade, resoluta. Um humano que bebesse da minha essência deveria se curar mais rápido.

Passei os dedos em seu cabelo, percebendo o sangue cobrindo minha pele.

Ah, bem. Nós dois precisaríamos de um banho depois disso.

Após vários minutos permitindo que ela bebesse de mim, eu a afastei do meu pulso.

— Isso deve ser suficiente.

Ela não respondeu, apenas me olhou com ar sonhador.

Curvei os lábios com o contentamento em suas feições.

— Sim, isso realmente foi suficiente.

Ela murmurou algo ininteligível.

— Acho que gosto de você neste estado — sussurrei, puxando-a com cuidado para o meu colo. Ela apoiou a cabeça no meu peito com um suspiro e seu corpo relaxou completamente contra o meu. — Há tanta coisa que eu poderia fazer e algo me diz que você aprovaria, desde que eu te deixasse beber um pouco mais de sangue.

Minhas palavras não tiveram impacto sobre ela, confirmando minha declaração.

— A cura pode perturbar o seu estado de euforia — avisei. — O processo de recuperação óssea é mais doloroso do que a fratura em si.

Pelo menos não foi um ferimento à bala. Esses eram terríveis para se recuperar, algo que os vampiros do lado de fora estariam experimentando. Eu realmente precisava cuidar deles antes que acordassem e rastrear o último intruso – aquele que foi inteligente o suficiente para fugir.

— Vou colocá-la em um estado de sonho temporário — sussurrei para Willow. — Você estará segura e vai se curar mais rápido.

Ela gemeu novamente, mas não soou como um protesto.

Segurei-a em meus braços e caminhei até o sofá para colocá-la em uma posição confortável que protegesse seu braço. Em seguida, reposicionei o antebraço com cuidado para garantir que seus ossos cicatrizassem com precisão.

Willow não se encolheu nem reclamou. Sua mente estava perdida em um estado de euforia provocado pelo meu sangue. Isso mudaria quando o processo de cura começasse, mas por enquanto, ela me olhou com um apelo saciado que eu queria repetir no quarto.

Me inclinei, dei um beijo em sua têmpora e a coloquei em sono profundo para ajudar a suavizar o processo. Minha compulsão serviu como uma espécie de desculpa, algo que eu realmente não compreendia. Se eu a tivesse protegido melhor, ela não teria se machucado. E, ao mesmo tempo, eu precisava saber como ela se comportava em situações perigosas.

— O que vou fazer com você, escrava? — perguntei pela milésima vez, perplexo com este apego estranho que estava crescendo entre nós. Isso passaria, é claro. Mas me intrigava.

Com um aceno de cabeça, eu a deixei se curar. Eu tinha alguns corpos para decapitar.

Willow

Olhos verdes escuros assombraram meus pensamentos, latentes e intensos, me lembrando de algo que eu não conseguia entender.

Outro sonho?

Uma memória sombria?

Eu não poderia dizer, pois a lembrança aparecia e desaparecia em um flash. Mas então, algo me empurrou de volta à realidade. Minha mente aceitou avidamente o adiamento, ainda não estando pronta para ceder aos pensamentos sádicos do meu passado.

Algo sobre...

— Willow. — A voz se intrometeu em meu pensamento, me levando a um estado de consciência e para longe da experiência que eu ansiava por esquecer.

Abri os olhos. As luzes estavam acesas, e ele estava diante de mim com o cabelo úmido e uma toalha enrolada na cintura.

Nada mais.

Toda aquela perfeição em exibição fez minha garganta secar e minha língua ansiar por um tipo diferente de prova.

Era por isso que vampiros eram perigosos. Eles eram atraentes, bonitos e letais. Ele poderia quebrar meu pescoço com tanta facilidade quanto aquele monstro quebrou meu braço e beber a vida de minhas veias. No entanto, ele poderia facilmente me deixar de joelhos, já que sua própria aparência era uma sedução para os sentidos. E ele também sabia disso.

— Se sentindo melhor? — ele me perguntou, olhando para o meu antebraço.

Olhei para ele, franzindo a testa. Estava completamente curado.

— Quanto tempo fiquei fora do ar?

— Umas seis horas. — Ele me ajudou a rolar para o lado, depois se sentou no sofá comigo e passou os dedos no meu braço. — Está novinho em folha.

O que há com esse vampiro? Suas ações e palavras faziam minha cabeça girar. Ele não tinha nada a ver com a imagem que aprendemos na universidade.

Lycans e vampiros quebravam ossos humanos o tempo todo lá e depois faziam o mortal sofrer com a dor da cura. Servia como um lembrete de seu poder e capacidade de ferir aqueles que saíam da linha.

Pela minha experiência, suas punições mais cruéis nem sempre eram iguais à morte.

A tortura pode fazer muito mais para machucar alguém. E forçar aquela pessoa a viver com as memórias do seu tormento era o castigo final.

No entanto, Ryder me curou. *Duas vezes.*

Não fazia sentido. Os vampiros da realeza pegavam o que queriam. Eles eram criaturas selvagens. E ainda que Ryder exalasse o mesmo ar de violência, ele me tratava como se eu fosse algo precioso. Não apenas um lanche.

Seus olhos escuros encontraram os meus enquanto ele tocava meu pescoço, encontrando meu pulso.

— O que está te deixando tão nervosa, doce escrava? — ele perguntou, se curvando para passar o nariz pela minha bochecha de uma maneira decididamente animalesca.

Porque ele não é humano.

— Seu cheiro indica que você está perturbada — ele murmurou. — É o seu braço? Está doendo?

— Não, é que... você me curou... — parei, depois de dizer a primeira coisa que me veio à cabeça, mas não soube como terminar.

Ele se levantou apenas o suficiente para olhar para mim. Sua proximidade era como uma carícia quente em meus sentidos.

— Sim. Está querendo me agradecer?

A forma com que falou aquilo fez meus braços arrepiarem. Eu só podia imaginar o que ele queria que eu fizesse para demonstrar minha gratidão.

Ele acariciou meu pescoço e rosto, onde segurou minha bochecha.

— Ainda está com dor?

Balancei a cabeça devagar, negando.

— Bom — ele sussurrou. — E como estão suas memórias?

Seu hálito mentolado turvou e seduziu meus sentidos. Seria tão fácil prová-lo, seus lábios estavam a poucos centímetros dos meus.

Pare com isso, disse a mim mesma. *Ele é perigoso.*

Me lembrei do jeito como ele matou aqueles dois vampiros na sala de estar, o quanto suas ações foram brutais e precisas em destruir suas vidas. Ele nem piscou, tão perdido em sua raiva que os exterminou sem pensar duas vezes.

Era exatamente o que ele faria comigo quando se cansasse da minha presença.

Não, minha morte seria pior. Ele me drenaria com uma mordida, pegaria de volta todo o sangue com que me alimentou e mais um pouco.

Estremeci com a ideia.

— Ainda estão nebulosas? — Ryder perguntou, me trazendo de volta às suas perguntas sobre minha memória.

— Sim — admiti. — Como se tudo que tivesse vivido antes de acordar no seu porão fosse um sonho.

— Humm. — Ele passou o polegar pela minha bochecha, depois moveu o aperto para a minha garganta novamente. — Você parece ter uma reação adversa ao meu sangue, ou talvez seja algo relacionado aos medicamentos que você recebeu no campo de reprodução. Talvez uma combinação dos dois. — Seu olhar se desviou para meus lábios. — Vou cuidar disso para você na próxima semana.

Pisquei para ele.

— Por que você faria isso? — *Por que você se importa?* era o que eu realmente queria saber.

— Porque eu posso — ele respondeu. — E você é minha escrava. Gostaria de saber o que aconteceu com você para te fazer esquecer. É um sinal de falha de programação, algo que imagino que a sociedade acharia fascinante.

Sinto muito ter perguntado, pensei, engolindo em seco.

— Não se preocupe, doce Willow. Não vou deixar ninguém te tocar. Você é minha. — Ele deu um beijo na minha boca, semelhante ao que me deu na sala de treino. Rápido. Caloroso. Repleto de promessas.

— O que sou para você? — perguntei, procurando seus olhos. — Qual é a classificação do meu papel no seu mundo?

— Você é minha escrava — disse, curvando os lábios. — É minha para brincar e acariciar como eu quiser e, em troca, vou te manter segura.

— Por quê? — A universidade não havia falado sobre a classificação de uma escrava, e algo me disse que Ryder tinha acabado de inventar isso. Como tudo mais. *Ele é mesmo da realeza?*, me perguntei novamente, confusa com sua excentricidade.

Sua boca encontrou a minha novamente, desta vez demorando um pouco mais antes de repetir:

— Porque eu posso. — Essas três palavras espalharam calor por todo o meu corpo, despertando uma emoção proibida que eu não sabia como lidar.

Por vinte e dois anos, não me permiti ter esperança. Até o Dia de Sangue, quando pensei que com certeza me tornaria Vigília. Quando o magistrado anunciou meu destino, meu coração se despedaçou e a decepção gritante se tornou uma nuvem de pesadelo em minha mente.

Eu me lembrava claramente, embora parecesse ter se passado uma vida inteira.

A *esperança* era uma emoção perigosa. A *felicidade* era ainda mais letal. E eu me recuso a me sentir assim agora.

Ryder não pretendia me manter. Ele não pretendia me proteger. Ele queria brincar comigo por alguns instantes, depois me descartaria para pegar seu próximo pedaço de carne fresca.

— Por que há onze corpos sem cabeça na garagem? — uma voz profunda nos interrompeu, fazendo Ryder sorrir contra minha boca. Ele me deu outro beijo antes de se sentar para enfrentar o homem de cabelos escuros que entrou na sala de estar usando um terno todo preto.

Damien.

Mas não foi isso que chamou minha atenção. Meu foco foi atraído para o local onde um dos vampiros havia morrido. Especificamente, para o tapete branco que estava tão imaculado quanto o resto da sala.

Ryder não só se limpou, como também cuidou do sangue espalhado no chão.

— Porque o décimo segundo intruso ainda está no porão, com a cabeça — Ryder falou devagar, respondendo à pergunta sobre os corpos do lado de fora. Estremeci, tanto pela imagem mental que suas palavras criaram quanto com a palma da sua mão me reivindicando. Seu polegar deslizou pela minha caixa torácica para descansar logo abaixo do meu seio.

— Entendo. — Damien enfiou as mãos nos bolsos da calça enquanto se aproximava do sofá para ficar ao nosso lado. — Interrompi a hora da refeição?

— Não, acabei com um saco de O-positivo há cerca de dez

minutos. — Ryder continuou a acariciar minhas costelas, seu toque era possessivo e desconcertante. Isso me fez querer arquear o corpo em sua direção e fugir ao mesmo tempo. Meu coração acelerou com a resposta conflitante e meu corpo se transformou em fogo líquido sob sua mão.

Eu não sabia como lidar com a chama que queimava dentro de mim.

Não sabia como lidar com *ele*.

— Por que você está se negando a um novo A-negativo? — Damien perguntou, o lembrete da sua presença ajudando a apagar as chamas.

A-negativo era meu tipo de sangue. Embora fizesse parte dos meus registros, suspeitei que não era assim que ele sabia.

— Porque ela está se recuperando — Ryder murmurou, sua atenção se voltando para mim mais uma vez enquanto ele continuava me acariciando. Tanto seu toque quanto o olhar pareciam uma marca. E a implicação em seu tom sugeria que ele pretendia me morder... e logo.

Estremeci, encantada e apavorada com a perspectiva.

Damien bufou.

— Você disse a mesma coisa da última vez que falamos sobre isso.

— Sim, ela está se recuperando de novo — Ryder respondeu, erguendo o olhar para encontrar os de Damien. — Há algo que você queira me dizer, velho amigo?

Ele sequer vacilou.

— Ela é um problema.

— Porque não vou comê-la?

— Não. Porque ela não tem designação e os outros não vão gostar disso. Ela também não é seu brinquedo.

Ryder levantou uma sobrancelha.

— Sou um membro da realeza agora. Isso não significa que posso quebrar certas regras?

— Você é um membro temporário da realeza e sabe o que a Lilith fará quando descobrir.

Então ele é da realeza, pensei. *Um membro da realeza muito estranho.*

— A Lilith pode chupar meu pau — Ryder respondeu, fazendo meus olhos se arregalarem.

Ninguém nunca falou sobre a Deusa dessa maneira. No entanto, Ryder fez isso sem se importar, seu tom sugerindo que ele desprezava a rainha da nossa sociedade. Um humano seria morto por dizer tal coisa.

— Não dou a mínima para essa nova regra mundial ou seus decretos maliciosamente planejados — ele continuou, apertando meu quadril com força. — E não há nada temporário na minha nova posição. Portanto, siga o programa ou dê o fora.

Damien suspirou.

— Você me pediu para aconselhá-lo. Estou só fazendo meu trabalho.

— Me considere aconselhado e considere seu conselho ignorado.

— Certo.

— Certo. — Os dois vampiros se encararam por mais um segundo, então o aperto de Ryder afrouxou e sua postura relaxou mais uma vez. — Quer conhecer o *Intruso Número Doze?*

— Qual o nome dele?

— Não perguntei. Mas ele foi o único que tentou fugir depois de colocar os pés na minha propriedade, por isso o mantive vivo. Inicialmente, eu pretendia brincar com um dos vampiros mais velhos, mas mudei de ideia depois de observar as habilidades de raciocínio do *Número Doze.*

Damien arqueou uma sobrancelha.

— Claro que você mudou. Ele ainda tem língua?

Ryder bufou.

— Vamos. Eu não sou um monstro completo.

— A bagunça na sua garagem diz o contrário.

— Considero isso mais como um favor do que um ato monstruoso. Era obvio que nenhum deles tinha muita inteligência, considerando que tentaram me atacar e tudo mais. — Ryder deu de ombros. — Duvido muito que farão falta.

— Quem quer que os tenha contratado pode achar o contrário — Damien apontou.

— Você quer dizer a Janet? Sim, ela pode estar chateada, mas vou tirá-la de seu sofrimento em breve.

— Janet os enviou?

— Foi isso o que nosso amigo no porão disse. Ele também me deu três outros nomes de vampiros que apoiaram a missão.

— Então ele é tagarela — Damien comentou.

— Muito. — Ryder sorriu. — Sinta-se à vontade para descer e conhecê-lo. Depois precisamos discutir as próximas etapas. Estou pensando que uma lição sobre etiqueta de hierarquia é necessária na cidade de Silvano que, a propósito, será renomeada.

— Parece necessário, sim — Damien concordou.

— Vai me ajudar a planejar a chegada?

— Claro.

Ryder sorriu.

— Excelente. Divirta-se com o *Número Doze* no porão.

— É esse o nome que você escolheu para ele?

— É a versão abreviada — Ryder explicou.

Damien sorriu.

— Eu te aviso se o *Número Doze* contar alguma coisa útil.

— Brilhante. Só não o mate.

— Vai usá-lo para dar o exemplo?

— É como se você me conhecesse — Ryder falou lentamente.

— Alguns dias — Damien disse, olhando para mim. — Ela vem para a cidade de Silvano conosco?

Ryder olhou para mim e seus olhos escuros brilharam como chamas negras. Minha pele esquentou enquanto ele me acariciava com aquele olhar ardente.

Me senti dominada por aquele olhar. Possuída. *Sua.*

Minhas coxas se fecharam com o pensamento e meu estômago tremulou com um fogo proibido. Logicamente, eu sabia que desejá-lo era uma sentença de morte. Mas meu corpo se recusou a aderir a pensamentos razoáveis. Reagi a ele, porque fui treinada para isso. Se adequava à cadeia sobrenatural da vida.

Ryder era o caçador.

E eu era sua presa.

— Sim — ele murmurou depois de um longo tempo. — Assista à filmagem da sala de estar que fiz há pouco mais de seis horas e você entenderá por quê. Ela é bastante dotada com facas. — Seus olhos se desviaram de mim e focaram em seu amigo. — Todo mundo vai esperar que ela seja fraca como humana. Eu posso usar isso.

— Ela será ainda mais subestimada se for percebida como um membro do seu harém — Damien disse, provocando um arrepio na minha coluna. Ele falou sobre mim como se eu fosse um objeto a ser reatribuído e usado onde necessário – um resumo surpreendentemente preciso de minha vida.

— Meu harém? — Ryder pareceu se divertir. — Ah, certo. Imagino que herdei os brinquedos de Silvano.

— Sim.

— E quem os está protegendo no momento?

— Garland — Damien respondeu.

Ryder grunhiu.

— Isso quer dizer que ele está transando com elas.

— Provavelmente.

— Ótimo. — Ryder voltou sua atenção para mim e suas pupilas dilataram quando seu olhar caiu para o meu peito, subindo gradualmente para o meu rosto. — Humm, a Willow seria uma adição deliciosa ao meu harém.

— Seria mesmo. Mas ela vai precisar de um guarda-roupa que combine.

Ryder balançou a cabeça lentamente.

— Sim. Providencie isso. — As chamas escuras em seus olhos

brilharam mais, revelando um vampiro faminto por trás da sua bela máscara.

Engoli em seco.

Me juntar a um harém de vampiros estava bem próximo ao fim da minha lista de desejos, apenas alguns passos acima do acampamento de reprodução.

No entanto, a ideia de ir para a cama de Ryder não me desanimava. Era exatamente por isso que eu precisava lutar contra. Seu interesse por mim seria temporário e quando ele terminasse, eu seria transferida para outro.

E depois para outro.

Viveria o resto dos meus dias em servidão sexual, apenas esperando que um dos vampiros acidentalmente – ou propositalmente – me matasse.

Seu toque seguiu pela lateral do meu corpo até meu rosto, onde os nós dos seus dedos tocaram a minha bochecha em uma carícia terna.

— Não fique tão assustada, escrava — ele sussurrou. — Vou garantir que você goste.

Damien grunhiu.

— Não diga isso na frente dos outros. Ela é um brinquedo, Ryder. Lembre-se disso.

Ele estava certo. Os vampiros não viam os humanos como iguais. Eles não se importavam se estávamos machucados, com medo ou morrendo. Éramos comida. Brinquedos de transa. Seres que eles escravizavam para atender às suas necessidades.

No entanto, Ryder não me tratava assim e, mesmo agora, ele continuou a deslizar os dedos pela minha pele até meu pescoço.

— Você provavelmente quer tomar um banho. Depois precisa comer.

Damien suspirou alto.

— Tudo bem, faça do seu jeito. Estarei com o *Número Doze* no porão.

Ryder continuou a ignorá-lo, com os olhos fixos nos meus.

— Amanhã, vou te ensinar a atirar com uma arma.

— Isso não vai acabar bem — ouvi Damien murmurar de longe.

— Depois, vamos trabalhar para melhorar algumas das suas técnicas de luta — Ryder continuou, desconsiderando o comentário de Damien. — Você lutou bem, mas todas as suas instruções foram em relação a derrubar humanos. Como mostrei antes, meu tipo é diferente. Somos mais fortes e mais rápidos. Mas todos os vampiros têm fraquezas. Vou te ensinar como explorar isso.

— P-por quê? — perguntei, sentindo a garganta seca. Nada disso fazia sentido. Ele queria que eu lhe ensinasse meus cursos – algo que ele já deveria ter tido acesso – e agora planejava me adicionar ao seu harém e me ensinar estratégias defensivas reservadas para Vigílias.

— Porque você vai ser minha pequena guerreira secreta — ele respondeu, com os olhos brilhando. — Será a aliada que ninguém vai antecipar.

— Aliada?

— A minha ascensão não será fácil. — Ele passou os dedos pelo meu cabelo e seus olhos seguiram o movimento. — Há quem queira me matar, como você acabou de presenciar. E você, minha doce escrava, vai me ajudar a matar todos eles.

A presa se torna o caçador, pensei, refletindo sobre o conceito.

Como minha visa virou isso? Meu destino? Quanto tempo ele me manteria? Eu morreria ao lado dele? Morreria por causa dele?

Morreria ainda mais rápido sem ele?

Meu estômago revirou com a ideia. Ele queria me treinar para matar outros. Talvez eu pudesse usar o conhecimento para me defender. Escapar. Para finalmente ser livre.

E ir para onde?, me perguntei.

Não sabia responder a isso.

Ryder se levantou e estendeu a mão.

— Agora venha, está na hora de você tomar banho. Vou fazer

um frango simples para você comer depois, pois sei que minha outra comida tem sido difícil para você. Vamos trabalhar nisso.

Este vampiro confundia minha cabeça, mas me vi estendendo a mão para encontrar a sua. O calor se espalhou pelo meu braço com o toque, o fogo reinando dentro de mim. Ele me puxou para cima e sua mão apoiou em meu quadril para me firmar.

— Você teve aulas de artes sexuais, certo? — ele perguntou, afastando a palma da mão do meu quadril para pressionar a parte inferior das minhas costas. Meu peito encontrou seu torso nu e seu calor era como um cobertor de boas-vindas aos meus sentidos.

— Sim — sussurrei, sentindo minha garganta tensa de repente.

— Bom — ele respondeu, soltando minha mão para segurar minha bochecha. — Vai precisar desse treinamento na cidade de Silvano. Porque pretendo tirar o máximo proveito disso. — Ele pressionou os lábios na minha boca antes de deslizar ao longo da minha pele até o meu ouvido. — Tente usar esta semana para se preparar adequadamente, Willow. Não sou um amante fácil e vou dar notas em sua técnica.

Meu estômago embrulhou e suas palavras me despejaram em um mar de calor e fúria.

Eu queria discutir e ficar de joelhos ao mesmo tempo.

Foi uma reação que me deixou sem palavras, algo que ele traduziu como aquiescência.

Ryder me levou escada acima sem dizer uma palavra, mas a palma da mão era um lembrete de fogo em minhas costas.

Eu teria uma semana para processar isso.

Uma semana para o momento em que ele esperava a minha performance.

E se ele era como todos os outros membros da realeza, não estava se referindo a sexo apenas com ele, mas com os outros. Eles compartilhavam os haréns com funcionários do alto escalão da sociedade.

Eu poderia lidar com isso?

Estava preparada?

Meu treinamento funcionaria corretamente?

Meus joelhos tremeram quando entramos no meu quarto. Um olhar para a cama fez minhas coxas se apertarem, e não de medo, mas pela perspectiva do que Ryder pretendia fazer comigo.

Não é isso que eu quero, disse a mim mesma. No entanto, aquela voz parecia fraca. Despreparada. Apavorada.

Porque no fundo, uma parte de mim queria o mesmo que ele, e isso era que mais me assustava.

— Tire a roupa — Ryder disse enquanto me acompanhava até o banheiro. Em vez de me ver obedecê-lo, ele se concentrou no chuveiro.

Isso me deu um momento para recuperar o fôlego.

Então me lembrei da sua ordem e o calor cobriu minha pele mais uma vez.

Não tive escolha a não ser obedecer, o que não era um problema para mim. Eu estava acostumada com a nudez. Era a evidência da minha excitação que eu queria esconder.

Ele já sabe, sussurrei para mim mesma, relembrando seus sentidos superiores. *Ele pode sentir o cheiro.*

Esse pensamento deixou minha boca seca.

Em vez de pensar demais, tirei o short e a camisa, me recusando a reconhecer a vergonha por reagir a ele. Era só outra maneira de ele vencer, e eu não daria mais essa vitória ao vampiro. Embora eu realmente não tivesse certeza de que jogo estávamos jogando ou mesmo se era um jogo.

Ele colocou a mão debaixo da água e acenou com a cabeça.

— Está pronto para você. — Em seguida, ele se virou e passou os olhos pelo meu corpo, desviando o olhar aquecido para minha intimidade. — Vai precisar se depilar antes de irmos. Vou encontrar uma navalha para você.

— E se eu não fizer isso? — perguntei a ele, sentindo a

necessidade de defender minha posição por motivos que não consegui identificar. Parecia natural lutar contra ele. Pelo menos, um pouco.

Seus lábios se curvaram quando ele entrou no meu espaço pessoal e seus passos me forçaram a encostar na bancada com duas pias atrás de mim. Ele segurou o mármore aos lados do meu quadril e seu corpo apertou o meu.

— Se não fizer isso, eu mesmo te depilo, Willow. — Ele roçou o nariz da minha bochecha até a minha orelha. — Eu te desafio a me desafiar, escrava. Porque vou gostar muito de te punir por isso. — Ele mordeu minha orelha com firmeza antes de acrescentar. — Agora seja uma boa menina e tome um banho. Vou trazer comida para você depois que terminar.

Ryder se afastou de mim com um sorriso malicioso, pegou minhas roupas e se exibiu para mim ao cheirá-las.

— Humm — ele murmurou em aprovação, olhando o meu corpo pela milésima vez desde que nos conhecemos. — Estou ansioso para provar você mais tarde, Willow. — Ele se virou para a porta, mas parou com um único lembrete jogado por cima do ombro: — Uma semana, escrava. Uma semana.

Meus joelhos dobraram quando ele saiu e meu coração disparou no peito.

Uma semana, repeti para mim mesma. *Puta merda.*

Ryder

— Preciso dizer o que vai acontecer se você tentar fugir na cidade de Silvano, que logo será renomeada? — perguntei a Willow depois de acomodá-la no assento ao meu lado no jato.

Vi o brilho de um plano se formando em seu olhar durante toda a semana enquanto treinávamos. Ela tinha habilidade com a arma, aprendeu rapidamente os movimentos de luta que ensinei e provou ter boa resistência em termos de corrida.

Mas jamais me superaria.

E eu precisava que ela reconhecesse isso agora.

Eu podia ver as engrenagens girando em sua cabeça enquanto ela pensava sobre minha pergunta. Finalmente, ela concedeu um curto "não", porque ela sabia o que eu faria se tentasse fugir e não seria agradável para nenhum de nós.

— Ótimo — respondi, me acomodando na cadeira e encontrando o olhar de Damien na minha frente. Ele segurava um jornal no colo e usava um terno que era uma réplica exata do que escolhi usar hoje. Só que ele combinou o seu com gravata, e eu deixei meu pescoço exposto.

— Gostei do vestido dela — disse como um tipo de agradecimento, já que ele havia escolhido o guarda-roupa.

— Eu sei. — Ele pegou o copo de uísque que a comissária

havia acabado de deixar e tomou um longo gole. — Mas ela ainda não parece adequada.

Franzi o cenho.

— Ela está usando um vestido preto translúcido. Seu cabelo está penteado. Ela está com saltos altíssimos. O que mais podemos fazer? — Meu pau a saudou no segundo em que ela saiu do quarto, há trinta minutos, e ainda estava semi ereto por ela. Porque Willow com aquele vestido era uma verdadeira provocação. O fato de eu tê-la desejado a semana toda não ajudava a resolver o problema.

No entanto, eu estava gostando desse jogo prolongado entre nós. Houve várias vezes em que senti seu interesse durante nossas aulas, principalmente quando a prendia no chão após um movimento de luta.

Ela me queria – disso, eu não tinha dúvidas. Eu poderia tomá-la agora e ela se submeteria, mas eu gostava da perspectiva de ela me implorar. E ela ainda não estava nesse ponto.

— Ela está muito tensa — Damien apontou quando o jato começou a se mover. O piloto era um velho amigo – um dos poucos em quem confiava para me transportar. Ele falou pelo intercomunicador a hora prevista de chegada e começou a se preparar para a decolagem.

Observei Willow quando começamos a subir, notando seus ombros rígidos e a pulsação acelerada.

— É o seu primeiro voo? — perguntei a ela.

Ela assentiu, cravando as unhas no braço da poltrona.

Assenti.

— Viu, ela só está nervosa por viajar — falei para Damien, sem demonstrar preocupação. — Ela vai se acalmar assim que pousarmos.

Ele me deu uma olhada.

— Não, quero dizer, ela é muito tensa em geral. Os membros do harém bajulam os membros da realeza, todos implorando por atenção. Ela mal te toca. Os outros vão notar e se perguntar o porquê, que é exatamente o oposto do que você quer se ela vai ser seu segredinho. Caramba, você nem mesmo a marcou, Ryder.

Senti a mandíbula pulsar enquanto suas declarações eram registradas. Eu não tinha muita experiência com a mentalidade do harém, pois tudo surgiu durante a reforma política da nossa sociedade. Mas ele tinha razão a respeito das suas reações a mim.

Apesar do claro interesse de Willow, também senti muitos momentos de medo e pensei que poderiam ser causados por sua experiência no campo de reprodução. Só que ela me disse que ainda não conseguia se lembrar do que tinha acontecido enquanto esteve lá. Achei que ela jamais se lembraria, levando em conta as drogas que devem tê-la forçado a usar.

Peguei minha própria bebida, tomei um longo gole e considerei como lidar com isso.

Willow precisava de uma introdução.

E estávamos ficando sem tempo para facilitar a aula.

Isso também me daria um motivo para verificar seus hábitos de higiene. Eu poderia dizer, pelo vestido, que ela havia se depilado exatamente como pedi, mas me perguntei o quanto ela foi minuciosa.

— Certo. — Coloquei o copo na mesa e olhei para Willow. — Venha até aqui, escrava. — Estávamos em uma altitude segura o suficiente para nos movermos.

Eu me soltei e estendi a mão para ajudá-la, mas ela não se moveu e seu terror permeou o ar.

— Viu? — Damien murmurou.

— Sim. — Isso não ia funcionar de jeito nenhum. — Vou resolver o problema.

Damien abaixou o queixo em reconhecimento e não disse mais nada enquanto meu foco voltava para Willow.

— Preciso que você se levante e me siga — eu disse a ela. — Ou podemos fazer isso aqui. Com o Damien.

Seus olhos azuis encontraram os meus, e ela entreabriu os lábios com a ameaça que não me preocupei em esconder. Se ela não quisesse obedecer, eu a puniria. E usaria Damien para fazer isso.

— Eu te falei das minhas intenções na semana passada — eu a lembrei, me referindo à nossa conversa, quando avisei que esperava tirar o máximo proveito do seu treinamento sexual na cidade de Silvano. — É hora de colocar suas habilidades à prova. Então escolha, Willow. Vamos fazendo isso aqui ou na privacidade do quarto dos fundos?

Eu precisava dela pronta quando pousássemos, o que nos dava menos de quatro horas.

— Você tem três segundos para decidir, escrava.

Quando cheguei a um na contagem regressiva, ela se forçou a sair da cadeira, fazendo com que Damien sorrisse.

— Que pena.

Ignorei seu comentário, mantendo o foco em Willow.

— Boa escolha — falei baixinho, me levantando e liderando o caminho para os fundos da cabine do jato. Damien podia estar desapontado, mas eu realmente não o queria envolvido nisso. Willow era minha escrava, não dele.

O cheiro do seu medo me seguiu por todo o caminho até a porta aberta perto da parte traseira do avião e aumentou a um nível perigoso quando ela viu a cama que esperando por nós. Ocupava a maior parte do espaço, com duas mesinhas de cabeceira nas laterais. E uma única porta interna levava ao banheiro.

Me virei e notei o tremor em seus membros, parecendo um pouco desequilibrada nos saltos de dez centímetros. O som e o movimento do jato provavelmente não ajudavam em nada, mas ela permaneceu de pé.

— Feche a porta — eu disse a ela enquanto tirava o paletó e o colocava na cama.

Ela obedeceu, olhando para o chão em uma exibição perfeita de submissão. Seu treinamento estava começando, afugentando o lado guerreiro e substituindo-o por uma fêmea mansa.

Me movi em direção a ela, encostando-a na a porta e colocando as mãos nas laterais da sua cabeça, apoiadas na madeira. Isso deixou um espaço mínimo entre nós, forçando-a a reconhecer minha presença.

— Willow — murmurei. — Olhe para mim.

Ela pareceu lutar para engolir a saliva e seu pulso acelerado era um convite que provocava meus instintos vampirescos. Mas permiti que ela se recompusesse, então sorri comigo mesmo quando seus olhos azuis encontraram o meu olhar.

Aí está a minha pequena guerreira, pensei, captando o brilho de raiva cintilando profundamente em suas íris. Ela odiava no que a sociedade a havia transformado. Isso por si só era uma rachadura em sua programação, algo que eu pretendia explorar de todo o coração.

Encaixei meu joelho entre suas coxas. As fendas do vestido iam até os quadris, tornando mais fácil abrir suas pernas sem qualquer obstáculo. O objetivo era fornecer acesso fácil e me atendia bem.

Seus mamilos intumesceram sob o tecido, os pequenos botões rosados eram como um farol para minha língua.

Mas foi sua boca o que mais me fascinou e a forma como seus lábios se entreabriram em uma deliciosa expressão de surpresa enquanto eu entrava em seu espaço pessoal.

— Você já esteve com alguém da minha espécie, doce escrava? — perguntei baixinho, me curvando para passar o nariz por suas bochechas coradas. Seu cheiro era incrível e seu sangue tentava minha besta interior para roubar uma prova.

— Não. — A palavra saiu como um sussurro que a maioria teria deixado de ouvir com o barulho do jato, mas eu escutei muito bem.

Pressionei os lábios em seu ouvido e respondi:

— Então, essa vai ser sua introdução. — Eu ia pegar leve com ela, lhe daria apenas o suficiente para viciá-la em meus métodos e daria andamento à introdução entre nós.

Ela estremeceu quando minha boca roçou sua garganta. Seu pulso estava extremamente acelerado. Eu gemia, provocando sua pele enquanto minha apertava as dela, aplicando pressão no lugar que eu desejava tocar com a língua.

— Se eu for longe demais, me diga — falei em seu ouvido. — Basta dizer "Meu Príncipe" e pronto. Se estivermos em público, quero que você me chame de Ryder.

Damien me disse outro dia que os humanos não tinham permissão para se dirigir aos superiores pelos nomes, o que fornecia o disfarce perfeito para eu escoltar Willow para fora de uma sala, caso fosse necessário.

— Pra quê? — Willow perguntou, fechando as mãos com firmeza ao lado do corpo.

— Tudo — prometi, passando o nariz pela base do seu pescoço em uma provocação calorosa para nossos sentidos. — Não sou humano, Willow. Minhas tendências são sombrias. Eu gosto de sangue. Mas não quero te machucar. Então, se eu estiver realmente fazendo isso, quero saber. Tudo bem? — Um pouco de dor pode se misturar com prazer, algo que exploraríamos assim que eu entendesse seus verdadeiros limites.

— Dizendo seu nome?

— Quando estivermos em público, sim. E me chame de "Meu Príncipe" quando estivermos à sós. — Rocei os dentes em seu pulso e meus incisivos doíam para perfurar a fina membrana para alcançar seu doce néctar. Mas eu precisava disso primeiro. — Entendeu?

— Sim. — Havia certa hesitação em seu tom, me dizendo que ela ainda não entendia totalmente o conceito. Provavelmente porque ela foi treinada para nunca dizer não. Nós daríamos um jeito nisso juntos.

— Você quer me chamar de Ryder ou Meu Príncipe agora? — perguntei a ela, testando seu limite.

Suas narinas se dilataram.

— Ryder.

Eu sorri.

— Tem certeza? Estamos trancados em um quarto e temos algumas horas. As coisas que eu poderia fazer com você são infinitas, pequena.

— Você vai fazer isso com ou sem meu consentimento — ela respondeu com um leve desafio em seu tom, o que me deixou ainda mais excitado.

— Ah, Willow. Você não tem que consentir verbalmente para me dar permissão, — eu a informei.

Ela semicerrou o olhar.

— Essa é a sua desculpa?

— Não, pequena. É a minha explicação. Me permita demonstrar. — Dei um beijo em seu pescoço, provocando um arrepio. Em vez de mordê-la, coloquei as mãos em seus quadris para puxá-la em minha direção enquanto ia para a cama. Ela me seguiu com as pernas instáveis e os olhos em mim o tempo todo.

Uma escrava tão boa, pensei, satisfeito com ela.

— Vou me sentar e você vai montar em mim.

Ainda que eu gostasse de tê-la pressionada contra a porta, suspeitei que suas pernas não seriam capazes de sustentá-la durante nossa introdução. Sentados seria mais fácil para nós dois.

Deslizei sobre a cama até que o colchão atingisse a parte de trás dos meus joelhos e mantive meus pés firmes no chão. Em seguida, puxei Willow para meu colo e seu tremor com a minha proximidade provou o ponto que Damien levantou na área de espera do jato.

Eu estava tão consumido com a ideia de ensiná-la a se proteger que me esqueci completamente da importância de prepará-la sexualmente.

Se ela agisse assim na frente dos outros, eles a considerariam nada mais do que comida. E embora ser membro do meu harém não fosse muito melhor, ela pelo menos seria marcada como minha propriedade pessoal. E ninguém tocava na propriedade de um vampiro real sem permissão.

Movendo uma mão por seu quadril e coxa, dei um aperto no músculo.

— Coloque sua perna na cama.

Ela fez o que eu pedi e suas bochechas coraram ainda mais quando a renda do vestido deixou sua intimidade à vista. Serviu como uma provocação erótica, o tecido cobrindo a parte dela que eu queria devorar. Humm, a ideia de abrir suas pernas me fez segurá-la.

— Agora essa — disse. Ajudei a levantá-la do chão enquanto ela obedecia à minha exigência, então a guiei para onde a desejava, com sua boceta quente pressionada em meu zíper. — Puxe a saia para cima, Willow. Quero sentir você contra o meu pau.

O desafio cintilou em seu olhar e desapareceu em um piscar de olhos. Secretamente, eu esperava que ela lutasse comigo, mas a resolução se firmou em suas feições enquanto ela puxava a renda para cima, até a altura dos quadris.

— Mais para cima — falei, querendo ver se ela estava tão molhada quanto eu suspeitava.

Willow estremeceu e seus olhos deixaram os meus enquanto ela levava o tecido até a altura do estômago. Coloquei a palma da mão na base da sua coluna para mantê-la firme enquanto me inclinei apenas o suficiente para ver sua linda boceta rosada.

Humm, sim, ela foi muito meticulosa com a navalha. Eu estava quase com ciúme. Da próxima vez, eu mesmo a depilaria e provaria depois. Porque aquela visão me deu água na boca. Infelizmente, não tínhamos tempo suficiente para que eu a apreciasse adequadamente agora. Portanto, faríamos esta introdução de uma maneira diferente.

— É por isso que não preciso de seu consentimento verbal — disse a ela. — Você está molhada para mim, Willow. Mas desafio te desafia a me chamar de Meu Príncipe agora mesmo e me dizer para parar.

Seu rubor aumentou, e ela entreabriu os lábios em silêncio.

— Sua submissão é linda — sussurrei, puxando-a para frente mais uma vez para pressionar seu calor contra minha virilha dolorida. Apenas o suficiente para provocá-la com uma pitada do prazer. — E agora, estou prestes a te fazer ferver.

As pupilas de Willow dilataram. No entanto, vi o desafio em seu olhar. Ela queria que eu provasse. Ou talvez essa fosse sua maneira de tentar a desobediência – uma promessa de não reagir.

A pobre e doce escrava não tinha ideia do que eu poderia fazer com ela. Mas estava prestes a descobrir.

Pressionei os lábios em seu ouvido novamente e baixei minha voz.

— Você vai ensopar minha calça até o fim e vou ficar com seu cheiro pelo resto da noite. Todos saberão que brinquei com você antes de chegarmos. Eles vão querer te provar, mas eu os proíbo. Porque você é minha escrava e não gosto de compartilhar.

Esta nova sociedade podia tentar exigir isso, mas eu me recusava a obedecer.

Que se fodessem as regras de Lilith.

As coxas de Willow se apertaram e sua excitação aumentou com minhas palavras.

Sorri em seu pescoço, satisfeito com sua reação.

— Humm, ainda nem começamos — murmurei, passando o nariz ao longo da sua pele sensível até seu pulso mais uma vez. Inspirei profundamente e sua atração era um perfume inebriante no ar, juntamente com a provocação sedutora do seu sangue. Acariciei seu pulso com a língua, fazendo meu pau latejar na calça.

Puta merda, fazia muito tempo que não me entregava a uma mulher, e tê-la debaixo do meu teto por duas semanas não ajudou em nada.

Pressionei a palma da mão na parte inferior das suas costas, forçando seus quadris a se esfregarem nos meus. A fricção era uma provocação viciante da qual não me cansava.

— Monte em mim — sussurrei. — Busque o seu prazer, Willow.

Ela segurou meus ombros e o vestido caiu entre nós, roubando minha visão. Mas não me importei. Queria que ela se perdesse, chegasse ao ápice me usando para seu prazer.

Chupei e mordisquei sua garganta, pescoço, clavícula, depois voltei ao lugar que precisava morder. Não havia sentido em prolongar. Eu podia sentir que ela estava pronta através da minha calça e podia ouvir sua respiração suave que me dizia que ela estava se perdendo no momento.

Ela só precisava de um empurrão, e eu o fiz com minha boca.

Meus incisivos morderam sua carne, fazendo-a gritar de surpresa. Mas no segundo que seus receptores eufóricos entraram em ação, ela começou a gemer.

Era tudo sobre dar e receber entre nós – seu sangue em troca de puro êxtase.

Ela se desfez no meu colo, seu corpo desacostumado ao meu beijo vampírico. Algo incoerente saiu da sua boca – um som de surpresa que me disse que ela nunca tinha experimentado um orgasmo dessa natureza.

Apenas sorri em resposta, mas sua essência na minha língua me manteve focado na tarefa de devorá-la.

O sabor de Willow era único.

Potente.

Quase sobrenatural por natureza.

No entanto, senti sua humanidade também. Tomar muito iria enfraquecê-la e como um vampiro mais velho, eu não precisava de muito para sobreviver.

Mas, caramba, ela realmente tinha um gosto incrível. E se eu não estava enganado, uma pitada de lycan espreitava em suas veias.

Que fascinante.

Lambi sua ferida, forçando meus dentes a ceder. Em seguida deixei uma trilha de beijos até seus seios, desejando marcá-la ali para que todos vissem. Ela ofegou quando puxei o decote do seu vestido para afundar minhas presas em seu peito, logo acima do mamilo.

Willow imediatamente estremeceu de novo, um segundo orgasmo a atingindo e encharcou minha calça da mesma maneira.

Ah, como eu queria libertar meu pau e afundar em todo aquele calor delicioso. Ela estava muito pronta para mim. Talvez apertada também.

Droga, eu mal podia esperar para tomá-la. Ela era minha. Minha escrava. Meu presente. Eu comeria cada entrada sua, a encheria com minha essência até que Willow se afogasse nela. Depois a reanimaria e faria tudo de novo.

Ela me imploraria para fazer isso.

Me imploraria para levá-la ao limite, para um clímax diferente de tudo que já experimentou.

Então ela gemeria por mais.

Minha forte guerreira Willow. Falei sério. Eu gostava de sangue. Gostava da dor. Se ela não me impedisse, provavelmente destruiria a nós dois. Mas pelo menos, morreríamos satisfeitos.

Ela gemeu, cravando as unhas na minha camisa.

Liberei seu seio para encontrar seu olhar, notando a névoa de desejo nublando suas feições. Ela estava à beira de outro orgasmo, seu corpo se movendo contra o meu em movimentos curtos. No entanto, ela gemeu como se não fosse o suficiente e suas bochechas coraram com o esforço.

— Se toque — exigi. — Me mostre como você gosta de ser acariciada.

Ela estremeceu e inclinou a cabeça para trás enquanto fechava os olhos. Seu rubor se espalhou do pescoço até o decote e desapareceu no tecido preto translúcido que cobria os seios. Agarrei as alças que seguravam o tecido e as empurrei de seus ombros para revelar seus lindos mamilos.

— Willow — murmurei. — Cuide da sua linda boceta por

mim. Goze novamente. — Eu a coloquei no colo, puxando-a para longe da minha virilha e da fricção que ela estava fazendo.

Um pequeno som de protesto entreabriu seus lábios, mas ela levou a mão para entre as pernas e fez exatamente o que pedi. Deixando uma mão em seu quadril, usei a outra para levantar seu vestido e observá-la se acariciando.

Seus traços hesitantes me disseram que isso era algo novo, que ela não tinha sido devidamente instruída sobre como dar prazer a si mesma. No entanto, ela descobriu rapidamente e seu corpo tremia violentamente cada vez que ela tocava o clitóris.

Em seguida, ela pressionou seu centro de prazer e começou a circulá-lo. O movimento era hipnótico e sexy pra caramba. Eu queria virá-la de costas e substituir seu toque pela minha boca.

Mas esse não era o objetivo deste exercício. Eu queria observar e foi o que fiz.

— Continue — eu a encorajei. — Quero você encharcada e saciada, Willow. E quero que você grite meu nome quando gozar desta vez. O mais alto que puder.

Ela parecia a perfeição absoluta neste estado. Sua cabeça se aquietou enquanto as necessidades do seu corpo assumiam.

— Esta é a sensação de se estar com um vampiro — eu disse a ela enquanto segurava um dos seus seios. A outra mão permaneceu em seu quadril para fornecer estabilidade, pronta para segurá-la se o próximo orgasmo a jogasse em um estado de inconsciência. — Você precisa se lembrar disso quando estivermos juntos, Willow. Lembre-se de como você se sente agora e saiba que esta foi apenas uma introdução ao que posso fazer por você.

Apertei seu mamilo com força o suficiente para arder e em seguida suavizei com a língua. Ela gemeu em resposta, movendo os dedos mais rápido. Seu ritmo era uma mistura caótica de paixão e luxúria.

— Posso te comer com tanta força que você vai se esquecer do próprio nome.

Minhas palavras provocaram um profundo gemido, seguido por uma lágrima que escorreu pelo seu rosto. Ela estava super estimulada e seu corpo estava desabando com o êxtase prolongado. Mas ela aguentava.

— Você está quase lá, pequena — falei, levando os lábios até sua garganta para lamber a ferida que deixei no pescoço.

Seu gemido foi direto para o meu pau. Fiz um grande esforço para não arrancar a calça e afundar as bolas dentro dela, mas isso era muito mais para ela do que para mim. Eu precisava que ela entendesse como seria entre nós para deixá-la desejando por mais.

As pernas de Willow começaram a tremer e seu rubor se tornou permanente.

— Isso — murmurei. — Goze para mim, Willow. Goze com força. — Eu a mordi de novo, desta vez no outro seio e grunhi quando seu mundo desmoronou.

Ela gritou meu nome, seu belo corpo me pertencia para comandá-lo de todas as maneiras. Em vez de tomar mais do seu sangue, movi a boca para a sua e a beijei intensamente enquanto ela chorava pela insanidade que provoquei.

Seu corpo teve um espasmo violento, a ponto de eu suspeitar que o prazer havia se tornado doloroso. Eu a segurei, elogiando-a a cada passo do caminho, até que finalmente suas emoções diminuíram e ela começou a relaxar.

Passei os dedos por seu cabelo sem me importar nem um pouco por ter bagunçado as mechas que haviam sido arrumadas. Seu vestido também precisaria ser consertado ou talvez trocado por um novo.

Quando sua respiração se estabilizou, me afastei um pouco para encontrar seu olhar sonolento.

— Me mostre seus dedos, Willow.

Ela engoliu em seco e lentamente tirou a mão do meio das pernas. A pele brilhava com a evidência da sua excitação, e eu praticamente salivei para provar.

Em vez disso, disse a ela para se lamber e observei enquanto ela obedecia. Em seguida, tomei sua boca em outro beijo e gemi com o gosto em sua língua. Foi perfeito e tudo que eu desejava, mas eu não me permitiria provar ainda. A gratificação atrasada me daria algo para esperar mais tarde, depois que eu terminasse de fazer meu papel de vampiro real na cidade de Silvano.

Willow ofegou e seus olhos azuis brilharam com confusão.

Em vez de me explicar, dei-lhe outro beijo. No entanto, neste havia uma pitada de sangue da minha língua.

Ela estremeceu com o contato, suas papilas gustativas se tornaram cientes daquele sabor e seus olhos se abriram com uma dúzia de perguntas. Mais uma vez, não me expliquei, principalmente porque não conseguia. Eu só sabia que ela precisava de mais da minha essência como uma camada protetora, caso os eventos desta noite não acontecessem como eu pretendia.

Uma vez que ela havia bebido o suficiente, me afastei e observei suas feições coradas. Ela parecia recém-comida, exatamente como eu desejava. E embora meu sangue ajudasse em sua cura, ela ainda teria minha mordida gravada em sua carne por tempo suficiente para que os outros soubessem a quem ela pertencia.

Perfeição.

— Acho que você está pronta agora — eu a informei baixinho antes de beijá-la de novo porque eu podia. Ela retribuiu meu abraço com movimentos preguiçosos e saciados.

Sim, eu realmente gostava dela neste estado.

Talvez eu a mantivesse ali pelo resto da noite. Por diversão.

Willow

Minha experiência na universidade não me preparou para a mordida de Ryder.

Eu esperava toques ríspidos, uma transa selvagem e desmaiar por causa de sua sede violenta por meu sangue. No entanto, ele só me fez gozar.

Três. Vezes.

Fiz um curso durante o décimo nono ano sobre como fingir prazer através da dor. Nada em minha reação a Ryder exigiu esse conjunto de habilidades desenvolvidas. Meus gritos eram naturais, altos e beirando a loucura.

Meus membros continuaram a tremer mesmo agora, enquanto eu me sentava ao lado dele no carro a caminho do centro da cidade. Parte disso era resultado da minha ansiedade crescente, mas a maior parte era devido ao êxtase que explodiu em mim com suas travessuras no avião.

Depois de tudo, ele me abraçou e sussurrou no meu ouvido o quanto ele gostou da forma como reagi à sua mordida. Em seguida, fez promessas pecaminosas, me dizendo exatamente como pretendia transar comigo, os tipos de posições que preferia e como mal podia esperar para ver meus lábios ao redor do seu pau.

Cada declaração servia como um aviso do que estava por vir, me preparando mentalmente para aceitá-lo. Em momento algum ele disse que iria me compartilhar e só mencionou isso para dizer que não gostava de compartilhar com outras pessoas. Isso ia contra tudo que me ensinaram, ainda que parecesse apropriado para Ryder, porque seu comportamento nunca combinou com os padrões da sociedade.

Olhei para ele, observando suas feições inexpressivas. Seu foco estava na janela da frente enquanto examinava os edifícios ao nosso redor.

A escuridão cobria o céu noturno e só havia um punhado de luzes na rua para iluminar nosso caminho. Como os vampiros possuíam visão aprimorada, eles não precisavam de muito mais do que algumas lâmpadas aqui ou ali. Estranhamente, achei que era adequado o suficiente para eu ver também, algo que atribuí a beber o sangue de Ryder no avião.

Apertei as coxas com o pensamento e minha boca salivou por mais. Ele me transformou em uma viciada e sua essência era meu novo alimento favorito.

Ele se inclinou para mim e roçou os lábios na minha têmpora.

— Já está pronta para outro orgasmo? — ele perguntou baixinho, fazendo minhas bochechas esquentarem.

Damien grunhiu do banco da frente.

— Embora eu esteja feliz por você ter domesticado sua escrava, o cheiro dela está fazendo minha mandíbula doer.

— Humm, eu gosto bastante disso — Ryder murmurou, roçando o nariz no meu pescoço enquanto ele inspirava. Meu coração deu um salto em resposta e meu corpo reagiu aos seus lábios, que acariciavam meu pulso.

Parte de mim queria implorar por outra mordida.

Outra parte, queria correr.

Era uma mistura intoxicante de desejo e medo, tornando difícil para mim respirar.

Fui para aquele quarto com a expectativa de ser usada como um brinquedo, mas deveria ter pensado melhor. Ryder nunca fazia o que eu esperava. Ele era o oposto do que minha experiência me dizia para esperar.

Se ele continuar assim, posso começar a gostar dele.

O que o tornava o ser mais perigoso que já conheci.

Seus dentes roçaram em meu pescoço quando ele estendeu a mão para puxar a alça do meu vestido. Não era o mesmo que usei no avião, mas um vestido cor de safira de tecido translúcido semelhante e que me deixava praticamente à mostra.

Ryder puxou a alça fina pelo ombro e sua ação revelou meu seio para todos no carro. Engoli em seco, sem saber o que ele pretendia fazer até que se aproximou do meu mamilo e o chupou.

Lutei contra um gemido e meu abdômen se apertou com a necessidade crua.

Puta merda, esse homem seria a minha morte, literalmente. Algo que ele ressaltou ao deslizar os dentes afiados em minha pele logo acima do mamilo.

Desta vez, eu não consegui segurar o gemido. Sua mordida foi um golpe eufórico em meus sentidos – algo que ele tirou um segundo depois, me deixando ofegante de necessidade ao seu lado.

Um grunhido do banco da frente me fez encontrar o olhar faminto de Damien, suas pupilas dilatadas na tela atrás dele.

— Você provou o seu ponto, Ryder.

— Provei? — ele perguntou, esfregando a língua nas marcas que havia deixado na minha pele. — Não tenho tanta certeza. — Ele arrastou os lábios até minha garganta e suas presas perfuraram minha pele mais uma vez, me levando mais perto do êxtase. Mas ele se afastou antes que eu pudesse gozar.

— Sua reivindicação está clara — Damien falou, olhando para frente novamente.

— Você parece desapontado — Ryder respondeu em voz baixa e senti seu hálito mentolado quente contra minha bochecha.

— Não vai ser bem recebido pelos outros.

— Você diz isso como se eu devesse me importar — Ryder falou lentamente enquanto deslizava a mão pela fenda do meu vestido para apoiar a palma em minha coxa.

A mão oposta foi até a alça para puxar o tecido até meu ombro mais uma vez. Em seguida, ele ajeitou o decote e acariciou a marca da sua mordida com a ponta dos dedos.

— Todo mundo saberá que você é minha, Willow. Tocá-la sem permissão seria uma ofensa grave, digna de morte. — Ele roçou minha clavícula com o polegar, depois segurou meu queixo para me fazer olhar para ele. — Você deve permanecer ao meu lado a noite toda, a menos que eu instrua o contrário. Entendeu?

— Sim. — Minha voz saiu rouca. Sua proximidade e toque faziam coisas comigo que eu não conseguia para. Ele deveria me usar. Me drenar. Me matar. Não inflamar minhas veias assim.

Ryder me beijou e senti como uma ameaça e uma promessa.

— Boa garota — ele disse baixinho e redirecionou seu foco para a frente do carro. — Não se preocupe, Damien. Você pode saciar sua fome com o harém que herdei.

— Garland vai ficar entusiasmado — Damien falou lentamente.

Ryder bufou.

— O Garland pode se foder.

Damien não respondeu, mas pude ver a diversão na curva de seus lábios – um sorriso malicioso que peguei no reflexo do vidro.

O motorista não disse uma palavra, sua inexpressividade me fez lembrar dos professores na universidade. Ele nos encontrou no campo de aviação. Rick, era como Ryder o havia chamado. Eles trocaram algumas palavras em um idioma que não reconheci, sua história evidente na forma como Ryder se dirigiu ao outro homem.

Eu me perguntei como ou há quanto tempo se conheciam, mas sabia que era melhor não perguntar. Assim como eu sabia que era melhor não pedir informações sobre o que esperar quando entramos em uma área circular em frente a um prédio alto de vidro. Ou parecia ser de vidro, com todas as longas janelas alcançando o céu.

Olhei para ele quando saímos do carro, percebendo que era mais alto do que todas as estruturas ao redor. A lua refletia nas janelas infinitas, iluminando o local com um brilho noturno que parecia quase místico.

Ryder ajeitou a gola da camisa social branca e passou a mão sobre o paletó para verificar o botão logo abaixo do esterno. Ele definitivamente parecia um nobre agora. Sua postura real, o rosto que não demonstrava a idade e olhar confiante. Damien ficou ao seu lado, com as mãos nos bolsos, a gravata imaculada e olhou de soslaio para seu amigo.

— Pronto para fazer algumas cabeças rolarem? — ele perguntou.

— Tenho a intenção de fazer muito mais que isso — Ryder respondeu, pressionando a palma da mão nas minhas costas. — Lembre-se do que eu disse, Willow. Fique do meu lado.

— Sim, Meu Príncipe — eu disse a ele, a nomenclatura formal soando errada aos meus ouvidos. No entanto, havia outras pessoas presentes, exigindo assim a minha apresentação. E embora isso devesse ter vindo a mim naturalmente, não foi o que aconteceu.

Ryder acariciou minha coluna exposta pelo vestido azul com o polegar. Foi um pequeno toque, mas que parecia irradiar proteção. Me vi querendo acreditar naquela promessa não dita, desejando confiar nele para minha segurança.

Meus lábios ameaçaram se curvar para baixo com a ideia enquanto minha mente se rebelava contra o conceito de confiar em alguém além de mim. Sua bondade – se é que pode ser chamada assim – era temporária. Tinha que ser. Ele mostraria seu verdadeiro eu em breve.

Afastando meus pensamentos, me concentrei ao nosso redor,

curiosa. A universidade ficava perto de um deserto, o calor insuportável e seco era muito diferente da umidade que tocava minha pele agora.

Uma variedade de vegetação decorava o terreno, bem como flores em tons tropicais emolduravam a entrada do edifício. Eu queria tocar as folhas de cor fúcsia e me inclinar para sentir o perfume aromático das pétalas. No entanto, permaneci imóvel e segui o exemplo de Ryder enquanto ele me levava para um conjunto de portas que se abriram automaticamente.

Damien seguiu logo atrás de nós. Sua presença letal era uma ameaça nas minhas costas.

Estremeci quando o ar frio me atingiu no rosto, a atmosfera totalmente diferente do clima ameno lá fora. Ryder me impulsionou para frente, seus passos eram firmes quando ele entrou na área de recepção com um toque real.

Duas vampiras estavam atrás de uma mesa, com a atenção focada em telas, não em nós. Olhei para o piso de mármore em uma demonstração necessária de subserviência enquanto me movia ao lado de Ryder. Quando alcançamos as duas mulheres, ele limpou a garganta.

Um suspiro audível soou de uma enquanto a outra gaguejava:

— Sua Alteza. S-sinto m-muito. Não estávamos esperando por você.

— Eu não sabia que precisava ser esperado — Ryder respondeu. — Deveríamos ligar antes de vir, Damien?

— Não. O território é seu. Você vem quando desejar — Damien falou devagar enquanto se aproximava de mim e roçava o braço no meu. — Mas tenho autoridade para dizer que a suíte de hóspedes no andar de cima já foi preparada para sua chegada. Acredito que Benita cuidou dos arranjos.

— Cuidei. — A voz feminina soou atrás de nós, seguida pelo som do salto alto que ecoou pelo saguão.

Ryder se virou, me puxando consigo.

— Ah, Benita, querida. Já se passaram algumas décadas.

— Sim, Meu Príncipe. — Vi suas pernas longas e nuas, bem como os sapatos de salto em um tom de vermelho profundo que contrastava com o piso branco. Ryder estendeu a mão para ela, abraçou-a e a beijou, o que provocou um calor pelo meu pescoço. Foi só um beijo na sua bochecha, mas a camaradagem fácil pintou uma história que fez meu estômago apertar.

Por que me importo? Sou só a sua escrava. Nada mais.

O que eu precisava fazer era permitir que isso fosse um lembrete do meu lugar. Ele tinha um harém inteiro esperando por ele, pelo menos foi o que entendi. Por que eu seria algo mais que uma mordida rápida para ele?

Essa era a razão pela qual considerei seu comportamento perigoso. Isso encorajava falsas expectativas sublinhadas por esperança ingênua.

— Arrumei uma das antigas suítes de hóspedes de Silvano para você. Sua cobertura ainda precisa de reforma, assim como os aposentos do harém e tudo mais que você quiser trocar. — Benita não se afastou dele e passou as unhas vermelhas em seu esterno.

A palma da mão dele marcou minhas costas, me segurando ao seu lado como se eu fosse um enfeite. O que suponho que era o que parecia com este vestido translúcido.

— Vejo que trouxe um lanche com você — Benita comentou.

— Minha escrava — Ryder a corrigiu enquanto seu polegar desenhava um círculo na minha pele. Eu não entendi o que significava ou por que ele fez isso.

— Entendo. — Benita pigarreou e tirou a mão do peito dele. — Bem, temos várias opções hoje à noite para jantar, se você estiver com fome. Caso contrário, posso mostrar a sua suíte. O que prefere, Alteza?

— Estou familiarizado com a área de hóspedes — Damien a interrompeu. — Se você nos fornecer os códigos, vou cuidar de tudo durante a nossa estadia. Assim como supervisionarei a reforma da cobertura.

— Claro — Benita respondeu. — Então jantar primeiro?

Ryder se moveu rapidamente quando Damien se aproximou de mim. Não ousei olhar para cima, mas suspeitei que eles estavam se comunicando silenciosamente através do olhar. Os dois eram velhos amigos. Eu podia sentir a lealdade entre eles e o silêncio parecia falar muito sobre o que quer que estivessem planejando.

— Sim — Damien respondeu. — Jantar primeiro.

— Eu concordo — Ryder disse. — Mas podemos assumir daqui, Benita. Você já fez o suficiente por nós e sua ajuda não será esquecida.

A mulher fez uma reverência em resposta e um chavão escapou de seus lábios antes que ela entregasse um dispositivo eletrônico para Damien.

— Tudo o que você solicitou está neste tablet.

— Excelente — ele murmurou. — Cuidaremos daqui, Benita.

— Claro — ela repetiu, mas sem a nota alegre que exibiu na voz que exibiu quando chegou. Ela fez uma reverência mais uma vez, então se afastou balançando os quadris curvilíneos.

Arrisquei um olhar para o seu corpo, notando sua forma de ampulheta e cabelo castanho-avermelhado. Ela usava um vestido muito curto que revelava quase tanto quanto o meu, exceto que seu tecido era opaco enquanto o meu exibia todos os detalhes sob a renda.

— Lembre-se das regras — Damien murmurou no meu ouvido, fazendo meu pescoço arrepiar.

Ryder beijou minha testa.

— Talvez ela queira ser punida.

Engoli em seco e imediatamente abaixei o olhar novamente.

— Venha, escrava — Ryder sussurrou. — A parte divertida está prestes a começar.

Ryder

Ah, como eu adorava o silêncio.

Particularmente, o tipo de silêncio que se seguia a um evento chocante.

Como a minha chegada inesperada ao famoso salão de jantar de Silvano.

Corpos humanos espalhados pelas mesas, cada um cercado por vampiros desfrutando de sua veia escolhida. A maioria dos mortais estava em seus últimos fios de vida, com os olhos exibindo um brilho vítreo que minha espécie frequentemente ignorava nesta sociedade reformada.

Na minha época, costumávamos deixar as vítimas vivas, não querendo que a palavra *vampiros* se espalhasse. Mas tudo mudou depois da revolução.

Embora eu entendesse a necessidade de evoluir a humanidade, não respeitei muito como tudo aconteceu. Precisamos de sangue para sobreviver. Em algum lugar ao longo do caminho, os vampiros se tornaram glutões e se esqueceram desse fato.

Fiz uma pausa na entrada da sala, observando a cena de clientes boquiabertos.

Todos esperavam que eu chegasse na próxima semana, graças aos boatos bem implantados de Damien. Até Benita ajudou nessa tarefa, fazendo com que todos aqui se sentissem seguros com a suposição de que eu não estava pretendendo aparecer por mais alguns dias.

Esse era o ponto – eu os queria confortáveis. Isso tornou muito mais fácil encorajar essa reunião hoje à noite. Principalmente quando eu tinha provocado a necessidade deste encontro.

O Número Doze, que eu agora conhecia como Julian, entregou uma mensagem muito específica em meu nome ontem. Pelo que pude ver dos participantes, ele fez exatamente o que pedi.

Parece que o garoto vai viver, afinal de contas, pensei satisfeito.

Entrei na sala com Willow ao meu lado e Damien atrás de mim. Esse movimento fez com que todos reagissem e vários vampiros se levantaram enquanto se preparavam para me cumprimentar formalmente.

Segui o fluxo, vagando de mesa em mesa, apertando mãos, trocando beijos e agindo como se eu não tivesse outra atribuição além de ser sociável.

Willow permaneceu ao meu lado, sua obediência era resoluta enquanto eu desfilava com ela pelo salão. Vários vampiros olharam para ela com interesse e olhares famintos rivalizavam com os meus.

Ninguém a tocou, mas senti o interesse deles em desfrutar da minha escrava. Dois homens até mencionaram isso depois de elogiar suas qualidades. Não confirmei nem neguei o pedido, principalmente porque não esperava que eles ficassem vivos por muito tempo.

Quando chegamos à mesa final – aquela que sempre desejei alcançar – sorri.

— Se importa se eu me juntar a você, Janet?

— Claro que não, Alteza — ela respondeu, fazendo um trabalho admirável para parecer honrada em aceitar meu pedido. Isso serviu como outro indicador de que Julian havia feito seu trabalho. Se ela soubesse que eu estava ciente da sua recente tentativa de assassinato, teria tentado fugir assim que eu cheguei em vez de esperar pacientemente que eu me aproximasse de sua mesa.

Puxei uma das duas cadeiras disponíveis e me sentei enquanto Damien ocupava a outra. Willow ficou de joelhos entre nós com a cabeça baixa. Passei os dedos por seus cabelos, querendo que ela se sentisse segura e protegida. Sua posição parecia ter sido programada mentalmente, me dizendo muito mais sobre o treinamento da universidade.

Janet estalou os dedos para chamar a atenção de uma funcionária que estava por perto.

— Sua realeza temporária está aqui. Traga sangue fresco para ele ou ofereça sua própria veia — ela retrucou.

A humana empalideceu e seu lábio inferior tremeu um pouco.

— Vou trazer uma seleção para sua escolha — ela respondeu com a cabeça baixa. Em seguida, saiu correndo como um ratinho assustado.

— Esse traje é normal? — perguntei a Damien, observando que a criada não usava mais nada além de piercings metálicos e correntes penduradas.

— Sim. Quanto mais piercings usam, há mais tempo servem — Damien respondeu enquanto pegava o braço do humano que estava quase sem vida na mesa e o colocava em seu abdômen. Janet estava se alimentando perto de sua artéria femoral. As marcas de dentes em seu pênis flácido indicavam que ela também gostava dessa extremidade.

— Entendo — foi tudo que consegui dizer. Visões semelhantes ao redor da sala fizeram meu estômago revirar. Todos haviam retornado às suas refeições e todos pareciam ignorar os sons que os humanos faziam.

Isso fez meu queixo pulsar.

Onde estava a emoção da caça? Um predador procurando sua presa? Que prazer as aquisições fáceis realmente inspiravam?

Achei chato.

Irritante.

Sem encanto.

Os gemidos de Willow no avião foram muito mais gratificantes do que os gritos zumbindo no ar agora. Ela se submeteu a mim porque saboreou a sensação. Os mortais nesta sala choravam pela perda de vidas, o que era um som muito diferente.

— Quanto tempo você pretende ficar, Meu Príncipe? — Janet perguntou, suas íris cor de avelã tremeluzindo com emoções ocultas. O que ela não sabia é que eu já conhecia seus segredos.

Infelizmente, eu tinha um jogo para jogar.

E foi o que fiz.

— O tempo que for preciso — respondi de forma vaga. — Tenho muito que aprender sobre o antigo território de Silvano.

— Bem como sobre a nossa sociedade — ela acrescentou, olhando rapidamente para o topo da cabeça de Willow antes de olhar para um dos membros da equipe.

— Você acha que a minha escrava não está vestida de forma adequada? — perguntei a ela, sem seguir a insinuação de seu gesto.

— Ah, não. Ela está deliciosa neste vestido. Estou surpresa que você ainda não tenha se oferecido para compartilhá-la.

— Como acabei de me sentar, ainda não tive a oportunidade de decidir a esse respeito. — Willow tremeu de leve com a minha declaração, sugerindo que ela não acreditou no meu comentário no avião sobre não compartilhá-la. Nós retificaríamos isso mais tarde, ou talvez minhas ações esta noite provassem a ela que fali sério.

Os jogos de palavras frequentemente exigiam extensões da verdade. Essa dança com Janet não seria diferente.

O vampiro a sua esquerda pigarreou.

— Silvano gostava de compartilhar os membros do seu harém com membros da elite da sociedade. — Um leve sotaque espanhol suavizou seu tom.

— É mesmo? — perguntei, olhando para o homem agora morto na mesa. — E ele gostava de compartilhar seus criados também?

Janet riu, o som mais condescendente do que divertido.

— Oh, Ryder, sua reclusão te deixou preso ao passado. — Ela gesticulou para os clientes ao nosso redor. — Esses corpos são frescos. Vieram das fazendas de sangue. Você sabe, onde produzem e criam humanos para nossas mesas.

O homem ao seu lado oposto assentiu.

— Infelizmente, os adultos estão em falta no momento, pois houve alguns problemas no sul, em uma das fazendas. Silvano e Arrick estavam tratando disso.

— Sim, e onde está a prova disso? — outro perguntou.

Dos seis vampiros nesta mesa, só reconheci três deles – Janet, Tandem e Dom. Os outros não eram jovens, mas também não eram velhos.

Tandem foi quem questionou a prova, seu tom era repleto daquela nota sardônica usual que ele usava. De acordo com Julian, Tandem aprovava o plano de Janet. Assim como Jorge, que estava sentado à mesa ao nosso lado com a testa suada. Encontrei seu olhar quando ele olhou em nossa direção pela milésima vez e arqueei uma sobrancelha para ele.

— Algum problema? — perguntei, sem disfarçar a irritação em minha voz.

— N-não, Sua Alteza. Sem problemas.

Ah, ele achou que estava falando a verdade. Infelizmente para ele, não estava. Porque havia sim um problema – algo que eu pretendia resolver em breve.

Dei um breve sorriso diante da pobre desculpa de homem antes de voltar a me concentrar em Janet e fiz o possível para fingir desinteresse.

Essa era a parte do jogo em que eu a fazia se sentir confortável e não revelava nada. Sua punição seria muito mais doce depois disso.

Fiquei quieto enquanto os vampiros à mesa reclamaram da falta de comida na região. Dom comentou sobre a questão da diversidade, afirmando que a maioria dos humanos era O-positivo, e ele ansiava por um bom A-negativo.

Willow estremeceu com a menção de seu tipo sanguíneo. Tentei acalmá-la mudando meu toque para seu pescoço tenso e massageando os músculos com suavidade.

A conversa direta mudou para a minha escrava. As pupilas de Dom dilataram com o cheiro do seu sangue delicioso. Quase o desafiei a pedir uma degustação. Eles estavam caminhando em uma corda bamba, me tratando como um igual e não o melhor deles. Isso me proporcionaria a oportunidade perfeita para colocá-lo – e a todos os outros – em seu lugar.

No entanto, a mulher com os piercings voltou antes que ele pudesse comentar mais alguma coisa. Um homem musculoso, com ornamentos de metal semelhantes a acompanhava, seu propósito imediatamente evidente quando tirou o humano morto da mesa. Ele não vacilou ou sussurrou uma oração rápida. Apenas ergueu o cadáver por cima do ombro e desapareceu pelas portas que levavam ao que eu presumi ser a cozinha.

Notei várias outras mesas sendo limpas de forma semelhante, todas por mortais como aquele que tinha acabado de atender a nossa área.

A criada rapidamente pegou a toalha suja e a substituiu por outra, com movimentos agitados. Janet a acariciou abertamente, puxando os piercings e rindo quando a garota gemeu de dor. Tandem deu um tapa na bunda da escrava, lhe dizendo para se comportar.

Willow começou a tremer sob meu toque, sua pulsação acelerada chamando minha atenção. Mas quando eu estava prestes a puxá-la para o meu colo, o homem musculoso voltou com sete humanos nus atrás dele.

Arqueei as sobrancelhas com o desfile, principalmente por

causa das idades variadas entre eles. O mais novo não poderia ter mais de dez anos.

— Posso apresentar nosso menu? — o homem perguntou com um tom sério e sem emoção. Sua postura me lembrou de um maitre me informando sobre a seleção de vinhos desta noite enquanto passava pelas opções.

Eu estava errado. O mais novo tinha onze anos. E o mais velho tinha apenas dezenove.

Todos ficaram em silêncio enquanto esperavam que eu tomasse minha decisão.

— Você vai distribuir o resto para as outras mesas? — perguntei, genuinamente curioso.

— Sim, Meu Príncipe — o criado respondeu sem olhar para mim.

— E esta é a prática na maioria dos restaurantes? — questionei, desta vez olhando para Damien.

— Sim — meu amigo mais antigo confirmou. — Em restaurantes finos, pelo menos.

— Entendo. — Fiz uma nota mental para perguntar a ele mais tarde sobre um jantar rápido e o que isso significava. — Bem. — Fingi examinar o cardápio, nem um pouco interessado nas ofertas.

— Meu Príncipe. — A suave voz feminina era da criada que substituiu nossa toalha de mesa. — Também temos um cardápio de órgãos preparados, se você preferir.

— Órgãos? — repeti.

— Sim — Janet interrompeu, olhando para a garota. — Coração fresco era um dos favoritos de Silvano. Ele aperfeiçoou a arte da extração à mesa. Quer experimentar?

A criada tremia visivelmente, fazendo com que Janet rosnasse ao mostrar uma reação. Mas de repente percebi o que a pobre garota estava me oferecendo. Seus órgãos.

Puta merda. Damien nunca mencionou essa prática para mim, algo que ele entendeu quando o olhei. Mas seu olhar estava na garota, com uma nota de irritação em suas profundezas. Essa atitude me informou que ele realmente não sabia e estava com tanta repulsa pela ideia quanto eu.

— Quem é o responsável por este restaurante? — Tentei fazer a pergunta de um jeito educado, mas as palavras saíram da minha boca como uma exigência e realmente silenciou a sala. Até os humanos pararam de respirar.

— Seria eu, Meu Príncipe.

Tive que girar a cadeira para encontrar quem falava, colocando meu joelho ao lado da cabeça de Willow.

Uma mulher esbelta estava de pé, com a coluna ereta, apesar da clara energia nervosa que emanava dela.

— E você é? — Não a reconheci, e ela me pareceu muito jovem.

— Meghan — ela respondeu.

— Meghan — repeti, arqueando uma sobrancelha para ela. — Seu menu inclui órgãos e crianças? — Formulei a frase como uma pergunta, porque precisava de uma explicação. De preferência, uma boa.

— S-sim, Sua Alteza — ela gaguejou, limpando a garganta. — Eram o alimento preferido de Silvano, então nosso restaurante está bem abastecido com esses itens.

Cerrei os dentes, sentindo o sangue esquentar com fúria. Willow se encolheu contra mim, me lembrando de que estava segurando seu pescoço frágil. Imediatamente afrouxei o aperto. Passei o polegar sobre seu pulso furioso em um toque de desculpas antes de me concentrar em Meghan mais uma vez.

— Você vai fechar o cardápio hoje à noite — informei a ela.

Ela franziu o cenho.

— C-claro, Sua Alteza.

— Você não pode fazer isso — Dom protestou. — Eu mal me alimentei.

Parabéns, Dom. Você acabou de ser adicionado à minha lista de exibição para esta noite. Em vez de dizer isso em voz alta, me virei para encará-lo.

— Não se preocupe. Eu trouxe algo para que todos possam desfrutar.

Willow parou de respirar e seu corpo paralisou ao lado do meu.

Quase grunhi para ela, irritado por ela não ter ouvido nada do que eu disse no avião. Que parte de não querer compartilhá-la ela não entendeu?

— Bem, agora estou interessado — Dom falou com um tom lascivo dirigido à minha escrava.

Não vai acontecer.

Ignorando a ele e a mulher trêmula ao meu lado, me concentrei em Damien.

— Se você não se importar em buscar nossas malas, acho que está na hora de compartilhar os presentes que eu trouxe para os membros da elite da sociedade de Silvano.

Willow

Eu não conseguia respirar.

A raiva de Ryder me sufocou. A sala inteira ameaçou me afogar. E seu comentário sobre ter trazido algo para compartilhar fez meu coração parar.

Eu era o único item comestível no avião.

Ele podia ter prometido não me compartilhar, mas eu sabia que era melhor não acreditar. Esta noite provou isso.

Um leve puxão no meu cabelo me fez estremecer e meu pulso acelerou quando percebi que havia perdido algo que Ryder havia acabado de dizer. Eu deveria me mover? Subir na mesa para ser devorada?

Ah, Deusa, esses pobres humanos. Estavam todos mortos. Drenados. *Se foram.* Logo, eu me juntaria a eles, uma alma na vida após a morte. Só esperava não renascer.

Outro puxão no meu cabelo me fez estremecer.

Ryder envolveu a palma da mão no meu pescoço e seu aperto era inflexível. Eu claramente perdi algo, porque Damien não estava mais sentado ao meu lado.

Tentei ouvir um comando para entender o que Ryder queria, mas um som acelerado dominou meus ouvidos, tornando impossível escutar qualquer coisa. Minha garganta se esforçou para engolir a saliva enquanto meus pulmões queimavam com a necessidade de ar.

É isso. É assim que eu morro. Ele vai me forçar a subir naquela mesa e permitir que seus amigos se banqueteiem...

Uma porta bateu em algum lugar atrás de mim e a vibração contra o chão me tirou de meus pensamentos. Só então registrei que Ryder havia me liberado. Ele ainda estava sentado ao meu lado, mas tinha uma arma na mão.

Pisquei. *Ele vai atirar em mim primeiro?* Ele a segurou contra a coxa, logo abaixo da toalha de mesa. Eu podia ver do meu ângulo, mas parecia estar escondida do resto da sala.

— Aqui está sua mala. — A voz profunda penetrou na bolha em volta da minha cabeça, me permitindo ouvir mais uma vez. Pulei quando algo bateu bem atrás de mim.

— Perfeito — Ryder respondeu.

— Que cheiro é esse? — um dos homens na mesa questionou. Sua voz tinha um tom anasalado que fez minha pele arrepiar. Era o mesmo que reclamou de não haver A-negativo suficiente no estoque. De todos os vampiros nesta sala, era o que me enervou mais. Eu realmente esperava que Ryder não me compartilhasse com ele.

— Acho que alguns dos meus presentes estragaram — Ryder o informou enquanto empurrava sua cadeira para trás.

Se alguém notou a arma em sua mão, não comentou. Permaneci em minha postura submissa, sem saber o que ele pretendia fazer a seguir. Os dois homens estavam atrás de mim agora e o som de um zíper ecoou pela sala muito silenciosa.

Contraí o nariz com o mal cheiro que se seguiu.

— Há mais ou menos uma semana, recebi alguns visitantes — Ryder começou, falando em tom coloquial. — Eu os trouxe comigo para ver se alguém reconhece suas cabeças.

Ofegos soaram no ar quando ele começou a jogar os itens da sacola nas mesas próximas. Levei um minuto para perceber o que ele estava jogando e aconteceu bem na hora em que um dos "presentes" rolou para fora da mesa e caiu no chão perto dos meus joelhos.

Meu estômago revirou por impulso, a carne podre produzindo um cheiro tão ruim que tornava impossível que controlasse a ânsia de vômito. Damien colocou a mão no meu ombro e se inclinou para pegar a cabeça e colocá-la com mais cuidado na mesa. Em vez de tirar a mão, ela permaneceu lá, seus dedos me dando um leve aperto de advertência.

Engoli a bile e entreabri a boca para respirar, incapaz de lidar com o aroma grotesco no ar.

— Que merda é essa? — o vampiro com voz nasalada falou e o som de uma cadeira arranhou o chão, seguindo suas palavras. — Como você se atreve a entrar...

Ryder o silenciou com uma bala da sua arma, a explosão fazendo com que toda a sala parasse de respirar novamente.

Um baque seguiu o tiro.

— Aparentemente, minha ascensão não ficou clara — Ryder disse após um instante, sua voz demonstrando poder. — Para aqueles que precisam de uma declaração direta, permitam-me explicar: *eu* estou no comando. Minha palavra é lei. Farei mudanças por aqui e vocês as cumprirão ou darão o fora do meu território. Alguma pergunta?

Silêncio.

Damien apertou meu ombro mais uma vez. Não entendi o porquê. Eu ainda estava ajoelhada, com as mãos nas coxas. Era meu pulso? Ele podia ouvir meu batimento cardíaco acelerado? Eu não conseguia controlar isso, não com o domínio de Ryder queimando nas minhas costas.

— Alguns de vocês podem estar pensando que isso é temporário e acreditam que não precisam me ouvir. Portanto, permitam-me desiludi-los: tenho toda a intenção de ficar. E como sou um dos mais velhos da nossa espécie, Lilith não será capaz de recusar. Portanto, sugiro que vocês tentem se aliar em vez de ir contra mim. O que me leva aos meus presentes.

A coxa de Ryder roçou em meu braço enquanto ele empurrava sua cadeira para baixo da mesa. Então ele se abaixou para pegar algo. Embora eu não pudesse ver, suspeitei que fosse a cabeça que havia caído no chão.

— Alguém reconhece este ex-imortal? — Ryder perguntou. — Ou qualquer um dos outros nas mesas?

Vários comentários seguiram sua pergunta, todos expressos por diferentes vampiros ao redor da sala.

— Karim morava no meu condomínio.

— Alfonzo trabalhou na segurança do prédio de Silvano.

— Stiles estava encarregado do transporte humano da fazenda na área de Hugo.

Detalhes continuaram soando pela sala, os vampiros parecendo ansiosos para atender ao pedido de Ryder por informações.

Quando as vozes começaram a diminuir, ele jogou a cabeça de volta na mesa com um baque.

— Bem. Parece que estamos todos começando a nos entender. Mas há uma peça do quebra-cabeça ainda não discutida, que é o fato de que alguém enviou doze vampiros para me assassinar.

A eletricidade zumbiu no ar após sua declaração. A tensão provocou meus sentidos e fez meu coração disparar mais rápido no peito. A mão de Damien estava começando a parecer uma marca, sua presença uma fixação nas minhas costas que se recusava a ceder.

Algo ia acontecer.

Algo ruim.

— Então, agora vamos para o meu próximo presente — Ryder continuou. Sua mão apareceu na minha visão periférica enquanto ele puxava um dispositivo do bolso.

O que aconteceu com a sua arma? Talvez ele a tivesse colocado na mesa ou estivesse com Damien. A sala estava em silêncio, o que poderia ser resultado da presença dominadora de Ryder. No entanto, senti que havia mais coisa acontecendo do que eu podia ver em minha posição subserviente no chão.

— Quem te mandou? — Sua voz soou pela sala novamente, mas desta vez pelo dispositivo em sua mão.

A pergunta foi seguida por um grunhido de dor e então outro homem disse:

— Porra, cara. Eu disse que falaria.

— Então fale. E também sugiro que você lembre com quem está falando —Ryder respondeu durante a gravação, seu tom sugerindo insatisfação.

— Há um grupo de vampiros mais velhos que não querem você no poder. — O homem pigarreou. — Eu não queria concordar com isso, juro. Mas minha criadora me obrigou.

— Quem é a sua criadora?

Ryder parou a gravação e perguntou:

— Alguma suposição sobre o que ele disse?— Ele fez uma pausa antes de acrescentar: — Vou dar uma dica. Ela está nesta sala.

Um silvo rompeu o ar, provocando um arrepio na minha espinha.

O aperto de Damien no meu ombro mudou quando ele me forçou a deitar no chão e meu nariz bateu no mármore. Gritos e xingamento soaram, assim como uma série de tiros, cada um me fazendo estremecer.

Gritos se seguiram.

Em seguida, um som forte.

Batidas no chão.

Caos geral.

E o tom de voz raivoso de Ryder.

Em vez de permanecer no chão, enrolei minhas pernas debaixo de mim e rastejei rapidamente em direção à mesa com o desejo de me esconder embaixo dela, apenas para ter meu tornozelo preso em um aperto selvagem. Meu vestido deslizou pelo mármore enquanto o culpado me puxava em sua direção.

Rebati com o calcanhar, acertando um chute no esterno do meu oponente. Seu grunhido se transformou em um rosnado quando ele me puxou para trás com seu aperto firme no tornozelo.

Há poucos momentos, achei que morreria nas mãos de Ryder e me tornaria uma refeição para seus amigos desfrutarem.

Agora, vi minha morte refletida em um par de olhos azuis malignos emoldurados por um rosto bonito e uma boca cruelmente curvada.

Sua fome me atingiu como uma onda de calor e suas mãos me lembraram das garras dos lycans enquanto ele tentava ficar por cima.

Não.

Não.

Não!

Eu me recusava a bancar a vítima. Todos aqueles dias em uma cela, sendo estuprada repetidamente enquanto estava drogada. Vislumbres das memórias passaram pela minha cabeça, me lembrando da dor e do tormento que passei. Aquilo foi o suficiente para impulsionar meu coração e meu instinto de sobrevivência.

Meu treinamento assumiu e movi braços e pernas com a precisão que aperfeiçoei ao longo dos anos.

Isso havia acontecido nos campos de reprodução também. Eu tinha uma vaga lembrança de ter feito um lycan sangrar. Ele me pagou na mesma moeda, cortando meu estômago com suas garras.

A lembrança surgiu e desapareceu em um segundo, minha mente me protegendo de qualquer ato vicioso que viesse a seguir.

Não desta vez, pensei, lutando cegamente pela minha vida. O vampiro rastejou sobre mim, sua força intransponível e resoluta. Tentei dar uma joelhada nele, chutá-lo, arrancar seus olhos. Mas ele segurou meus pulsos sobre minha cabeça, colocando a parte inferior do seu corpo em cima do meu.

E no momento seguinte, ele desapareceu.

Ouvi um rugido, seguido pela cabeça do meu agressor caindo no chão ao meu lado.

Fiquei boquiaberta, então olhei para cima e encontrei Ryder de pé com seu terno imaculado.

Ele colocou a arma no cinto — um atributo do seu guarda-roupa que não percebi na minha observação anterior — e então estendeu a mão para mim.

Eu a peguei, confusa e com uma série de perguntas por fazer. Meu mundo mudou quando ele me puxou para cima. Seus lábios roçaram minha testa antes que ele me colocasse atrás de si em um gesto protetor.

Me agarrei ao seu paletó, confusa e oprimida. Meus pulmões doíam, exigindo mais ar. Inspirei o cheiro mentolado de Ryder, sua presença imediatamente acalmando meus nervos. Era errado e assustador, mas eu precisava disso naquele momento, então me permiti. Eu avaliaria as razões por trás do conforto mais tarde.

Quando meus batimentos começaram a se acalmar, cometi o erro de olhar ao redor da sala.

Meu coração saltou para um ritmo caótico, mas por uma razão totalmente diferente.

Corpos sem cabeça decoravam as mesas e sangue manchava as roupas, cadeiras e pisos.

Ele os massacrou... mas como? Ele só estava com uma arma.

A resposta apareceu na mão de Damien enquanto ele caminhava em nossa direção.

— Pronto. — Foi tudo o que ele disse enquanto colocava uma adaga em uma mesa próxima.

Espiei por trás de Ryder e vi vários vampiros de pé no canto da sala, a maioria boquiaberta com a cena. Dois, no entanto, exibiam sorrisos de aprovação.

Em vez de baixar o olhar como deveria, observei os dois e a cena, mortificada e fascinada por tudo ao mesmo tempo.

Foi tão meticuloso e eficiente — dois adjetivos que associei a Ryder. Poderoso também, o que foi evidenciado pelo corpo sem cabeça do vampiro de olhos azuis a poucos metros de mim. Outra lâmina saía de seu peito. Essa devia pertencer a Ryder.

As facas estavam na mala com as cabeças? Eram grandes demais para que ele as escondesse debaixo do paletó. Seja como for, fiquei impressionada. Ele não só derrubou mais de uma dúzia de vampiros em um piscar de olhos, mas também o fez sem deixar uma mancha de sangue em seu traje. Até suas mãos estavam limpas.

Ryder redefinia o termo monstro. E ao invés de me assustar, eu me senti... *excitada*.

Ele tinha acabado de matar uma sala inteira do mal de uma maneira que eu só poderia sonhar em realizar.

Quem é você? Fiquei maravilhada, observando seus ombros largos.

Suas afirmações de ser da realeza eram verdadeiras, mas ele era diferente de tudo que eu já havia estudado. Ele era implacável e duro, duas características conhecidas por sua espécie, mas agia contra seus companheiros vampiros, não os humanos. Só isso o tornava único. Pelos eventos desta noite e por tudo que presenciei, e eu simplesmente não sabia por onde começar a entendê-lo.

— Considerem-se avisados — Ryder falou, se dirigindo ao grupo amontoado no canto da sala. — Não vou tolerar desobediência. Não vou tolerar tentativas de assassinato. E não vou tolerar desrespeito. Não sou Silvano, mas sou seu novo nobre. Agora é dever de vocês informar aos outros.

Um coro de "Sim, Meu Príncipe" e "Sim, Vossa Alteza" soou do grupo.

— Ótimo. E para garantir que todos vocês realmente entendam quem sou e o que posso fazer, espero que vocês se unam para limpar essa bagunça. Os corpos devem ser queimados e não é permitido ter ajuda humana. Por quê? Porque minha mensagem é para vocês e apenas para vocês. — Ele olhou para Damien. — Há câmeras nesta sala?

— Sim — seu amigo respondeu. — As filmagens de segurança cobrem todas as áreas comuns deste edifício, incluindo as cozinhas, áreas de serviço e os incineradores que são comumente usados para descartar os restos mortais.

— Brilhante. Então, posso usar essas imagens para verificar se meus pedidos estão sendo executados corretamente. — Ele voltou sua atenção para os outros. — Caso algum de vocês decida não ajudar a limpar esta bagunça, vou visitá-los pessoalmente para verificar o porquê. Meu palpite é de que vocês não vão gostar da minha visita.

Ninguém protestou ou se atreveu a pronunciar uma palavra.

Talvez eles tenham ficado tão surpresos com o seu decreto quanto eu.

— Além disso, daqui para frente, não haverá crianças no cardápio — ele continuou. — Nem haverá órgãos ou algo do tipo também. Fui claro, Meghan?

— S-sim, Vossa Alteza.

— Se eu achar que você é incapaz de seguir uma ordem tão direta, você será substituída — ele acrescentou com o tom severo. — E as crianças que você já adquiriu devem ser enviadas para a antiga cobertura de Silvano. Vou encontrar um uso para elas. Além disso, a humana que tentou me oferecer seus órgãos será minha criada pessoal daqui para frente. Ela não deverá interagir com nenhum outro cliente. Só comigo.

— Sim, Meu Príncipe. Vou pedir que seja tudo providenciado.

— Providencie você mesma — ele respondeu e olhou para o amigo. — Tudo certo?

Damien assentiu.

— Acredito que a sua mensagem soou alta e clara.

— Vamos torcer — Ryder falou lentamente enquanto me encarava.

Seu olhar registrou surpresa, me confundindo por um momento antes que eu percebesse o que tinha feito.

Merda.

Abaixei a cabeça imediatamente, assumindo uma postura submissa. Mas já era tarde demais. Sua tensão era palpável quando ele pressionou a mão nas minhas costas.

Ele me levou até a porta e saiu para o saguão. Fiquei em silêncio, com o coração disparado no peito.

No entanto, não foi impulsionada pelo medo, mas pela rebeldia.

Quebrei uma regra da sociedade.

Várias, na verdade.

O vampiro que me atacou tinha todo o direito de colocar suas presas no meu corpo – pelo menos, de acordo com a hierarquia do nosso mundo – e eu lutei com ele. Depois analisei a sala e encontrei o olhar de Ryder de frente. Isso me fez sentir poderosa. Viva. Indestrutível. Foi uma reação ridícula, porque Ryder poderia quebrar meu pescoço com um movimento de seu pulso.

No entanto, alguma parte de mim não se importou.

Eu poderia fazer minhas próprias escolhas. Se elas me rendessem uma sentença de morte, pelo menos eu morreria com a alma intacta.

— Você precisa de um cartão — Damien disse enquanto se aproximava de nós. Ousei olhar para ele e o encontrei segurando uma bolsa. Continha mais cabeças? Armas? Itens perigosos?

Em vez de perguntar, abaixei o olhar novamente e contemplei esse poder recém-descoberto em meu espírito. Eu não queria me curvar ou me submeter. Queria me levantar e lutar. Queria fazer o que Ryder tinha acabado de fazer com aquela sala de monstros.

Ele era como um deus entre os vampiros, antigo e poderoso.

Olhei para ele, observando as belas maçãs do rosto e o queixo quadrado em seu perfil. Traços típicos de vampiros, mas pareciam ainda mais masculinos e letais agora. Porque eu sabia o que ele poderia fazer.

Ele me olhou e esboçou um meio sorriso. Ele deveria estar me repreendendo por ousar olhar para ele. Me punindo por lutar contra aquele vampiro. Me massacrando por quebrar os moldes da minha programação de sociedade.

No entanto, ele não fez nenhuma dessas coisas.

Ele apenas... sorriu.

Uma campainha tocou, nos alertando de que o elevador havia chegado. Ele me guiou para dentro com a mão nas minhas costas. Damien o seguiu e deixou cair a mala no chão.

— É aqui que você precisa do primeiro código — Damien explicou, pronunciando os números. Ele começou a digitá-los quando as portas se fecharam. — Esse é o andar da suíte de hóspedes. Há um segundo conjunto para a cobertura.

— E como se pausa o elevador? — Ryder perguntou.

— Pausar? — Damien respondeu, olhando para ele. — Por quê?

— Porque tenho mais uma lição para dispensar esta noite. — Seus olhos foram para os meus. — A Willow se comportou mal e quero garantir que isso nunca mais aconteça.

Willow

Meu coração parou.

O quê?

Mas ele sorriu quando encontrei seu olhar, quase como se estivesse orgulhoso de mim por desobedecer às regras da sociedade. Ele também me pediu para fazer isso quando estávamos sozinhos. No entanto, agora ele queria me punir?

Não estávamos sozinhos olhei para ele?

Ele sabia que examinei a sala quando deveria estar me submetendo?

Eu tinha interpretado mal suas dicas?

O elevador parou, provocando arrepios em meus braços expostos. O que ele vai fazer comigo?

Não ousei encontrar seu olhar, meus ombros cederam de uma forma que me fez sentir pequena. Uma memória começou a emergir, algo envolvendo garras e dent...

— Willow. — Ryder segurou meu queixo e inclinou minha cabeça para o lado, me forçando a olhar para ele. Seus olhos escuros procuraram os meus. — Do que você me chama se eu for longe demais?

Franzi o cenho.

— O quê?

— Você não estava prestando atenção no avião? — ele perguntou. — Então acho que vamos ter que revisar isso agora.

Sua mão se moveu da parte inferior das minhas costas para o meu quadril quando ele parou na minha frente com as costas voltadas para a porta do elevador. Ele manteve a outra mão no meu queixo, me forçando a manter contato visual.

— Você me chama pelo nome de batismo quando estivermos perto de outras pessoas. E pelo meu título quando estivermos só eu e você. Damien não conta como "outras pessoas". Assinta para que eu saiba que você entendeu.

Ele estava insinuando que eu poderia impedir o que quer que estivesse prestes a acontecer ao pronunciar seu nome? Espere, não, era seu título em particular que o faria parar. Mas ele realmente pararia? Parecia improvável, considerando que ele queria me punir por desafiá-lo.

— Humm. Isso não é um aceno de cabeça. — Ele começou a andar comigo para trás até que minhas omoplatas atingiram um peito duro atrás de mim. *Damien.* Não tinha percebido que ele havia se movido, minha atenção estava em Ryder.

— Talvez ela não entenda o propósito de uma palavra segura — Damien sugeriu.

— Sim, ela nem parece acreditar em mim quando digo que não compartilho. — Sua mão no meu quadril foi para a fenda em meu vestido, permitindo que seus dedos roçassem na minha pele. Meu corpo inteiro se arrepiou com seu toque provocante.

O que esse homem está fazendo comigo?

Sua proximidade despertou uma mistura inebriante de sensações contrastantes dentro de mim. Como ele planejou me punir? O que fiz de errado? Por que o cheiro dele é tão bom?

Inspirei sua essência mentolada, sentindo a língua seca para provar. Seu cheiro, combinado com o aroma de canela e especiarias do homem atrás de mim, me fez esquecer de como pronunciar meu próprio nome.

Dois vampiros poderosos, me prendendo entre seus corpos duros e letais.

Ah, Deusa...

— Seu coração está disparado, Willow — Ryder murmurou, levando o nariz para o meu pescoço. — Posso praticamente sentir na minha boca, pulsando loucamente. Você está com medo? Ou é outra coisa?

Não pude responder, porque não sabia. Minhas pernas começaram a tremer, meu peito latejava com o impulso de um desejo desconhecido misturado com mistério e intriga.

Sua presença estava me hipnotizando.

Não, a presença *deles* era a causa. Dois vampiros, prendendo sua presa e usando suas vontades sedutoras para me embalar em um estado flexível.

Não havia como lutar contra isso.

Eles eram muito masculinos e muito predatórios para que eu resistisse.

Ryder sussurrava contra a minha garganta enquanto seus dedos deslizavam pela minha coxa para encontrar o ápice úmido entre as minhas pernas. Ele passou um dedo e seu toque foi como fogo líquido. Estremeci e então ofeguei quando Damien segurou meus quadris para me manter no lugar.

— Eu não compartilho, Willow — Ryder sussurrou enquanto seus lábios traçavam um caminho da base do meu pescoço até a minha orelha. — Te disse isso no avião, mas suas reações esta noite sugeriram que você não acredita em mim. Então, vou te ensinar uma lição, doce escrava. Pronta?

Eu queria dizer que não. Mas me peguei assentindo, quase como se ele fosse meu mestre, puxando meus cordões de fantoche. Talvez ele estivesse. Vampiros podem controlar mentes até certo ponto. Ele estava na minha agora? Conduzindo minhas ações?

A ponta do seu dedo roçou no meu clitóris, me fazendo gemer e esquecer meus próprios pensamentos.

Ryder riu em meu ouvido.

— Estou aceitando esse som como afirmativo. — Ele roçou os dentes na minha mandíbula, provocando uma sensação de formigamento por dentro, então sua boca capturou a minha em um beijo quase rude. Ofeguei, sentindo meus pulmões queimarem por uma respiração mais profunda. Mas não conseguia puxar oxigênio suficiente, pois minha mente estava perdida em sua reivindicação.

Ele me consumiu.

Me devorou.

Me possuiu.

Cada toque do seu dedo me puxou para mais perto de um fogo do qual eu nunca escaparia.

Cada toque da sua língua apagou minha vontade de lutar.

E cada grunhido de aprovação derreteu outra das minhas defesas.

Eu estava perdida para ele, total e completamente.

Então Damien entrou no jogo. Seus lábios eram uma carícia estranha no meu pescoço. Suas mãos em meus quadris queimaram o tecido fino e sua ereção era uma dureza proeminente em minhas costas.

Eu queria gritar, correr e me ajoelhar entre eles e implorar.

Confusão e medo tumultuavam meus pensamentos, afugentados por uma luxúria furiosa que apagou a necessidade de lógica.

Ryder apertou meu clitóris, fazendo a dor disparar em minhas veias e forçando um suspiro. Ele sorriu em resposta, seus lábios sinistros e doces.

Uma parte de mim começou a chorar, o poder esmagador dos dois homens me afogando em um mar de insanidade e tormento sensual.

— Morda-a — Ryder disse enquanto ficava de joelhos. — Faça-a se lembrar de você.

Abri os olhos, sentindo o choque me atingir. *Ele não pode dizer isso*. Ele disse que não compartilhava. Esse era o objetivo desta lição, certo?

Eu não entendi a intenção.

Não conseguia descobrir o que dizer.

Então Damien rosnou, a vibração áspera era tanto uma ameaça quanto uma promessa envolta na agressiva intenção masculina.

Meu Príncipe...

As palavras provocaram minha língua, um apelo pronto para escapar dos meus lábios, mas que foi engolido quando Damien perfurou meu pescoço em uma mordida que senti em cada terminação nervosa.

A eletricidade ganhou vida em minhas veias. Meu coração acelerou, me fazendo me perder em uma nuvem de toxicidade e êxtase.

Minhas coxas cerraram, me lembrando da posição de Ryder entre elas. *O que ele...*

Oh.

Ohhhh.

Gritei quando seus dentes provocaram minha pele sensível, seu estrondo faminto interrompendo qualquer reclamação que eu pretendia proferir.

Sim, sim, pensei. *Mais...*

Ele capturou meu clitóris entre os lábios e me provocou com a língua. Os braços de Damien me envolveram ao mesmo tempo, me segurando contra seu corpo enquanto ele se alimentava da minha veia.

Eu estava presa.

Possuída.

Arrebatada pelos dois.

Uma boca na minha garganta, a outra entre as minhas pernas, me levando ao êxtase, exigindo que meu corpo cooperasse e se curvasse sob sua vontade.

Eu era deles no momento, flutuando em uma sensação de prazer sombrio que esperava por mim no horizonte.

Um movimento me fez voar, bem como a sensação aguda da

mordida de Ryder em um lugar que nunca esperei desejar a boca de um vampiro.

Isso me atirou em outro mundo de existência, me fazendo gozar com ferocidade.

Gritei e tremi de forma tão violenta que eu não conseguia suportar. Damien me manteve segura, a boca ainda presa a minha garganta em conjunto com Ryder entre minhas coxas.

Ele mordeu meu clitóris, pensei, confusa e excitada ao mesmo tempo.

Os espasmos dispararam através de mim, meu orgasmo se prolongando por muito tempo. Era quase doloroso, os sentimentos tão intensos que mal conseguia me lembrar de como respirar.

Se eu morresse agora, não me importaria. Esse tipo de êxtase era reservado para a vida após a morte, não para o presente. E ainda assim, senti a realidade lentamente começando a despertar ao meu redor, o mundo mudando conforme mudava a visão.

Não estávamos mais em uma caixa de metal, mas em um corredor e depois em uma suíte. E o corpo masculino duro atrás de mim lentamente se transformou em um colchão macio.

Palavras foram trocadas.

Algo sobre crianças e visitas ao harém.

Senti Damien sair e Ryder retornar, suas mãos acariciando meu corpo enquanto ele se inclinava para me beijar. Sua língua me apresentou um sabor único, que suspeitei pertencer a mim e a mordida íntima que ele havia me dado.

Me agarrei a ele, com medo e confusa pela névoa que nublava meu julgamento.

— Você está bem — ele disse.

Mas não acreditei nele.

Isso não estava nada bem.

Ele tinha acabado de rasgar meu mundo, cativado minha mente e me colocado no chão com algumas mordidas habilidosas.

Por que eu estava aqui? Quanto tempo ele me manteria? O que aconteceria depois?

Eu não podia depender dele.

Não podia confiar nele.

Eu precisava fugir, mas não tinha para onde ir.

— Shh — ele sussurrou com os lábios na minha têmpora. — Você aprenderá a confiar em mim, Willow.

Confiar nele? Nunca.

— Você me mandou para o campo de procriação — acusei, perdida em meu estado de delírio. — Eu deveria ser um Vigília. Ir para a Copa Imortal. Agora sou um lanche. Um brinquedo para sexo. Uma escrava. — E foi a melhor coisa que já me aconteceu. O quanto isso era confuso? Comecei a rir e o barulho soou histérico em meus ouvidos.

Isso não era engraçado.

Nem divertido.

No momento em que ele se cansasse de mim, eu me tornaria uma refeição. E não seria hilário? Sobrevivi todos esses anos, aprendi tantas coisas, apenas para me tornar um jantar.

Outra risada saiu dos meus lábios, mas soou errada. Sofrida. Destruidora de almas.

— Pelo menos, como Vigília eu teria valido alguma coisa — sussurrei para mim mesma, me esquecendo de Ryder.

Só que ele ainda estava aqui, ouvindo cada palavra que acabei de dizer. Quanto saiu em voz alta? Não sabia dizer. Quase nem me importei. Ele sabia de tudo isso mesmo. Foi a sua espécie que rebaixou a minha, nos sentenciando a um destino de servidão.

— Sim, caçar outros humanos é uma vida fantástica para um mortal — Ryder falou lentamente, seu tom provocando meus nervos.

— É melhor do que ser caçada e devorada por monstros — respondi, chocada com as palavras que saíram da minha boca. O que suas mordidas fizeram comigo? Todas as minhas inibições se foram, minha mente parecia explodir em campo aberto sem filtro.

Quase tentei me desculpar, mas ele já estava respondendo.

— Você acha que esses vigílias nunca se tornam lanche? — ele perguntou, arqueando uma sobrancelha. — Vamos lá, Willow. Sinto que você é mais inteligente que isso.

Ainda assim, eu tinha lágrimas nos olhos que não entendia.

Isso tudo era temporário.

Deveria ter sido um elogio, mas não soou como um.

— Esta sociedade inteira é movida pela necessidade de agradar seus superiores — ele continuou. — Vampiros e lycans escolhem o que querem fazer e quando querem. Eu poderia transar com você contra a parede agora e não há absolutamente nada que você pudesse fazer sobre isso. Eu poderia tomá-la do lado de fora da varanda, depois quebrar seu pescoço enquanto gozo, e os vampiros salivariam sobre seus restos mortais. É um mundo cruel e injusto, mas é o que é. Sua espécie é fraca. A minha, não. Portanto, você se ajoelha. Não eu.

Fiquei boquiaberta com ele e meus sentidos começaram a retornar sob a crueldade de suas palavras. Ele se sentou ao meu lado na cama e seus olhos escuros ardiam. Eu não sabia se ele estava com raiva de mim por falar abertamente ou com raiva do mundo em que vivíamos. Talvez os dois.

— Você gosta deste mundo? — Ryder me perguntou baixinho com a palma da mão em minha bochecha. Ele me enfiou sob as cobertas em algum momento. Por que não consigo me lembrar? Eu tinha caído em um estado de inconsciência depois que eles se alimentaram? Tudo que eu conseguia me lembrar era do prazer, algumas dicas de sua conversa e de vir para esta cama.

No entanto, eu ainda não estava certa, pois a névoa do prazer ainda me sufocava no meio do caos.

— Willow — disse Ryder, seu polegar traçando meu lábio inferior. — Perguntei se você gosta deste mundo. Me responda.

— Não — admiti em um sussurro. Era a resposta errada, mas

honesta. E se ele quisesse me punir por isso, eu não lutaria com ele.

— E como você se sente sobre mim?

Fiz uma careta, tentando e falhando em estudar sua expressão. O que ele quer que eu diga? A verdade? Uma mentira? Infelizmente, minha mente não conseguia criar uma história. Tudo que consegui dizer foi:

— Não sei.

Ele curvou os lábios.

— Então estamos chegando a algum lugar.

Não entendi. Ele queria que eu o odiasse ou o adorasse?

Como esta noite tinha dado uma guinada tão brusca? Minha felicidade se derreteu em uma poça de confusão e dor. Meu futuro parecia incompreensível. Eu não sabia mais o que esperar, e isso me apavorava.

Ryder queria que eu confiasse nele.

Ele prometeu não me compartilhar.

E, no entanto, Damien tinha acabado de beber da minha veia.

— Não sou como outros membros da realeza, Willow — ele murmurou, olhando para a minha boca. — Você vai entender isso em breve. — Ele se inclinou para me beijar profundamente. Seu toque era como uma impressão em minha alma. — Durma bem, minha Willow.

Algo nessa declaração me enervou, mas não consegui determinar o porquê.

Em vez disso, meus olhos se fecharam, me afogando em um oceano espesso, me deixando descansar em uma nuvem que era muito macia.

Menta fez cócegas em meus sentidos.

O calor me envolveu por trás.

Proteção em cada centímetro do meu corpo.

Uma parte de mim percebeu que era Ryder, me abraçando enquanto me embalava em um estado de conforto.

Jurei que até o ouvi cantarolar uma melodia, algo que me seguiu em meus sonhos. Mas isso não poderia ser real. Minha vida girava em torno de pesadelos, não de fantasia.

No entanto, apenas por esta noite, acreditei. Valeria a pena o desgosto que sentiria por ter esperança.

Todos nós tínhamos um preço a pagar nesta vida. Sangue e lágrimas seriam os meus.

Ryder

PASSEI OS DEDOS PELO CABELO LOIRO QUASE BRANCO DE Willow. Seus fios eram macios como seda. Eu poderia acariciá-la assim a noite toda. A atividade era estranhamente relaxante.

Minha aula não saiu como planejado. Eu queria expressar que Damien mordê-la era o único tipo de compartilhamento que eu permitiria, mas ela se perdeu no prazer antes que eu pudesse explicar essa parte. Então ela saiu em um discurso fascinante sobre como sua vida deveria ter sido.

Isso demonstrou uma falha significativa em sua programação, que teria lhe rendido sua execução neste mundo. Mas a achei estranhamente cativante. Eu queria explorar isso, trazer essa parte escondida dela para fora e seduzi-la.

Sabia que havia algo de especial nela. Um incêndio que não deveria existir, mas existia. Eu queria me aquecer e me queimar em suas chamas, experimentar cada parte dela no caminho de ida e volta para o inferno.

Minha doce e querida Willow.

Ela não tinha ideia do que eu queria fazer com ela.

Suas admissões esta noite foram apenas a ponta do iceberg. Eu estava curioso para saber se ela se lembraria de tudo ou se pensaria que alguma coisa estava em sua cabeça.

Ela se perguntou o que eu faria quando acabasse de brincar. Era uma preocupação válida e não pude responder porque não sabia. Eu não a mandaria de volta para os acampamentos de reprodução, nem faria dela uma refeição. Eu repelia as duas opções. E com certeza não a daria a outro vampiro. Ela era minha.

Um zumbido soou do monitor perto da cama. Franzi a testa quando uma voz feminina sensual disse:

— Você tem uma ligação de Silvano.

— É mesmo? — perguntei, arqueando uma sobrancelha. — Isso é estranho, considerando que ele está morto.

— Comando não reconhecido. Você gostaria de atender, recusar ou...

— Atenda — interrompi, irritado com a programação insuficiente. Qual era o sentido da inteligência artificial se elas não conseguiam perceber um pingo de humor?

— Atendendo agora — a mulher falou.

Revirei os olhos.

— Obrigado pelo aviso.

— Mas eu nem comecei ainda — Damien respondeu.

Eu bufei.

— A Inteligência Artificial precisa ser atualizada.

— Eu sei.

— Peça a Benita para cuidar disso.

— Já pedi — Damien respondeu. — Mas não é por isso que estou ligando.

Continuei passando os dedos pelo cabelo de Willow e percebi que sua mente estava tranquila com o sono.

— Alguém morreu? — Porque essa seria a única razão para sua intrusão tão tarde da noite. O sol nasceria em breve e, embora isso não me afetasse de verdade, o brilho deixava minha espécie desconfortável. Nossos sentidos sensíveis preferiam a escuridão.

— Sim. — Damien pigarreou. — Garland.

Arqueei as sobrancelhas.

— Como?

— Eu o matei.

— Ah. — Nunca me importei muito com o velho vampiro. Caramba, na verdade, não gosto de ninguém da minha espécie. Damien era exceção, provavelmente porque eu o criei. Sua irmã também se qualificava como exceção, porque ela não era uma de nós.

No entanto, seu companheiro era uma história totalmente diferente.

Ignorando minha caminhada pelas lembranças do passado, me concentrei no motivo da ligação de Damien.

— Por quê?

— Eu o encontrei entretendo alguns de seus amigos na cobertura. Eles já haviam acabado com seis membros do seu harém antes de eu chegar.

— Quantos sobraram?

— Dos amigos dele ou do seu harém?

— Do harém. — Eu mesmo treinei Damien. Ele teria matado todos os amigos de Garland, talvez deixaria apenas um, que usaria para enviar uma mensagem. Não há necessidade de entrar em detalhes, pois era exatamente o que eu teria feito na situação dele.

— Oito — ele respondeu. — Eles também estão apavorados.

Em outras palavras, não eram meu tipo. Eu preferia brincar com fogo, não me misturar com ratos.

— Espero que você cuide deles.

Ele grunhiu.

— Você poderia aproveitar a transa mais do que eu. Estou ativo. Enquanto isso, está brincando com uma escrava que você mal tocou depois de quantos anos de celibato fútil?

— Ahh, eu não sabia que você se importava — falei devagar. — Também vai avaliar minha técnica?

— Ainda sabe como trepar com essa idade? — ele retrucou.

— Você se esqueceu de que eu tinha quase quatro mil anos de experiência antes de transformá-lo? — perguntei.

— Sim, sim, eu sei, você acha tudo isso chato e enfadonho. Você perde a luta. — Eu podia ouvi-lo revirando os olhos.

— Você tem apenas mil anos, Damien. Espere alcançar mais um ou dois milênios e você entenderá. — Devorar presas era uma arte – algo que a minha espécie parecia ter esquecido.

— Nunca vou entender como você pode recusar uma boceta disponível — ele respondeu.

— Está disponível ou forçada? — perguntei a ele.

— Pergunta o homem que acabou de consumir seu animal de estimação em um elevador como um homem faminto por uma boa refeição — Damien retornou. — Não ouvi o consentimento dela.

— Estava implícito quando ela gozou. — Passei os dedos em sua bochecha. — Além disso, foi você quem sugeriu que eu trabalhasse nas reações sexuais dela. Acho que ela está indo muito bem, não está?

— Humm — ele murmurou, sem parecer tão confiante na minha resposta. — Bem, por mais divertida que seja esta conversa, não liguei para discutir sua falta de vida sexual ou o status do seu harém. Já resolvi a situação, mas surgiu outra que requer sua atenção.

— Ah, é? Diga.

— A Lilith ligou para você. Ela quer que você ligue para ela imediatamente.

Meus lábios se curvaram.

— Ela quer?

— Sim. Então, devo detalhar a cena do crime enquanto você protela para falar com ela? Ou nossa conversa paralela forneceu tempo de espera suficiente para você?

— É por isso que te mantenho por perto — eu o informei. — Você sabe exatamente como vou lidar com cada situação.

— Nem todas — ele respondeu. Não precisei perguntar para saber o que ele queria dizer. Ele estava se referindo a Willow.

Vi a surpresa em seu olhar quando a coloquei na cama. Isso

rivalizava com sua expressão quando o aconselhei a parar de se alimentar no elevador antes de pegá-la em meus braços para carregá-la para minha nova suíte.

Willow era como uma anomalia.

Um tipo diferente de experiência.

Um desafio que eu não entendia totalmente.

Nunca tratei mal as mulheres no passado, mas também nunca prestei cuidados como fiz com Willow. Ele não me perguntou o porquê, o que era bom, já que eu não tinha uma resposta pronta para isso.

— Imagino que devo retornar à ligação de Lilith. Se importa de me dar uma ideia do que ela deseja?

— Meu palpite é que ela descobriu sobre o seu abate no início desta noite — Damien respondeu.

— Pode ser. — Fiz uma careta. — Mas isso significa que alguém lhe repassou informações.

— Você está surpreso?

— Não, estou curioso. Seria do nosso interesse descobrir quem falou com ela. Assim poderemos usar o canal de comunicação a nosso favor. — Isso nos permitiria garantir que as informações que chegassem a Lilith fossem as que queríamos que ela recebesse.

— Verdade. Vou dar uma olhada nisso.

— Ótimo. — Encarei o painel na parede. — Como faço para desligar?

Damien riu.

— Vou fornecer um tutorial mais tarde. Depois que eu desconectar, diga a IA que você deseja ligar para a Lilith. O número dela já está programado.

— Você é um bom amigo — eu disse.

— É por isso que você está me dando acesso exclusivo ao seu harém — ele respondeu.

— Chamada desconectada — A IA entrou na conversa.

Aparentemente, Damien desligou antes que eu pudesse

responder. Não que eu tivesse algo a dizer. Se ele queria brincar com os membros da sociedade que sofreram lavagem cerebral, eu não o impediria. A única fora dos limites para ele era Willow.

Expirando, me concentrei na tela acima da mesa de cabeceira.

— Ligue para Lilith — eu disse.

Esperei por uma resposta.

Nada aconteceu.

— Sim, apenas diga a IA para ligar para a Lilith — murmurei, rolando para fora da cama para observar o painel mais de perto.

— Ativar — falei, lendo o botão no canto superior direito. — Claro, vamos com isso. — Eu o pressionei e meio que esperava que algo explodisse. Mas não, aquela voz sensual começou a falar de novo.

— Olá. Como posso ajudá-lo?

— Você poderia se reprogramar e me poupar muito tempo — sugeri.

— Sinto muito. *Você poderia se reprogramar e me poupar muito tempo* não é um comando que eu reconheça.

— Claro que não. — *Merda de IA*. — Ligue para a Lilith.

— Ligando para Lilith — ela respondeu imediatamente, parecendo bastante satisfeita com sua habilidade.

Eu estava revirando os olhos quando Lilith respondeu:

— Por que demorou tanto? Liguei para o seu progênie há mais de uma hora. E por que é que você não tem seu próprio telefone?

— Qual pergunta você gostaria que eu respondesse primeiro? — perguntei a ela, contraindo os lábios em diversão. Damien não apenas me ajudou a protelar, mas também protelou um pouco antes de me ligar.

Bom homem, pensei. Não que ele pudesse me ouvir. Eu havia dado vida eterna a ele, não telepatia.

— Quero que você comece explicando o que aconteceu esta

noite. Recebi um relatório de mais de uma dúzia de mortes de vampiros não sancionadas.

— Não sancionadas? — repeti, coçando o queixo. — Não acho que isso esteja certo, pois tenho certeza de que sancionei todas elas.

—*Ryder.*

— Sim? A ligação está falhando? — perguntei, olhando para a tela. — Esta IA não está funcionando direito. Talvez eu deva te ligar mais tarde de uma linha melhor?

Seu grunhido ecoou pelos alto-falantes estrategicamente posicionados ao longo do teto.

— Pare com essa merda, Ryder. Se você não pode cuidar do seu trabalho, eu vou até aí e cuidarei para você.

— Quem disse que não posso cuidar? — rebati.

— Você acabou de matar mais de uma dúzia de vampiros! — ela gritou.

Arqueei uma sobrancelha para a tela, não que ela pudesse me ver. Ou talvez pudesse. Quem sabia como essa tecnologia funcionava?

— Sim, e daí?

Eu quase podia imaginá-la beliscando a ponta do nariz. Seu aborrecimento era palpável até mesmo pela linha telefônica.

— Você deu um teste a eles?

— É necessário um teste? — perguntei a ela, fingindo inocência. Ah, eu sabia que as novas leis da sociedade exigiam documentação e raciocínio adequado para sancionar uma morte, mas eu não dava a mínima para toda a piada de lei e ordem de Lilith. — Quer dizer, eles tentaram me matar. Eu apenas retribuí o favor demonstrando como deveria ser feito.

— O que você quer dizer com eles tentaram te matar?

— Quero dizer que a Janet enviou um bando de vampiros para minha propriedade no Texas para me assassinar. Matei todos eles, por falar nisso. Portanto, na verdade, há mais de duas dúzias de corpos no meu cartão de pontuação no momento. — E eu pretendia adicionar vários outros nos próximos meses.

Minha explicação foi recebida com silêncio.

Dei a ela cinco segundos antes de perguntar:

— Lilith? Minha IA desligou na sua cara? A tecnologia de Silvano é realmente antiquada. Assim como todo o seu regime. Olá? Você está aí?

— Estou digerindo sua declaração — ela respondeu por entre os dentes.

— Ah. Bem, você precisa de cinco dias para refletir e dar um veredicto mais tarde? — Não pude evitar a provocação.

Há pouco tempo, Lilith me forçou a suportar uma estadia de cinco dias no território do Clã Clemente enquanto ela decidia como lidar com uma questão de substituição de liderança. Depois de tudo isso, ela ainda não havia chegado a um veredicto definitivo, em vez disso prometeu avisar a todos os membros da realeza e alfas em sua próxima reunião do conselho.

Ela estava programada para acontecer daqui seis semanas a partir de agora.

Achei que isso significava que eu teria que comparecer.

Argh. Merda de Chicago. Era muito melhor antes de Lilith redecorar a cidade para se adequar a sua sede de sangue vampírica.

— Você está me ouvindo? — Lilith explodiu.

— Sinto muito. Ficou mudo — eu a informei. Tecnicamente era verdade, só que eu me desliguei do que ela falava. Ops.

— Chega de matar — ela exigiu. — Vidas de vampiros são sagradas. Os julgamentos são necessários para as ofensas e a reabilitação é usada para corrigir o mau comportamento. Pare de brincar ou vou removê-lo do seu papel *temporário*.

Eu adoraria ver você tentar, querida, pensei.

— Claro, *Vossa Alteza*. Mais algum decreto que você queira me conceder?

— Sim. Me ligue todos os dias. Quero atualizações.

Estava prestes a contestar essa solicitação quando a IA disse:

— Chamada desconectada.

— Vadia — murmurei, tanto para a IA quanto para Lilith. Passei os dedos pelo meu cabelo e soltei um suspiro. — Merda.

Eu não tinha intenção de ouvir Lilith ou seguir suas regras estúpidas. Este era meu território agora e não havia nada temporário nisso.

Um doce aroma fez cócegas em meu nariz, me lembrando da presença de Willow. Inspirei profundamente, permitindo que o perfume acalmasse meus nervos, então olhei para baixo para encontrá-la olhando para mim.

Fiz uma careta.

— Você deveria estar dormindo. — Eu a forcei a sonhar.

Eu estava tão distraído por Lilith que soltei a coação? Procurei o link em minha mente e descobri que havia sumido. *Bem, isso é novo.*

— Quanto dessa conversa você ouviu? — perguntei em voz alta.

— O suficiente — Willow respondeu, parecendo muito acordada e nem um pouco cansada.

Eu a considerei por um longo momento.

— Você precisa de comida? — Eu não a alimentei desde que saímos de casa mais cedo. Os humanos geralmente precisam de várias refeições. Fui pego em nossa chegada e tinha me esquecido desse fato. Em vez de lhe dar a chance de responder, falei: — Vamos. Vamos invadir a cozinha juntos.

Tirei os cobertores de cima dela, indicando que não era um pedido, mas uma exigência.

Ela se levantou da cama e suas pernas expostas atraíram meu olhar.

Eu tinha rasgado sua roupa de renda quando ela estava perdida em seu estado de prazer, depois a vesti com uma camisa branca da minha mala. Batia no meio da coxa. Tudo que eu tinha que fazer era deslizar o tecido para cima para expor sua doce boceta.

Humm.

O gosto dela ainda provocava minha língua, e eu estava ansioso por outra mordida.

Mas primeiro, precisava alimentá-la.

Ryder

EM VEZ DE FALAR, ME VIREI EM DIREÇÃO À PORTA E A CONDUZI para a sala de estar perto do quarto, depois para a cozinha e mesa de jantar. Não era uma suíte grande, mas funcionava como residência temporária. Havia até uma varanda externa com vista para a cidade. Não que eu me importasse o suficiente para ver a vista, mas Willow poderia gostar.

Vasculhei a despensa e a geladeira e descobri que quase todo o estoque estava cheio de sangue. Não havia comida humana.

Porque é claro que eles não considerariam mortais na preparação de uma suíte.

Bati na tela da geladeira e resmunguei quando ela revelou um layout semelhante ao que havia acima da mesa de cabeceira. Selecionar o botão *Ativar* gerou a mesma resposta. Depois que ela terminou a saudação, eu disse:

— Quero comida.

— Por favor, diga a comida que você deseja.

Arqueei uma sobrancelha para a tela.

— Quero dois filés mignon, uma tigela de purê de batata, manteiga extra e um pouco de feijão verde. — Eu não comia uma refeição como essa há anos, então por que não pedir tudo?

— Quando você gostaria que fosse entregue? — a IA perguntou.

— Agora.

— Encomenda feita. Posso ajudar em mais alguma coisa?

— Sim, quero que você adicione sorvete de baunilha, calda de chocolate quente, granulado e chantilly ao pedido.

— Quando você gostaria que fosse entregue?

— Agora — repeti.

— Encomenda feita. Posso ajudar em mais alguma coisa?

— Poderia variar suas afirmações — sugeri. — A repetição é enfadonha.

— Sinto muito. *Poderia variar suas...*

Apertei o botão *Desativar* antes que ela pudesse repetir todas as minhas palavras.

— Merda de IA.

Um som estranho veio de Willow, me fazendo olhar para ela. Ela colocou a mão sobre a boca e arregalou os olhos.

— Você acabou de... rir? — perguntei a ela.

Ela começou a balançar a cabeça vigorosamente.

— Por que está mentindo? — questionei. — Você deu uma risadinha. — E era um som baixinho e doce. Eu meio que queria fazê-la repeti-lo.

Ela ficou olhando para mim com aquele olhar assustado.

— Acha que vou te punir por se divertir às minhas custas? — perguntei a ela.

Não houve resposta.

— Não tenho certeza do que é mais irritante: seu silêncio ou a incapacidade da IA de manter uma conversa normal. — Apoiei a mão na nuca e suspirei alto. — Estamos sozinhos aqui, Willow. Quais são as minhas regras?

Ela engoliu em seco, baixando a mão lentamente.

— Sem regras — ela sussurrou.

— Certo. Então se você quiser rir, faça isso.

— Tudo bem.— Seu tom indicava que não estava *bem* de jeito nenhum, mas deixei passar.

Olhamos um para o outro por um longo momento e seus olhos azuis pareciam me fazer mil perguntas.

— Pergunte — eu a desafiei. — O que você quer saber?

Ela entreabriu os lábios, depois o fechou e abriu de novo.

— Eu... — Ela limpou a garganta. — Era a Deusa ao telefone, não era?

Eu bufei.

— Lilith. Sim. Mas não é uma deusa. Ela é só uma vampira. E jovem.

Willow franziu a testa.

— Jovem?

— Comparada a mim e alguns outros, sim. Por quê? Quantos anos ela afirma ter neste mundo?

— Ela não tem idade — Willow disse. — E é reverenciada.

— Por humanos, sim. Mas não pela minha espécie. Ela é só uma vampira que gosta de poder. — Cruzei os braços e me apoiei na ilha enquanto Willow estava do outro lado. — Tenho quase cinco mil anos. Lilith tem talvez dois mil e quinhentos? Acho que um pouco menos. Ela é poderosa, mas não um ser todo-poderoso.

Willow ficou boquiaberta.

— Você tem quase cinco mil anos?

Dei de ombros.

— Já estou por aí há algum tempo.

— E você é membro temporário da realeza? — Sua confusão ficou refletida em seu rosto. — Você não tem idade suficiente para ser oficial?

Eu bufei.

— Sou um dos vampiros mais antigos que existem, escrava. Apenas o Kylan e o Cam são mais velhos que eu. E não há nada temporário no meu título. Lilith parece pensar que é um teste, mas eu a supero em poder e idade. Ela que se dane. Não dou a mínima. — Emitindo esses decretos de merda. Como se eu fosse ouvi-la.

— Cam... — Algo cintilou em seus olhos azuis. — Ele desafiou a Deusa e morreu...

— É essa a história que ela criou para as mentes desta geração? — perguntei, achando engraçado. — Ela está errada. Cam está vivo.

— Houve uma execução pública. — Willow piscou como se estivesse imaginando. — Vi nos livros de história.

— As fotos podem enganar, assim como as histórias. — Me afastei do balcão, sentindo a camisa um pouco apertada de repente.

Eu não tinha trocado de roupa quando coloquei Willow na cama, principalmente porque eu preferia dormir nu e não tinha decidido onde ficaria esta noite. O sofá não parecia tão convidativo, e eu definitivamente não ia dormir no chão.

Sem dizer uma palavra a Willow, eu a deixei na cozinha enquanto fui para o quarto colocar algo mais confortável – calça de dormir. Sem sapatos, meias ou camisa. Muito melhor.

Eu a encontrei sentada no balcão quando voltei. Seus olhos foram para o meu braço tatuado antes de trilhar o resto do meu corpo. Ela tinha observado minhas tatuagens durante nossas aulas de luta, mas nunca me perguntou sobre elas.

— São desenhos tribais da minha idade humana — eu disse a ela, sentindo a necessidade de compartilhar. Não eram nada parecidas com aquelas que os mortais pintavam nos últimos séculos antes da revolução. Por um lado, as minhas não tinham cor, eram só tatuagens pretas. E os símbolos só podiam ser lidos pelos mais velhos de minha espécie.

Willow analisou a arte quando parei para ficar ao seu lado.

— Doeu?

— Se doeu, não me lembro. — As memórias mortais iam e vinham, suas histórias eram tão antigas que eu raramente pensava nelas.

Suas íris azuis piscaram para encontrar as minhas e um olhar de admiração ficou refletido em suas feições.

— Somos ensinados que membros da realeza são superiores,

exigentes e letais. Não são gentis ou compassivos. E obedecem e adoram à Deusa. Você... não é como eles.

Ri dessa afirmação.

— Pequena, nenhum de nós é assim. Sua mente está cheia de besteiras destinadas a domesticá-la e mantê-la na linha.

Ela não disse nada, mas seu olhar era incrédulo.

Então optei por uma explicação melhor.

— Por que você acha que os Vigílias são humanos? — perguntei.

— Eles são a elite da classe mortal, destinada a proteger aqueles a quem servem.

— Por quê? — pressionei. — Por que eu precisaria de um humano para me proteger? — Não quis ser rude, era apenas uma pergunta direta. — Eu poderia arrancar sua cabeça em menos de um segundo. Caramba, você viu o que fiz naquela sala esta noite. Então, por que eu exigiria um exército humano?

Ela franziu o cenho.

— Eu... eu não sei. — Pelo menos foi honesta.

— O trabalho principal deles é manter outros humanos na linha — eu a informei. — Este mundo treinou todos vocês para lutarem contra si mesmos, criando assim uma sociedade perfeita de opressão. Todos vocês aprendem, desde muito jovens, a competir uns contra os outros por uma pequena chance de imortalidade. Não há unidade ou lealdade entre os humanos, porque isso seria uma ameaça para a sociedade que Lilith e seus comparsas criaram. É uma besteira enorme.

Provavelmente falei muito, mas quem se importava? Eu, não. E o que Lilith faria, viria aqui e exigiria que eu matasse minha escrava por lhe falar a verdade? Que se foda. Eu não respondia a ninguém, muito menos àquela vadia que se considerava superior a mim.

— Você não é o que eu esperava — Willow finalmente falou.

— Que bom. Gosto de ser diferente. — Pisquei para ela e me sentei no banquinho ao seu lado. — Talvez da próxima vez você acredite em mim quando digo que não tenho intenção de compartilhar você.

— Você me compartilhou com o Damien — ela apontou.

— Foi? Ele só bebeu de você. Eu nem permiti que você o beijasse. — Arqueei uma sobrancelha. — É esse o compartilhamento que você esperava?

Ela ficou em silêncio por um momento. Sua expressão era contemplativa.

— Não. Eu esperava... mais.

Porque a universidade a ensinou a se curvar e aceitar tudo o que seus superiores exigissem.

Chato demais.

Percebi o brilho curioso em seus lindos olhos.

— Você quer mais, Willow? — Diminuí o tom da minha voz e minha fome veio à tona.

— Mais compartilhamento? — ela perguntou.

— Mais no geral — corrigi.

— Com você?

— Sim. — Olhei em seus olhos.

— Eu tenho escolha? — Isso soou um pouco atrevido, mas permiti. Centímetro por centímetro, eu ia remover todas as camadas da programação dela até encontrar a joia escondida sob o exterior de pedra. Porque era isso o que era – uma camada dura que a sociedade aplicava a todos os humanos, tornando-os chatos e sem brilho.

Mas, de alguma forma, Willow havia rachado o suficiente para deixar sua luz brilhar.

E eu queria ver mais dela.

— Não te obriguei a me agradar — murmurei. — Eu só te ofereci prazer. Talvez você não tivesse escolha, mas nós dois sabemos que você gostou. — Com um olhar, eu a desafiei a negar.

Ela não negou.

— Você me confunde — ela disse.

— Eu confundo muita gente. — Era um traço do ne caráter que eu tinha em alta conta. — Talvez você me decifre algum dia.

— Eu duvido.

Meus lábios se curvaram.

— Veremos.

Um silêncio confortável caiu entre nós, sendo perturbado minutos depois pelo som de uma campainha.

— Sua comida chegou, senhor — a IA anunciou.

— Você realmente gosta de narrar o óbvio, não é?

— Sinto muito. *Você realmente gosta...*

Pulei sobre o balcão para alcançar a tela da geladeira e bati o dedo no botão *Desativar*.

Desta vez, a risada de Willow saiu completa, e ela não cobriu a boca, mas tentou fazer sua melhor cara séria quando olhei para ela. Isso me fez pensar como ela ficava quando sorria.

Adicionei à minha lista de tarefas de coisas que eu queria realizar com ela.

Deixando-a na cozinha, caminhei até a porta e a abri, encontrando a garçonete do lado de fora com uma bandeja na mão.

— Vejo que a Meghan fez o que mandei — murmurei, satisfeito. Não expressei a necessidade de ela ser a única a me servir fora do horário do restaurante, mas eu não reclamaria.

A garota não disse nada, só ficou parada.

— Você quer me entregar a bandeja ou entrar? — perguntei a ela.

Ela piscou como se estivesse confusa.

— Eu... — A bandeja começou a chacoalhar e seu corpo a tremer.

— Vamos, me dê a bandeja — falei, pegando-a antes de seu braço ceder. Eu a segurei a tempo de estabilizá-la, só então percebendo o quanto era pesada para seu corpo frágil carregar até aqui. Ela se ajoelhou em reverência e as palavras de desculpas saíram depressa dos seus lábios.

Que. Merda. É. Essa?

— Entre. Agora — exigi, dando um passo para trás com a bandeja. A pobre garota começou a engatinhar, tornando a viagem mais lenta que já vi. — Ande.

Ela se levantou do chão e seu uniforme branco se esticou sobre os ombros enquanto ela se movia. Quando vi uma marca vermelha a minha ficha caiu.

Ela estava sangrando.

Me movi rapidamente para a área de jantar para colocar a bandeja na mesa. Willow estava esperando no balcão que separava a sala da cozinha. Quando ela viu a garçonete entrar, suas bochechas coraram em um belo tom de rosa e um novo cheiro emanou no ar, este de natureza primitiva.

Territorial, reconheci. Willow não gostava de ter outra mulher na suíte. Interessante.

Eu trataria disso mais tarde.

Em vez disso, me concentrei na garçonete.

— Tire a camisa.

O cheiro de Willow aumentou, me distraindo novamente.

Definitivamente, ela estava com ciúme, pensei.

Qualquer intriga que eu encontrasse naquela revelação foi perdida quando a garçonete tirou a camisa, expondo uma série de cortes na pele macia.

— Me mostre suas costas — exigi.

Ela mordiscou os lábios e se virou, revelando a pele machucada entre as omoplatas.

— Quem fez isso com você? E por quê?

A garota estremeceu violentamente.

— Eu... eu não te agradei e fui punida.

— Por quem? — rebati, lívido.

— Madame Meghan — ela sussurrou. — Sinto muito, Meu Príncipe. Prometo que vou melhorar. Não vou te decepcionar de novo. Eu...

— *Pare.* — A palavra saiu mais dura do que eu pretendia e fez com que a pobre garota fosse para o chão novamente. Isso era exatamente o que eu desprezava nessa reprogramação. Não havia espinha dorsal e nem luta, apenas um bando de mortais tímidos se curvando para apaziguar seus mestres às custas de suas personalidades.

Todos eram capachos ambulantes.

Fui até a geladeira para ativar a IA novamente. Nem lhe dei chance de falar, apenas disse:

— Ligue para a Cobertura de Silvano. Agora.

— Ligando para a Cobertura de Silvano.

Um instante se passou antes que Damien atendesse.

— Vejo que você descobriu como usar sua IA.

— Venha até aqui. Agora. — Apertei o botão *Desativar*, esperando que ele desligasse, mas isso não aconteceu. Estripar essa merda de Inteligência Artificial e trazer meu próprio equipamento para cá acabou de se tornar minha prioridade da semana.

— O que aconteceu? — Damien perguntou.

— Venha até aqui e desligue o telefone.

Ele não respondeu, apenas fez o que pedi, e eu imediatamente apertei *Desativar* antes que a IA pudesse começar a falar de novo.

Desta vez, Willow não riu. Seu olhar estava na garota e aquele cheiro de ciúme havia desaparecido, sendo substituído por uma preocupação aguda.

Minha mandíbula tensionou.

Confortar humanos não estava no meu repertório. A não ser com Willow. Ela era... diferente.

Encontrei seu olhar, então gesticulei com o queixo em direção à garota.

— Ajude-a.

Willow não perguntou como ou por quê. Ela apenas saiu.

Franzindo a testa, saí da cozinha e a vi entrar no quarto.

— O que é que você está fazendo? — perguntei.

— Ajudando! — ela gritou de volta.

Não consegui decidir se ela estava falando sério ou sendo espertinha, mas quando ela voltou com várias toalhas, tive minha resposta. Ela enfiou algumas debaixo da pia da cozinha, umedecendo-as, depois foi até a garota no chão para começar a limpar suas feridas.

— A Meghan te chicoteou? — perguntei, observando as marcas ao longo da sua pele macia.

— Sim, Meu Príncipe — a garota disse com a voz rouca. — Prometo não...

— Pare com as desculpas. Não estou descontente com você. — Mas Meghan precisaria aprender como suplicar, porque eu definitivamente iria matá-la quando a visse de novo.

Os próximos minutos passaram em um silêncio tenso. Willow cuidou da garota enquanto eu observava o sol nascer sobre a cidade lá fora.

Minha primeira noite na cidade de Silvano me fez desejar que fosse a última.

Infelizmente, isso era só o começo.

Willow

LAVEI AS TOALHAS NA PIA, OBSERVANDO ENTORPECIDA enquanto a água vermelha descia pelo ralo.

Os vampiros *chicotearam* aquela pobre garota.

Quatorze marcas, alguns mais profundas que as outras.

Ela tremeu de medo o tempo todo, se recusando a dizer uma palavra, mesmo quando falei com ela. Era como se as luzes tivessem se apagado em seus olhos, afugentadas por anos de opressão.

Eu entendia isso muito bem. Sem Rae e Silas, eu nunca teria sobrevivido à universidade. Eles me apoiaram, se tornaram meus amigos e me mantiveram sã, mesmo nas horas mais difíceis.

Até o acampamento de procriação.

Fui para lá sozinha, enquanto eles foram enviados para a Copa Imortal para lutar por uma chance de imortalidade. Eles ganharam? Ainda estavam lá?

Parte de mim queria perguntar a Ryder, para ver se ele sabia. Mas ele admitiu ser um recluso e não muito versado em eventos recentes, então provavelmente não sabia de nada.

Talvez eu pudesse descobrir através de outra pessoa aqui?

Não. Isso seria perigoso. E se a mulher que acabei de ajudar fosse qualquer indicação, os humanos não seriam tão tagarelas também.

Um leve toque nas minhas costas me fez pular para longe da

pia, apenas para encontrar Ryder ao meu lado, me observando com aqueles olhos escuros penetrantes. O homem se movia silenciosamente, me lembrando de um animal furtivo procurando sua presa.

— Você está perturbada — ele falou, estudando minhas feições. — Por causa da garota?

— Eu... — Engoli em seco. — Não. Já vi ferimentos piores. — A memória de uma assembleia passou pela minha cabeça, de um jovem gritando por sua vida enquanto os vampiros o açoitavam de todos os ângulos antes de devorar seu corpo.

Todos nós fomos forçados a assistir.

Aqueles que choravam eram punidos.

Foi uma lição sobre controle dos sentimentos e aceitação, e serviu como um aviso do nosso destino, caso decidíssemos desobedecer.

Estremeci com a imagem horrível, então me concentrei nas toalhas. Elas ainda estavam rosa, o tecido branco ficaria manchado de sangue para sempre. Quando fui pegá-las para tentar lavar de novo, Ryder segurou meus pulsos com uma mão e me puxou para longe.

— Deixe-as — ele disse baixinho, me olhando mais uma vez. — Está com fome?

Eu deveria estar morrendo de fome, já que passei a maior parte da noite sem comida, mas meu estômago protestou com a ideia de comer. Então balancei a cabeça.

— Não.

Ele me puxou em sua direção e soltou meus pulsos para emoldurar meu rosto.

— O Damien vai cuidar dela. Ela não vai voltar para a cozinha.

Ouvi essa parte da conversa, bem como a discussão subsequente sobre a tendência de Ryder para salvar humanos.

. . .

— *VOCÊ NÃO PODE SALVAR todos eles* — *Damien disse a ele.* — *Eles são gado, Ryder.*

— *Não há nada de errado em respeitar nossa comida. No entanto, todos neste novo mundo parecem ter imenso prazer na crueldade, como se tivéssemos algum tipo de declaração a fazer. Nossa espécie venceu a guerra. Não foi o suficiente?*

Damien respondeu em um idioma diferente depois disso, algo que não entendi, mas parecia gutural e zangado. Isso fez a garota estremecer de medo, o que atraiu seu olhar predatório para ela. Em seguida, ele suspirou e murmurou:

— *Vou cuidar disso.*

— ELE NÃO VAI MACHUCÁ-LA — Ryder disse, me trazendo de volta ao presente. — Assim como ele não fez mal a você.

Eu o encarei − esse vampiro que eu não entendia − e não tinha ideia do que dizer a ele. Ele estava tentando fazer com que eu me sentisse melhor e eu não tinha ideia do porquê. Isso não acontecia neste mundo. No entanto, Ryder continuou a desafiar todas as expectativas, suas palavras e ações me fazendo ver o homem sob seu verniz de vampiro.

E o que encontrei lá me assustou.

Porque eu *gostava* daquele homem.

— Suas pupilas estão dilatando — Ryder murmurou, observando atentamente as minhas feições. — Você não está mais perturbada, mas não sei como discernir esse olhar. O que você está pensando, escrava?

— Que estou feliz por poder confundir você tanto quanto você me confunde — admiti em voz alta, dando a ele meu pensamento atual em vez do anterior.

— Acho que devemos pular direto para a sobremesa então. — Ele se aproximou de mim, me fazendo recuar e encostar no balcão. Ele pressionou seu corpo no meu, com as palmas ainda embalando meu rosto. — Você já comeu um sundae?

— Como o dia da semana? — perguntei, me referindo a *domingo* em inglês – *Sunday*. Ou era um eufemismo para alguma coisa?

Ele deu uma risadinha.

— Não. — Ele se aproximou mais para dar um beijo em minha boca. Seu toque era quase terno.

Fui retribuir o abraço, mas ele já estava recuando em direção à geladeira.

— Sei que você disse que não estava com fome, mas uma guloseima não conta como comida de verdade. E acho que você ganhou um sundae depois da longa noite que acabamos de suportar juntos. — Ele acenou com a cabeça em direção às janelas da sala de estar como se para destacar a hora da manhã.

O sol que se elevava sobre a cidade de Silvano refletia nos outros edifícios, criando uma gama de cores diferente de tudo que eu já tinha visto. A universidade funcionava em horário noturno, porque nossos professores vampiros preferiam céus mais escuros. Eu nunca soube por que, nem jamais estive em uma situação em que pudesse perguntar.

— Você está perdida em pensamentos de novo — Ryder observou enquanto colocava duas tigelas perto de mim no balcão. Era aquele com banquinhos do lado da sala de jantar.

— Eu estava pensando no sol. — Parecia ridículo em voz alta, mas era a verdade.

— O que tem ele? — Ryder perguntou antes de voltar à geladeira para abrir a gaveta de baixo. O ar gelado escapou do compartimento, me fazendo estremecer ao alcançar minhas pernas expostas.

— Os vampiros preferem a noite, então raramente víamos o sol na universidade — expliquei, dando um passo para o lado para evitar mais da onda fria.

Ryder fechou a gaveta depois de pegar um pote, em seguida, ele abriu as portas de cima para pegar outros itens.

Depois de colocar tudo o que precisava no balcão, ele apontou para o lado do banquinho e me disse:

— Sente-se.

Com certeza, ele era um homem de termos eloquentes.

Eu o obedeci, curiosa para saber que tipo de "guloseima" ele pretendia fazer. Os ingredientes vinham do que quer que a garota havia trazido na bandeja.

Ryder se ocupou em armazenar a comida em vários lugares enquanto esperava a chegada de Damien. Me pareceu mais como um subterfúgio para se manter ocupado e evitar a mulher ferida. Outro traço estranho, porque a maioria de sua espécie teria se lançado sobre a humana ferida e acabado com ela.

— São os nossos sentidos — ele falou de repente.

Fiz uma careta.

— Sentidos?

— Sim. — Ele desviou o olhar da sua tarefa de retirar as bolas brancas do recipiente. — É por isso que não gostamos do sol. É muito brilhante para os nossos olhos.

— Ah. — Por que ele estava explicando isso para mim?

— Fomos criados para a noite — ele acrescentou, voltando à sua tarefa. — Os lycans são criados para o dia. Embora eu ache que muitos deles se mantenham acordados à noite para ficar em sintonia com os vampiros. Mas nem sempre foi assim.

— Você fala com frequência como se este mundo fosse novo — falei devagar. — É por causa do quanto ele evoluiu em sua existência? — Ele disse ter quase cinco mil anos. Pelo que eu conhecia do mundo, estávamos apenas no ano cento e dezessete.

— Você acreditaria em mim se eu dissesse que houve um tempo em que os humanos governavam tudo?

Zombei disso.

— Isso nunca aconteceria.

— Agora, não. Mas durante a maior parte da minha longa vida, os mortais governaram o mundo. — Ele se afastou para colocar o pote na gaveta de novo antes de continuar. — Tudo mudou quando os humanos avistaram os lycans pela primeira vez. Eles queriam usá-los como super soldados em suas guerras mortais. Como você pode imaginar, isso não correu bem. Como resultado, fomos forçados a colocar humanos em seus lugares.

— Como gado — murmurei, me referindo ao termo de Damien. Ele não foi o primeiro a usar esse tipo de comentário na minha presença.

— É verdade que os humanos são comida. Mas não existiríamos sem sua espécie, que é algo que meus irmãos continuam a esquecer. — Ryder pegou uma garrafa marrom e bufou ao ler o rótulo antes de destampá-la e espremer uma substância líquida sobre as tigelas.

Eu não tinha certeza de porque ele considerava isso uma guloseima. Não parecia comestível.

Quando terminou, ele fez um monte com uma coisa fofa branca em cima e jogou uma série de flocos coloridos sobre a criação cremosa. Ele terminou sua obra-prima adicionando uma colher a cada tigela, depois empurrou uma para mim.

— Experimente.

Observei a sobremesa, notando como tudo parecia derreter.

— Quais são os ingredientes? — Ele havia pedido várias coisas, algumas eu reconheci, outras, não. Isso definitivamente não era feijão verde.

— Experimente e vou te dizer. — Ele enfiou a colher no seu pote, tirou um pouco e gemeu quando aquilo atingiu sua língua. O som, junto com sua expressão de prazer, me fez apertar as coxas. Era estranhamente erótico e extremamente tentador. — Continue olhando para mim assim e farei de você minha guloseima pessoal.

Estremeci com a sensualidade em seu tom. Porque eu acreditei nele. E eu não tinha certeza de que meu corpo aguentaria mais mordidas agora.

Ele arqueou uma sobrancelha para mim.

— Vou precisar te alimentar, escrava? Porque eu vou, mas não vai ser o sundae que vou colocar na sua boca. — Seus olhos escuros cintilaram, tornando sua insinuação clara.

Uma parte sombria de mim queria aceitar essa oferta. *Qual seria o gosto dele?*, me perguntei, tensionando as coxas com o pensamento.

Este homem me tirava do sério com seu comportamento excêntrico e toque viciante. Ele quase me fez querer ficar de joelhos e implorar a ele para provar, algo que eu nunca pensei que faria perto de um ser superior.

— Você está me desejando em vez da sobremesa? — ele perguntou, curvando os lábios de um jeito malicioso. Ele se moveu lentamente ao redor do balcão, sua abordagem silenciosa e proposital. Em seguida, tirou a colher do meu pote e levou aos meus lábios. — Abra.

Abri os lábios automaticamente. Seu comando era como uma carícia quente em meus sentidos. Ele estudou minha boca, observando enquanto o conteúdo atingia minha língua.

Estremeci em resposta ao gosto.

Muito doce.

Era como comer açúcar puro.

Me engasguei, mas consegui forçar o conteúdo pela minha garganta, o que pareceu diverti-lo imensamente.

Ryder riu.

— Você fez um curso inteiro sobre garganta profunda e se engasgou com sorvete? Achei que tinha passado.

A menção da minha experiência na universidade me fez estremecer novamente.

— Meus estudos não envolveram substâncias açucaradas — respondi. — E eu passei. Você pode verificar meus registros.

— Ah, eu pretendo — ele disse. — Estou particularmente curioso sobre suas avaliações de desempenho. Quero dizer, como alguém é avaliado em anal? Eles cronometram para ver com que rapidez você pode fazer um homem gozar? E é um mortal? Porque parece uma preparação injusta, se quer saber. Humanos são fáceis. Eu te excito com umas mordiscadas. Caramba, nem preciso tocar no seu clitóris para fazer você gozar.

O calor subiu da minha espinha até a nuca, sua proximidade e comentários revelando algum fio oculto em minha mente – algo que me coagiu a dizer a primeira coisa que pude pensar como uma resposta.

— Fomos avaliados em técnica e precisão.

— Você foi? — ele perguntou, colocando a colher lentamente ao lado da minha tigela. — Talvez eu queira testá-la pessoalmente para ver se você está pronta para o desafio de lidar com o que tenho a dar.

Encontrei seu olhar e não desviei, sentindo uma estranha espécie de ousadia tomando conta de mim.

A incerteza rodou em seus olhos – um olhar que dizia que ele achava que eu não seria capaz de atender às suas necessidades sexuais.

Talvez ele estivesse certo. Talvez ele fosse demais para mim. Mas se isso acontecesse, ele me deixaria de lado e encontraria outra escrava. E eu não queria que isso acontecesse.

Quando ele convidou a outra humana para entrar na suíte, uma parte da minha alma se quebrou, liberando algum instinto territorial bizarro. Eu o reivindiquei naquele momento. Foi uma reação estúpida, que nunca duraria, mas agora, eu não queria compartilhá-lo.

Esta necessidade animalesca de torná-lo meu floresceu dentro de mim a partir de uma entidade desconhecida, que admirava a besta dentro dele, observando suas características como um companheiro ideal. Ele era um vampiro antigo e enigmático que nunca fazia o que eu esperava, e eu *gostava* disso.

Pode ter sido os meses em cativeiro que direcionaram meus instintos para isso. Talvez algo tenha acontecido naquele acampamento de reprodução que quebrou alguma parte fundamental da minha psique. Talvez eu nunca saiba, já que ainda não conseguia me lembrar muito sobre meu tempo lá.

E agora, eu não me importava em saber.

O que me preocupou neste momento foi aquele olhar de hesitação de Ryder, aquele que dizia que ele não tinha certeza se eu poderia atender às suas necessidades.

Eu queria provar que ele estava errado, mostrar a ele o que eu poderia fazer, mostrar meu treinamento e as habilidades que aperfeiçoei na universidade.

Isso foi o que me levou a deslizar do banco para o seu espaço pessoal antes de ficar de joelhos diante dele.

— Me teste, Ryder — falei, convidando-o a agir. — Me deixe mostrar o que posso fazer.

Ryder

Puta merda.

Eu só queria provocá-la, mas meu humor morreu no momento em que ela ficou de joelhos.

Ela ficava incrivelmente bonita nesta posição, com os olhos azuis irradiando desafio e convicção – a combinação perfeita para um fascínio letal.

Como eu poderia dizer não a tanta perfeição? A essa paixão? Meu estômago se apertou em antecipação e meu pau pulsou com a necessidade de atender ao seu pedido.

Quanto tempo se passou desde que experimentei o prazer da boca de uma mulher? Eu realmente não conseguia me lembrar, já que meu interesse por essas coisas havia diminuído no último século. Mas Willow havia despertado minha *necessidade*, sua presença era uma provocação para uma parte de mim que enterrei há muito tempo.

O que havia nela que me encantou tão completamente? Era só o resultado de ter passado muitos anos sozinho? Ou talvez essa conexão fosse resultado de um simples desejo de sentir o toque humano novamente?

Estendi a mão para ela e passei os dedos por seu cabelo sedoso, maravilhado com sua coragem no que eu considerava um mundo cruel.

Se ela queria que eu a testasse, eu não diria não.

— Tem certeza de que está pronta para mim, escrava? — perguntei enquanto passava o polegar da sua mandíbula até o queixo. — Não sou fácil como os mortais da universidade.

O fogo azul queimava em suas íris e sua chama interna ganhava vida.

— Estou pronta.

Tão confiante e equilibrada.

Humm. Sim, isso seria divertido.

— Muito bem. Me siga. — Fui em direção à sala de estar. Quando ela começou a se levantar, eu a impedi. — Ah, não, escrava. Quero que você rasteje. Prove para mim que você quer isso.

Suas pupilas dilataram em resposta, mas sua resolução era palpável.

Ela começou a se mover, engatinhando pelo chão com uma graça fluida que me lembrou de um gato selvagem. Muito apropriado, considerando sua ferocidade. Esta mulher tinha sobrevivido ao inferno, mas ao invés de se perder em suas cicatrizes, permitiu que elas a fortalecessem e a encorajassem e isso era excitante demais.

Me acomodei na única cadeira da sala, ao lado do sofá que ficava à minha esquerda. Minha posição permitia que eu observasse cada movimento de Willow enquanto nossos olhos estavam presos em uma perigosa dança de expectativa. Eu podia sentir o cheiro da sua excitação, o aroma era uma provocação que intensificou meu interesse. Mas foi sua expressão que realmente me manteve cativo.

Ela sustentou meu olhar de forma corajosa. O olhar desafiador era um contraste surpreendente com seu rastejar submisso e isso deixou meu sangue em chamas.

Esta mulher falava comigo em um nível que eu não entendia muito bem, mesmo que não dissesse uma única palavra.

Quando alcançou minhas pernas abertas, ela deslizou as mãos por minhas panturrilhas até as coxas sem pedir permissão. Em vez disso, transmitiu sua intenção com os olhos, pegando em vez de dar e silenciosamente me prometendo que eu desfrutaria de tudo o que ela pretendesse fazer. Isso provocou um ambiente inebriante.

Willow sabia que eu tinha uma genética superior, que eu poderia quebrar seu lindo pescoço em um piscar de olhos. No entanto, neste momento, ela exigia o controle. Então permiti que ela o tivesse temporariamente, curioso para ver o que ela faria a seguir.

As pontas dos seus dedos subiram até a cintura da calça preta. Sem hesitar.

— Tire a camisa. — Tecnicamente, a camisa era minha. Mas ela poderia ficar com a peça. O tecido branco ficava melhor nela que em mim.

Ela fez uma pausa para obedecer em uma exibição sensual de erotismo. Seus seios empinados me deram água na boca e os mamilos rosados imploravam pela minha mordida. Quase gemi com a visão, sentindo meu estômago queimar com uma necessidade intensa de puxá-la para se sentar no meu pau dolorido. Ela levou as mãos de volta para a minha calça, encaixando os dedos no tecido para puxá-la para baixo.

Fiquei momentaneamente paralisado e perdido com seu toque.

Ela poderia pedir o que quisesse que eu lhe daria, contanto que ela continuasse a me olhar assim.

Levantei meus quadris para permitir que ela puxasse o tecido e nós dois ficamos nus.

Foi uma experiência estranha, porque eu normalmente não me permitia ficar tão vulnerável perto de ninguém. No entanto, parecia certo com Willow, como se eu precisasse me colocar em um estado de fraqueza semelhante para confortá-la.

Abri as pernas em um convite silencioso, estudando cada reação enquanto ela me admirava de joelhos. Seus olhos azuis estavam focados em minha virilha e a língua escapou para umedecer os lábios.

— Você parece estar com fome — falei baixinho.

Ela olhou em meus olhos, sem dizer nada enquanto se inclinava para dar uma lambida no meu pau.

— *Droga* — sussurrei enquanto aquele pequeno toque agitava um poço de calor derretido no meu abdômen. A carícia da sua língua, juntamente com seu olhar me deixou perdido.

Quem é esta humana mágica?, me perguntei, totalmente pasmo com sua habilidade de me consumir.

Sua mão envolveu meu pau, me inclinando para a posição desejada enquanto ela continuava a me manter cativo com seu olhar. Até que ela entreabriu aqueles lindos lábios e abocanhou a cabeça.

Estava cem por cento certo com relação ao seu reflexo de vômito. Porque, *puta merda*. Ela estava praticamente me engolindo de um jeito que atrapalhava minha capacidade de pensar.

Ela me capturou com a mão, me deixando louco e encantado de uma maneira totalmente nova.

Neste momento, ela me possuía, e seus olhos diziam que ela sabia disso.

Enfiei os dedos em seu cabelo, precisando retomar pelo menos alguma aparência de controle. Ela estava me levando a um território desconhecido, me forçando a ceder de uma maneira que eu não entendia.

Mas, droga, valia a pena cada segundo de confusão. Porque esta mulher era uma deusa de joelhos.

Ela sabia exatamente com que firmeza chupar, quando mordiscar, onde lamber e, caramba, a forma como ela movia a boca era pura magia. Eu me perguntei se ela conseguia respirar e as lágrimas em seus olhos me diziam que talvez não pudesse, mas ela se forçou a passar por isso mesmo assim, determinada a me dar o melhor orgasmo da minha vida.

E então, me apaixonei um pouco mais por ela. Sua atenção e comprometimento com o que fazia eram insanamente admiráveis.

Segurando seus fios grossos com mais firmeza, eu a incentivei a se mover mais rápido, me empurrando profundamente para dentro de sua boca, precisando daquela aparência extra de poder para me levar ao limite.

Ela permitiu, me acariciando com a boca com uma habilidade que eu pretendia experimentar várias vezes. Porque uma só não seria suficiente. Eu precisava de tudo que Willow tinha a oferecer. Ela estava prestes a se tornar totalmente minha.

Embora já não quisesse compartilhá-la, agora estava decidido. Essa boca pertencia a mim. Sua boceta era minha para ser tomada. Seu traseiro também. Eu ansiava por tudo.

— Você vai engolir — disse a ela, sem lhe dar um momento para discordar. Eu tinha que estar dentro dela. Tinha que ser parte dela. Tinha que possuí-la tanto quanto ela me possuía neste momento. — Puta merda, Willow.

Meu abdômen ondulou com a pressão e minhas bolas apertaram em antecipação. Eu ia gozar em sua garganta, cobrir suas entranhas com minha essência e então devorar sua boceta molhada até que ela desmaiasse.

Apenas o pensamento de prová-la me levou para mais perto do clímax e minhas veias queimaram com o desejo de reivindicá-la, marcá-la e transar com ela.

A língua de Willow girou ao longo da minha cabeça enquanto ela segurava minhas bolas com a palma da mão quente. Estremeci com o contato enquanto seus movimentos precisos me levaram a um clímax cataclísmico que irrompeu em meus sentidos.

Meu aperto em seu cabelo aumentou enquanto me forcei para o fundo de sua garganta e meus espasmos jorravam profundamente em sua boca. E assim continuou até que eu mal conseguia respirar. Willow cravou as unhas na minha coxa. Sua expressão era um borrão em meus olhos, mas notei o pânico em seu cheiro e a soltei imediatamente. Ela se engasgou em resposta e meu pau escapou de seus lábios inchados enquanto ela ofegava violentamente com a necessidade de ar.

Pobre escravinha que não tomava cuidado com a respiração. Percebi isso como um limite médio a rígido, sem querer pressioná-la a um ponto sem volta.

No entanto, eu precisava retribuir o favor. Ela não podia ter ideia de quanto tempo se passou desde que eu gozei tanto assim. No entanto, era mais profundo que isso. Ela tinha acabado de despertar uma besta dentro de mim que exigia muito mais.

Eu a peguei do chão e a carreguei para o quarto. Seus olhos arregalados sugeriam uma mistura de confusão e medo, talvez porque sua última experiência com sexo tinha sido com os lycans. Nós trabalharíamos nisso. Por enquanto, eu me contentaria em devorá-la e mostrar a ela como o sexo deveria ser.

Eu a coloquei no colchão e seu cabelo dourado se espalharam sobre os travesseiros.

— Segure a cabeceira da cama — disse a ela. — E abra as pernas. É a minha vez de comer a sobremesa.

Meu corpo ainda tremia depois do gozo, mas eu devia levá-la às mesmas alturas. Ela já tinha gozado várias vezes nas últimas vinte e quatro horas. Por mim, gozaria várias vezes antes de dormir, mas a maneira como suas coxas ficaram tensas quando me acomodei entre elas me disse que eu teria sorte de fazê-la gozar mais uma vez.

— Ryder...

— Essa não é a sua palavra segura — murmurei contra seu clitóris. — O que é bom, porque eu sei que você pode lidar com isso, escrava.

Sua excitação aumentou, deixando sua intimidade mais úmida. Gemi em aprovação enquanto alcançava sua pequena entrada apertada com a língua, provando seu sabor único. Era o paraíso e meu novo vício.

Eu a devorei, lambendo cada centímetro da sua boceta antes de retornar ao lugar que sabia que ela mais me desejava. Seu peito subia e descia enquanto seu corpo inteiro se arrepiava e ela movia a cabeça de um lado para o outro nos travesseiros.

Mas ela não me disse para parar.

Em vez disso, enroscou os dedos em meu cabelo, me incentivando a continuar.

Ela se entregou completamente. Todas as regras e requisitos da sociedade já haviam desaparecido há muito tempo quando ela tirou o que precisava de mim. Paguei na mesma moeda, me deleitando com seu corpo e levando-a a um ponto sem volta.

Meu nome escapou da sua boca como uma doce oração, me fazendo sorrir contra seu clitóris antes de tomá-la profundamente em minha boca. Ela gritou por mim enquanto seu corpo estremecia com o mínimo de pressão.

E minha escrava achou que não poderia gozar novamente.

Sorri antes de lambê-la através do prazer e da dor que seu êxtase criou.

Ela teve um espasmo com meu toque, travou os membros com força e seu aperto em meu cabelo aumentou.

Um não foi suficiente.

Eu precisava de mais.

E eu poderia fazer isso o dia todo, se ela me permitisse.

Toquei sua boceta sensível com minhas presas, provocando sua pele, ameaçando-a com uma possível mordida. Ela gemeu em resposta e sua aceitação foi o presente mais bonito da minha existência.

Mas evitei tomar mais de seu sangue, sabendo que já tinha bebido o suficiente da sua essência.

Ela gemeu quando chupei seu clitóris novamente, então estremeceu quando deslizei um dedo dentro da sua boceta apertada. Quando acrescentei um segundo, seu corpo começou a convulsionar. Curvei meu toque em um ângulo que sabia que iria inspirá-la a continuar em sua busca por prazer. Seu gemido confirmou que eu tinha atingido o ponto certo, então sua boceta começou a apertar enquanto suas pernas tremiam.

Suas respostas ao meu toque não podiam ser forçadas. Nossa química a levava a um estado de felicidade do qual se lembraria para sempre.

— Goze para mim, Willow — exigi, querendo ouvi-la cair em um estado delirante mais uma vez. — Agora. — Eu a mordi, não para beber seu sangue, mas para liberar minhas endorfinas em seu corpo, e a reação da minha doce escrava não decepcionou.

Ela gritou tão alto que deve ter acordado a cidade inteira. Era um som lindo, que eu pretendia ouvir repetidamente. Mas as lágrimas escorrendo por seu rosto me disseram que este era o último orgasmo que ela poderia me dar agora, seu corpo além de saciado e beirando a dor.

Alguns da minha espécie gostavam de levar os humanos ao limite da sanidade, mordendo-os sem parar, mas eu preferia que Willow permanecesse coerente e viva.

Retirei minhas presas lentamente e então lambi as gotas de sangue que apareceram nas marcas.

— Chega — ela sussurrou. — Por favor, chega.

— Shh — eu a silenciei, fazendo uma trilha de beijos por seu corpo até minha boca alcançar a sua. Cortei a língua com minha presa antes de capturar seus lábios e beijá-la profundamente para lhe oferecer minha essência para a cura.

Ela vibrou embaixo de mim, com o corpo sobrecarregado com as sensações e a cabeça presa entre um estado de euforia e dor. Mas meu beijo a trouxe de volta à nossa realidade, pois meu sangue a acalmou e a curou.

A respiração de Willow começou a se equilibrar e seu batimento cardíaco desacelerou para um ritmo mais razoável. Quando abri os olhos, a encontrei me olhando com uma expressão que não consegui ler. Em vez de perguntar o que significava, optei por dizer o que estava na minha cabeça.

— Você acabou de iniciar um jogo perigoso — eu a informei

baixinho. — Porque agora eu quero saber tudo o que a universidade te ensinou e muito mais. — Esfreguei o nariz no seu. — Então, espero que você esteja preparada, doce Willow. Você acordou minha besta interior e vai demorar muito para saciá-la.

Se é que isso é possível, pensei, fascinado mais uma vez pela sua beleza.

No entanto, uma coisa estava bem clara para mim – Willow era minha nova válvula de escape. Ela forneceria a fuga que eu precisava durante este período de transição. E depois disso, eu só poderia honrá-la com um novo estilo de vida.

— Durma um pouco, escrava — sussurrei, roçando meus lábios nos seus. — Você vai precisar.

Ryder

Duas semanas de reuniões me fizeram reconsiderar toda essa merda de realeza.

Yavi – um dos soberanos de estimação de Silvano – se sentou à minha frente, falando sem parar sobre a escassez de humanos no México. Ele queria permissão para comprar mais mortais para reprodução. Era um pedido ridículo, com cerca de uma dúzia de falhas.

— Reprodução — repeti. — Bem, você tem todos os requisitos de alojamento e suprimentos necessários para criar humanos por dezoito ou dezenove anos?

— Bem, não. Mas há mercado suficiente para sangue infantil, bem como para crianças pequenas. Portanto, o período de dezoito anos não é necessário.

Damien arqueou uma sobrancelha no canto do meu novo escritório – eu destruí o espaço de Silvano – e esperou pela minha reação iminente. Só que Yavi não terminou, sua falta de consciência o marcou como um líder inadequado em meu livro.

— Se eu drenar o lote que tenho atualmente, posso abrir espaço disponível para criação. Mas vou precisar de pelo menos trezentas mulheres e talvez uma dúzia de homens para fazer isso funcionar. — Seus olhos negros encontraram os meus. — Algumas das mulheres não sobreviverão ao parto, mas levei isso em consideração no meu pedido. Também existem drogas que encorajam ninhadas de gêmeos ou trigêmeos, então vou solicitar também.

— Assim você pode criar um exército de humanos para sangrar até secar — resumi.

— Exatamente — ele respondeu, parecendo aliviado por eu ter entendido seu pedido.

Olhei para Damien.

— Quando é a minha próxima ligação com a Lilith?

— Em mais ou menos duas horas — ele falou.

Assenti, considerando minhas opções. Enquanto isso, Yavi irradiava entusiasmo. Ele achava que eu pretendia falar com Lilith sobre os recursos. *Imbecil*.

— Você mencionou popularidade para o sangue infantil e jovem. Presumo que isso significa que você tenha clientes solicitando este serviço? — perguntei.

— Tenho.

— E você tem uma lista desses clientes?

Ele assentiu.

— Eles também pagam caro. Sempre dei a Silvano dez por cento dos rendimentos, por isso terei todo o prazer em fazer o mesmo por você.

Mentiroso, pensei. Eu já havia revisto todos os livros de Silvano e sabia que aquele idiota chorão tinha dado muito mais do que meros dez por cento.

Damien me deu uma olhada, mas balancei a cabeça para ele de forma sutil. *Ainda não*, eu disse a ele.

— Preciso que você compartilhe essa lista comigo — informei a Yavi.

Ele franziu a testa.

— Bem, é uma lista pessoal de clientes, então eu precisaria...

— Não, Yavi — interrompi. — Você não entendeu. Estou dizendo para você me dar a lista, não pedindo.

— Eu... vai demorar um pouco.

Outra mentira. Me inclinei para frente com os cotovelos na

enorme mesa de carvalho e deixei de lado meu ato descontraído para que ele pudesse sentir o poder sob minha fachada.

— Você vai fazer isso agora.

— Não tenho essa informação comigo.

Quase grunhi com a terceira mentira que ele proferiu em menos de cinco minutos.

— Cuidado — Damien avisou com o foco em Yavi. — O Ryder pode farejar mentiras a um quilômetro de distância e se eu posso dizer que você está falando um monte de merda, ele também sabe.

Yavi engoliu em seco.

— Eu... eu...

Arqueei uma sobrancelha.

— Você o quê?

Ele abriu a pasta que colocou na minha mesa quando entrou e começou a mexer nos papéis.

Olhei para Damien.

— Esse é o cara da lista da Lilith? — Ela enviou vários nomes de candidatos que estava considerando para o cargo de realeza da região de Silvano. Eu a revisei por curiosidade – principalmente para saber quem matar se ela decidisse levar sua ameaça adiante – mas agora, eu só estava me divertindo.

Ninguém neste território representava ameaça para mim. Lilith ainda não tinha reconhecido esse fato, mas o faria em breve, quando eu a informasse que não tinha intenção de renunciar.

As reuniões podiam ser entediantes, e eu odiava os jogos políticos, mas estava claro que este mundo poderia se beneficiar com a minha experiência. Esta nova sociedade não tinha apenas ido para o inferno. Ela fixou residência em algum lugar sob o rabo do diabo. Eu realmente precisava que eles ressurgissem em algum lugar mais perto da humanidade para salvar nossa espécie de uma grave falta de sangue no futuro.

E esse idiota na minha frente só aumentava esse problema.

Ele havia lidado com milhares de humanos nos últimos seis meses, permitindo que seus "clientes" abusassem do produto. Era totalmente inadequado e inaceitável pra cacete. Os campos de sangue exigiam treinadores eficientes, não glutões idiotas.

— Você poderia tentar escrever os nomes — Damien sugeriu antes de olhar para mim. — E sim, ele está na lista.

Balancei a cabeça.

— Ela enlouqueceu.

— Ela quer um fantoche — Damien corrigiu. — O que você não é.

Bufei.

— Vou dar um fantoche a ela.— De preferência, com a cabeça em uma bandeja de prata, entregue em sua elegante suíte em Chicago.

Ah, me desculpe. Suíte em *Lilith City*.

Quase revirei os olhos, mas parecia muito infantil para a situação. Nunca entenderia o motivo do conselho tê-la escolhido para lidera-los. Vários deles eram muito velhos para participar de suas tramas. Talvez estivessem apenas entediados e quisessem ver até onde ela iria. No final das contas, ela foi até o fundo do poço com toda essa reforma, destruindo o que costumava ser um mundo bastante intrigante para se viver. E nenhum deles fez absolutamente nada para impedi-la.

Consequentemente, era minha nova função.

Alguém precisava consertar essa merda e, aparentemente, esse alguém era eu.

Yavi começou a rabiscar no papel usando uma das minhas canetas – que ele não pediu emprestada – enquanto Damien o supervisionava. Não me preocupei em olhar, totalmente confiante nas habilidades do meu amigo para memorizar os nomes e lidar com eles de forma adequada. Qualquer vampiro que escolhesse viver com sangue infantil ou jovem, não pertencia ao meu território. Em vez disso, eles poderiam lamber as rochas do fundo do oceano.

Enquanto Yavi trabalhava, usei o monitor para ativar a câmera da minha suíte. Deixei Willow totalmente saciada na cama. Seu sangue ainda era uma provocação na minha língua. Ela era um vício que eu não conseguia parar, não que eu quisesse.

Ela ainda estava deitada na cama, com o cabelo loiro espalhado nos travesseiros. Os lençóis estavam emaranhados em suas pernas, deixando a parte superior do corpo exposta. Vê-la toda suave e sonolenta me fez querer abandonar esta reunião e voltar para a suíte, mas eu tinha uma noite inteira com essa merda para passar primeiro.

Ela se espreguiçou como se soubesse que eu estava assistindo e seus seios acenaram para minha boca.

Logo, logo, escrava, pensei, desejando que ela pudesse me ouvir.

Tem sido difícil não transar com ela nas últimas duas semanas. No entanto, muito poderia ser dito sobre o adiamento do inevitável. Isso intensificou meu anseio e adicionou um estranho desafio à mistura. Eu queria que ela me escolhesse. Que implorasse por mim. Que exigisse isso.

Só então eu cederia ao desejo de realmente reclamá-la.

Yavi finalmente terminou a lista e sua expressão beirava a irritação quando ele a deslizou pela mesa. Nem olhei para ela. Em vez disso, a dei para Damien. Ele a dobrou e enfiou no bolso da calça preta, depois voltou para o canto.

— Ótimo. — Me inclinei para frente com os braços na mesa e as mãos entrelaçadas. — Então, é o seguinte – estou estabelecendo uma política em meu território que proíbe a compra e o consumo de sangue de qualquer ser humano com menos de vinte anos. Eles não são maduros o suficiente até atingirem a idade adulta e é por isso que normalmente não são enviados para os campos de sangue até essa idade. — Olhei para Damien. — Certo?

— Sim — ele confirmou.

— Fantástico. — Me concentrei em Yavi. — Acredito que

nosso trabalho aqui está encerrado. Considere seu pedido negado.

Ele ficou boquiaberto.

— O quê?

— Sim, você está dispensado — concordei, me sentando de volta na cadeira. — Damien, se você marcar outra reunião dessa natureza, eu vou te matar.

— Você pode tentar — Damien respondeu sorrindo.

Justo. Ele não seria um alvo fácil, porque me conhecia muito bem. E ele aprendeu com o melhor: eu.

— Sinto muito, mas não entendo — Yavi disse. — Você não pode simplesmente negar meu pedido. Não há sangue suficiente para alimentar aqueles que vivem na cidade de Yavi.

— Então talvez você não devesse ser um glutão — sugeri.

— Glutão — ele repetiu. — O sangue é direito nosso. Precisamos de mais.

— Sangue é um privilégio — corrigi. — E você não vai conseguir mais.

— Você não pode fazer isso — ele retrucou e sua personalidade finalmente apareceu. Eu sabia que a parte chorosa era atuação e agora o predador que havia nele tinha saído para brincar.

Bem-vindo ao jogo, pensei. *Qual é o seu próximo passo?*

Ele bateu com o punho na mesa.

— A Lilith vai saber disso! Você nem é da realeza de verdade. Você é só temporário. Espere até ser substituído. Você estará acabado.

— Humm — murmurei para mim mesmo. — Esse não é o melhor movimento. A humilhação pode ter funcionado a seu favor. Claro, eu o teria achado fraco e indigno, então talvez não. Mas me ameaçar... bem, essa definitivamente não é uma decisão sábia.

— Você se acha muito poderoso. Espere até a Lilith te amarrar pelas bolas — ele disse e se levantou de forma abrupta.

— Isso seria uma visão excêntrica — respondi, nem um pouco perturbado por seu pequeno acesso de raiva. — Infelizmente, o cenário *femme fatale* nunca me atraiu. Então vou ter que passar.

— Ninguém quer você aqui, Ryder. Eu tomaria cuidado se fosse você — ele avisou, se virando de costas para sair.

Uma frase interessante, pensei enquanto puxava uma arma de um dos coldres que fixei na parte de baixo da minha mesa.

— Yavi — falei baixinho, fazendo-o parar na porta. — Não sou eu quem deveria tomar cuidado. — Puxei o gatilho, lançando uma bala bem na sua nuca.

Damien suspirou no canto.

— Eu sabia que você ia fazer isso no segundo em que me perguntou sobre a ligação com a Lilith.

— Eu precisava saber quanto tempo teria para encenar algo — respondi, me referindo ao nosso objetivo de pegar quem estava fazendo fofoca. Depois dessas duas últimas semanas, tivemos uma boa ideia de quem poderia estar passando informações para Lilith. — A lista caiu para cinco, então acho que vamos fornecer outro teste.

Ele assentiu.

— Para quem devo ligar para fazer a limpeza?

— Que tal Benita? — Sugeri. — Eu gostaria de limpar o nome dela mais cedo ou mais tarde, já que confidenciamos muito a ela.

— Uma escolha justa — ele concordou. — Você faz as honras ou eu faço?

— Vou fazer este, já que você tem uma lista de animais para capturar e tudo mais — eu disse, me referindo aos vampiros que atacavam crianças nesta região. — Você pode oferecer a eles a chance de partir. Se não obedecerem, então os extermine. — O que mais alguns corpos poderiam adicionar à minha crescente taxa de mortalidade?

— A Lilith vai ficar animada — Damien brincou.

— Não é? — perguntei, me levantando. — Agora, quanto tempo tenho antes da minha próxima ligação?

— Uma hora, por quê?

Peguei um machado da parede e senti seu peso.

— Estou com sede — respondi, vagando até Yavi e calculando o arco apropriado com o olhar. Levantei a cabeça e acertei um golpe certeiro, deslocando a sua em um golpe.

— Você está melhorando a técnica — Damien observou.

Olhei para ele.

— Só errei uma vez, há quatrocentos anos.

Ele deu de ombros.

— É uma lembrança afetiva que tenho.

Isso explicava por que ele tocava no assunto o tempo todo. Deixei o machado cair ao lado do cadáver de Yavi.

— Peça a Benita para limpar isso para mim. Estarei lá em cima brincando com a minha escrava.

Encontrei Willow exatamente onde a deixei, sonolenta e satisfeita entre os lençóis de seda preta. Sua boca se abriu para a minha no momento em que fui lhe dar um beijo e seu corpo se curvou em aprovação quando me deitei ao seu lado na cama.

Ela não perguntou o que eu queria ou precisava, apenas me deixou tomar o que eu precisava e cooperou lindamente com cada carícia e toque.

Era como se nossos corpos tivessem aprendido a se comunicar sem palavras, o que era espantoso, considerando que ainda nem havíamos transado.

Mordisquei seus seios atrevidos enquanto seguia até a delícia entre suas coxas. Ela gemeu em desaprovação, já que seu corpo ainda estava dolorido da minha alimentação anterior. No entanto, seus gemidos de dor logo se transformaram em suspiros de satisfação enquanto eu a lambia até o fim.

Ela enroscou os dedos em meu cabelo, me segurando enquanto desfrutava de seu prazer, sem abrir os olhos.

Eu a adorava neste estado – complacente, ansiosa e minha.

Quando seus tremores diminuíram, subi por suas lindas curvas e a beijei profundamente. Meu pau doía, me implorando para libertá-lo, mas eu não tinha tempo para fazer isso corretamente. Então, me contentei com este momento sensual, sabendo que ficaria com seu perfume pelo resto das reuniões.

— Você é linda — sussurrei. — E minha distração favorita.

Ela murmurou algo em resposta, o prazer consumindo-a. Provavelmente era de madrugada. Meu encontro com Yavi aconteceu logo no começo da noite, o que explicava meu desejo de voltar para Willow tão cedo.

— Ele queria falar sobre a escassez de alimentos — eu disse a ela. — Pode acreditar nisso?

Mais resmungos soaram, me fazendo sorrir.

— Gostaria que tivéssemos tempo para tomar banho, mas preciso voltar para outra reunião. — Não mencionei o nome de Lilith, porque às vezes isso parecia chatear Willow – outra falha da sua programação social.

Ela não respondeu, apenas suspirou de contentamento embaixo de mim.

— Volto logo, escrava — prometi, beijando-a novamente. — Sonhe comigo. — Eu a obriguei a sonhar um pouco mais e sorri quando a ouvi gemer ao me levantar.

Sim, eu realmente gostava dela neste estado de êxtase e mal podia esperar para levá-la até lá de novo mais tarde.

Willow

Meu corpo vibrou sob a língua de Ryder. Ele passou as últimas duas semanas me acordando de maneira semelhante, sempre me chamando de seu "tipo de café da manhã favorito".

Gritei quando gozei pela terceira vez, sentindo os músculos tensos e cansados pela liberação forçada. Mas então sua boca reivindicou a minha, me enchendo com o sabor delicioso da nossa luxúria e sangue misturados.

Ele me deixava acabada na cama enquanto rolava para fora dela para ir tomar um banho. Às vezes, me puxava para lá com ele e me persuadia a ficar de joelhos, mas hoje ele mencionou que teria uma reunião antecipada com um dos soberanos da região. Algo sobre falta de comida, o que, suspeitei, se traduzia em reservas de sangue insuficientes.

Ou esse encontro já havia ocorrido?

Eu não conseguia me lembrar, minha cabeça estava um pouco mais confusa do que hoje de manhã. Não fiz perguntas. Preferi me deleitar com o arrebatamento que tomou meu corpo.

Ryder permaneceu fiel à sua palavra sobre não me compartilhar. Fiquei nervosa na semana passada quando ele me levou a um evento social na cidade, mas ele não tinha permitido que ninguém me tocasse, muito menos se alimentado na minha veia.

A vida com Ryder era quase agradável, algo que eu nunca

poderia ter previsto. Mas também sabia que era melhor não me perder na falsa esperança de um futuro. Embora ele não parecesse estar se cansando de mim ainda, eu sabia que era só uma questão de tempo.

Talvez isso acontecesse depois do sexo. Até agora, estávamos apenas engajados no prazer oral e masturbação. Ontem à noite, Ryder gozou no meu peito e esfregou seu sêmen na minha pele antes de exigir que eu dormisse nesse estado. Eu estava exausta demais para discutir, assim como estava cansada demais para sair da cama agora e lavar seu esperma de mim.

Olhei a lua lá fora, observando sua forma completa.

Quantos lycans estão vagando em forma de lobo agora?, me perguntei. *Estão caçando humanos ou a caça à lua era realizada em uma época diferente do ano?* Tive pena dos humanos que foram enviados aos currais para esse propósito, assim como costumava sentir por aqueles relegados aos campos de reprodução.

Eu ainda não conseguia me lembrar completamente do que aconteceu comigo no período em que fiquei com eles. Todas as noites, eu sonhava com algo importante, mas parecia me esquecer no segundo em que acordava. Eu continuava a visualizar íris verdes escuras ardendo com intenção sádica. Elas estavam particularmente brilhantes na minha cabeça, olhando para mim cada vez que fechava os olhos.

Estremeci, sem querer saber o que isso significava. No entanto, a lua lá fora não me fez sentir melhor. Na verdade, os raios brancos que vinham dela me deixaram ainda mais inquieta.

Algo não está certo, percebi, avaliando meus membros trêmulos. Ryder tinha me deixado neste estado antes, mas não exatamente assim.

Meu estômago se apertou, disparando um tipo estranho de agonia pelos meus sentidos. Ofeguei e me curvei em uma bola, lutando contra o choque da dor.

Talvez eu ainda não tivesse acordado. Isso me lembrou dos

meus pesadelos, o tormento lancinante que eu sentia muitas vezes desde o meu tempo no cativeiro.

Pisquei, confusa. *O que está acontecendo?*

Tudo isso só podia estar na minha cabeça. Eu estava bem há poucos momentos, me deleitando com o brilho do prazer. Então fui a algum lugar errado. Tentei me lembrar do que aconteceu, para onde eu tinha ido, mas os segundos começaram a se misturar em uma bola confusa de incerteza.

Eu tinha voltado a dormir?

Sim. Só podia ser isso.

Me inclinei para beliscar minha coxa, precisando acordar e pulei na cama com os lençóis enrolados em mim.

Que merda era essa?

Observei meu corpo nu, percebi minha necessidade de um banho e prestei atenção para ver se Ryder estava por perto. A suíte ficou em silêncio.

Quanto tempo se passou? A lua parecia um pouco mais alta agora, a meia-noite se aproximava rapidamente.

Franzindo a testa, me levantei da cama e fui para o banheiro vazio para ligar o chuveiro. Quando Ryder foi embora? Por que não consigo me lembrar?

Balançando a cabeça, entrei debaixo do jato quente e permiti que lavasse meus pesadelos. Talvez eu tivesse sonhado com ele entre as minhas pernas esta manhã. Isso não me surpreenderia, uma vez que estávamos bem íntimos ultimamente.

Pensei nele enquanto limpava meus seios e meus mamilos endureceram como se implorassem por sua boca. Ele me mordeu ali há alguns dias. Isso acendeu um fogo dentro de mim que ele alimentou com uma segunda mordida na minha artéria femoral. Então ele me devorou mais uma vez, me levando às estrelas com êxtase.

Ser mantida como membro do harém tem seus benefícios. No entanto, hoje me senti um pouco enjaulada, como se quisesse estar ao ar livre. Era um desejo estranho, considerando que passei a maior parte da vida dentro de casa.

Depois de completar meu ritual de banho, me enrolei em uma toalha e me aventurei pela suíte até as portas da varanda. A lua provocou meus sentidos novamente, me fazendo tremer com uma energia estranha que eu não entendia. Meus joelhos quase cederam e meus membros tremeram de forma tão violenta que tive que voltar para dentro.

Engoli em seco.

Talvez Ryder tenha tomado muito sangue.

Decidindo que só podia ser isso, entrei na cozinha e encontrei um prato quente esperando por mim com ovos e algum tipo de carne ao lado, bem como uma porção saudável de verduras. O bilhete ao lado dizia: *Até mais tarde, escrava.*

A primeira vez que Ryder me deixou uma mensagem, eu me perguntei qual era o propósito. Por que ele se incomodaria em me dizer alguma coisa? Eu ainda não entendia muito bem, mas cada vez que ele o fazia, uma sensação aconchegante e confusa surgia dentro de mim.

Eu gostava bastante quando ele se comunicava comigo.

Outra atividade perigosa que me deixou perplexa.

Na verdade, tudo que Ryder fazia me confundia.

Tirei a tampa da comida e usei um par de luvas para levar o prato até a bancada. Este tipo de comida agradava às minhas papilas gustativas, mas a primeira garfada não me satisfez da maneira que deveria. Na verdade, pareceu bem estranho. Tentei mais uma e meus lábios se curvaram com o sabor estranho da refeição.

A terceira garfada mal desceu pela minha garganta e meu reflexo de vômito surgiu em alta velocidade, se recusando a permitir que eu comesse mais.

Me levantei do banco, me sentindo mais enjoada a cada segundo que passava. Mal cheguei ao banheiro antes de vomitar tudo, incluindo a comida da noite passada.

— Argh — murmurei, me enrolando em uma bola no chão. O azulejo frio debaixo da minha bochecha era meu único alívio. *Só vou ficar deitada aqui por um minuto*, pensei, fechando os olhos.

Mas aquelas íris verdes brilharam mais uma vez, me fazendo vomitar de novo.

Puta merda, parecia que eu estava morrendo.

Um brilho úmido cobriu minhas mãos e braços enquanto meu estômago embrulhava a cada pequeno movimento.

As lágrimas turvaram minha visão e meus pulmões se contraíram em uma onda atormentada de desconforto.

O que está acontecendo comigo?

Eu estava perdida entre uma onda de calor e um iceberg, meus sentidos extremamente quentes ou perigosamente frios.

Uma memória de riso me atingiu no estômago, um som incrivelmente cruel. *Por favor, não. Por favor!* minha voz mental implorou, mas eu não entendia o propósito ou com quem estava falando.

Até que aqueles olhos voltaram para me assombrar mais uma vez.

Eles eram emoldurados por pele bronzeada e longos cabelos escuros. O mal personificado. Um sorriso se estendia sobre os dentes ferozes.

Balancei a cabeça de um lado para o outro, implorando a ele para não me penetrar de novo, exausta e muito dolorida das horas de sua tortura implacável.

Mas ele tinha algo novo na sua cabeça. Eu podia ver na intenção maliciosa que escurecia seus olhos. Ele revelou seus dentes afiados como navalhas, puxando-os do meu corpo para o meu abdômen. Eu me contorci embaixo dele, chorando, implorando para ele não fazer isso.

Mas era tarde demais.

Sua mandíbula se alongou em uma mudança parcial, alcançando minha barriga e cortando-a.

— *Willow!* — Meu nome soou em meus pensamentos

enquanto meu mundo parecia oscilar em uma onda hipnótica de insanidade.

Tanta cor.

Olhei para cima e para baixo, fascinada pelo arco-íris de luzes.

Então, uma voz profunda penetrou na minha nuvem vertiginosa, me atraindo para a brancura do banheiro.

Adormeci no chão. Ryder se agachou sobre mim, com uma expressão marcada com uma fúria que não entendi. Fiz algo errado? Talvez eu o tenha ignorado por muito tempo. *Me desculpe*, tentei dizer, mas minha garganta estava seca demais para formar qualquer coisa além de um grunhido.

Uau, pensei quando meu mundo começou a girar e seus braços pareciam uma marca contra minha pele nua. O que aconteceu com a minha toalha? Ah, quem se importa? Estávamos girando, e eu ia vomitar de novo se ele não parasse.

Meu estômago embrulhou, só que eu não tinha mais nada dentro de mim para colocar para fora.

Quanto tempo fiquei deitada no chão? Tentei olhar em direção à janela para procurar a lua, mas não consegui encontrar. *Onde estou agora?*

Uma cela suja apareceu ao meu redor, algo que eu conhecia bem.

O colchão no chão não era feito para dormir.

Olhei em volta, ouvindo as mulheres chorando enquanto os homens grunhiam.

Isso era um show de horrores e a minha nova vida.

Um arrepio percorreu minha espinha com a realidade de tudo isso. Por que o magistrado me colocou aqui? Eu tinha me destacado em todos os cursos. Eu deveria ser Vigília!

Ah, não...

Recuei, apavorada quando uma besta de olhos verdes apareceu na minha jaula e seus lábios se curvaram em um rosnado.

Um lycan.

Nu.

Pronto para trepar.

Não, não, não!

Fechei bem os olhos, me recusando a aceitar, mas senti mãos quentes no meu rosto me forçando a me concentrar novamente. Ryder.

O que está acontecendo?, perguntei, com lágrimas escorrendo pelo rosto enquanto me perguntava por que ele me mandou para aquele lugar horrível. Não fui boa o suficiente? Eu não o agradei?

Eu queria chorar.

E queria matar.

Era uma contradição fascinante ver minha cabeça se fragmentar entre a derrota e a vingança. Eu tinha dado tudo à universidade e eles me mandaram para o inferno. Foi muito errado.

Eu deveria ter ido com Rae e Silas para a Copa Imortal!, eu queria gritar. E talvez eu tenha feito isso.

Tudo estava nebuloso demais e meu senso de realidade estava me escapando, descendo pelo ralo.

Girei com ele em um movimento de loucura.

Meu nome me seguiu ao longo do caminho, assim como aqueles olhos verdes assustadores, até que tudo ao meu redor desapareceu com ondulações pretas.

Fria. Rígida. Preta.

Ryder

Ouvi os gritos que soaram através da linha telefônica. Uma confusa mistura de xingamentos e ameaças. Bocejei enquanto permitia que Lilith continuasse seu discurso. Ela tinha acabado de descobrir sobre o rebaixamento de Yavi, duas horas após nossa primeira ligação no início da noite.

Infelizmente, isso deixou Benita na lista de suspeitos como alguém que poderia estar me denunciando para Lilith. Essa parte me perturbou mais do que o ataque da *deusa*.

Damien entrou e parou ao me encontrar com os pés cruzados sobre a mesa e as mãos atrás da cabeça. Em seguida, ele olhou para o telefone que vibrava contra a madeira com a birra de Lilith. Seus lábios se curvaram em diversão antes que ele se sentasse em uma das duas cadeiras em frente a mim. Ele provavelmente tinha uma atualização a fazer, mas esperaria até que meu telefonema terminasse.

Comecei a contar, me perguntando quanto tempo levaria para ela desligar na minha cara.

Quando cheguei aos trinta, fiquei entediado e decidi puxar o monitor do computador para espionar Willow. Isso me fazia parecer meio estranho, mas eu gostava de ver como ela estava durante a noite. Principalmente para me convencer de que ela ainda existia.

Só que quando puxei as câmeras da suíte, não consegui encontrá-la em lugar nenhum. As únicas áreas sem câmeras eram os banheiros.

Franzi o cenho e deixei as câmeras abertas, esperando que ela reaparecesse.

Foi quando percebi que Lilith tinha ficado em silêncio.

Peguei o telefone e descobri que a chamada foi encerrada.

— Não acho que ela aprove a morte de Yavi — falei para Damien.

— Não brinca — ele respondeu. — E eu que achei que ela ia estender o tapete vermelho e dar uma festa.

— Quanto tempo até que ela decida me surpreender com uma visita? — perguntei a ele. — Alguma ideia?

— Eu dou uma semana, talvez duas.

— Então esse é o nosso prazo para encontrar quem está vazando informações. — Eu realmente esperava que não fosse Benita, mas aprendi, há muito tempo, a nunca confiar em ninguém. E ela parecia quase ansiosa demais para me ajudar ultimamente. — Não quero ninguém nesta torre em que não possa confiar.

— Então vamos viver aqui sozinhos. — Ele fez a piada. — Posso manter a cobertura cheia de mulheres dispostas?

Sorri e olhei para a tela novamente para procurar por Willow.

— Estou muito feliz com minha escrava agora.

Mas que ela ainda não tinha aparecido, o que tirou um pouco do meu humor. Ela já havia tomado banho, algo que eu sabia, pois da última vez que a verifiquei, ela estava na cozinha. Puxei a câmera de lá, observando seu prato quase intocado no balcão.

Estranho. A comida já devia estar fria.

Escutei sem entusiasmo enquanto Damien me colocava a par da sua pesquisa dos que estavam na lista. Ele confirmou que mais da metade eram conhecidos por sua tendência em absorver sangue jovem, mas alguns dos outros não eram tão bem documentados.

Dei permissão a ele para questioná-los de forma mais sutil, para determinar se as informações de Yavi eram verdadeiras ou não. Eu não me surpreenderia se o ex-soberano tivesse passado alguns nomes falsos em um esforço para ocultar outros em sua lista de clientes.

Dez minutos depois, nada de Willow. Eu me afastei da mesa, meus instintos disparando um alerta vermelho.

— Preciso verificar minha escrava.

— Você foi lá em cima há poucas horas — Damien me lembrou.

— Estou ciente, mas algo está errado. — Eu podia sentir isso de uma forma estranha e irritante. — Volto já.

— Vou com você — ele disse, me seguindo para fora da sala.

Não discuti. Já tínhamos passado por muito tempo em sua vida para saber quando confiar no outro, e meu instinto raramente − ou nunca − estava errado.

Damien pegou o tablet no caminho.

— Ninguém acessou ou saiu da suíte — ele falou quando entramos no elevador. — No entanto, Benita saiu mais cedo hoje, o que acho interessante.

— Você acha que é ela quem está vazando informações? — perguntei, digitando o código da suíte de hóspedes.

— É difícil dizer. Vou manter o controle sobre ela, bem como os outros quatro. — Ele colocou o tablet debaixo do braço. — Ela sempre teve fome de poder. Seu comportamento se encaixa no molde, especialmente se ela antecipar sua queda.

— Me faz me perguntar o que ela pensa que sabe — respondi. — Sou o mais velho nesta região por vários milhares de anos. Quem ela poderia esperar que me superasse?

— Talvez alguém que não seja desta região — Damien sugeriu.

Sim, essa foi uma das opções que também considerei.

— Darius seria o próximo na linha de realeza.

— E, recentemente, ele assumiu uma posição de soberano do

Jace — Damien apontou. — Vou entrar em contato com nosso contato mútuo. Sei que eles são amigos.

— Ele era um dos descendentes do Cam, então fazia sentido. — Saí do elevador para o andar da suíte de hóspedes. — Me avise o que ela disser.

— Sempre — ele concordou, caminhando ao meu lado pelo corredor. Parei apenas para digitar o código externo e entrei. A cozinha ficava à minha esquerda, a comida estava fria no balcão.

Chamei Willow enquanto seguia pela grande sala de estar para o corredor dos fundos que levava ao quarto.

— Verifique o outro banheiro — eu disse a Damien por cima do ombro. Eu duvidava que ela estivesse lá, mas agilizaria a busca se ele checasse o lavabo da área de estar.

O quarto estava vazio, os lençóis ainda amarrotados.

— Willow? — Tentei novamente, entrando no banheiro.

O chuveiro duplo estava vazio e quase seco, e ela não estava perto das pias duplas. O que deixava o closet e...

— Puta merda. — As pontas dos seus calcanhares estavam aparecendo pela entrada do closet.

Entrei e a encontrei com a bochecha pressionada no chão de mármore e os olhos semicerrados. Me ajoelhei ao seu lado e pressionei a palma da mão em sua testa úmida.

— Willow?

Suas pupilas dilataram, mas sua boca não se moveu. Ela estava semiconsciente, mas não totalmente.

— Ela está ardendo em febre — eu disse quando Damien entrou.

Eu a peguei nos braços. Sua toalha permaneceu no chão, a deixando nua. Ela estremeceu em resposta, como se estivesse com frio, mas sua temperatura contava uma história diferente.

— Pode me dar uma toalha úmida? — perguntei enquanto a carregava para a cama e a deitava para verificar seus sinais vitais.

Fiz uma careta com o que encontrei. Seu pulso diminuiu para um ritmo perigoso. Não admirava que ela mal estivesse acordada.

— Que merda é essa? — questionei, procurando por sinais de lesão e não encontrando nenhum.

Ela murmurou algo ininteligível que soou como um pedido de desculpas.

— Você fez isso consigo mesma? — perguntei, incapaz de encontrar evidências de automutilação. Então balancei a cabeça, porque, não, Willow era uma guerreira. Ela não se machucaria dessa maneira.

Mas o que estava causando isso?

Mordi meu pulso e coloquei em sua boca. Seus lábios se separaram automaticamente, seu corpo desejando a essência imortal que corria em minhas veias. No entanto, de alguma forma não parecia ser suficiente, já que o cheiro de deterioração estava espesso no ar. Eu o reconheci porque o havia sentido muitas vezes ao longo dos milênios, aquele aroma adocicado doentio de um humano à beira da morte.

Não fazia sentido.

Damien voltou com as toalhas, colocando uma na testa e a outra em seu pescoço. Ele permaneceu inexpressivo, percebi uma centelha de preocupação em seu olhar. Ele sentiu o cheiro da morte iminente, assim como eu.

— Dei sangue a ela todos os dias — eu disse. — Ela deveria estar mais perto de ser imortal do que mortal.

— Talvez você tenha dado demais — ele sugeriu.

— Demais? — repeti. Não pode ser — demais — Isso é impossível.

— Os mortais são frágeis — ele acrescentou. —Suas reações variam. O único método infalível é tornar alguém inteiramente imortal.

Suas palavras giraram na minha cabeça e a verdade apareceu de repente.

O único método infalível é tornar alguém totalmente imortal.

Em qualquer outra situação, eu nem consideraria essa

alternativa. Mas Willow não se encaixava na definição de circunstâncias comuns. Ela era espetacular. Única. *Minha*.

— Você tem razão — comentei em voz alta. — Só existe um método para garantir que ela sobreviva.

— Ah, não — Damien disse. — Não foi o que eu quis dizer. Quero dizer, puta merda, Ryder. Foi você quem me ensinou que os mortais foram feitos para morrer. É por isso que não nos apegamos, lembra?

Sim. E ainda concordo com esse sentimento. No entanto...

— Esta é diferente para mim.

— Eu disse a mesma coisa sobre a Izzy.

— E ela ainda está viva — apontei. A maioria pensava que ela estava morta, mas essa era outra conversa. — A Willow não pode ser uma *Erosita*, Damien. — Seu corpo havia sido contaminado pelos lycans, e mesmo antes disso, na universidade. Apenas as virgens podiam ser companheiras de vida de um vampiro.

— Eu sei. No entanto, transformá-la vai contra a Aliança de Sangue. A Lilith pode ser capaz de ignorar a maneira como você governa o território, mas isso vai ultrapassar os limites.

— Eu não dou a mínima para os decretos da Lilith. — Ela poderia chutar pedras, pelo que me importava. — Isso não é sobre ela. É sobre a Willow.

— Uma humana que você conhece há algumas semanas — ele retrucou. — Você ao menos se ouve? Isso é loucura, até mesmo para você. — Ele começou a andar de um lado para o outro com os ombros tensos.

Considerei Willow mais uma vez, encontrando seus olhos azuis vítreos me olhando como se eu existisse em um sonho, não na realidade. Seus lábios continuavam sobre meu pulso e seu corpo se fechava a cada segundo que passava. Logo ela se pareceria com um cadáver e a guerreira dentro dela teria partido para sempre. Tentei ver o que precisava acontecer.

Damien estava certo.

Este era o motivo pelo qual não nos apegávamos.

No entanto, em algum lugar ao longo do caminho, esta mulher seduziu uma parte estranha de mim. Podia ser apenas temporário, mas para viver alguns momentos das sensações que ela despertou em mim valia quebrar mais algumas regras.

Eu vivi muito tempo para negar a mim mesmo algo tão precioso.

— Preciso de mais tempo com ela — sussurrei, focado em seu olhar moribundo. — Não aceito que este seja seu destino.

— O que há com essa garota? — Damien questionou, chamando minha atenção para ele. — Ela é linda, sim. Mas por que ela? Há quase uma dúzia de mulheres dispostas lá em cima, esperando por uma chance de aquecer sua cama. Por que essa?

— Ela me faz sentir vivo — disse a ele, minha voz endurecendo. — E ainda não terminei com ela. — Eu provavelmente parecia uma criança petulante cujo brinquedo tinha acabado de ser arrancado, mas não dei a mínima. Qual era o sentido de ter a capacidade de salvar alguém se eu me recusasse a usá-la?

— Certo, e o que acontece quando você tiver terminado? — ele pressionou.

Eu não sabia responder a isso. Também não era importante agora.

— Eu quero salvá-la — falei. Minha decisão estava tomada. Realmente não dependia dele se eu faria isso ou não. Willow era minha escrava, não dele. E se eu tinha a habilidade de curá-la, então eu o faria. O que aconteceria depois disso seria discutido em outro momento, quando nossa situação atual fosse corrigida.

— Ela realmente mexeu contigo — Damien se maravilhou, me observando atentamente. — Nunca vi você tão apaixonado por uma humana antes.

— Preciso levá-la a algum lugar para realizar a transformação — eu o informei, ignorando seu comentário. Talvez eu estivesse louco por causa da mulher na cama. Eu avaliaria isso mais tarde, depois de recuperar Willow.

Damien permaneceu em silêncio por mais um segundo, sua expressão não revelando nada. Então ele cedeu com um suspiro. Porque ele sabia melhor do que ninguém que uma vez que eu me decidisse, não mudaria de ideia.

— Tudo bem — ele disse. — Precisamos trabalhar rapidamente. — Ele se virou sem outra palavra, sua lealdade decidida.

Não perdi tempo agradecendo ou comentando nada. Peguei Willow e ajeitei com cuidado em meus braços. Sua temperatura corporal estava diminuindo rapidamente, então a enrolei em um cobertor e o segui para a sala de estar.

A visão do seu café da manhã no balcão me deu uma pausa temporária. O garfo estava em um ângulo que sugeria que ela havia comido um pouco.

— Quero que verifique se há veneno no prato dela — falei.

— Seu sangue seria capaz de curar o veneno — ele apontou enquanto abria a porta para o corredor. — Mas vou mandar verificar.

Assenti, passei pela soleira e fui em frente.

Damien chamou o elevador para nos levar ao térreo.

— Não podemos permitir que ninguém saiba o que você está prestes a fazer — ele disse quando entramos. — Se isso chegar a Lilith, ela vai colocar o conselho contra você e, ainda que você possa sobreviver a isso, a Willow não vai.

Assenti novamente em concordância.

— Chame um carro.

— Já chamei — ele respondeu, levantando o tablet. — Eu conheço um lugar na cidade onde ninguém vai procurar

Claro que sim. Damien tinha muito mais experiência com este novo mundo que eu. Ele tem sido minha única conexão com a sociedade nos últimos cem anos, uma vez que meu outro contato também vivia escondido.

Willow gemeu em meus braços e suas pálpebras tremularam.

— Não se atreva a morrer, escrava — eu disse a ela.

— Você vai precisar iniciar a transformação no carro — Damien disse pouco antes de as portas se abrirem.

Ele tinha razão. Não tínhamos muito tempo.

Vários criados se curvaram imediatamente ao nos ver saindo do elevador para o saguão principal do edifício. Ignorei a recepcionista, que perguntou como ela poderia nos ajudar e imediatamente saí para a umidade de San José.

Ninguém fez perguntas sobre a mulher moribunda em meus braços. Eles provavelmente presumiram que ela era meu lanche noturno.

Damien pegou as chaves do manobrista assim que ele saiu do sedan. Era um dos muitos carros na garagem de Silvano, e todos agora eram meus. Não me preocupei em olhar para a marca ou modelo, apenas me acomodei no banco de trás com Willow no colo e fechei a porta antes que o manobrista pudesse alcançá-la.

— Vá — foi tudo que eu disse, sem perder tempo com o cinto de segurança.

Damien praticamente saiu voando, sua tendência para dirigir rapidamente vindo a calhar agora.

Willow estremeceu e um apelo silencioso deixou seus lábios.

— Você vai ficar bem — prometi a ela.

Ela não respondeu, mas seus olhos piscaram com uma estranha tonalidade amarelada no escuro, semelhante aos de um lycan. Fiz uma careta com a mudança surpreendente, então olhei para fora da janela para ver a cena.

— É lua cheia — comentei em voz baixa.

— Sim — Damien confirmou, não que fosse necessário. Agora que percebi nossa fase atual, podia sentir a energia zumbindo no ar, apesar do clã lycan mais próximo estar a centenas de quilômetros de distância.

Observei a forma trêmula de Willow, os cabelos longo do seu pescoço exposto e aquele brilho amarelo em suas íris.

Isso estava relacionado ao seu cativeiro? Ela estava sob meus cuidados por cerca de quatro semanas, sua fuga tendo ocorrido apenas algumas noites após a última lua cheia.

Os lobos fizeram algo com ela? Algo que causou seu atual estado de vida no limbo? Porque era isso que me lembrava – o limbo entre a vida e a morte.

— Você pode acessar os registros dela do campo de reprodução? — perguntei em voz alta. — Descobrir se eles fizeram algo específico com ela?

— Você acha que está relacionado ao seu estado atual?

— Acho que é possível.

Ele seguiu por uma das rodovias da cidade – ou eu presumi que fosse, pela rapidez com que estávamos indo.

— Vou descobrir tudo o que puder.

— Faria sentido — eu continuei pensativo, não reconhecendo sua promessa, porque eu tinha certeza de que ele iria cumprir. — Ela tem sido única desde o momento em que a vi. E suas habilidades de luta são quase boas demais para uma humana. — Lutei com ela nas últimas semanas. Ainda que eu a tivesse superado todas as vezes, ela sempre ia muito bem. E era por isso que eu gostava que treinássemos juntos.

— Ela é habilidosa — ele concordou. — Mas a universidade se destaca em treinamento.

Eu não poderia discutir esse ponto.

O arrepio de Willow se transformou em um tremor violento e seus dentes batiam como se ela estivesse no Ártico. Damien aumentou o aquecimento sem eu ter que pedir.

— Vou iniciar o processo — disse a ele.

— Chegaremos a um cemitério razoável em mais ou menos dez minutos — ele respondeu, fornecendo o cronograma necessário.

Eu a coloquei em uma posição melhor para o que eu tinha que fazer, essencialmente colocando-a no banco de trás com apenas a parte superior do corpo no meu colo. Sua cabeça ficou apoiada no meu braço, e o levantei para trazer seu pescoço para mais perto da minha boca.

— Ela estará pronta em quinze.

— Há pás no porta-malas — ele acrescentou.

Este devia ser o carro que ele planejou usar para entregar mensagens para aqueles que estava na minha lista. Ele provavelmente pretendia matar alguns deles para deixar sua declaração clara – vá embora ou morra. Era exatamente como eu lidaria com isso.

Willow se engasgou e seus pulmões começaram a falhar.

— Vou precisar que você fique comigo só mais alguns minutos — falei para ela baixinho.

Sua expressão não mudou e aquela tonalidade amarela surgia a cada vez que ela piscava. Eu ignorei e fui para o seu pescoço, perfurando com meus incisivos a pele macia da sua veia para começar a tarefa de absorver a totalidade da sua essência de vida.

Ela tinha o gosto de sempre, sem sinais de qualquer alteração química em seu corpo. Avaliei cada puxão em minha boca, catalogando os sabores e procurando por qualquer sinal de algo errado.

Nada.

Sem indicações.

Sem drogas.

Sem venenos.

Apenas a minha meu doce e atraente Willow.

Fechei os olhos e a consumi, desejando uma experiência totalmente diferente. Onde ela se contorcia de prazer, não por estar prestes a morrer. Ela deveria estar gemendo, minha mordida envolvendo todos os seus receptores eróticos, mas seus tremores não nasceram do êxtase. Eram tremores violentos indicando o fim de seus dias.

Não sob a minha supervisão, jurei, acelerando o ritmo e

forçando-a a entregar sua vida por mim. Já fazia muito tempo que eu não fazia isso – já que Damien era meu único progênie – mas a arte de transformar outra pessoa em vampiro estava enraizada em meu ser. Senti o momento em que precisava recuar e abrir uma veia para ela, a magia da minha existência pulsando para a vida dentro de mim.

Ela não se moveu, além de engolir em seco.

Não senti suas emoções. Sem confusão. Sem tristeza. Sem alegria. Era como se eu estivesse alimentando um cadáver.

Parecia errado, mas senti o processo começar a funcionar. Apoiei a cabeça contra o assento, sentindo minha visão girar um pouco com o ataque de sinais mistos.

Ela não está respondendo.

O vínculo está se encaixando.

Isso não está certo.

Minha progênie está renascendo.

Nem percebi que o carro havia parado ou que Damien não estava mais comigo até que ele bateu na janela ao lado da minha cabeça. Eu me sentia tonto, esgotado, confuso. Ele franziu a testa para mim e abriu a porta, suas palavras arrastadas em meus ouvidos. Então ele olhou para o meu colo e ergueu as sobrancelhas. Olhei para baixo para encontrar o problema e percebi que Willow tinha perdido a consciência em algum momento, mas meu ferimento permaneceu aberto.

Quanto sangue ela bebeu? Foi o suficiente? Por que eu estava tão fraco?

— Ela te mordeu — ouvi Damien dizer, uma nota emocional sublinhando seu tom. Temor? Medo? Raiva? Eu não conseguia decifrar por causa do rugido em meus pensamentos.

Mas eu sabia de uma coisa que precisava ser dita.

— Enterre-a. A nós dois. Enterre-nos. — Eu não queria deixá-la sozinha em uma área desconhecida ao longo do dia. Ela precisava do seu criador ao seu lado para prosperar.

— Caramba, não — Damien retrucou, levando o telefone ao

ouvido. Eu não conseguia ouvir o que ele estava dizendo. Continuei repetindo meu comando, mas me faltava forças.

Balancei a cabeça para clareá-la, mas isso só me deixou mais tonto.

— Não me importo. Localize-o. — As palavras de Damien soaram confusas. Algo sobre a tríade. Ascensão.

Porra, eu estava acabado. Não me sentia assim há... nunca. Sim, nunca. Isso nunca aconteceu comigo. E por que eu ainda estava sangrando?

Tentei me concentrar no meu pulso. Arregalei os olhos e foquei nas marcas de dentes irregulares. Hã. Willow realmente me mordeu. Por que eu não senti?

— Bem. — A voz de Damien soou novamente. — Quatro horas.

Fiz uma careta.

— Nos enterre.

— Estaremos lá — Damien falou, desligando. Ele se aproximou novamente, com a expressão dura. — Eu pediria desculpas por isso, mas acho que você meio que merece.

Fiz uma careta para ele.

— O quê? — Este não era o plano. Nós deveríamos...

Damien deu um soco surpreendentemente preciso em meu queixo. Eu deveria ter sido capaz de me abaixar, mas nem vi o movimento e também nem tinha para onde ir.

Eu também deveria estar preparado para o segundo.

Só que... eu não estava com a cabeça boa para compreender suas ações.

E doeu pra cacete.

Vamos ter uma conversa muito séria em alguns minutos, pensei, tonto e perdido em um mundo de escuridão.

O terceiro soco me acertou.

Jurei que o ouvi rir.

Ou talvez fosse eu.

Porque tudo que eu conseguia pensar era em como eu

pretendia matá-lo no segundo em que acordasse.

Com pelo menos três balas.

Uma para cada soco.

Idiota.

Ryder

Minha cabeça doía pra cacete.

O que foi que fiz ontem à noite? Isso me lembrou daquela época em que Damien e eu tínhamos bebido seis garrafas de tequila só para ver o que aconteceria.

Resposta: desidratação severa.

E foi uma merda.

Eu me recusei a tocar nessa merda desde então, o que era uma pena, já que eu morava no Texas. Ou mudei de ideia?

Flexionei os dedos enquanto tentava levá-los a minha cabeça, mas eu estava algemado, com as mãos nas costas. Fiz uma careta. *Que merda é essa?*

Fiz um esforço significativo para abrir os olhos, quase como se eu tivesse sido gravemente drogado. Minha boca seca aumentou o efeito, assim como a tontura.

— Preciso que você me ouça antes de tentar me matar — uma voz familiar disse, me fazendo franzir a testa.

Por que é que eu iria querer matar Damien? Ele era meu melhor amigo. Minha progênie. Um dos únicos seres neste mundo em quem podia confiar.

Mas uma lembrança começou a ressurgir e me fez pensar de outra forma. Algo sobre a minha escrava...

Abri os olhos quando me dei conta do que era, mas estremeci

com a luz intensa que entrava pelas janelas do quarto. Olhei em volta rapidamente, percebendo onde estávamos.

De volta ao Texas.

Que merda é essa?

Encontrei a fonte da minha confusão parada a alguns metros de distância, com os braços cruzados sobre a camisa branca lisa, parecendo apenas ligeiramente arrependido.

— Você me deu um soco. — E, argh, tínhamos que fazer isso à luz do dia? A sala inteira estava brilhante demais.

— Fiz muito mais do que socar você — ele admitiu. — Mas me escute.

— Tire essas algemas de mim. — Eram as que eu usava para manter vampiros no meu porão. Eu poderia dizer pelo jeito que elas se recusavam a dobrar.

— Vou fazer isso assim que estiver confiante de que você não vai tentar atirar em mim.

— Ah, com certeza vou atirar em você — prometi. — Onde está a Willow?

— Está viva. — A maneira como ele disse isso me fez semicerrar os olhos.

— Você não parece muito certo disso.

— Ela quase te matou, Ryder — ele respondeu com um grunhido.

Ergui as sobrancelhas e uma risada sem humor deixou meus lábios.

— Tenho certeza de que eu me lembraria disso.

Ele esfregou a mão no rosto, me permitindo ver sua exaustão.

— Tem algo de errado com ela.

— Não me diga — falei, impassível.

— Não, você não entende. Ela te *mordeu*. — Ele começou a andar. — Ela tirou um pedaço do seu pulso.

— Eu fiz isso quando estava tentando alimentá-la — rebati. Embora eu me lembrasse vagamente de marcas de dentes irregulares em meu pulso, a memória era um tanto difusa.

Ele balançou a cabeça.

— Sim, você fez, mas ela te mordeu depois, Ryder. Tipo, realmente te mordeu. — Ele parou na minha frente. — Ela te mordeu como um lycan.

Tentei me lembrar exatamente do que aconteceu depois que abri a veia para ela, mas era um borrão. No entanto, eu me lembro de me sentir estranho e de saber que o processo tinha assumido um aspecto único.

Em vez de comentar a respeito, olhei ao redor novamente. Damien devia ter me nocauteado com drogas para me colocar em um avião de volta para o Texas. Eu só podia supor que ele tinha uma razão lógica para isso.

— Por que estamos aqui?

— Liguei para a Izzy, pois eu queria falar com o Luka, mas ela insistiu em me mandar falar com o Jace. Então descobri que ele estava no território do Clã Clemente e, bem, marquei um encontro. O Edon está vindo para cá. Com o Jace. Devem chegar a qualquer momento.

— Você convidou um vampiro da realeza para minha casa particular — pronunciei as palavras lentamente, incapaz de compreender por que minha prole tomaria tal decisão.

Eu não gostava de companhia de nenhum tipo, muito menos de alguém da realeza. Existiam dezesseis outros, dezessete se eu me incluísse e dezoito se contasse Lilith. Eles eram os mais antigos e poderosos da minha espécie, e eu só gostava de um deles – eu.

Bem, eu poderia tolerar Kylan em um dia bom.

E talvez Jace.

Mas hoje não era um dia bom.

Foi por isso que exigi saber:

— Você perdeu a cabeça? — Porque minha progênie sabia como eu me sentia a respeito dos membros pretensiosos do conselho. Convidar alguém para o meu santuário era algo como comer merda de vaca. Daí a razão de eu ter ido atrás de Silvano quando ele trotou com um exército de companhias indesejadas por minhas terras.

— Eu poderia te perguntar a mesma coisa — ele murmurou, desabando na minha cadeira reclinável favorita como se fosse o dono dela. — A Izzy jurou para mim que o Jace não vai tirar vantagem da situação. Ele só está vindo para ajudar.

Eu conhecia Izzy pelo mesmo tempo que conhecia Damien. Afinal, eles eram gêmeos. Mas Damien era meu confidente e melhor amigo, enquanto Izzy era mais parecida com uma irmãzinha para mim. Razão pela qual me enfureceu quando Cam a tomou como sua *Erosita*.

Mil anos depois e ainda fazia meu sangue ferver.

Ela era boa demais para ele.

Pelo menos, o cretino sabia disso.

Só que ele a deixou sozinha no Clã Magestic por mais de um século. Ah, não foi por escolha – isso eu entendia – mas ele estava fazendo um ótimo trabalho para encontrar o caminho de volta para ela.

Balancei a cabeça, não querendo seguir por essa linha de pensamento agora. Em vez disso, foquei na situação presente.

— Onde está a Willow? — perguntei de novo.

Damien suspirou e se afastou da cadeira, me deixando algemada no sofá. Precisaríamos discutir esse comportamento mais tarde. Depois de atirar nele algumas vezes.

Torci as mãos cuidadosamente até que o metal me permitiu começar a trabalhar no mecanismo de liberação que eu havia embutido nelas. Sabia exatamente como manipular todos os gadgets que eu tinha. Eu era um especialista em programar sistemas de segurança que só eu sabia mexer.

Damien sabia disso, o que significava que ele também sabia que era apenas uma questão de tempo antes que eu me libertasse e te desse uma surra.

Ele voltou um minuto depois, com Willow inconsciente em seus braços. Fiz uma careta quando ele a deitou ao meu lado.

— Ela está perdendo um traço vital para indicar a vida — eu disse a ele, com um grunhido em meu tom. Ela não tinha batimentos cardíacos, nem estava respirando. Quando eu escapasse dessas algemas, ele seria um homem morto.

— Notei isso — ele murmurou. — Ela está em uma espécie de estado de limbo há horas.

Parei ao ouvi-lo dizer isso.

— Horas? — Uma mortal não poderia permanecer no limbo por horas sem batimento cardíaco. Mas quando olhei para ela novamente, percebi a falta do *rigor mortis* se estabelecendo. — Há quantas horas?

— Sete — ele respondeu. — Ela deu seu último suspiro antes de embarcarmos no avião. Tentei ressuscitá-la, mas ela caiu nesse estado... e não voltou mais.

— Porque você não a enterrou.

Ele balançou a cabeça.

— Ela não estava em transição, Ryder. Você não podia ver através do seu delírio, mas seu sangue não foi suficiente.

— Como isso é possível? — Em toda a minha vida, nunca tinha ouvido falar de um humano rejeitar a transformação em uma vida morta-viva.

— Não sei. Foi por isso que liguei para a Izzy — Damien disse. — É como se a Willow estivesse presa na fase de transformação de lycan, não de vampiro.

Parei de mexer nas algemas e a observei quando uma lembrança me veio à cabeça.

— Os ferimentos dela naquele dia perto do rio... — Parei, relembrando-os. — Parecia que ela tinha sido rasgada por um lobo. — Achei que eram marcas de garras, mas... — E se aquelas feridas foram feitas por dentes?

— Então ela teria começado a transição enquanto esperava pela mordida de acompanhamento — Damien falou, seu tom indicando que ele já havia considerado essa linha de pensamento. — Ela deveria estar morta.

— Sim — concordei.

A transição lycan exigia uma sequência de duas mordidas. Se o mortal não recebesse a mordida de acompanhamento necessária, teria uma morte terrivelmente dolorosa.

Fiquei boquiaberto com minha querida escrava, sua força de guerreira assumindo um significado totalmente novo.

— Se ela foi mordida no acampamento, então ela correu todo o caminho até aqui enquanto lutava contra a transição.

— E então você deu seu sangue a ela — Damien falou, atraindo meu olhar de volta para o dele, outra peça do quebra-cabeça se encaixando.

— Efetivamente curando-a — sussurrei. — Pelo menos, temporariamente.

— E você continuou a dar seu sangue a ela no último mês.

— Então a minha essência a manteve viva e no limbo esse tempo todo — sussurrei, maravilhado. — Isso explicaria seu estado catatônico repentino. A energia da lua a teria encorajado a se transformar na noite passada. — Embora os lycans pudessem controlar quando assumiam suas formas de lobo, uma jovem em transição como Willow, que não havia se entregado a seu lado animal, poderia não ser capaz de lutar contra ele tão facilmente. — Só que ela não podia fazer a transição.

— Porque está precisando da segunda mordida. E você não poderia transformá-la, porque ela já estava no limbo lycan — Damien completou. — Essa é a minha teoria.

— É por isso que você queria falar com o Luka.

— É por isso que queria falar com o Luka — ele concordou. — Mas, em vez disso, teremos o novo alfa ao nosso lado.

Edon.

Eu o encontrei no mês passado durante todo o fiasco de Silvano. Meu antecessor havia orquestrado algum tipo de jogo com o velho alfa do Clã Clemente – Walter. Não tinha saído de acordo com o planejado para nenhum deles, pois haviam morrido. Daí minha posição recém-nomeada e a ascensão de Edon. O que me lembrou...

— Ouvi você mencionar uma tríade em algum momento?

— Sim, ele a completou ontem à noite, antes da sua ascensão. Jace estava no meio das festividades pós-comemoração quando eu liguei.

Eu só podia imaginar o que isso significava. Jace tinha um fetiche notório por lycans.

— Entendo.

Damien pigarreou.

— Isso não é tudo. Consegui fazer o download do arquivo da Willow no voo para cá. Ele reflete uma história de mau comportamento nos campos de reprodução. Existem vídeos dela lutando enquanto eles estavam no cio. A filmagem é... gráfica.

Já passamos por inúmeros atos de violência. Como tal, não perturbava muito a mim e Damien, mas peguei um vislumbre de pesar em seu olhar. Isso por si só implicava que tudo o que Willow tinha enfrentado era o epítome do vil.

Ele pigarreou novamente.

— Eles a marcaram para a exterminação, determinando que ela não era adequada para carregar uma criança devido à sua incapacidade de obedecer.

Damien me encarou, seu olhar me dizendo que ele tinha mais a dizer e eu não iria gostar. Baixei o queixo de maneira sutil para encorajá-lo a continuar.

— Willow foi marcada para extermínio após sua terceira semana no acampamento, mas o Dia de Sangue foi há vários meses. Isso significa que há, pelo menos, dois meses de dados ausentes em seu registro. Ouvi rumores sobre o que os lycans fazem quando brincam com humanos. Nada disso é bom.

— Então suponho o fato de Edon estar vindo seja bom. Tenho algumas perguntas para ele.

Imagino que você tenha mesmo — Damien concordou.

Caímos em um silêncio confortável enquanto eu terminava

de destravar as algemas nas minhas costas. Eu as coloquei sobre a mesa de centro diante de mim. Damien nem vacilou. Ele sabia que eu me libertaria e tinha apostado em fornecer informações antecipadas o suficiente para que eu não o atacasse.

— Ainda vou atirar em você — prometi. — Mas, como estamos esperando companhia, prefiro que meu único aliado esteja saudável e atento para a reunião.

Ele deu de ombros, indiferente.

— Vou levar uma bala.

— Três — corrigi. — Uma para cada soco.

— Então, tecnicamente, você me deve quatro — ele disse. — Eu tinha que ter certeza de que você estava realmente inconsciente.

Minha mandíbula pulsou enquanto eu olhava para meus pulsos. A única evidência de ferimento era o sangue seco na manga da blusa, que poderia ter sido por eu ter cortado minha própria veia. Só que senti a letargia em meu corpo, uma sensação estranha que eu não tinha desde a minha juventude. Isso indicava que fiquei muito tempo sem sangue. Como eu poderia sobreviver com muito pouco na velhice, a fome que crescia dentro de mim era reveladora.

Eu tinha perdido muito da minha essência e, de alguma forma, não senti até que fosse tarde demais.

— Tem outra bolsa de O negativo no aquecedor — Damien falou. — Você já tomou três. Foi assim que te fiz reviver.

Franzi o cenho.

— Três bolsas?

— Mais duas no avião para te manter vivo — Damien respondeu. — Sua ferida estava curando a uma taxa quase mortal. Nunca vi nada igual.

Olhei para ele novamente, e então para Willow.

— Apenas mordidas de lycans podem retardar a cura de um vampiro.

— Algo que confirma ainda mais a teoria — Damien murmurou. — Ela claramente não é uma mortal comum.

— O que eles fizeram com ela? — me perguntei, maravilhado e enojado ao mesmo tempo.

— Uma pergunta para a qual devemos ter uma resposta em breve — minha progênie disse quando os alarmes começaram a soar com um aviso de intruso. Nós dois olhamos para a tela para ver um carro vindo em nossa direção com quatro pessoas dentro.

Damien se levantou e caminhou para dar zoom no painel para revelar Edon ao volante. A imagem térmica do corpo ao lado indicava que mais dois lycans estavam sentados atrás, e um vampiro no porta-malas. Jace era o último – ele teria escolhido se esconder do sol para conservar seus sentidos – mas eu não esperava o grupo.

— Edon mencionou que traria alguém?

— Silas e Luna — Damien respondeu. — Seus companheiros.

Sim, eu sabia quem eram. Eu os conheci no mês passado.

— Certo.

— Vou recebê-los enquanto você toma banho e se troca — Damien disse.

Balancei a cabeça.

— Não. Já perdemos um tempo que não temos. Deixe-os entrar agora.

Embora fosse contra meus instintos conceder a entrada a um membro da realeza e um alfa estando enfraquecido, eu conhecia minha casa melhor do que eles. Se decidissem lutar contra mim em meu território, pagariam um preço alto.

Damien parecia pronto para discutir, mas agiu de forma inteligente e optou por não fazê-lo.

— Pelo menos beba um pouco de sangue enquanto vou cumprimentá-los.

Concordei nesse ponto.

— Eles sabem sobre a Willow? — perguntei enquanto pegava o sangue do aquecedor da cozinha.

Cada passo doeu mais do que deveria, confirmando ainda mais que eu estava em uma posição ruim quando Willow bebeu de mim.

Fiz uma careta, preocupado com minha perda temporária de foco durante sua transformação. Isso nunca deveria ter acontecido, porque eu deveria ter sentido o esgotamento muito antes de se tornar realidade.

Eu estava tão perdido com a sensação e o desejo de ajudá-la que ignorei todos os sinais em meu corpo? Nesse caso, isso a tornava muito mais perigosa do que eu poderia ter previsto. Porque ela realmente me colocou de joelhos.

Caramba, se Damien não estivesse lá, ela poderia até ter me matado.

Peguei a bolsa de sangue quando ele se juntou a mim na cozinha.

— Não. A Izzy disse ao Jace que tivemos um problema envolvendo um lycan e isso é tudo que permiti que ele soubesse também — ele disse, respondendo minha pergunta sobre o que Jace e Edon sabiam. — Também expressei de uma forma que insinuava urgência.

Esse era um de seus talentos – se comunicar de uma maneira que enfatizava a importância sem revelar os pontos chave.

O som da porta de um carro batendo na frente me fez dizer:

— Então vamos colocá-los a par de tudo.

Ryder

Eu me inclinei contra o batente da porta da frente, observando enquanto Edon e Jace subiam com Luna e Silas atrás deles. Jace olhou para a bolsa de sangue em minha mão e arqueou uma sobrancelha enquanto eu a levava à boca para dar um longo gole no conteúdo.

— Tive uma noite infernal — disse.

Ele viu o sangue na minha manga e meu terno amarrotado.

— Parece que sim.

Grunhi e apoiei a mão no batente, não permitindo que eles avançassem. No segundo em que eles entrassem, seriam capazes de sentir o cheiro de Willow — se é que ainda não podiam — e eu queria respostas primeiro.

— Me conte sobre seus acampamentos de procriação, Alfa — eu disse, me dirigindo a Edon. — O que acontece quando você marca um humano para extermínio?

Seus olhos cor de obsidiana encontraram os meus, seu domínio palpável enquanto ele me avaliava. Ele tinha pouco mais de um metro e oitenta e seus ombros eram ligeiramente mais volumosos que os meus, mas eu suspeitava que ainda o venceria em uma luta, mesmo no meu estado atual. Principalmente porque eu poderia usar suas duas fraquezas contra ele — o par de filhotes atrás dele.

— Você nos trouxe aqui para falar sobre os campos de

reprodução? — Ele parecia incrédulo. — Achei que você tivesse um problema com um lycan.

— Sim, e isso pode virar plural – *lycans* – dependendo de como você responder à minha pergunta. Então, vou perguntar novamente: o que você faz com humanos marcados para extermínio?

— Nós os matamos — ele respondeu imediatamente.

— É mesmo? — rebati, olhando para Damien.

— Isso é algo imediato ou um processo gradual? — minha progênie perguntou, arqueando uma sobrancelha.

— Que tal pararmos de enrolar e irmos direto ao ponto? — Jace interrompeu, dando um passo à frente. — Ismerelda não tem o hábito de me ligar para bate-papos desnecessários.

Um ponto justo bem colocado. Cada vez que pegava um telefone, ela arriscava sua vida. Era por isso que eu normalmente mandava mensagens em código, mas Damien sentiu que a situação justificava uma discussão verbal. O que significava que ele levava a minha situação e a de Willow a sério.

Talvez eu só atirasse nele uma vez e não quatro. Ele realmente era um amigo leal, assim como Izzy. E se ela confiava em Jace, então eu poderia estender a ele a mesma cortesia.

Terminei a bolsa de sangue e a dobrei em minhas mãos antes de dizer:

— Um dos seus humanos marcados para extermínio recentemente se aventurou em minha propriedade. Ela estava mal e morrendo, mas eu a curei com meu sangue.

Jace arqueou as sobrancelhas.

— Você salvou um humano?

Quase sorri.

— Minha humanidade temporária te choca?

— Sim.

Pelo menos, ele não sentiu necessidade de mentir.

— Você não faria o mesmo? — perguntei em voz alta.

— Não, porque vivemos vidas muito diferentes — ele respondeu.

Isso era justo e verdadeiro.

— Não me importo com este novo mundo ou a tendência para tratar os humanos como gado. Honestamente, teria sido mais gentil da minha parte deixá-la morrer, mas ela tentou me atacar, e eu achei isso muito engraçado. Então, fiquei com ela e agora ela é minha. Mas ela está morrendo de novo. — Olhei para Edon. — O que me leva ao que preciso saber – o que realmente acontece quando um ser humano é marcado para a morte?

— Eles deveriam ser mortos imediatamente — Edon me informou e seus olhos escuros não tinham qualquer sinal de emoção. — Mas devo admitir que não me aventuro nessa parte do meu território há algum tempo. Ascendi recentemente.

Justo.

— Bem, esta humana foi marcada para extermínio três semanas depois da sua designação para o Dia do Sangue, mas ela encontrou minha propriedade há pouco mais de quatro semanas. E ainda mais importante, acreditamos que ela foi mordida.

Isso evocou uma reação dos olhos escuros do alfa. Ele compartilhou um olhar com Luna e depois Silas, e um leve zumbido de energia veio dos três. Suspeitei que eles estavam se comunicando mentalmente, algo que acontecia com companheiros lycans. Também ocorria entre vampiros e suas *Erositas*, mas não entre Sire e progênie.

Pelo que aprendi durante meu tempo no território do Clã Clemente, Edon transformou Silas em lobo. Ele ganhou a última Copa Imortal, que lhe valeu o presente da vida eterna. E, neste caso, parecia que ele conquistou o coração de seu alfa também.

Luna deu um leve aceno de cabeça, confirmando uma das coisas que observei no mês passado.

Edon a considerava uma igual.

Essa era uma característica rara nos alfas atualmente.

Fazendo um julgamento rápido, optei por colocar todas as

minhas cartas na mesa. Eles descobririam de qualquer maneira, então eu também poderia garantir que eles tivessem todas as peças desse quebra-cabeça.

— Também tentei transformar a Willow na noite passada, e ela...

— Willow? — Silas repetiu, arregalando seus olhos azuis.

Fiz uma careta para ele.

— Sim, esse é o nome dela. Eu prefiro isso ao número de série de seu nascimento. De qualquer forma, como eu estava...

— Preciso vê-la — ele me interrompeu novamente, me fazendo questionar seu instinto de sobrevivência. Essa afirmação se transformou em uma bandeira vermelha violenta enquanto ele se movia em torno de Edon e tentava entrar na minha casa sem um convite.

Peguei seu ombro e o empurrei de volta, o que despertou um rosnado do cachorrinho corajoso. Edon se aproximou dele em uma demonstração de solidariedade, assim como Damien veio para o meu lado.

Jace suspirou.

— Honestamente, crianças, podemos ficar bem por mais cinco minutos e discutir isso como adultos?

— Eu preciso vê-la — Silas declarou novamente, como se ele tivesse direito de dar ordens nas minhas terras.

Luna avançou e colocou a mão em seu braço enquanto explicava suavemente:

— Ele tinha uma amiga na universidade chamada Willow. Ela foi para o acampamento de reprodução, e ele soube por Kylan, na noite passada, que sua localização é atualmente desconhecida porque ela escapou.

— Kylan? O que é que o Kylan tem a ver com isso?

— A *Erosita* dele também foi para a universidade com eles — Luna respondeu. — Kylan rastreou a localização dela como um favor para a Rae e passou a informação para Silas via Jace.

Eu nem sabia por onde começar com tudo isso, as

informações surpreendentes e revelando um nível totalmente novo para o jogo que eu nem tinha começado a explorar. Talvez eu não fosse o único que não gostava dessa nova forma de existência. Izzy sempre afirmou que havia outros, mas eu não me importei o suficiente para perguntar. Agora eu me perguntei se estava olhando para os outros que ela havia mencionado.

Com um aceno de cabeça, dei um passo para trás.

Na pior das hipóteses, não era a Willow que eles conheciam, e poderíamos continuar nossa conversa de maneira adequada.

Na melhor, Silas a conhecia e Edon ficaria incentivado a ajudá-la. Não que eu precisasse de motivação adicional. Ele ia ajudar minha escrava, querendo ou não.

Liderei o caminho sem uma palavra, com Damien sendo uma presença sólida nas minhas costas. Ele se aproximou de mim para pegar a bolsa de sangue da minha mão quando chegamos à junção entre a área da cozinha e a sala de estar. Fui para a esquerda enquanto ele virava para a direita. Então fui até Willow, que estava deitada no sofá, e me agachei diante dela para garantir que nada tivesse mudado.

Ela ainda não tinha batimentos cardíacos, mas parecia viva.

Silas praguejou, confirmando que a conhecia antes mesmo de tentar me empurrar para fora do caminho para alcançá-la. Eu imediatamente o empurrei de volta e grunhi de forma ameaçadora.

— Machuque-a e vou te matar.

Sua postura espelhou a minha.

— Não é no meu sofá que ela está morrendo.

— Tentei transformá-la para salvá-la, vira-lata. *Sua* espécie fez isso com ela.

Luna se espremeu entre nós, colocando a palma da mão no meu peito e me afastando, não tão gentilmente, de seu companheiro. Encarei a pequena fêmea feroz, momentaneamente impressionado com seu poder.

— Ele não está tentando machucá-la, Ryder. Ela é uma das suas melhores amigas.

Silas passou os braços ao redor de Luna, puxando-a para si como se fosse reclamá-la, mas peguei a sugestão de necessidade em seu olhar – uma necessidade de conforto. Ela falou a verdade sobre sua conexão com a minha Willow. Eles realmente eram amigos. Era fascinante que minha escrava nunca tivesse mencionado ele ou a *Erosita* de Kylan. Será que ela não confiava em mim o suficiente para comentar sobre sua vida anterior?

Fiz uma nota mental para perguntar assim que ela acordasse.

Porque ela ia acordar.

Eu me recusava a aceitar a alternativa.

— Posso? — Edon perguntou, gesticulando para Willow.

Baixei o queixo, só porque precisava de sua opinião sobre o estado dela. Como Silas parecia contente em abraçar sua companheira, fui me sentar ao lado da minha escrava, deixando todos na sala dentro da minha visão periférica enquanto me concentrava em Willow.

— Você falhou em mencionar que ele tentou transformá-la — Jace comentou de pé, perto da entrada da sala. Suas palavras foram dirigidas a Damien quando ele se juntou a nós.

Minha progênie escolheu ficar ao lado de Jace, o que era proposital e ajudaria em uma estratégia defensiva rápida caso fosse necessário. Havia armas escondidas em todos os cômodos por esse motivo. Eu nunca deixava nada ao acaso, e nem Damien.

— Não era relevante para a conversa — Damien respondeu.

— Que o seu criador tentou transformar um humano em vampiro ilegalmente? —Jace reiterou. — Você está certo. Nem um pouco relevante.

— Não teria sido necessário se ela não tivesse ficado doente — acrescentei. — Ela tem bebido meu sangue regularmente, mas algo sobre a lua na noite passada a forçou a este estado de limbo.

Meu palpite é que um dos lycans de Edon a mordeu. *Ilegalmente*.
— Adicionei essa última palavra para o benefício de Jace.

— Se seu lycan pretendesse matá-la, tecnicamente não seria ilegal, apenas cruel — Jace respondeu. — É preciso duas mordidas para virar um lobo.

— É por isso que preciso mordê-la agora para completar a transição — Edon interrompeu, olhando para Silas, não para mim. Aquele estranho zumbido de eletricidade se seguiu, os dois machos se engajando em uma conversa mental mais uma vez. Caramba, eles provavelmente estiveram conversando o tempo todo.

— Fale em voz alta — exigi. — Você está dizendo que nossa teoria estava certa, que ela está no meio de uma transição. Portanto, conclua. Agora.

— Não é tão simples assim. — Edon balançou a cabeça, me fazendo querer estrangulá-lo. — Há quanto tempo ela está no limbo?

— Umas sete horas — Damien disse.

— Além de quantos dias, vinte e oito ou vinte e nove? Talvez mais? — Edon passou os dedos pelos cabelos escuros e soltou um suspiro. — Ela só está viva por causa do sangue de Ryder, que, imagino, é bastante antigo. Não tenho ideia de como isso terá impactado na sua transição.

— Isso a manteve viva — eu disse. — Foi assim que isso a impactou. Agora morda ela e resolva o problema.

— Mesmo se eu fizer isso, ela será morta por ter sido transformada ilegalmente. — Edon olhou para Silas mais uma vez, não para mim.

Certo. Eu estava farto de brincadeiras de cachorro.

— Você está agindo como se eu o tivesse trazido aqui para um debate. Não foi. Você vai mordê-la ou vou encontrar um lycan que o faça.

— Tecnicamente, o Damien nos convidou — Jace disse, em

tom ameno novamente. — E você também não mencionou que ele caiu do fundo do poço por causa de uma humana.

— É um desenvolvimento bastante recente — minha progênie murmurou. — Ainda estou trabalhando em uma solução.

— É um resultado do estresse da realeza, talvez? Pelo que entendi, a antiga região de Silvano está uma bagunça. Ninguém quer herdá-lo, mesmo com Lilith procurando ativamente por um substituto.

— Ele está lidando com isso — Damien respondeu.

— Eu estou — concordei. — E eu lidaria com isso, mas não sou um lobo. Seus lycans começaram isso, Alfa. Resolva essa merda.

Edon suspirou.

— E eu imagino que você quer que nós a protejamos também? Caso você tenha se esquecido, no momento estamos sob escrutínio por causa de seu predecessor ter iniciado uma guerra.

— Protegê-la não será sua responsabilidade — falei, exausto dessa discussão. Cada momento que perdíamos debatendo seu destino a levava um segundo mais perto da morte, e isso era inaceitável.

— Então, de quem será a responsabilidade? — ele atirou de volta.

— *Minha*. — Permiti que ele ouvisse o poder em minha voz, sublinhado pela minha idade e superioridade. — A Willow é minha.

Uma onda de choque percorreu a sala, minha proclamação tendo o impacto desejado.

— Tentei e falhei em transformá-la por causa de algo que seus vira-latas fizeram com ela. Agora, você pode resolver para mim ou vou levá-la para o seu acampamento de procriação e encontrar alguém que o faça. E acredite em mim, Edon, você não me quer perto daquele complexo agora, não depois do que Damien encontrou em seus arquivos.

Suas pupilas queimaram com a minha ameaça, o alfa nele não aceitando minha agressão.

— Você acha que perdi a cabeça — continuei. — Espere até ver o que farei para trazê-la de volta.

Damien pigarreou.

— Sugiro que você a morda. Ryder não é do tipo que faz ameaças infundadas.

— Por que você está fazendo isso? — Silas perguntou, parecendo confuso. Levei um momento para perceber que ele estava se dirigindo a mim, não ao seu companheiro. Na minha opinião, Edon precisava ouvir a mesma pergunta sobre estar protelando.

Independentemente disso, me concentrei no jovem lobo e respondi:

— Porque ela é minha. — Eu já tinha dito isso, mas se ele precisava ouvir novamente para registrar, então que seja.

Talvez sua audição tenha sido prejudicada durante a transição. Eu realmente esperava que isso não acontecesse com Willow, mas cruzaríamos essa ponte quando chegássemos a ela.

— O que isso significa exatamente? — ele pressionou. — Como ela é sua?

— Pergunte a ela o que significa quando ela acordar — rebati. Ela provavelmente não teria uma resposta, mas ele não precisava saber disso. — A menos que você queira que ela morra — adicionei. — Nesse caso, eu o consideraria um péssimo amigo e aliado.

Silas permaneceu em silêncio por tanto tempo que pensei que ele não iria responder. Eu estava prestes a pegar Willow e sair quando ele disse baixinho:

— Meu coração se partiu quando o Magistrado a mandou para os campos de reprodução. Ela merecia coisa melhor. — A emoção

deixou seu tom sombrio e sua expressão assumiu um tom severo.
— Não há caminho positivo neste mundo. No entanto, Willow merece ter o direito de escolher, e ela não pode fazer isso no limbo.

— Ela nunca escolheria a morte — eu disse.

Aparentemente, foi a coisa certa a dizer, porque Silas me lançou um olhar de aprovação estimada em resposta.

— Concordo. Mas só há uma maneira de ela dizer isso a todo mundo. — Ele olhou para Edon. — Você tem meu voto, Alfa.

— E o meu — Luna disse.

Edon considerou os dois e depois assentiu.

— Certo. Enfrentaremos as consequências juntos.

— Sempre — Luna murmurou com emoção em sua voz. Em seguida, ela colocou a palma da mão em seu ombro enquanto ele pegava o braço de Willow.

— Isso pode nem funcionar — ele me avisou. — A energia em torno dela é única, mas minha experiência se resume a transformar Silas. Vou tentar, mas não posso prometer nada.

Ele não esperou que eu reconhecesse seu comentário. Simplesmente virou a cabeça e cravou os dentes em seu antebraço.

Silas estremeceu como se revivesse a memória da dor da transição. Então ele observou Willow com o predador em seu olhar, seu nariz se contraindo quando os cheiros no ar começaram a mudar. Os lábios de Luna se curvaram em um leve rosnado e os três lobos reagiram à magia.

Olhei para Damien. Ele permaneceu inexpressivo enquanto Jace se encostou na parede, com as mãos enfiadas nos bolsos da calça. Precisaríamos ter uma longa conversa depois disso se Edon tivesse sucesso. Porque Jace seria obrigado a relatar tudo a Lilith e eu não poderia permitir que isso acontecesse.

Ele encontrou meu olhar, um breve conhecimento passando entre nós.

Queríamos chegar a um acordo, mútuo ou não. Este último seria uma pena, pois necessitaria da sua morte e eu sempre gostei muito do imortal tranquilo. Ele sabia quando ativar o papel de mediador e quando desativá-lo. Testemunhei isso no mês passado, depois que Silvano perdeu a cabeça.

Havia algo se formando. Eu quase podia sentir o gosto. Ele se encontrou com Darius e Kylan várias vezes enquanto estava no território do Clã Clemente. Também o vi com Luka.

Parte de mim se perguntou o que todos eles estavam fazendo, mas não me importei o suficiente para perguntar. Agora eu queria saber e perguntaria assim que Willow fosse cuidada.

Voltei meu olhar para ela, passando os dedos pelos seus cabelos.

Edon soltou seu braço e apoiou a palma da mão em seu abdômen. Ele parecia estar tentando encontrar sua alma enquanto o poder emanava dele. Eu havia julgado mal sua força. Este homem, apesar da sua tenra idade, era uma força a ser considerada. Eu podia sentir sua energia primordial, testemunhei o impacto que ela teve em seus companheiros e quase senti a necessidade de me curvar diante dele como resultado.

Ele tinha acabado de ganhar meu respeito, um fato que poucos na minha história poderiam reivindicar.

Os pelos dos meus braços se arrepiaram quando ele rosnou e o comando naquele som fez com que Luna e Silas tremessem em resposta. A vibração cresceu, seu peito emanando uma ordem – algo que ele dirigiu a Willow.

Então Silas acrescentou seu próprio rosnado, reforçando o de seu alfa, e o estrondo se intensificou a cada segundo.

Luna se juntou de repente. Os três combinando em ritmo e agitando a eletricidade no ar. Ela zumbiu ao longo da minha pele e brilhou em Willow, fazendo seu corpo começar a tremer, apesar da sua falta de batimento cardíaco.

Arregalei os olhos quando ela começou a se mover, seus ossos se quebrando com um barulho que fez meu pulso latejar.

Respire, implorei a ela. *Respire, droga.*

Os rosnados ficaram mais altos, a energia estava em uma

espiral desenfreada de forças invisíveis ao nosso redor enquanto Willow continuava a se transformar. Não a soltei, nem mesmo quando sua cabeça se transformou sob a minha mão para formar um focinho. Seu cabelo foi o próximo, parecendo derreter em sua nova forma para mudar para um lindo pelo branco.

E ela ainda não respirava.

Engoli. *Vamos, Willow. Você é mais forte que isso.*

Mas e se ela não fosse? E se eu tivesse deixado passar todos os sinais óbvios e tivesse reagido tarde demais?

Ela pode ter partido para sempre.

Porque não prestei atenção.

Porque a tratei como uma escrava, não uma pessoa.

Considerei sua perda de memória uma bênção, mas e se essa tivesse sido a chave o tempo todo? Algo que eu tinha me esquecido na minha ânsia de brincar com ela.

Meu peito doía com o pensamento, uma sensação estranha.

Eu estava tão certo de que isso funcionaria que não considerei a alternativa de que talvez nunca mais ouvisse sua voz doce. Nem poderia ver aquela lutadora brilhar em seus olhos. Que jamais teria outra chance de provocá-la, adorá-la e *prová-la*.

Cerrei a mandíbula com a possibilidade enquanto revivia cada momento que passei com ela em rápida sucessão.

Desde o momento com o martelo, passando por quando ela se engasgou com o sorvete, até a maneira como ela rastejou pelo tapete.

Me apaixonei por ela desde o início.

Não era para terminar assim. Precisávamos de mais tempo. Não tínhamos terminado. Eu exigia mais dela, assim como ela exigia mais de mim.

Eu me recusava a aceitar isso.

— Vamos, Willow. Respire — grunhi e o estrondo aumentou a cacofonia ao meu redor. — *Respire.*

Ela estava totalmente transformada agora, sua forma de lobo

absolutamente deslumbrante, exceto pela falta de batimento cardíaco.

Toquei sua caixa torácica, enfiando os dedos em seu pelo.

— *Respire.* — Minha voz saiu como uma ordem mesclada de súplica, algo totalmente estranho. Eu podia me sentir quebrar por dentro ao perceber que este poderia ser meu último momento com ela.

Como ela me conquistou assim? Quatro semanas conhecendo-a e senti como se metade da minha alma estivesse me deixando.

Era loucura.

Vivi por quase cinco mil anos. Nunca me apeguei. No entanto, em algum ponto, Willow se tornou mais do que minha escrava. Ela se tornou uma constante em minha vida que eu pretendia manter. Eu simplesmente não tinha reconhecido isso até agora.

Até que fosse tarde demais.

Porque ela ainda não estava respirando ou se movendo.

Eu não entendia.

Era resultado do meu sangue impactando sua transformação? Ela precisava de mais?

Balancei a cabeça, agonizando com a insanidade de toda essa situação. E eu fiz a única coisa que podia – mordi meu pulso e coloquei na frente de seu focinho. Era tudo que podia oferecer a ela. Tentei transformá-la, tentei curá-la, e agora eu iria forçá-la a morrer com meu sangue em seus lábios.

Porque ela era minha para proteger e falhei.

Me inclinei para pressionar meu rosto em seu pescoço, com o pulso contra seu focinho, e me esqueci de todos na sala: os rosnados, os vampiros assistindo, os lycans esperando... e foquei apenas em Willow.

Você não deveria me deixar ainda, eu disse a ela. *Eu não tinha acabado. Nós não terminamos.*

É claro que ela não respondeu, mas não era esse o ponto. Eu

tive que dizer essas coisa para fazê-la entender, mesmo na vida após a morte, que ela era cuidada, pelo menos por mim. Por mais curto que tenha sido nosso tempo juntos, eu tentei.

O mundo foi cruel com ela.

Não era merecido.

A Aliança de Sangue havia criado esta existência fria e depravada. Isso tinha que acabar. Tinha que haver outra maneira de coexistir, uma onde respeitássemos nossa comida e não os atormentássemos desta forma.

Jurei a ela em silêncio que iria vingá-la, que iria encontrar os lobos que fizeram isso e acabar com eles.

Depois eu desmantelaria a aliança.

Esses idiotas permitiram que essa libertinagem existisse. Eles prosperaram com isso. E eu estava cansado desse jogo. Lilith queria que eu me comportasse. Bem, eu mostraria a ela um comportamento que fazia minhas ações anteriores parecerem angelicais.

Grunhi com a necessidade de vingança, fechando as mãos com força. Eu queria reclamar, me enfurecer e destruir tudo.

Este mundo iria desabar em...

Tudo parou e meus sentidos entraram em alerta máximo. Eu tinha ouvido o mais leve indício de algo. Eu tinha imaginado? Estava ficando louco?

Esperei.

E esperei.

E então paralisei com a batida sutil.

Levantei para olhar para Willow, com meu pulso ainda em seu focinho.

Outro minuto se passou.

Então estremeci quando sua língua serpenteou para lamber minha pele. O toque foi seguido por um chiado quando seus pulmões se encheram novamente, sua imortalidade se expandido para reparar qualquer dano interno.

— Willow — sussurrei.

Ela não respondeu, mas seu coração disparou com outra batida, e depois outra, e então mais outra.

— Ela está viva. — Fiquei maravilhado, acariciando seus pelos. Só então percebi que a sala ficou em silêncio ao meu redor, todos dando alguns passos para trás para observar. Não me preocupei em perguntar por quê. Não me importava. — Ela está viva — repeti, minha alma se sentindo inteira mais uma vez.

Como alguém poderia me impactar de forma tão forte em tão pouco tempo, eu nunca entenderia. Talvez ela simplesmente tivesse chegado na hora certa, me fornecendo a válvula de escape mental que eu não sabia que precisava.

No entanto, agora teríamos tempo para descobrir. Seguir em frente.

Não vou deixar ninguém machucar você, jurei, sentindo o desejo de destruir a Aliança cada vez mais forte dentro de mim. *Você é minha, doce escrava. Minha Willow.*

Ela lambeu meu pulso como se tivesse ouvido, e optei por pensar nisso como se ela estivesse me reivindicando também.

— Você percebe o que ela é? — Jace perguntou, quebrando o silêncio e me tirando do meu estado de alívio.

Ao invés de responder, eu apenas olhei para ele, sem saber por que ele escolheu falar agora. Arqueei uma sobrancelha, a única indicação que ele receberia de que eu o ouvi e que estava esperando por um comentário posterior.

— Ryder, você e o Edon acabaram de criar um híbrido.

— Bem, a Lilith vai adorar isso — Damien murmurou.

Eu o ignorei em favor de Jace.

— Um híbrido — eu repeti. — Isso... o quê?

Como ele poderia saber?

Willow nem tinha acordado ainda.

Mas ao observá-la, percebi que podia sentir o cheiro – a mistura de vampiro e lycan dentro dela.

— Ah, merda...

Ryder

Um híbrido.

Nós criamos um híbrido.

Passei a palma da mão no rosto e segurei a nuca.

— Ela viveu por causa do meu sangue — eu disse, andando por toda a extensão do meu escritório. — Eu não fazia ideia. Eu lhe dei para garantir sua força, querendo que ela ficasse o mais protegida possível. Mas nunca poderia ter adivinhado que foi a razão pela qual ela sobreviveu tanto tempo.

Puta merda.

Edon e Jace estavam parados, inexpressivos. Subi as escadas depressa para tomar banho e colocar uma calça jeans e camiseta, precisando me livrar do terno. Silas e Luna concordaram em cuidar de Willow. Damien estava supervisionando.

— A lua cheia na noite passada deve ter acionado sua necessidade de transformação. — Edon parecia pensativo. — Ou poderia estar ligado à minha ascensão. Como resultado, havia muita energia lunar no Clã Clemente e, obviamente, um dos meus lobos iniciou a transformação dela no acampamento.

Sim, essa era uma conversa que ainda precisávamos ter.

— Sabe que eu quero aqueles lycans mortos, não é?

— Talvez você tenha que lutar com o Silas pela oportunidade de fazer isso — Edon respondeu. — O Damien acabou de mostrar a ele os arquivos que encontrou da Willow, e meu

Executor está exigindo vingança na minha cabeça enquanto conversamos.

— Ótimo. — Não a parte da luta, mas a parte da vingança. — Ele pode ajudar.

Edon resmungou.

— Você subestima a necessidade dele de vingança.

— E você subestima a minha — rebati, parando na frente dele. — Um de seus lycans a mordeu por diversão, provavelmente para deixá-la agonizando para morrer. Tenho a intenção de retribuir o favor. Depois vou castrar cada lycan que a tocou. E se eu não estiver satisfeito com os resultados, vou queimar a porra do prédio inteiro com todos os seus cães lá dentro. — Eu removeria os humanos primeiro, é claro.

Um músculo pulsou na mandíbula de Edon quando ele me enfrentou.

— Você não tem jurisdição em meu território, *Vossa Alteza*.

— Eu não estava pedindo, *Alfa*.

— Senhores, determinaremos o recurso adequado para punição, uma vez que tenhamos resolvido a questão mais urgente, que é a híbrida dormindo na sala de estar — Jace interrompeu. — O conselho vai esperar que ela seja executada. — Ele ergueu a mão enquanto eu grunhia. — Não estou dizendo que concordo. Estou dizendo que temos um problema.

— A Lilith vai insistir na execução da Willow — Edon concordou. Seus ombros largos relaxaram visivelmente enquanto ele assumia uma postura menos defensiva. — Ela também tornará isso público.

— Sim. Mas vocês dois já sabiam que era uma possibilidade antes de transformá-la. — Os olhos azuis-prateados de Jace se fixaram em mim. — Então, qual era o plano para escondê-la?

— Não havia nenhum plano, já que nunca tive a intenção de escondê-la — admiti de forma categórica. — Você pode se sentir confortável vivendo sob a autoridade do conselho, mas acho a atividade um tanto entediante. Não sobrevivi tanto tempo ouvindo o que e como fazer.

Jace contraiu os lábios.

— Sempre admirei sua atitude de *que se foda o mundo*, Ryder. No entanto, neste caso, não acho que será o suficiente. A menos que você esteja de acordo com a votação do conselho para exterminar sua nova criação.

Dei de ombros.

— Eles podem tentar. Isso não significa que terão sucesso. — Eu mesmo treinaria a Willow, e dados seus traços combinados de lycan e vampiro, suspeitei que ela não seria tão fácil de matar. Eles teriam que lutar comigo também. E com Damien, se ele quisesse ajudar.

— Você não pode enfrentar todo o conselho sozinho — Jace apontou.

— Você presume que todo o conselho vai atender às ordens de Lilith correndo — respondi. — Estou confiante de que não. Você é a prova disso.

— O que você quer dizer com isso?

— Não existe um decreto contra a associação com espécies opostas? — Arqueei uma sobrancelha, totalmente ciente de que, sim, tal decreto existia. — No entanto, sua inclinação por lycans é bem conhecida.

— Relacionamentos são proibidos. Eu só trepo com elas.

— Talvez — admiti. — Mas você também está no meu escritório, tendo uma boa conversa sobre como esconder minha preciosa escrava em vez de relatar minhas ações para Lilith.

— Eu podia ter enviado uma mensagem para ela enquanto você estava se trocando. Talvez eu só esteja te atrasando.

Eu sorri.

— Você não enviou.

— Como tem tanta certeza?

— Porque a rede do meu sistema não permite que nenhuma comunicação eletrônica saia desta propriedade sem minha permissão. — Dei a volta na mesa para clicar em algumas letras e números no teclado e girei a tela. — A única mensagem que você enviou foi para o Darius, dizendo a ele que estava atrasado devido a uma situação intrigante.

Jace ficou boquiaberto com o monitor. Seu exterior calmo permitiu que a primeira expressão de surpresa aparecesse.

— Isso é impressionante.

— Você não sabe a metade — respondi, desligando a tela com outra tecla. — Mas esse não é o assunto a ser considerado no momento. O item mais urgente é o fato de você não ter relatado nada para a Lilith. Nem o Edon.

Permiti que esses dois fatos fossem absorvidos e me deleitei um pouco com seu silêncio. Isso mostrou o quanto eles sabiam a meu respeito e das minhas habilidades. Estava falando sério quando disse que não tinha sobrevivido tanto tempo atendendo as ordens dos outros.

A sociedade evoluiu ao longo da minha vida, e eu evoluí junto com ela.

Eu não usava métodos arcaicos. A era da tecnologia era uma das minhas favoritas, e cumpri minha tarefa em aprender tudo o que pude sobre os recursos. Então construí e criei minha própria rede de sobrevivência.

A tela diante deles era apenas o limite de minhas habilidades. O conselho achava que tinha o mercado de vigilância técnica. O que eles não sabiam é que eu usava isso há um século e peguei carona em sua infraestrutura para criar meu próprio porto seguro.

Este novo mundo não me assustava. Só me irritava.

— Então, embora nós três sejamos apenas uma pequena parte do conselho, estou disposto a apostar que há mais pessoas que não estão satisfeitas com a dinâmica atual — continuei, confiante em minha afirmação. — Alguns membros podem optar por caçar a mim e a Willow, mas posso lidar com alguns lycans e vampiros irados com uma mão amarrada nas costas. O que me leva à minha próxima declaração – não vejo razão para a Willow se esconder.

O exterior calmo de Jace havia retornado, sua idade e superioridade era uma máscara atrás da qual ele costumava se esconder. Eu entendia, porque usava uma expressão semelhante ao pensar em minhas opções.

Edon era menos hábil em esconder suas emoções, mas isso combinava com a cultura lycan tradicional. Seus irmãos operavam puramente no instinto animal nesta geração transformada. No entanto, Edon provou ser diferente ao pegar dois companheiros e permitir que eles ficassem igualmente ao seu lado.

Muitos machos alfa exigiam submissão, até mesmo de suas fêmeas alfa, o que havia quebrado pontos chave da cultura lycan. No entanto, as ações de Edon sugeriam que ele queria reparar essas fraturas. Isso me fascinou no mês passado e me intrigou ainda mais agora.

— Não esconder a Willow trará consequências não apenas para você, mas para mim e meu Clã também — o lycan explicou. — E dado que a próxima reunião do conselho foi agendada como resultado das ações do Clã Clemente e da Região de Silvano, eu diria que teremos uma discussão terrível.

Eu bufei.

— Por "discussão", você quer dizer um acesso de raiva da própria deusa.— Não consegui evitar revirar os olhos. — Já faz duas semanas que ouço seus acessos de raiva diários. Acho que posso sobreviver a outro.

— Então, o que você planeja fazer? — Jace perguntou. — Aparecer na reunião do conselho daqui a algumas semanas e dizer não a Lilith?

— Na verdade, ainda não decidi se pretendo aparecer ou não. Está na minha agenda, mas posso marcar outra coisa. — Inclinei a cabeça para o lado. — Por que vocês permitem que ela lidere? Cumprir seus decretos é mais fácil que discutir?

— Ela criou uma ordem na sociedade que ainda não senti necessidade de quebrar — ele responde.

— Ainda — repeti. — É um termo interessante.

Suas feições não revelavam nada.

— Digamos que sei como jogar. Isso não significa que eu goste.

— Então não jogue.

— E depois? — ele pressionou. — Se todos nos rebelarmos como você está sugerindo, o que acontecerá? A população humana caiu para dez por cento do que era há cento e cinquenta anos. Sem regulamentos, arriscamos nossa principal fonte de alimento. Nós dois sabemos que nossos irmãos precisam de regras por uma razão. Nem todos conseguem se controlar.

— O fato de você estar dizendo tudo isso indica que está pensando em outra maneira de governar — deduzi. — Em vez de pedir minha opinião, me fale das suas ideias. O que você propõe, Jace? — Ele governou como um monarca britânico em uma vida passada, sua inclinação para a política e governo era bem conhecida.

— Isso fará com que a conversa seja muito mais longa.

— E muito mais interessante — acrescentei. — Esconder a Willow seria, na melhor das hipóteses, uma solução de curto prazo, que nós dois sabemos que não funcionará nesta sociedade. Então, em vez de brincar com o que eu consideraria um ato inconsequente, vamos discutir uma solução de longo prazo. Me fale sobre sua visão. Então direi se concordo com isso ou se tenho sugestões.

— O que te faz pensar que tenho um plano adequado? — Jace rebateu.

— Porque você acabou de me dizer que sim. — Dei uma olhada nele. — Se eu quisesse jogar, ligaria para Lilith. Não me faça perder meu tempo e não vou te fazer perder o seu.

Jace me observou por um longo momento, então concordou com um aceno de cabeça.

— Justo. Você sabe que Cam está vivo. Imagino que também tenha sido informado de suas intenções antes da reforma.

Assenti, confirmando. A sobrevivência de Izzy como *Erosita* de Cam exigiu a ajuda de vários jogadores importantes, incluindo eu. Mas ajudei nas sombras, com Damien servindo como o rosto da operação. Meu nome foi omitido, principalmente porque eu queria permanecer escondido indefinidamente. Mas as últimas travessuras de Silvano me forçaram a agir, e agora eu estava curioso demais para retornar à minha concha reclusa.

Seria mais fácil se eu simplesmente pegasse Willow e permanecesse aqui por toda a eternidade, mas depois de tudo que testemunhei na antiga região de Silvano, eu não poderia simplesmente ficar parado e permitir que a situação piorasse.

O conselho foi longe demais.

Era hora de outra mudança.

E enquanto Jace detalhava suas ideias, percebi que ele tinha mais do que um plano adequado. Ele tinha uma estratégia completa para o que era necessário.

Edon permaneceu quieto enquanto Jace falava, confirmando que ele já sabia sobre a revolução. Suspeitei que ele descobriu recentemente, dados os eventos em seu clã.

Me sentei na cadeira executiva enquanto Edon e Jace ocupavam as duas em frente à mesa, com Jace falando o tempo todo.

Trinta minutos depois, eu tinha um novo respeito pelo homem.

Só havia um problema com seu grande projeto.

— Uma década é muito tempo para esperar — eu disse no final. — Isso precisa acontecer agora.

— Ainda não estamos prontos.

— Quando você estiver pronto, será tarde demais — informei a ele. — Uma coisa que descobri nas últimas quatro semanas como membro da realeza é que os vampiros são muito gulosos. Não há humanos suficientes para satisfazer nossa imortalidade. Eles estão sendo mortos a torto e a direito, permitindo que sangue precioso seja desperdiçado no processo.

Liguei o computador para mostrar a ele o relatório em que Damien estava trabalhando para mim em relação à minha região recém-herdada.

— Veja essas tendências. — Girei o monitor em sua direção, garantindo que ele pudesse ler. Então mudei o diagrama para mostrar a ele a progressão. — E daqui a dez anos.

Os números eram reveladores, porque eram todos negativos.

— Estimo que a quantidade de humanos esteja em cinco por cento e não dez, supondo que esse comportamento seja semelhante em todo o mundo. Sua região pode ser governada de forma diferente, mas você pode me dizer que Ankit, Lajos, Sofia e, caramba, até mesmo Helias estão administrando suas regiões de forma semelhante? — zombei da própria ideia. — Aqueles idiotas sádicos eram alguns dos melhores amigos de Silvano. E nem me fale sobre Ayaz e Aika.

Cormac era talvez um dos poucos vampiros no mundo que não matava humanos à toa. Naomi também. Talvez.

— Eu teria dito o mesmo sobre Kylan, mas ele se provou surpreendente — Jace murmurou.

— Talvez para você. Mas eu o conheço há muito tempo. Ele está entediado, mas não é sádico. — Eu não era muito fã do idiota da realeza, mas o tolerava muito mais do que os do círculo de Silvano.

— Ele foi suspeito de matar todo o seu harém — Jace apontou.

— *Suspeito* é a palavra-chave nessa frase — respondi. — E eu ouvi muitos rumores sobre sua crueldade também, mas isso não significa que acredito neles.

— Deveria.

— Não — rebati, me inclinando para frente. — Justiça não é crueldade, mas uma necessidade. Alguns simplesmente optam por ver de forma diferente.

Ele me considerou por um longo momento antes de concordar com um leve aceno de cabeça.

— Verdade.

— Uma década é muito tempo — enfatizei de novo. — Você não pode esperar tanto tempo. Será tarde demais para reviver a raça humana. — Olhei para Edon. — E eu ainda nem comecei a investigar o que a sua espécie está fazendo, mas a caça à lua diz tudo, na minha opinião.

— Eu bani isso em nosso clã — ele falou.

— Ótimo.

— Os campos de reprodução são os próximos — ele acrescentou. — Não precisamos de humanos para criar lycans. Podemos fazer isso entre nós. A reprodução com um mortal deve ser rara e realizada em situações em que o sucesso é garantido, não como uma série de experimentos.

— Tenho certeza de que a Willow aprovará. — Eu, com certeza, aprovava.

Seus olhos escuros endureceram.

— Que bom. Mas quanto ao assunto Willow, tenho uma exigência.

— Uma exigência? — repeti, arqueando uma sobrancelha para o jovem alfa. Era preciso muita confiança para dizer isso a alguém tão velho quanto eu. — Qual é?

— Concordo que escondê-la não é realmente uma opção — ele falou. — Dito isso, ela é parcialmente minha e, portanto, minha responsabilidade. Se ela quiser permanecer com o Clã Clemente, vou aceitá-la e protegê-la. E se ela optar por ficar com você, espero que faça o mesmo. Mas essa é a minha exigência: que ela possa escolher para onde vai.

Willow

MENTA. MEU NARIZ CONTRAIU. *HUMM, RYDER.* SEU CHEIRO era forte, o que significava que ele estava por perto. Rolei para o lado para alcançá-lo, mas atingi o ar. Não havia colchão. Nem travesseiros. Apenas ar. Franzindo a testa, girei para o lado oposto e encontrei um bloco sólido felpudo.

Abri um olho para ver o encosto de um sofá.

Teria sido ótimo se eu não tivesse visto minha *pata* contra o couro preto. Eu gritei, e saiu como um gemido de lobo que me fez pular do sofá e cair no chão. *De quatro.*

Puta merda.

Comecei a girar, batendo na mesa de centro com meu traseiro, meu focinho bateu na mesinha e minhas unhas arranharam o tapete branco. *Da mesma cor do meu pelo.*

Ah, Deusa. Ah, Deusa!

Isso só podia ser um pesadelo. Algum tipo de conhecimento projetado para me ajudar a superar meu trauma do acampamento de reprodução.

Que eu podia me lembrar completamente agora.

Meu coração começou a acelerar com o ataque de horrores, os rosnados, o cio. *Ah, ah, ah,* eu não queria me lembrar. *Não, não, não!*

Soltei outro daqueles ganidos estridentes e comecei a correr, só que minhas pernas não sabiam como funcionar. Eles falharam e eu caí de cara no chão.

Uma voz masculina me disse para parar. Tentei morder para escapar da gaiola da minha mente. Eu precisava acordar. Isso não podia estar acontecendo. Eu não queria voltar ao passado!

— *Willow*!

A voz de Ryder. Pulei, procurando por ele, implorando para que ele me libertasse dessa insanidade. *Me acorde! Me acorde!* implorei a ele. *Não quero estar aqui. Não quero saber disso. Não quero me lembrar. Por favor!*

Os gritos e comandos continuaram tumultuando a minha cabeça, onde a porta estava escancarada para uma série de eventos que não queria passar nunca mais. Balancei a cabeça, me recusando a deixá-los me levar.

Ah, mas aquele com olhos verdes, ele sempre me assombrou.

Ele me visitava diariamente.

Meu executor.

Meu captor.

Meu agressor.

Eu o odiava, odiava muito, queria atacá-lo, mordê-lo, matá-lo, machucá-lo como ele me machucou. O covarde usou restrições. Como era triste para ele que uma pobre, indefesa e pequena fêmea humana pudesse lutar tanto que ele precisasse me *acorrentar* junto à parede para trepar comigo.

Eu ri dele.

Ele odiava isso.

Ele queria que eu lutasse.

Vá se foder, pensei. Seu filho da pu...

— Willow. — Ryder estava mais perto agora, sua loção pós-barba mentolada chegando aos meus sentidos.

Sim, sim, pensei, ficando de pé novamente. *Me acorde. Por favor, me acorde.*

Eu podia vê-lo agora, se aproximando de mim. Ele estendeu a

mão para me acalmar. Inclinei a cabeça para o lado, confusa. Por que ele entrou neste sonho estranho?

Então percebi que ele não estava sozinho. Havia outro vampiro com ele. Um com olhos azuis gelados e uma mandíbula que me pareceu severamente aguda. Farejei, sentindo o cheiro da sua loção pós-barba amadeirada.

Então outro se aproximou.

Um lycan.

Grande.

Cabelo e olhos escuros, dominantes e aterrorizantes.

Recuei com sua presença, não querendo lidar com sua espécie. Ele era muito masculino. Muito predatório. De uma beleza assustadora e cruel.

— Willow — outra voz disse, atraindo meu olhar direto para um homem loiro que pensei que nunca mais veria. Mas que ele estava errado. Não como o humano que eu me lembrava, mas como lycan também. E alfa. Forte. Assim como o outro.

Choraminguei novamente, confusa. Esse não era meu Silas.

Me acorde, eu implorei, olhando para Ryder novamente. *Me acorde.*

Ele começou a murmurar palavras em uma língua estranha, uma que eu não entendia, mas a melodia me pareceu familiar. Ele tinha cantado isso para mim uma vez, depois do incidente do elevador. Era calmante e acolhedor, me fazendo sentir segura.

Comecei a ir em direção a ele, notando outro lycan na sala. Uma mulher. Alfa também.

Isso fez com que meu pelo se eriçasse e meus instintos ganhassem vida. Rosnei para ela, mantendo-a longe de Ryder enquanto me aproximava dele. Sonho ou não, essa vadia não ia tocando nele.

— Ela acabou de rosnar para mim? — a mulher questionou.

— Ela é territorial quando se trata de mim — Ryder explicou. Seu tom era divertido. Olhei para ele, que começou a cantarolar de novo, me atraindo para mais perto até que minha cabeça encontrasse sua mão. Ele se sentou na cadeira, nos aconchegando mais e passou os dedos pelo meu pelo. Foi estranhamente bom, me permitindo relaxar um pouco mais, me fazendo sentir mais contente.

Cada carícia parecia afugentar meus pesadelos, devolvendo-os a um estado nebuloso da minha cabeça que eu preferia manter trancado no passado. Tudo o que precisava acontecer agora era eu acordar.

Fechei os olhos na esperança de acelerar o processo.

Mas um movimento fez meus olhos se abrirem.

Silas deu um passo à frente e se agachou perto da cadeira. Não a uma distância de toque, mas perto. Muito perto.

Parte de mim queria rosnar. *Você não é real.*

— A conexão dela com a psique da matilha é única — o Alfa disse do outro lado da sala, fazendo com que minha raiva aumentasse novamente. — Não posso ouvi-la como os outros, mas posso sentir sua negação.

— Não tenho ideia do porquê ela estaria em negação — uma voz familiar e arrastada comentou. Damien. Não o senti, sua presença estava escondida atrás do Alfa. Talvez porque eu estava no chão e não conseguia ver muito além do sofá e da cadeira. — Ela foi para a cama humana e acordou híbrida. Eu estaria em negação também.

Pisquei. *O quê?*

— Seus modos na cama são fantásticos — disse Silas, com sarcasmo evidente.

— Eu não tenho modos na cama — Damien respondeu.

— Não me diga — meu melhor amigo retrucou antes de olhar para mim com seus olhos azuis brilhantes. — Willow, querida, você pode mudar de volta para sua forma humana?

Eu o encarei, sem saber o que ele queria dizer. *Prefiro acordar.*

Só que eu estava começando a temer que isso pudesse não ser um sonho.

— *Ela foi para a cama humana e acordou híbrida.* —

O que é um híbrido?, me perguntei, tremendo.

Ryder levou a mão à minha nuca, dando um pequeno puxão. Minha atenção imediatamente voltou para ele como se estivéssemos de alguma forma conectados. E talvez estivéssemos. Eu bebi muito do seu sangue.

— Está tudo bem — ele sussurrou, me persuadindo a colocar a bochecha contra sua coxa enquanto ele continuava a me acariciar.

— Você pode ajudá-la na transição de volta? — Eu o ouvi perguntar.

— Sim — o Alfa respondeu. — Mas pode machucá-la.

— Então, não — Ryder falou.

— Tenho uma sugestão — o vampiro de olhos gelados anunciou, se afastando da parede. — Que tal darmos um pouco de privacidade a Ryder e Willow para discutirem o que aconteceu? Talvez ela volte por conta própria. E nesse ínterim, vou tirar uma soneca. A viagem à luz do dia foi bastante desgastante e a inclinação de Ryder por claraboias não está ajudando nas coisas.

— Damien conhece bem a minha ala de hóspedes e pode fornecer a você as acomodações adequadas. — A palma da mão de Ryder parou de se mover na minha cabeça. — Você quer subir para nossa suíte, lobinha?

Só se você concordar em me dizer que tudo isso é algum tipo de sonho confuso, eu queria dizer. Em vez disso, apenas me inclinei para mais perto, me sentindo estranhamente segura ao seu lado. O que era estranho, porque eu conhecia Silas melhor. Nós passamos a maior parte de nossa adolescência e juventude juntos.

Você é um lycan agora? perguntei, olhando para ele novamente. *Um lycan alfa? Isso significa que você ganhou a Copa Imortal?*

Meu coração se partiu um pouco com o pensamento.

Silas tinha conquistado sua imortalidade, enquanto o Magistrado me mandou para os campos de reprodução para morrer.

Mas eu escapei. Lutei. Só para cair nas mãos de Ryder.

Minha atenção voltou para o vampiro real, seu olhar escuro parecendo inexpressivo enquanto eu olhava para ele. Implorei a ele que me explicasse como tudo isso aconteceu, o que significava *híbrido*.

— Damien, mostre a todos os quartos de hóspedes. — Não era um pedido, mas uma exigência. Ryder me soltou e se levantou, dizendo: — E, você, me siga.

Eu não poderia dizer que não mesmo se quisesse, o que não queria.

Ele contornou a cadeira, se movendo com sua autoridade usual. Olhei para Silas, momentaneamente incerta, mas ele gesticulou para eu ir com um aceno de seu queixo.

— Confio que ele não vai te machucar — ele falou baixinho.

Ryder bufou.

— Que cativante.

— Você prefere que eu diga outra coisa? — Silas rebateu. — Talvez eu esteja perplexo sobre o motivo pelo qual minhas duas melhores amigas acabaram tendo vampiros reais antigos como companheiros?

— Quem disse que sou o companheiro dela? — Ryder perguntou, arqueando uma sobrancelha.

— Posso sentir o cheiro — Silas murmurou. — E você olha para ela da mesma forma que Kylan olha para Rae.

Rae está com Kylan? pensei, arqueando a sobrancelha. *Espere, lobos têm sobrancelhas?* Então balancei a cabeça, voltando ao pensamento importante novamente. Como Rae acabou com Kylan?

Ele era um membro da realeza sádico, conhecido por massacrar seu harém.

Ah, Deusa. Rae está bem? questionei, fazendo um som de bufo com meu focinho enquanto eu me concentrava em Silas.

— Agora ela está rosnando para meu companheiro — a Alfa fêmea murmurou.

— Willow — Ryder me chamou. — Vou explicar tudo se você me seguir.

Sim, por favor. Me afastei de Silas e sua... parei, olhando para ele. *Espere, ela acabou de dizer que você é seu companheiro?*

— Willow — Ryder repetiu em um tom de comando.

Certo. Siga-o para conseguir respostas. Tudo bem. Um passo após o outro, cheguei até o fim da escada, então olhei para cima com um bufo. Eu mal conseguia usar minhas quatro pernas em uma superfície plana. Como é que eu ia subir as escadas?

Ryder não pareceu notar, seguindo adiante.

Tentei segui-lo e tropecei, gritando de aborrecimento.

Ele fez uma pausa para olhar para mim, arqueando a sobrancelha com altivez. Em seguida, semicerrou o olhar e voltou ao primeiro andar para me observar de perto.

— Onde está a minha pequena guerreira? Ela morreu durante a transição para híbrido? Porque eu poderia jurar que ela sabia engatinhar muito bem em San José.

Rosnei, irritada. *Sim, ela sabia. Em forma humana!*

— Você vai mesmo deixar alguns degraus te derrotarem? — Ele bocejou como se estivesse entediado. — E eu que pensei que você estava aqui para me intrigar. Talvez eu deva ver se a outra loba sabe subir as escadas.

Isso fez com que minha raiva aumentasse. Ele não ia trazer a outra vadia para cá.

— Esse comportamento é tedioso — ele continuou. — Pare de sentir pena de si mesma e resolva isso.

Resolver o quê?! Eu queria ficar com raiva. *O que é um híbrido? Por que eu tenho quatro patas? Quem são todas essas pessoas? O que você está fazendo aqui?*

— Seu rosnado é uma melhoria, eu acho — ele disse de forma categórica.

Ah, eu mostraria a ele uma melhoria. Me lancei sobre ele e deixei meu instinto de morder assumir o controle.

Ele bateu no meu nariz com dois dedos em resposta.

— Não. Morda.

— Duas palavras que nunca direi a uma mulher — Damien acrescentou enquanto começava a subir as escadas com os outros atrás de si.

— Você diria se a mordida dela quase te matasse — Ryder atirou de volta.

— Eu não diria "quase" — Damien respondeu.

Ryder grunhiu.

— Você disse "quase".

— Disse? — Damien estava no topo da escada agora. — Humm, talvez eu tenha exagerado.

— Vou atirar cinco vezes em você.

Damien suspirou alto.

— Tudo bem.

Olhei para os dois, confusa sobre o que eles estavam falando. Em seguida, uma mão bateu no meu traseiro, uma que não pertencia a Ryder. Me virei e encarei o macho alfa com olhos e cabelos escuros.

— O Ryder tem razão. Pare de sentir pena de si mesma. Ser lycan é uma dádiva. Agora pare de se lamentar e se *mexa*.

Silas parou ao lado dele.

— Me esqueci o quanto te odiei no início da minha transição.

— Você aceitou sua transformação como um verdadeiro alfa. Ela está aqui fazendo beicinho.

— Ela não é alfa — a fêmea comentou. — É mais como beta.

— Ainda forte para uma humana que virou lycan — o macho alfa respondeu. — E, além disso, ela é híbrida. É hora de ela agir como o produto poderoso que é e parar de ficar deprimida.

Talvez, se alguém me dissesse o que está acontecendo, eu não estaria deprimida, pensei e um rosnado saiu da minha garganta.

Ele rosnou de volta. Era um som poderoso e dominador, que me fez dar vários passos para trás e encostar nas pernas de Ryder.

— Um conselho, pequena — o homem disse, aquele estrondo ainda evidente em seu tom. — Nunca desafie um alfa. Você sempre vai perder. — Ele olhou para mim e suas íris escuras cintilaram com poder, exigindo que eu cedesse.

Uma parte de mim sabia que deveria desviar o olhar, uma voz interior que era nova para mim, me dizendo naturalmente que se submeter fazia parte da vida. Mas outra parte exigiu que eu permanecesse de pé, questionando o direito deste lobo de me dominar.

Me senti dividida entre um mundo hierárquico e uma existência predatória.

— Bem, isso é impressionante — o alfa comentou. — Que tal você se apoiar nesse lado mais forte e voltar, então podemos testar esse desafio. — Ele me enquadrou. Sua força era uma presença inebriante que ameaçava me engolir e me forçar a ficar de joelhos.

No entanto, aquela outra metade de mim retribuiu o olhar, incapaz de se curvar.

Não respondo a você. Uma energia zumbia através de mim com a convicção em meu tom interno, minha visão ficou turva com uma névoa cintilante que me lembrou daquele momento entre o sono e a realidade, logo antes de um sonho terminar.

Sim, sim. Fechei os olhos, dando boas-vindas à sensação e permitindo que ela me engolisse por inteiro enquanto meu universo girava do lado certo novamente. Sendo que a superfície dura abaixo de mim me lembrava de concreto frio, não do calor da cama de Ryder.

Por um momento de partir o coração, me perguntei se meu tempo com ele tinha sido uma fantasia. Algo inventado pela minha cabeça para me salvar dos horrores da minha verdadeira existência. Mas eu podia sentir o cheiro da sua loção pós-barba mentolada. A familiaridade era como um bálsamo para meus sentidos furiosos enquanto eu me espreguiçava para afrouxar as articulações rígidas.

— Ryder? — sussurrei. Minha voz soou rouca como se eu tivesse dormido por muito tempo. E talvez tivesse. Esse foi um ciclo confuso de sonhos. Me lembrava vividamente de tudo como se tivesse sido real. O mundo duplo, ainda muito vivo dentro de mim. Os cheiros estavam comigo também. Lycan alfa e vampiro antigo.

Meu nariz se contraiu e lentamente abri os olhos para me encontrar na parte inferior da escada da casa de Ryder, enrolada em uma bola.

Pisquei e olhei para cima para ver o macho alfa dos meus sonhos sorrindo para mim. Ryder estava a poucos metros de distância, com o ombro apoiado na parede.

— Pensei que você havia dito que seu método doeria — ele falou lentamente.

— Teria, se eu a tivesse forçado a se transformar. Mas ela fez isso sozinha — o homem respondeu, ainda olhando para mim. — Tudo porque seu vampiro interior queria desafiar meu lobo. — Seus olhos me avaliaram com interesse. — Estou pronto quando você estiver, querida.

— Ela não é sua para brincar — Ryder o informou.

— Eu não disse que queria — o alfa respondeu.

Silas passou o braço em volta da cintura do outro homem e se inclinou para beliscar o pescoço dele com força, provocando um rosnado do alfa.

— Isso é um desafio, Alfa — Silas disse.

— Protegendo sua amiga, Executor? — o alfa perguntou.

Silas o beliscou novamente.

— Só estou te oferecendo uma combinação melhor.

O doce aroma de laranjas fez cócegas em meu nariz, me fazendo espirrar. Estava vindo de um dos lycans. A fêmea, talvez?

Por que posso sentir esse cheiro?

— Se você está se preparando para brincar em minhas terras, peça a Damien para desligar a segurança — Ryder falou. Ele se abaixou para me pegar em seus braços. — Estarei lá em cima tendo uma longa conversa com minha escrava.

Willow

Claro, *agora* Ryder decidiu me carregar.

Quando não sabia como usar quatro patas e precisava de ajuda, ele não fez nada, mas agora que eu tinha duas pernas novamente e conseguia andar, ele me carregava.

Por mais que eu quisesse dizer algo, não podia, porque pensar em *quatro patas* evaporou qualquer sinal de diversão que a situação pudesse ter.

— Eu sou uma loba — sussurrei, mais para mim mesma do que para Ryder.

— É? — Ryder perguntou. — Eu não tinha percebido.

Olhei para ele.

Ele sorriu de volta.

E de alguma forma, isso aliviou a situação novamente. Ele me carregou para o quarto e chutou a porta com o calcanhar antes de me colocar na cama. Em seguida. ele se inclinou para colocar as mãos ao do meu quadril, me fazendo cair para trás. Ele gemeu em aprovação enquanto se abaixava para tocar sua boca na minha.

— Na verdade, você parece muito humana para mim, Willow — ele disse baixinho, mordiscando meu lábio inferior. Ele piscou e rolou para se deitar de costas ao meu lado com as duas pernas penduradas para fora da cama. Era uma posição quase engraçada e muito no estilo de Ryder.

— Me diga o que aconteceu.

— Isso é uma ordem? — ele perguntou, se mexendo para se deitar de lado com a cabeça apoiada na mão. — Que postura de lobo da sua parte.

Rastejei para trás para me juntar a ele, então me movi para uma posição semelhante. Seu olhar caiu para meus seios, só então me fazendo perceber minha nudez.

— Você já viu isso antes — eu disse. — Agora me diga o que aconteceu.

— Humm — ele murmurou. — Talvez eu ainda esteja intrigado.

— Ryder.

— Willow.

Argh, esse homem!

— Me conte o que aconteceu.

Ele suspirou como se fosse uma grande coisa me informar como me tornei um lobo. Ou um híbrido. Ou seja lá o que for.

— Qual é a última coisa de que você lembra? — ele perguntou baixinho, esticando a mão para colocar uma mecha de cabelo atrás da minha orelha. Seu toque me relaxou quase instantaneamente e seu poder estava em algum lugar entre cativante e aterrorizante. Ele se tornou minha tábua de salvação nas últimas semanas, um farol em um mar de escuridão.

Nada que ele fez correspondeu ao que eu esperava, incluindo esse momento, enquanto ele traçava uma linha do meu pescoço até minha clavícula, me observando com os olhos escuros e hipnóticos.

— Eu me lembro de estar na cama com você — sussurrei. — Acho que adormeci enquanto você estava no chuveiro. Ou talvez você já tivesse tomado banho. Está tudo nublado. Mas me lembro de me sentir mal. Acho que tomei banho também. Havia uma toalha. E comida. Mas ela me deixou enjoada. — Balancei a cabeça. — Eu não sei o que aconteceu depois disso. Só que você estava com raiva. Acho que tentei me desculpar.

— Tentou, mas eu não estava com raiva de você. — Ele segurou minha bochecha novamente e se inclinou para me beijar, seus lábios carnudos e promissores contra os meus. — Eu não conseguia descobrir o que estava te fazendo mal. Foi quando o Damien mencionou a fragilidade dos mortais. Então tentei te transformar.

Meu coração acelerou com suas palavras. *Ele tentou me transformar?*

— Em vampira?

— Não, em morcego — ele falou devagar, mordendo meu lábio inferior antes de se afastar para me dar uma olhada. — Sim, em vampira, escrava. Mas você tentou me morder durante a transformação. Em todos os meus milênios, nunca fui mordido por um lycan. Ou, no seu caso, uma lycan parcialmente transformada. No entanto, teve o mesmo impacto. Fiquei meio fora do ar com a perda de sangue e minha ferida não fechava. Então Damien me nocauteou e nos trouxe para cá.

— Eu... eu te mordi? — Foi isso que ele disse a Damien. Junto com o boato sobre como quase o matei.

— Acho que você estava com fome — ele murmurou, não parecendo chateado. — Quase esgotei seu suprimento de sangue para a transição, então você retribuiu o favor. Infelizmente, não funcionou bem para nenhum de nós. — Ele continuou a se lembrar do que aconteceu, me contando a teoria sobre como fui mordida na noite em que nos conhecemos, como seu sangue me curou temporariamente com sua imortalidade, e como a energia da lua cheia exigiu uma transformação que meu corpo não conseguia suportar. O que levou à chegada de Edon e sua mordida.

— Edon é o alfa de cabelo escuro? — perguntei.

— Sim, ele ascendeu ontem à noite. Luna e Silas são seus companheiros. — Ryder focou em mim por um momento e baixou as sobrancelhas. — Você nunca mencionou Silas.

Não era uma pergunta, mas senti sua inquietação.

— Isso te incomoda?

— Ele afirma ser um dos seus melhores amigos — Ryder respondeu, evitando minha pergunta.

— Ele é. Ele a Rae.

— Por que não me contou sobre eles?

— Eu... — parei. — Não sabia como mencioná-los.

Ele ficou em silêncio, me estudando.

— É difícil falar comigo? — ele finalmente perguntou, sua mão vagando na lateral do meu corpo. — Eu te assusto, Willow?

A pergunta fez meu coração parar de bater. Ele me assustava? Às vezes. Mas uma parte sombria de mim gostava desse medo. Podia ser sensual. Provocante. Revigorante.

Porque, ainda que ele tivesse todas as cartas e sua idade e experiência fossem muito superiores às minhas, eu me sentia conectada a ele de uma maneira que me inspirava confiança.

Talvez não fizesse sentido.

Talvez isso implicasse em uma fratura em meu estado mental.

Mas Ryder me mostrou um tipo estranho de bondade em um mundo dominado pela crueldade.

Ele tentou me transformar, fiquei maravilhada novamente.

— Por quê? — perguntei, mudando a direção de nossa conversa. — Por que você tentou me transformar?

— Porque isso ainda não acabou — ele respondeu, sua voz tão baixa quanto a minha.

— E o que acontece quando terminar?

Ele olhou nos meus olhos. Suas íris escuras brilharam com uma emoção que quase pude provar. Eu só não tinha um nome para isso. Era algo sombrio e possessivo.

— O Edon quer que você escolha. Estávamos discutindo isso quando você acordou.

Outra mudança de assunto, mas esse era o jeito de Ryder. Sempre imprevisível. Sempre reflexivo.

— Escolher o quê?

— O Clã Clemente ou a Região de Ryder — ele sussurrou,

acabando com a distância entre nós. Caí de costas enquanto ele se movia em cima de mim, sua coxa separando a minha. — Ele quer que você escolha uma aliança. Fique com os lycans ou brinque comigo.

Seus cotovelos se acomodaram no colchão, me aquecendo com o calor do seu corpo e provocando um arrepio pela minha espinha. Ele se inclinou para passar o nariz da minha bochecha até a orelha.

— Você quer escolher, escrava? — Ele roçou os dentes no lóbulo da minha orelha. — Devo concordar com a ordem do novo alfa?

Estremeci novamente.

— Isso significa que terminamos?

— Humm — ele murmurou, deslizando seus lábios no meu pescoço. — Não terminamos. — Ele trilhou um caminho do meu pescoço até a mandíbula, então gentilmente mordiscou meu queixo antes de pairar sobre a minha boca. — E podemos nunca terminar, Willow. Minha imortalidade vive dentro de você agora. Para sempre.

— Então eu sou parte vampiro, parte lycan.

— Sim.

— Isso já aconteceu antes? É permitido? — Meu estômago embrulhou com a pergunta e a compreensão se infiltrou lentamente na minha cabeça. — Você quebrou as regras quando tentou me transformar... — *Ah, Deusa. O que isso significa para mim?*

Ele sorriu e seus olhos escuros irradiaram diversão.

— E eu faria de novo — admitiu. — Quanto à sua pergunta anterior, não sei. O Jace parecia familiarizado com os híbridos, já que foi ele quem apontou o que você se tornaria. Terei que perguntar se ele conhece outros.

— Jace? — repeti. — O membro da realeza?

— Você não o viu parado na sala de estar?

Meu coração parou. *Jace* era o vampiro de olhos gelados.

— Ele é... ele é da realeza.

— Estou ciente.

Por que ele não parecia preocupado com isso?

— Eles vão me matar, não vão? — perguntei, meu pulso batendo de volta à vida com uma vingança. — P-por que você faria isso comigo? Me ofereceria a vida apenas para... apenas para...? — Não consegui terminar.

Ele disse algo que não pude ouvir, pois minha cabeça girava com imagens da minha morte iminente. E palavras. Muitas palavras.

Ainda não terminamos, soava em looping.

Não me admira que ele não tenha me dito o que aconteceria quando terminássemos. Minha morte era a resposta. Segurei seus ombros para empurrá-lo para longe, mas ele não se mexeu. Seus olhos escuros continuaram me observando daquela forma frustrantemente curiosa. Como se eu fosse um objeto que o divertisse.

Era exatamente o que ele pensava de mim.

Uma escrava.

Uma coisa.

Uma vida para brincar e jogar fora.

— *Saia. De. Cima. De. Mim.* — As palavras saíram cortadas e em um estranho tom de comando. No entanto, eu também podia ouvir a histeria nelas.

Mas ele não se mexeu.

Na verdade, ele só parecia confuso.

Como ele pode ser tão cruel?

Ele me salvou para me matar.

Tudo para quê? Me comer primeiro? Se aproveitar de mim como uma diversão passageira até que ele ficasse entediado?

Esse era o plano, não era? Me manter por perto até que eu não o *intrigasse* mais.

Tentei empurrá-lo novamente, mas ele era muito pesado. *Argh*!

— Você está com muita raiva — ele comentou e suas palavras

cortaram o caos da minha cabeça. — Por quê? A maioria dos mortais anseia pela imortalidade. Eu deveria ter deixado você morrer?

— Eu *vou* morrer — rebati. E sim, minha voz parecia um pouco mais histérica agora.

Sua testa franziu.

— Não entendo. Você parece muito viva para mim.

— Porque você me transformou em híbrida!

— Exatamente. Então qual é o problema?

Ele estava brincando comigo? Fazendo algum jogo mental?

— Você tinha permissão para me transformar? — questionei.

— Permissão de quem?

— Do Conselho. Da Deusa. Não sei. Quem quer que faça essas concessões. — Se é que existia tal coisa. — Apenas dois humanos recebem o dom da imortalidade todos os anos depois de conquistá-la na Copa Imortal.

Ele zombou disso.

— Que regra ridícula. Eu transformo quem quiser, Willow.

— A que custo? Minha vida? A sua? — Eu quase ri. — Ah, mas eles não vão te matar. Você é da realeza. Isso é contra a Aliança de Sangue. — Ou exigiriam um teste ou algo assim. Independentemente disso, ele ficaria bem. Eu, não.

— É isso? — ele perguntou, pensando por um momento. — Interessante. Mas não, te transformei porque queria que você vivesse. Não teve nada a ver com permissão ou decretos.

— Você entende o que farão comigo?

— Sei o que eles podem tentar fazer, sim. Mas você parece achar que vou permitir, o que não vou. Você é minha, Willow. Terão que passar por mim para tocá-la, e eu lhe garanto, isso não será uma tarefa fácil.

Pisquei. Suas palavras foram como um jato de água fria para meus sentidos.

— Você...? — Eu não tinha certeza do que queria perguntar. Não fazia sentido.

Ele arqueou uma sobrancelha.

— O que tem eu? Você está questionando minha capacidade de mantê-la em segurança? É porque você quase morreu na noite passada? — Ele franziu a testa. — Eu... acho que falhei com você até certo ponto. Eu deveria ter notado os sinais. E admito que fui descuidado quando inicialmente te curei também. Se tivesse avaliado suas feridas com mais atenção, poderia ter notado a marca de mordida.

Ele afastou o olhar e sua expressão pareceu menos confiante.

— Você sente que não posso protegê-la adequadamente? — Ele parecia estar perguntando a si mesmo e não a mim. — Eu... eu ainda posso treinar você e melhorar suas técnicas. Se você confiar em mim para fazer isso. A menos... você prefere os lycans? Prefere aprender mais sobre sua natureza animal e como lutar como uma loba?

Fiquei boquiaberta.

Isso não era um jogo mental, apenas Ryder mais uma vez fazendo o que eu não esperava.

Ele não tinha segundas intenções.

Ele me salvou para fazer exatamente isso – me *salvar*.

E agora ele tinha toda a intenção de garantir que eu sobrevivesse.

Ele até queria continuar a me treinar.

Era o vampiro que mais quebrava regras.

Um membro da realeza que fazia o oposto do que a sociedade lhe dizia para fazer.

Um homem que fazia o que queria, da maneira que queria.

— Você está olhando para mim de um jeito estranho — ele observou com um tom de incerteza. — Não lido bem com demonstrações de emoção, Willow. Se você está prestes a chorar, pare. Não vou conseguir lidar com isso.

Não, eu imaginei que ele não conseguiria. Porque ele pensava com lógica e determinação. Sua maneira de mostrar que se importava era por meio de um comportamento pragmático, como brigar comigo.

Os treinos não tinham sido por ele, por minha forma mortal ser muito lenta para acompanhar sua força e experiência imortal.

Foi para mim.

Para me ensinar como me proteger.

Para me dar uma chance de lutar nesta vida.

Era assim que Ryder demonstrava emoção. Exatamente como quando ele tentou me transformar. Servia como uma resposta prática a um problema, que ele só queria resolver por causa do que sentia por mim.

— Você queria que eu vivesse.

— Sim, eu já disse isso. — Ele franziu a testa. — Os lycans costumam ter boa audição. Talvez o fato de ser híbrida esteja afetando negativamente seus sentidos.

Ele estava sério ao dizer essas palavras, então imaginei que não era piada, mas não pude evitar de sorriso.

— Eu te ouvi.

— Ouviu? Porque eu tive que repetir a parte sobre não permitir que outros te matem também.

Certo, talvez eu não tivesse ouvido essa parte durante meu surto. Mas agora eu entendia. Ele simplesmente não se importava com as regras. Nunca se importou. Eu deveria ter percebido isso antes de perder a cabeça, mas era muito para absorver.

Eu sou uma híbrida.

Imortal.

Meio vampira, meio lycan.

E, de acordo com Ryder, ele não conhece ninguém como eu.

— E agora? — perguntei a ele. — Devo me esconder?

— De quê?

— Do Conselho.

Ele grunhiu.

— Não. Eles que se fodam, assim como as regras.

— Mas o Jace está aqui... e o Edon... — Parei. — Eu não... eu não sei como interpretar tudo isso, Ryder. Preciso entender o que esperar. — Ryder disse que poderia me proteger, e eu acreditava nele, mas também testemunhei seu alcance e controle. Este mundo não era bom para quem quebrava as regras. Vi incontáveis incidentes ao longo dos anos para saber o que fariam comigo se me pegassem.

— O que você pode esperar é que não vou te esconder nem tolerar que alguém me diga quem posso ou não posso transformar. Assim como ignorei as ordens da Lilith em relação à minha liderança. Ela sente que é seu direito mandar em mim. Eu sinto o contrário. — Ele segurou minha bochecha e a parte inferior do seu corpo se acomodou com mais firmeza sobre o meu. — Você é minha, Willow. Os outros que se danem.

— Não é assim tão fácil.

— É, sim — ele respondeu, se inclinando para me beijar. — O que está feito está feito. Não vou mudar isso e, com certeza, não vou permitir que eles matem minha progênie.

— Progênie — repeti, experimentando a palavra.

— Isso é que você é agora, Willow — ele murmurou. — Quase cinco mil anos de vida e só fiz dois – Damien e agora você. Acha mesmo que vou permitir que um conselho cheio de idiotas pomposos dite minhas decisões?

— Não.

— Bom — ele murmurou. — Estamos chegando a algum lugar.

Ele disse algo semelhante na noite em que perguntou o que eu sentia por ele. Na época, eu disse que não sabia. Levei a mão ao seu rosto e olhei para sua boca enquanto considerava a pergunta novamente.

E como você se sente por mim?

— Ryder? — sussurrei. — Acho que sei o que sinto por você agora. — Mas eu não queria explicar com palavras. Ryder preferia e entendia ações. Então, ao invés de elaborar, enrosquei os dedos em seu cabelo e puxei sua cabeça em minha direção.

Eu o desejava como nunca desejei ninguém.

Queria experimentá-lo.

Devorá-lo.

Reivindicá-lo.

Este último era um conceito estranho, levado à vanguarda dos meus pensamentos por um novo desejo dentro de mim. *Minha loba*, percebi inspirando o cheiro mentolado de Ryder.

Humm, mais, minha loba exigiu. Sua presença era forte na minha cabeça. Ela era metade de mim agora, motivada por uma *necessidade* animalesca. Enquanto meu lado vampiro me lembrava Ryder, pragmático e focado.

No entanto, as duas metades estavam prontas para isso.

Ryder me possuiu desde o momento em que nos conhecemos. Sua essência era como uma tábua de salvação que prosperou dentro de mim. Mas era mais profundo que isso. Estávamos ligados em um nível de existência que talvez eu nunca entendesse. Era mais do que a conexão da transformação. Ele tocou meu coração. Meu ser. Minha alma.

Ele se tornou o enigma em meu mundo. Anulou todo o mal, substituindo-o por sua versão do bem. E eu queria que ele fizesse isso para apagar os horrores do meu passado e me dar uma memória para confiar quando os pesadelos ameaçassem tomar conta.

Porque eu me lembrava de tudo agora.

Cada momento brutal dos campos.

A selvageria absoluta.

Lutei com eles a cada passo do caminho, mesmo quando estava drogada. Eu os odiava. Implorei para que parassem. Gritei com ódio para eles. Quebrei todas as regras de decoro imagináveis. Eles me transformaram em uma besta decidida a sobreviver. Eu tinha me esquecido disso, pois o sangue de Ryder era um tipo estranho de antídoto que permitiu que minha cabeça tivesse um momento para curar e selar a dor.

Mas meu despertar trouxe tudo de volta.

Só que, em algum momento, percebi como desligá-la.

Ryder.

Ele se tornou um herói para mim. Sua presença era o bálsamo que eu precisava para curar feridas criadas por outros. Era uma dependência perigosa, um vício que me prejudicaria no final, mas no momento, permiti. E mostrei a ele minha gratidão com a boca e a língua.

Ryder me curou de muitas maneiras, mas me destruiu em outras. Ele destruiu minhas expectativas, reprogramou minhas visões da sociedade e possuiu meu próprio espírito.

Nosso relacionamento não era convencional. Caramba, nem mesmo era um relacionamento.

E eu aceitava isso.

Eu *o* aceitava – este vampiro antigo e seus modos excêntricos.

Meu Ryder.

Ryder

A MULHER ABAIXO DE MIM VIBROU COM UMA MIRÍADE DE emoções. Eu podia provar cada uma delas na minha língua enquanto ela me adorava com um beijo que cativou cada um dos meus sentidos.

Willow falou comigo como ninguém mais fez. Não com a boca, mas com seu corpo e mente. Eu a senti dentro de mim, me possuindo de uma maneira que não me fazia querer lutar contra.

Minha doce escrava virou uma feiticeira, me seduzindo sem tentar e me atraindo para uma teia perigosa de paixão. Ele enredou a nós dois, tecendo nossas vidas para criar um destino sublinhado pela tentação e pela justiça.

Assumi o controle assim que ele começou, testando seus limites e desejo com a intensidade e força da minha boca. Ela retribuiu com a mesma ferocidade, arrastando os dentes pelo meu lábio inferior e me mordendo com uma ordem silenciosa.

— Você está tentando minha besta interior — eu a avisei. — Ela não sabe brincar, escrava.

— Não quero brincar — ela respondeu. — Quero transar. Quero que você apague o toque *deles*. As mãos *deles*. As bocas *deles*. Quero que tudo suma, despareça e seja substituído por você.

Não precisei perguntar a quem ela se referia. Os *lycans*. Grunhi em resposta, não gostando da presença deles entre nós.

— Ah, eu vou apagá-los — prometi a ela. — E quando terminarmos, você não conseguirá nem pensar em trepar com outro imortal sem se lembrar do que fiz com você.

— Prove — ela me desafiou, arqueando o corpo em minha direção.

— Uma provocação perigosa.

— Pare de falar e me coma, *Senhor*.

— Puta merda, Willow — sussurrei. — Onde esse seu lado estava se escondendo?

Ela grunhiu em resposta e a reverberação de seu peito me fez grunhir também. Humm. Eu aprovava. Sim, aprovava mesmo.

Passei meus dentes pela sua mandíbula, indo até a orelha.

— Não vou pegar leve com você, Willow. Lembre-se da sua palavra segura.

— Eu não preciso dela — ela garantiu.

Não, ela não precisaria. Porque agora eu conhecia seus limites. Eu nunca a pressionaria a ultrapassá-los. Nunca a compartilharia. Nem permitiria que outra pessoa a tocasse. Ela pertencia a mim e apenas a mim. E quando terminássemos, ela não iria querer outro também.

Afundei meus dentes em sua garganta, precisando prová-la. Ela gritou, arranhando minhas costas por cima da camisa. Era como se ela estivesse muito ofendida por eu ainda estar vestido. Ri contra seu pescoço, achando graça por minha pequena gatinha selvagem estar totalmente de acordo com minhas expectativas.

— Ryder — ela grunhiu.

Apertei seu seio e então a liberei da minha mordida para poder dizer:

— Tenha paciência.

Ela não concordou. Seus dedos puxavam a camisa enquanto eu colocava meus dentes em seu pescoço, bebendo profundamente em sua veia.

— Humm. — Eu nunca provei um híbrido e achei o sabor agradável.

Seu gemido me encorajou a beber um pouco mais enquanto seu corpo se contorcia debaixo do meu como resultado das endorfinas sobrecarregando seu organismo.

— Pelo menos sabemos que você ainda gosta da minha mordida.

— Quero mais — ela exigiu, arqueando o corpo em minha direção novamente. Minha coxa ainda estava entre as suas, permitindo que minha pequena libertina pressionasse sua boceta contra minha perna.

Um mestre mais cruel teria se movido para impedi-la, mas eu gostei da sensação.

Voltei para o seu pescoço, permitindo que ela sentisse o prazer do meu beijo vampírico mais uma vez. Ela gritou em resposta, cravando as unhas em meus ombros enquanto se esquecia da sua missão de me despir. Ela se esfregou em mim e seu orgasmo foi como uma carícia sensual para meus sentidos.

— Ahhhh — ela gemeu e seu corpo ágil tremeu de forma violenta.

Soltei seu pescoço e coloquei meus lábios em sua orelha.

— Mencionei como os orgasmos podem ser intensos para um imortal? — Passei o nariz ao longo de sua bochecha, inalando o cheiro da sua excitação. Ela me lembrava cerejas – doces e picantes, implorando para ser mordida.

Mordisquei seu lábio inferior, sentindo a respiração ofegante contra minha boca. Ela parecia incapaz de falar, seu corpo ainda zumbia de prazer.

— Pode fazer você se sentir como se estivesse vivendo em um incêndio — acrescentei baixinho, sorrindo quando ela estremeceu. — Queimada viva pela intensidade apaixonada do gozo.

Fiquei de joelhos, ainda montando em sua coxa, e tirei camisa. Seus olhos azuis ficaram aguçados e seu lado animal me admirou com aprovação. Ela umedeceu os lábios e suas pupilas dilataram.

De repente, entendi a preferência de Jace por lycans. Isso nunca esteve na minha lista de desejos, mas ver a loba ganhando vida abaixo de mim despertou um novo mundo de possibilidades.

Willow era resistente.

Corajosa.

Imortal.

E *faminta*.

Seus mamilos endureceram, implorando pela minha língua. Me inclinei para lamber um, depois capturei o outro, sugando profundamente e provocando um gemido de prazer.

Ela passou os dedos pelo meu cabelo, me segurando enquanto pegava o que desejava. Sua mão foi para minha calça e o polegar abriu o botão com habilidade.

Eu a mordi em resposta, punindo-a por tentar definir o ritmo.

Meu nome deixou sua boca em um grito de protesto que terminou em um gemido. Eu queria distraí-la de seu objetivo, mas minha escrava inteligente estava focada. Ela puxou meu zíper, libertando meu pau. Eu raramente usava roupas íntimas, algo que ela descobriu durante nosso tempo juntos.

Ela me acariciou com força, talvez para retribuir o favor da minha mordida. Grunhi contra seu peito, me movendo para o outro para dar a mesma atenção. Ela estremeceu ao sentir minhas presas, com a cabeça inclinada para trás em uma demonstração de êxtase glorioso.

Três mordidas enlouqueceriam uma humana.

Mas minha Willow não era mais humana.

Então a excitação só aumentou, levando-a em direção a outro orgasmo cataclísmico que eu pretendia sentir com meu pau.

Eu a levei ao limite, sentindo seu pulso como uma batida erótica na minha língua. Então a soltei e me afastei da cama. Seu grunhido foi direto para minhas bolas, apertando-as em antecipação da foda que viria.

Porque era isso o que seria.

Eu precisava possuir sua entrada apertada e reivindicá-la tão profundamente que ninguém mais poderia tocá-la lá novamente.

— Se apresente para mim, Willow. Me mostre o quanto você me quer.

Ela me olhou e abriu as pernas em um convite descarado.

— Não foi isso que eu quis dizer — murmurei, tirando a calça. Eu não tinha me incomodado com sapatos ou meias, ficando descalço e nu diante dela. Seus olhos caíram do meu torso até a virilha e suas pernas se abriram ainda mais. — Humm, mas não vou negar que é uma vista deliciosa. — Me arrastei de volta para a cama, morrendo de vontade de prová-la.

Ela gemeu quando minha língua separou suas boceta lisa me deleitei com o sabor do seu orgasmo. Mas me recusei a tocá-la onde ela mais queria, desejando prolongar o momento e intensificar ainda mais sua necessidade.

Eu queria que ela se desfizesse por mim.

Que alcançasse as estrelas e mal tivesse forças para voltar.

Para isso, ela precisava de um empurrãozinho. Apenas o suficiente para provocá-la, sem lhe dar o resultado final que ela ansiava até que eu decidisse que era a hora.

Me acomodei entre suas coxas, provando-a e roçando de leve seu clitóris com os dentes. Ela enroscou os dedos em meu cabelo mais uma vez enquanto tentava ditar minha posição, mas logo descobriu que eu estava no comando. Eu a mordisquei – não onde ela queria – e lambi para fechar a ferida. Então rocei meu nariz até chegar à artéria femoral para sentir o cheiro de seu sangue e a necessidade correndo em suas veias.

Ela estava se contorcendo na cama, com um leve brilho de suor cobrindo a pele macia.

Perfeição.

Passe o nariz por sua coxa, sentindo seu perfume viciante. Ele estava se tornando meu aroma favorito.

Dei um beijo em seu quadril e comecei um caminho sedutor por seu corpo, alternando entre mordidas, lambidas e a pressão suave dos meus lábios contra sua pele super sensibilizada. Ela tinha lágrimas nos olhos – do tipo bom – quando finalmente alcancei sua boca. Então ela me atacou com a língua, cravando as unhas na minha nuca enquanto me devorava.

Serviu como uma reivindicação sutil de controle, algo que permiti, porque era sexy pra caramba. Me apoiei nos cotovelos e dei o acesso que ela desejava. Ela não tinha vergonha do que queria. Suas pernas envolveram meus quadris para me puxar para mais perto da sua boceta necessitada.

Protelei o momento, deslizando meu pau ao longo da sua boceta úmida ao invés de entrar nela. Não era a posição que eu tinha em mente, mas não podia negar a intimidade de tomá-la desta forma pela primeira vez. Não seria a última mesmo. Eu tinha muitas ideias sobre o que queria fazer com ela, e nesse ritmo, duraria uma eternidade.

Eu me sentia faminto por esta mulher.

Insaciável.

Obcecado.

Agarrei seus quadris, segurando-a em uma posição estratégica e entrei só um pouco. Apenas o suficiente para lhe dar um gostinho, para permitir que ela começasse a se aclimatar e para sentir sua necessidade apertar ao meu redor.

Ela era imortal agora, poderia aguentar as estocadas que eu desejava dar, mas havia algo muito gratificante em prolongar nossa união inicial.

Afastei a boca da sua, exigindo sua atenção.

Eu queria ver sua expressão enquanto a estocava, observar sua excitação crescente, ver o lampejo de incerteza e dor e engolir o grito que ela acabaria soltando quando eu realmente começasse a me mover.

Ela não me decepcionou. Suas pupilas dilataram de desejo e confiança. Os pesadelos do seu passado não estavam ali. Eu não teria ficado surpreso se ela os tivesse esquecido completamente, com seu foco apenas em mim.

Sua fome era uma presença palpável que me forçou a estocar um pouco mais rápido do que eu pretendia. No entanto, era infalível, preciso e tudo o que necessitávamos.

— Ryder — ela murmurou elevando os quadris para encontrar os meus.

Olhei entre nós para ver onde nossos corpos se uniam, tirando meu pau quase que totalmente antes de mergulhar de volta. Sorri com seu chiado de dor e surpresa.

— Mais — ela exigiu.

— Você realmente é a escrava perfeita — eu a elogiei, fazendo exatamente o que ela pediu e me curvando para tomar sua boca enquanto ela gritava com o meu impulso mais forte. Eu tinha recuado em nossas aulas de lutas, pois não queria machucá-la. Mas minha doce Willow não era mais frágil. Pelo menos, não nesse sentido.

No entanto, ela se estilhaçaria por mim agora.

Completamente.

Mantive uma das mãos em seu quadril, mostrando ângulo que eu desejava enquanto a outra foi para sua garganta, reivindicando-a.

Ela ofegou, sussurrando meu nome enquanto eu ditava nosso ritmo brutal, empurrando-a em direção a esse limite inevitável.

Suas unhas arranharam minha pele, fazendo uma linha irregular nas minhas costas enquanto se curvava para fora da cama com o corpo à beira do êxtase. Eu podia sentir o gosto, sentir suas paredes apertando em tensão inegável à medida que ela lutava para chegar ao clímax, para se perder no ápice que a esperava. Ela começou a tremer, sua pele se arrepiou, mas o orgasmo inevitável não veio.

Ainda não.

Porque eu o controlava agora.

Ela foi treinada para responder à minha mordida sem perceber.

E eu a provoquei, mordiscando seu lábio, extraindo seu prazer e dor, esperando... levando-a à beira da insanidade... *ali*.

Mordi apenas o suficiente para liberar as endorfinas em seu sangue, então sorri enquanto ela gritava.

Puta merda, tinha valido a pena todo esse tempo, porque ela estava apertando meu pau com força, me obrigando a segui-la em um êxtase arrebatador.

Quando o prazer percorreu meu corpo, foi como uma erupção e provocou uma explosão em uma exibição abrasadora de posse.

Mas não era eu quem a possuía. Ela era minha dona.

Ela me mantinha cativo.

Arrancou de mim o melhor orgasmo da minha longa existência.

Achei que sua boca tivesse me destruído. Eu estava errado. Isso me desfez.

— Puta merda, Willow — consegui dizer em uma expiração. — *Que foda*.

— Sim — ela respondeu. — Quero de novo.

Dei uma risada com o rosto enterrado na curva do seu pescoço enquanto tentava recuperar alguma aparência de controle. De alguma forma, depois de tudo isso, ela conseguiu sair de baixo de mim. E nem pareceu notar.

Eu teria ficado impressionado se não estivesse tão chocado.

Esta mulher me consumiu inteiramente. E eu não conseguia nem ficar chateado. Não depois *disso*.

Rolei um pouco, puxando-a para mim. Então dei um tapa no seu traseiro.

— Monte em mim. Preciso de um minuto.

Ela se sentou e seus seios balançaram enquanto obedecia.

O fato de ela se mover com tanta facilidade me disse que eu

tinha muito mais trabalho a fazer, porque ela deveria estar tão exausta quanto eu.

Tudo bem, escrava. Aceitei o desafio com um impulso sutil para cima. *Prepare-se para se despedaçar... de novo.*

Isso levaria o dia todo. Talvez a semana toda. Ainda bem que tínhamos tempo. Os outros teriam que esperar.

Willow

ME INCLINEI SOBRE A CAMA, COM AS PERNAS ABERTAS QUANDO Ryder entrou em mim por trás.

— Ah — gemi, dolorida por causa dos últimos dias na cama. Ou já fazia uma semana? Eu realmente não sabia. Só tínhamos saído algumas vezes para pegar comida e água na cozinha.

Os outros nos deixaram em paz.

Ou foi o que Ryder disse. Algo sobre eles voltarem mais tarde. Talvez hoje.

Seus dentes roçaram meu ombro, me puxando de volta para ele.

— Se incline mais.

Fiz o que ele pediu e coloquei o braço ao redor do seu pescoço, curvando meu corpo para fora da cama. Ele gemeu em resposta e sua mão deixou meu quadril para segurar meu peito. Então ele começou a me penetrar, fazendo meu mundo tremer com a força das suas estocadas.

Doeu da melhor maneira, deixando-o marcado dentro de mim e queimando a presença de todos aqueles que vieram antes dele.

Isso era exatamente o que eu precisava para me curar.

Cada vez que eu fechava os olhos, via olhos escuros como a meia-noite, não íris verdes.

Meus pesadelos foram afugentados por sonhos muito reais

com Ryder entre as minhas pernas, me levando ao êxtase. Alguns não eram sonhos, mas eventos verdadeiros. Outros, pensei que poderiam ser fantasias que eu ansiava que ele realizasse. Como esta. Era quase bom demais para ser real, mas o grunhido em meu ouvido me disse o contrário.

— Empurre seus quadris para trás, Willow — ele exigiu. — Sim. Assim mesmo, escrava. Bem assim.

Gritei de prazer, meu corpo se rebelando depois de tantos orgasmos. Mas Ryder era um amante exigente. E eu não gostaria de outro jeito.

Ele estocou em mim em um ritmo selvagem e doce, acessando aquela parte dentro de mim que só ele parecia capaz de tocar. Comecei a gozar, sentindo a pressão se tornar muito forte. Sua mão deixou meu seio, deslizando pelo meu torso até o clitóris. Ele pressionou o polegar na minha pele, acariciando de uma maneira que não pude ignorar quando suas presas morderam meu pescoço.

— Ryder! — gritei. Meu universo entrou em colapso sob um tremor tão violento que perdi a visão. Eu o ouvi gemer enquanto seu sêmen jorrava quente dentro do meu corpo, me levando ao ápice com seu próprio prazer e me fazendo estremecer com outra rodada de terremotos orgásticos. Foi um delírio feliz, uma existência diferente de qualquer outra que já conheci. Tudo por causa de Ryder e suas mordidas eufóricas.

Ah, mas era mais do que isso.

Era ele. Sua habilidade. Sua determinação. Sua força. Sua dominação. Tudo nele. Eu estava totalmente perdida. Totalmente reivindicada. Uma verdadeira escrava, querendo sentir esse prazer dia e noite.

Meu peito queimava e a respiração estava ofegante quando Ryder me puxou para seus braços e me carregou para o box amplo. Ele me colocou sentada num banco, o que me fez ficar no nível de seu pau duro. Me inclinei para frente, colocando-o em minha boca e gemendo com o gosto das nossas excitações misturadas. Ele xingou, enfiou os dedos no meu cabelo e foi mais fundo.

— Não pare de fazer isso até eu mandar — disse.

Quase ri. Como se eu fosse parar. Eu estava viciada no gosto dele. No nosso gosto. Só queria ficar na cama com ele para sempre. Ou neste chuveiro.

Ele estendeu a mão para ligar a água, o jato caindo como chuva. Fechei os olhos enquanto o sugava.

— Puta merda, eu adoro isso — ele disse, entrelaçando os dedos no meu cabelo para me segurar enquanto se enrolava em torno de mim de cima. A água desapareceu, seu corpo bloqueando-a e me permitindo abrir os olhos novamente.

Eu o encontrei apoiado acima de mim com o antebraço contra a parede, e seu corpo, uma exibição de músculos firmes e força. Isso me fez querer lambê-lo, algo que fiz várias vezes nos últimos dias. Ele disse que era o animal dentro de mim, mas eu tinha certeza de que não tinha nada a ver com minha loba e tudo a ver com desejo natural. Ryder tinha o tipo de corpo que deveria ser adorado, e era isso que eu fazia.

Ele grunhiu enquanto eu o levava mais fundo. Sua mão continuava no meu cabelo e ele permanecia apoiado na parede. Me senti enjaulada por um homem quente e sensual. Cercado por seu perfume inebriante. Reivindicada por seu pau alojado no fundo da minha garganta.

Não queria que isso acabasse demonstrei meu desejo ao usar todos os talentos que aprendi e combiná-los com o que eu sabia que ele gostava. Segurei suas bolas, usei o polegar para massagear a base do seu pau e estabeleci um ritmo para deixá-lo louco.

Funcionou.

Ele murmurou algo sobre nunca ter o suficiente de mim e seu corpo tensionou com uma necessidade que não deveria ser possível, dadas as nossas últimas horas na cama. Mas ele era insaciável, sua resistência era impressionante.

— Droga, Willow — ele murmurou, a cabeça de seu pau

batendo no fundo da minha garganta. — Você vai me fazer gozar de novo nessa garganta.

Gemi em aprovação, acariciando-o com a língua e a boca.

Não importava quanto tempo levasse, meu objetivo de satisfazê-lo era inabalável.

Parte de mim percebeu que fiquei louca de desejo por ele, perdida neste casulo de felicidade sensual que ele evocou ao nosso redor. Eu me recusava a lutar contra isso. Porque, pela primeira vez na minha vida, eu estava me divertindo.

Ryder me fazia sentir viva. Feliz. Querida.

Uma combinação bizarra, especialmente porque eu estava sentada em uma posição muito inferior, mas senti a reverência na maneira como seu polegar acariciou o espaço sensível atrás da minha orelha. Ele segurou meu cabelo com força, mas garantiu que eu pudesse sentir sua admiração.

Seu pau começou a pulsar na minha boca e seus músculos abdominais tensionaram, me dizendo que ele estava perto de entrar em erupção. Eu o suguei durante os tremores iniciais, persuadindo-o a me dar tudo e perder o controle por um momento.

— Willow — ele gemeu e seu corpo começou a tremer. E então o senti na minha língua, quando sua essência salgada fluiu para o fundo da minha garganta.

Os tendões de seu pescoço se contraíram e seu rosto era uma bela máscara de êxtase furioso. Humm, eu amava este momento. Sua vulnerabilidade e prazer eram um presente inebriante que eu apreciava.

Ele grunhiu, deliciando minha loba interior. Foi seguido por um xingamento e, eventualmente, elogios. Ryder me chamou de sua doce escrava enquanto passava os dedos pelos meu cabelo e continuava a me proteger da água.

— Você me destruiu — ele se maravilhou, com uma nota de admiração em seu tom. — Venha cá. — Seu toque desceu para o meu queixo, um leve aperto me fez soltá-lo e então ele me guiou para cima. Gemi quando ele capturou meus lábios. Sua língua era uma carícia que me abriu completamente. Ele me puxou para baixo da água, me beijando enquanto o jato quente lavava a evidência do nosso tempo na cama. No entanto, eu ainda podia sentir seu cheiro, sua essência mentolada para sempre embutida em minha pele.

Eu ainda não entendia tudo sobre ser híbrida – caramba, eu mal entendia como me tornei uma – mas todas as minhas preocupações desceram pelo ralo enquanto ele me abraçava.

Ele me contou como o processo de transformação dos lycans geralmente funcionava. Assim como me explicou a transição de vampiro. Tecnicamente, não tinha passado por nenhum dos dois na íntegra, mas sim, experimentei uma mistura complicada entre os dois.

No entanto, eu era imortal. Mas Ryder alegou que eu era mais forte do que um recém-nascido, já que a magia de sua linhagem antiga estava dentro de mim e que a mordida de Edon trouxe à vida.

— *Vamos lidar com isso juntos* — Ryder me garantiu.

Acreditei nele.

Nos acariciamos e nos beijamos durante o banho. Ele espalhou shampoo no meu cabelo e me ajudou a enxaguá-lo. Tentei fazer o mesmo por ele, mas como ele era muito mais alto, não consegui. Ele riu quando fiquei na ponta dos pés para tentar verificar se seus fios escuros estavam com espuma. Então ele segurou meus quadris e me puxou contra si. Sua ereção era como uma marca contra meu ventre.

Eu estava prestes a falar quando ouvi uma voz profunda nas proximidades. Meu nariz se contraiu. Era o cheiro de Damien – canela e especiarias, algo que minha loba reconheceu mais do que eu.

— O que foi? — Ryder perguntou com os lábios perto dos meus.

— Damien — sussurrei e meu nariz se contraiu novamente.

— De repente, senti o cheiro de sua colônia. — Havia outro cheiro com ele. Funguei, tentando identificar a fonte. *Amadeirado com um toque de canela*, pensei. *Rico. Masculino.* — Ele está com outra pessoa.

— Jace — Ryder murmurou. — Damien enviou uma mensagem no início desta noite dizendo que ele e Jace voltariam.

— Voltariam? — repeti. — Quando eles partiram?

Ryder sorriu.

— Estou considerando sua falta de consciência como um elogio, escrava. — Ele mordeu meu lábio inferior. — Eles partiram há sete dias. Assim como seu amigo lobo e os companheiros. Todos eles estão voltando hoje.

— Ah. — Não admira que a casa estivesse tão silenciosa. Eu não tinha pensado muito em todo mundo, pois estava consumida por Ryder. Mas agora eu percebi o quanto fui descuidada. — Eu quero falar com o Silas.

— Imagino que sim — Ryder concordou, roçando um beijo em meus lábios. — Você também precisa de um pouco de sangue. — Ele apoiou a palma da mão na minha nuca e seu polegar acariciou meu pulso. — Me alimentei bastante esta semana. Você, não. Vou esquentar um pouco para você.

— Sangue? — repeti, franzindo o nariz.

Seus lábios se curvaram em um meio sorriso.

— Você é metade vampira agora, pequena. Híbrida ou não, sangue é um alimento básico.

— Não estou com sede.

— Está, sim — ele contestou. — Você vai entender quando sentir o cheiro.

Não concordei, mas escolhi seguir adiante. Ele me secou com uma toalha, em seguida, pegou uma calça jeans e um top para eu usar enquanto se vestia com jeans e uma camiseta. Nós dois permanecemos descalços, com os cabelos ainda molhados enquanto caminhávamos escada abaixo para encontrar Damien na cozinha.

Ele estendeu uma caneca para Ryder e seus lábios se curvaram em um sorriso provocador.

— Admita. Você sentiu falta de sexo.

Ryder resmungou e pegou a caneca dele, em seguida, me entregou.

— Sinta o cheiro disso — ele me disse. Fiz uma careta, mas inalei o aroma e gemi de desejo. — Beba.

Sangue. Como ele sabia que eu estava com fome quando não estava? Em vez de perguntar, tomei um gole da xícara e gemi com o sabor na minha língua.

— Espere até experimentar fresco de uma veia — Damien comentou.

Franzi a testa, incerta sobre esse tema.

Mas ele não estava esperando minha resposta. Seu olhar estava em Ryder.

— Uma semana de sexo foi o suficiente para compensar um século de celibato? Ou você precisa de mais tempo?

— Sua preocupação com minha vida sexual é tocante, Damien.

— Um século de celibato? — uma voz profunda perguntou atrás de mim. — Por que você se entregaria a tal desolação?

Ryder suspirou.

— Vocês são jovens demais para compreender o significado do tédio.

— Ele culpa a idade — Damien colocou.

Jace deu um passo para o meu lado e sua presença fez meu coração acelerar no peito. Eu tinha visto fotos dele na universidade. A maioria das mulheres o achava devastadoramente bonito, várias desejando entrar em seu harém.

Nunca desejei tal posição, mas não podia negar suas belas feições. Ele tinha um apelo aristocrático que caía bem em sua elegância real, tornando seu título ainda mais apropriado. E estando tão perto dele, eu podia sentir o poder e a energia que irradiava de seu ser.

Isso me deixou menos interessada na minha caneca. Ele apoiou a mão nas minhas costas enquanto eu me movia para ele. Sua presença era como um escudo imediato de proteção que me permitia sentir em paz mais uma vez.

— Ela deve ser bem feminina — Jace murmurou. — Para quebrar sua onda de tédio, quero dizer.

— Ele não compartilha — Damien comentou. — É por isso que fiquei com seu harém.

— Ah, isso faz mais sentido agora — Jace respondeu. — E uma pena a falta de compartilhamento. Eu nunca provei uma híbrida.

Estremeci com a maneira com que ele disse isso. Seu tom era uma carícia sensual que parecia estranha aos meus sentidos. Não era errada, só não era certa também. Ryder beijou minha têmpora e tirou minha caneca quase vazia de mim.

— Aqui, faça algo de útil — ele disse a Damien, entregando-a a ele. Em seguida, emoldurou meu rosto e me puxou para si, reivindicando minha boca com a sua em uma demonstração de dominação que me deixou sem fôlego e tonta junto a ele. Seu braço envolveu minha cintura para me manter em pé enquanto a mão na minha bochecha se movia em meu cabelo para inclinar minha cabeça de acordo com sua preferência.

Estremeci, dominada por sua súbita exibição de posse. No entanto, me agarrei a ele como se fosse minha tábua de salvação. Meus dedos apertaram sua camisa enquanto eu lutava para beijá-lo com a mesma ferocidade com que ele me beijou.

Um bipe tocou, seguido por Damien limpando a garganta.

— Mais sangue, *Senhor*.

Ryder sorriu contra a minha boca e seu braço permaneceu ao meu redor enquanto ele soltava meu cabelo para pegar a caneca novamente. Desta vez, ele tomou um gole, com os olhos nos meus o tempo todo, prendendo meu foco. Quando ele alcançou o fundo da caneca, a colocou de lado e me beijou novamente.

Chupei o sangue da sua língua e minha besta interior se deleitou com o sabor. Ele gemeu em aprovação.

— Ela tem um gosto divino — Ryder disse, com os olhos nos meus. — E o Damien está certo. Eu não compartilho. — Ele mordeu meu lábio inferior, depois lambeu o ferimento, deixando sua marca clara.

Minha loba se animou e seus instintos assumiram enquanto eu repetia sua ação, tomando seu lábio entre meus dentes e mordendo. Foi tão natural que não pensei nas repercussões até que Ryder grunhiu.

Levantei o olhar depressa, com o coração na garganta.

Ops.

Willow

— O QUE EU DISSE SOBRE MORDER? — RYDER PERGUNTOU E seus olhos escuros cintilaram com uma promessa sensual.

— Minha loba reagiu — sussurrei.

— Humm.

— Tecnicamente, não era uma regra — acrescentei lentamente, me referindo ao seu comentário sobre "Sem mordidas" da semana passada.

— Estava implícito.

— Mas não há regras — eu o lembrei, me sentindo um pouco mais ousada do que provavelmente deveria.

Ele me observou enquanto lambia o sangue de seu lábio. A ferida que provoquei era uma marca pronunciada em sua boca que fez minha loba interior se envaidecer. Me acostumei com a presença dela na semana passada, algo sobre o sentimento animal dentro de mim, como se eu sempre estivesse destinada a tê-la ali.

A vampira era um pouco diferente, criando uma guerra na minha cabeça. Essa parte de mim estava mortificada por eu tê-lo mordido de forma tão descarada, especialmente porque a ferida não estava cicatrizando como deveria. Ele me disse como minha mordida o machucou antes, então eu deveria saber que não tinha que afundar meus dentes nele.

Só que ele não parecia chateado comigo por isso.

E minha loba se recusava a se desculpar também.

Lambi meus lábios, sentindo meu sangue ali. Mas a pele já estava sarando.

Damien estalou os dedos ao nosso lado, me fazendo estremecer.

— Chega de se exibir. Nós demos uma semana para vocês treparem. Agora preciso do seu foco.

Ryder olhou para ele lentamente.

— Eu precisava de mais de uma semana.

Damien revirou os olhos.

— Você tem a eternidade agora, certo?

— Eternidade com uma mulher — Jace considerou. — Imagino que se você fosse escolher uma, uma híbrida seria adequada.

Ryder finalmente me liberou para enfrentar o outro membro da realeza.

— Seu novo soberano não assumiu uma *Erosita?*

Jace sorriu.

— Então você tem prestado atenção.

— Eu disse que sim — Damien o interrompeu. — O Ryder gosta de bancar o recluso, mas vê a tudo.

— O que mais você disse a ele? — Ryder perguntou, seu foco ainda em Jace.

— O suficiente — Damien admitiu.

— Ele me mostrou os dados que vocês dois coletaram nas últimas semanas na Região de Silvano. Você estava certo sobre a falta de sangue.

— E? — Ryder pressionou.

O silêncio caiu.

Olhei ao redor e vi Jace encarando Ryder com aqueles olhos azuis frios que não revelavam nada. Era uma experiência um tanto surreal poder estudá-lo pessoalmente. A ex-humana em mim exigia que eu caísse de joelhos em subserviência, mas minha loba se recusou. Enquanto isso, minha vampira estava... em conflito.

Senti como se tivesse três personalidades lutando dentro de mim – meu eu do passado contra as duas que compunham meu presente.

— Você está certo sobre a nossa necessidade de agir mais cedo ou mais tarde — Jace disse depois de um instante tenso. — Silvano não era o único da realeza com inclinação para a gula. Embora minha região seja autossustentável, ela não permanecerá assim se eu precisar começar a compartilhar meus recursos com outras pessoas.

— Que é o que vai acontecer — Ryder acrescentou.

— Concordo. A Lilith não permitirá que seus favoritos morram de fome. — Ele colocou as mãos nos bolsos da calça preta do terno impecável. — Falando nisso, tive uma conversa interessante com ela outro dia. Ela queria saber o que penso sobre o seu domínio.

— É mesmo? — Ryder perguntou, parecendo achar graça. — E o que você disse a ela?

— Bem, primeiro perguntei como ela sabia que eu estava em sua capital.

— Ela te contou?

— Fugiu da pergunta.

— Claro.

— Eu achei um pouco interessante, já que Damien fez um trabalho bem decente em manter minha presença escondida enquanto estávamos aqui — Jace comentou. — Mas tenho certeza de que vocês dois podem lidar com esse problema.

— Podemos — Damien confirmou, olhando para Ryder. — Posso ter usado sua presença como um teste.

Ryder acenou com a cabeça.

— É o que eu teria feito.

— Eu sei.

— De qualquer forma — Jace continuou —, eu disse a Lilith que considero sua liderança pouco convencional. Ela entendeu que isso significava que eu a desaprovava.

— Imagino — Ryder falou lentamente.

Jace sorriu.

— Ela perguntou se eu a ajudaria a votar contra você na próxima reunião do conselho.

Ryder deu um passo para trás e seu ombro bateu no meu enquanto ele relaxava no balcão atrás de nós. Ele imitou a pose de Jace enfiando as mãos nos bolsos.

— Não sabia que a minha posição estava em votação.

— Ela parece pensar que sim — Jace respondeu.

— Fascinante. — Ryder olhou para Damien. — Talvez devêssemos convidá-la para uma visita. Parece que a Deusa precisa de uma lição sobre superioridade.

— Vou trabalhar para arranjar isso — Damien concordou, me fazendo tremer.

A Deusa não era uma imortal que eu queria conhecer. Fui ensinada a orar por ela, temê-la e adorá-la, tudo de uma vez.

— Ryder — sussurrei.

Ele passou o braço ao redor da minha cintura novamente, me puxando para ele.

— Ela não vai tocar em você — ele prometeu, beijando minha têmpora.

Ryder falou com tanta convicção que eu queria acreditar nele, mas a ex-humana em mim não relaxou nem um pouco.

Ele está convidando a Deusa para uma visita depois de me transformar ilegalmente. Isso não pode dar certo...

Mas antes que eu tivesse a chance de expressar minha preocupação, os alarmes do sistema dispararam. Ele me soltou para ir até o painel ao lado da geladeira − que, por acaso, estava atrás de Jace − e mexeu nas telas com facilidade. Jace se moveu para ficar ao meu lado enquanto Ryder digitava uma série de códigos.

Me movi de forma desajeitada para o lado, o que provocou um sorriso divertido em Jace.

— Não se preocupe, lobinha. Não vou te morder.

— Ela não é sua para flertar — Ryder o interrompeu, de costas para nós.

— Isso não foi um flerte — Jace respondeu, voltando seu olhar gelado para Damien. — Ele está mesmo sem prática, não é?

— E suspeito de que ele continuará assim, já que parece favorecer a monogamia no momento — Damien murmurou, estremecendo.

— Os lobos estão aqui — Ryder disse, ignorando os dois.

— Monogamia? — repeti em um sussurro.

Os três homens me olharam, mas foi Jace quem falou:

— Acho que seria um conceito estranho para alguém criado neste ambiente.

— É um conceito estranho para mim e vivi um milênio — Damien murmurou.

— Verdade — Jace concordou.

Ryder grunhiu para eles e se moveu para me puxar para seus braços novamente.

— Ignore-os. Eles estão provocando a mim, não a você.

Eu já havia entendido esse aspecto da conversa. Eu simplesmente não entendia o motivo. Então perguntei a ele:

— Por quê?

Ele apenas balançou a cabeça.

— Eles acham que aceitei você como minha companheira.

— Achamos? — Damien zombou. — Você a escolheu há um mês. Ou você achou que aquele lugar que eu te levei em San José para o ritual foi apenas uma coincidência? Vi sua decisão a um quilômetro de distância.

— Não vamos discutir isso agora. — O tom de ordem estava nítido na voz de Ryder, fazendo com que Damien cedesse com um aceno de cabeça. — Vamos cumprimentar os lobos. Quero saber como foi a inquisição de Edon.

A mão de Ryder encontrou a minha. Seu aperto era reconfortante enquanto ele me conduzia em direção à porta da frente. Silas estava do outro lado, com o ombro apoiado na parede de tijolos da casa. Edon e Luna estavam ao seu lado.

Foi a primeira vez que realmente *vi* meu velho amigo e entendi o que sua presença significava. Eu realmente não pensei muito antes de agir.

— Silas — falei, soltando Ryder para alcançar meu velho amigo. Ele se desencostou da casa para me envolver em um abraço. Seu cheiro era refrescante, novo e estranhamente reconfortante. Isso me lembrou de um novo dia. O que era apropriado, considerando seu novo começo.

— Você ganhou a Copa.

— Ganhei — ele respondeu com seus braços fortes e resistentes ao meu redor. — Caramba, é bom te ver de novo. Sei que te vi há uma semana, mas não parecia real. Agora, sim.

— Sei o que você quer dizer — sussurrei.

Caímos em um silêncio confortável, abraçados enquanto nossa história florescia entre nós, culminando em um lindo momento de conclusão.

— Ainda estamos vivos, S.

— Sim, estamos, W — ele respondeu, sabendo exatamente o que eu quis dizer. — E a Rae também.

Meus olhos se encheram de lágrimas e, pela primeira vez, não eram de tristeza ou dor. Dor e tristeza foram o que nos trouxeram a este momento e nos permitiram viver de verdade.

Passamos por um inferno juntos.

E sobrevivemos.

Finalmente.

Seu aperto aumentou e suas emoções rivalizaram com as minhas. Enterrei meu rosto em seu pescoço, inspirando seu cheiro enquanto ele fazia o mesmo comigo. Nossos lobos eram estranhos um para o outro, mas, ainda assim, minha besta conhecia a dele. Senti isso em minha própria alma. Talvez porque o seu companheiro tenha me transformado. Ou talvez porque esse fosse o nosso destino o tempo todo.

Mas trabalhamos muito para este momento.

Muitas vidas foram perdidas.

Muito sangue foi derramado.

Muita. *Dor.*

Estremeci contra ele. Aquele momento estava sendo mais poderoso do que eu poderia ter imaginado. E só quando nos separamos é que percebi que estávamos do lado de fora sozinhos. Os outros nos deram este tempo, permitindo que nossos corações se partissem e se curassem sem seus olhares intrusivos, e me senti grata a eles por reconhecerem essa necessidade.

Silas segurou meu rosto e apoiou sua testa na minha.

— Você não tem ideia de como fiquei agoniado ao vê-los levar você embora naquele dia. Você deveria ter ficado conosco. Não nos campos. E depois da filmagem... eu... — Ele ofegou e a culpa estava expressa em cada linha de seu rosto.

— Você não poderia ter feito nada, Silas. Nós dois sabemos disso.

— Mas isso não significa que seja menos verdadeiro. Merda, Willow, o que eles fizeram com você... — Ele parou de falar novamente e raiva e tristeza vibraram em suas feições. — *Puta merda.* Quero matar aquele cretino de novo.

Fiz uma careta para ele.

— Que cretino?

— Aquele que te mordeu — ele disse entre os dentes. — Arranquei a cabeça dele.—

Fiquei boquiaberta.

— *O quê?*

— Passei doze horas garantindo que ele sentisse toda a agonia que você expressou naquelas filmagens antes de acabar com ele.

Sua declaração saiu com um rosnado baixo. Seu lobo rugiu pelos olhos azuis e me permitiu ver o alfa que ele se tornou.

Este homem, aquele com quem cresci, se tornou um imortal

letal. E esse conhecimento me fez sorrir. Porque era perfeito para ele.

— Ser lycan cai bem em você — admiti, balançando a cabeça. — Deusa, você pode acreditar que esta é a nossa vida? — Eu tinha ouvido o que ele disse sobre o lycan que me mordeu, entendi que ele estava morto, mas essa verdade não era nada em comparação à alegria que florescia em mim com a nossa *existência*. — Conseguimos, Silas — eu disse, sentindo o desastre emocional de novo. — Nós... nós conseguimos...

Ele me puxou para outro abraço, me segurando enquanto eu chorava. Toda a miséria da minha vida anterior se derramou em uma onda de agonia que se construiu dentro de mim por tantos anos.

Todos aqueles testes.

Aqueles cursos.

Todas aquelas porcarias de jogos.

Para finalmente – *finalmente* – nos tornarmos superiores.

— Eu sempre disse que conseguiríamos — Silas sussurrou.

— Você disse mesmo — concordei. — E estava certo.

Eu o abracei com tanta força que jurei ter ouvido algo chiar dentro dele, mas ele não me pediu para parar. Em vez disso, ele me abraçou enquanto minhas emoções pareciam estar em um ritmo caótico que desisti de controlar.

Fúria. Alívio. Tristeza. Perda. Alegria.

— Estou descontrolada — sussurrei, rindo um pouco.

— Eu entendo — ele respondeu.

E eu sabia que sim.

Provavelmente, horas se passaram enquanto estávamos do lado de fora, nos abraçando como se nossas vidas dependessem disso. Durante anos, fomos forçados a engolir nossas emoções, a nos levantar e lutar ou morrer tentando.

Nunca tínhamos experimentado a paz. Até agora. Até este momento. Éramos apenas nós, respirando ar fresco, com nossos corpos mais vivos que nunca.

— Eu te amo — sussurrei para ele. — Sabe disso, não sabe? — Eu nunca tive permissão para admitir isso em voz alta, mas o sentia em meu coração e sabia que era verdade. Ele era meu amigo mais antigo. Minha única família.

— Eu também te amo — ele sussurrou de volta. — E a Rae também.

— E a Rae também — concordei. Eles eram meus irmãos. Meus companheiros de vida. Meu mundo.

Até Ryder aparecer e criar morada dentro de mim. Um novo lugar seguro. Um novo estado de ser.

— Mas não diga isso na frente do Kylan — Silas acrescentou. — Ele é possessivo com sua *Raelyn*.

— Kylan — repeti, me lembrando do que ele disse outro dia. — O que você quis dizer sobre a Rae estar com ele? E desde quando ela atende por Raelyn?

Silas deu uma risadinha.

— Ah, é uma história e tanto — ele disse, balançando a cabeça e aliviando o aperto.

— Uma história tão boa quanto você se tornar um lycan e acasalar com dois alfas? — perguntei a ele, arqueando uma sobrancelha enquanto ele recuava.

Suas bochechas ficaram vermelhas quando ele estendeu a mão para segurar a nuca.

— Bem... podem ser igualmente boas.

— Então comece a falar — eu disse a ele. — Quero saber de tudo.

Ele riu novamente e passou o braço em volta dos meus ombros.

— Tudo bem, W. Vamos começar com o Kylan e a Rae. — Ele começou a me levar de volta para casa. — Tudo começou quando Rae decidiu morder um vampiro real.

— Sei um pouco sobre como é isso — admiti, pensando no lábio de Ryder.

— Na frente de todo o conselho e da própria Lilith?

Parei de andar.

— Ela não...

— Ah, foi o que ela fez — ele me assegurou. — Eu tinha certeza de que ela ia morrer, mas o Kylan a escolheu para seu harém.

Fiz uma careta.

— Depois da Copa Imortal?

— Ela não foi para a Copa Imortal. — Ele me conduziu até a porta. — Acho que devo começar do início.

— Isso seria útil.

Ele contraiu os lábios.

— Bem. Era uma vez...

Ryder

MEU LÁBIO AINDA ARDIA HORAS DEPOIS, ME FAZENDO LEMBRAR da presença de Willow, embora ela estivesse na outra sala com seu velho amigo.

— É normal que uma mordida de lycan demore tanto para cicatrizar? — perguntei a Jace, que se sentou em meu escritório com as pernas cruzadas.

Ele pareceu se divertir com a pergunta.

— Geralmente, leva mais tempo.

— Humm. — Bem, pelo menos eu sabia o que esperar daqui para frente. — É por isso que não devemos brincar juntos.

— Mas o perigo é inebriante, não é? — Seu olhar era de reconhecimento. — Faz você se sentir vivo.

Ele não estava errado. Eu gostava de saber que Willow poderia se segurar contra mim. Pelo menos sutilmente. Trabalharíamos em suas habilidades para torná-la uma oponente. Então eu realmente gostaria de brincar com ela.

— Também somos mais difíceis de atrair — Edon interrompeu, parecendo entediado. — Veja esta conversa, por exemplo. Estou totalmente entediado com isso enquanto vocês dois parecem bastante animados.

Olhei para o alfa, achando graça.

— Você vai ficar — decidi em voz alta. E não apenas porque ele me trouxe a cabeça do lycan que atormentou minha Willow.

Suas íris escuras brilharam para mim, me avaliando.

— Ainda vai ser determinado.

Meus lábios se curvaram, me divertindo com sua brincadeira. O alfa tinha coragem de me desafiar assim.

— Você vai aprender — rebati.

Ele deu de ombros, então olhou para Jace.

— Temos menos de três semanas até a próxima reunião do conselho. Estou assumindo que a natureza de Willow não permanecerá em segredo por muito mais tempo. Então, qual é o nosso plano?

— Por que ele é o líder? — interrompi.

— Porque é nele em quem mais confio nesta sala — Edon respondeu sem olhar para mim.

Era uma avaliação justa, embora arriscada.

— E o quanto você conhece o Jace? — perguntei.

— Minha reputação não está em debate aqui — Jace murmurou. — E não sou o líder, Ryder. Mas o Edon está certo. Precisamos discutir nossa atuação para a reunião do conselho.

— Voto para não irmos — sugeri. — É uma perda de tempo com um monte de idiotas pomposos que só querem se sentar e debater o melhor método para matar a humanidade. Vou passar.

— Você tem que comparecer se quiser solidificar sua posição na realeza.

— Eu já assumi essa posição — apontei. — A Lilith é bem-vinda para nomear um novo membro. Vou matar o oponente e permanecer no comando. — Olhei para Jace. — Honestamente, o que ela vai fazer? Ela é uma criança comparada a mim.

— Ela subjugou o Cam — Jace disse de forma solene.

— Foi o que ela disse? — rebati. — Ou ele se escondeu voluntariamente para jogar o jogo longo? — Nós dois sabíamos que ele ainda estava vivo. E embora eu não fosse seu maior fã, podia admitir que sua afinidade com estratégia era admirável.

— Darius acredita que ele se permitiu ser pego. — A admissão de Jace me surpreendeu. Isso mostrava que avançamos no jogo, sua oferta de uma aliança agora tangível. — Estou inclinado a concordar, porque ele deixou para trás um roteiro que seguimos no último século.

— Um roteiro? — repeti assim que Damien se juntou a nós. Ele fechou a porta lentamente antes de se sentar na cadeira ao meu lado.

O cômodo era semelhante em tamanho ao meu escritório, mas com uma configuração diferente. Parecia mais com uma biblioteca, com minhas estantes cobrindo três das quatro paredes. E um grande sofá ficava no centro – do mesmo tamanho da mesa executiva na outra sala – com cadeiras reclináveis situadas em frente a ele. Eu me sentei em uma enquanto Damien se acomodou na outra. Edon e Jace dividiram o sofá.

Luna pediu licença quando Silas e Willow entraram. Suspeitei que ela e Willow se tornariam amigas rapidamente, agora que as linhas territoriais foram todas traçadas na proverbial areia.

— Fale comigo sobre este roteiro — eu disse quando Jace não deu mais detalhes. — Damien é minha progênie e melhor amigo. Imagino que ele tenha mostrado sua lealdade ao longo da última semana, não foi?

— Mostrou — Jace concordou, seus olhos permanecendo em Damien por um momento antes de retornar para mim.

Humm, aquele olhar prolongado continha uma história. Não foi uma consideração aberta, mas sim um olhar que guardava um segredo. Interessante. Algo aconteceu esta semana entre eles. Algo que permitiu a Jace sentir que conhecia minha progênie. E foi além dos eventos óbvios.

Fiz uma nota mental para dar seguimento a isso mais tarde.

— O curso teorizado que detalhei outro dia não foi meu grande projeto. Cam o criou. Estou apenas andando com as peças que posso enquanto espero que outras surjam, mas depois de ver os relatórios sobre sua região, acho que uma estratégia é necessária. Precisamos encontrá-lo.

— Chicago — eu disse. — Você já procurou lá?

— Não é uma cidade fácil de navegar, estando sob o controle de Lilith. Também acho que isso é muito óbvio.

— É exatamente por isso que ele está lá — comentei. — A Lilith faria com que vocês procurassem em lugares onde ele não está enquanto o mantém em um lugar em que você nunca procuraria, porque é "muito óbvio". Isso se encaixa em seu manual.

— No mínimo, você encontrará evidências lá — Damien acrescentou. — Ela não vai deixar o destino dele ao acaso. Onde quer que ele esteja, ela o vigia de perto, porque é o único que representa uma ameaça significativa.

— Então por que ela simplesmente não o matou? — Edon perguntou.

— Poder — respondi imediatamente. — Ela gosta disso.

Jace assentiu.

— Matá-lo seria muito fácil. Meu palpite é que ela o visita para comandar sobre ele seus ideais.

— Este tem sido o nosso mundo por cento e dezessete anos. E ela está entediada agora?

Balancei a cabeça.

— Um século não é nada em sua vida.

— E ela acredita que sua *Erosita* está morta, forçando-o a viver em agonia por perder sua outra metade. Ela adoraria jogar isso na cara dele, pois despreza a prática de acasalamento.

— Por quê? — Edon perguntou.

Eu olhei para Jace, ciente da história, mas não querendo contar.

— Ela está com o coração partido — ele falou baixinho, e seus olhos azuis adquiriram um brilho que eu entendia muito bem. Medo. Era a razão pela qual muitos de nós não aceitávamos companheiros. Sabíamos o que poderia acontecer se perdêssemos nossa outra metade. Os lycans podiam experimentar a mesma sensação de perda, mas havia uma diferença fundamental entre nós: os vampiros eram forçados a viver para sempre sem sua outra metade, enquanto os lycans eventualmente morriam.

Eu diria que o primeiro era muito, muito pior.

— Os humanos mataram seu companheiro — Jace continuou no mesmo tom. — Isso a machucou de uma forma que poucos entendem, principalmente porque ela esconde muito bem. Mas acredito que a mágoa é o que move seu ódio inato pela humanidade. Tudo isso começou como um castigo para vingar seu amor perdido. No entanto, ele evoluiu para muito mais. Ela está casada com o poder agora. A lei e a ordem são suas amantes. E qualquer desvio de sua intenção resulta em caos que ela neutraliza por meio de punição.

— Você quase parece sentir pena dela — eu observei.

— Sinto até certo ponto — Jace admitiu. — A dor da perda debilitou sua mente a um ponto em que ela não se importa com a mesma espécie que criou seu amor perdido. E ainda assim, ela anseia por ele como uma forma de penitência.

— É por isso que ela assumiu o papel de Deusa — Edon comentou em voz alta. — Ela os força a amá-la e adorá-la, como seu companheiro fez no passado.

— Até certo ponto, sim — Jace murmurou. — E, no fundo, acho isso muito triste.

— Bem, eu simplesmente acho isso uma loucura — eu disse, dando de ombros. — Ela deveria ter sido sacrificada há muito tempo. Isso teria nos salvado dessa loucura.

Jace balançou a cabeça.

— Havia muitos de nossa espécie e lycans lutando para isso. Ela só aproveitou uma base já disponível e se tornou sua líder.

Concordei com um aceno de cabeça.

— Verdade. — Depois que os lycans foram descobertos pelos humanos, a guerra se tornou inevitável. E Lilith, por mais sofrida que estivesse, desempenhou cada papel apropriadamente. Cam foi seu principal adversário. Derrubá-lo a deixava por cima e seu ego era o que a mantinha viva. — Ainda acho que ele está em Chicago. Ela ia querer falar com ele regularmente, nem que seja para buscar a validação de sua vitória esmagadora.

— Mas isso implicaria no fato de que ele está consciente, mas não fala com sua *Erosita* há mais de um século.

Assenti novamente, considerando o assunto.

— Ela deve tê-lo dominado de alguma forma.

— Isso é o que me preocupa — Jace admitiu. — *Como* ela o está mantendo prisioneiro?

— Você acha que ela tem algum tipo de arma.

— Sim — ele confirmou. — É a única coisa que faz sentido.

Damien coçou o queixo.

— Se for esse o caso, precisamos estar preparados. Ela poderia usar isso contra vocês.

— A menos que isso só exista em Chicago — falei, pensando em todos os ângulos. — Ela vai contestar minha liderança no próximo conselho... em Chicago.

— É onde ela pretende discutir o incidente do Clã Clemente também — Edon acrescentou, compreendendo rapidamente. — E exigiu que o Kylan comparecesse, mas o afastou de todas as outras funções.

— Quando foi a última vez que ela realizou uma reunião do conselho em sua própria casa? — perguntei.

— As reuniões são ocorrências raras — Jace respondeu. — Nos encontramos no Dia de Sangue anualmente. Caso contrário, só nos encontramos esporadicamente.

— Mas depois do incidente no meu clã, ela disse que mudaríamos isso — Edon respondeu. — Esse é o outro propósito da reunião em Chicago – começar uma rotina de reuniões trimestrais.

— Ou para fazer um enorme jogo de poder — Damien murmurou, tirando as palavras da minha boca.

— Puta merda — Jace disse, esfregando a mão no rosto.

Um silêncio caiu sobre a sala, a onda de choque era palpável.

Porque as palavras de Jace resumiram tudo muito bem: puta merda.

Eu tive que dar o braço a torcer. Ela era uma ótima jogadora.

Era uma pena que ela me tivesse como oponente agora. Porque vi a falha em seu plano a um quilômetro de distância e pretendia explorá-la.

— Você acha que ela sabe sobre nossos planos? — Edon perguntou, quebrando o silêncio.

— Não exatamente, mas acho que houve muitos eventos de desobediências para o seu gosto, e ela pretende fazer uma declaração — Jace disse. — O que significa que você e o Kylan estão com problemas. Ryder também, já que ela está claramente provocando-o. E meu palpite é que ela pretendia que eu contasse a você sobre a votação da sua posição, o que também significa que estou na lista, provavelmente por causa das recentes mudanças de poder na minha região.

— Com Darius se tornando seu soberano — comentei. — Ele também era um recluso conhecido, ainda mais por causa de seus laços com Cam.

— Sim. O relacionamento deles era bem conhecido e daria a Lilith motivos para não confiar nele. A única razão pela qual ela tem fé em mim é porque joguei seu jogo último século. No entanto, ela me usar como um peão sugere que ela está atrás de mim e talvez isso já aconteça há um tempo.

— Ou ela nunca confiou em você — Damien disse.

— Também é provável — Jace concordou, balançando a cabeça. — Essa vadia.

— Ainda sente pena dela? — perguntei, brincando.

Jace grunhiu.

— O que vamos fazer?

— Ah, essa parte é fácil — eu disse, fazendo Damien sorrir ao meu lado. Ele sabia exatamente o que eu planejava dizer. — Nós a venceremos em seu próprio jogo.

Jace arqueou uma sobrancelha.

— Certo. Como?

— Não permitindo que ela faça a reunião do conselho em Chicago — respondi, olhando para Damien. — É a Benita, não é?

— Sim.

— Excelente. Você pode avisá-la de que voltarei com minha escrava? Diga a ela que vamos precisar de sangue extra.

— Considere isso feito.

Eu sorri.

— Você é tão bom para mim, Damien.

— Eu tento.

Comecei a retornar meu foco para Jace quando outro pensamento me atingiu.

— Ah, você acha que devemos fazer um churrasco também? Talvez dentro de duas semanas? Existem alguns clientes daquela lista que você pode convidar. Aqueles que gostam de crianças.

Damien massageou o queixo, considerando.

— Sim, poderia ser uma festa e tanto. Talvez devêssemos adicionar o restante dos soberanos da região à lista de convidados, só para garantir um final explosivo.

— Eu gosto da ideia de um banho de sangue — pensei, sorrindo.

Quando finalmente olhei para Jace, foi para encontrá-lo sorrindo.

— Parece uma isca.

— Não é? — respondi. — Eu o convidaria para assistir aos fogos de artifício, mas pode tornar tudo muito óbvio.

— Sim, acho que meu papel aqui é continuar funcionando como seu peão.

— Concordo. — Encontrei o olhar de Edon. — E o seu será continuar a reforma em sua matilha. Tenho certeza de que ela está recebendo atualizações de alguém de dentro. Deixe-a pensar que você está revertendo. Isso vai ajudar seu estado mental e, com sorte, persuadi-la a sair para brincar.

Edon assentiu.

— O incidente do acampamento de reprodução já deve ter chegado a ela.

Sim, imaginei que matar três dúzias de seus lycans causaria uma grande agitação em seu mundo. O fato de que ele escolheu manter todos os humanos e tentar reabilitá-los em sua sociedade só pioraria as coisas para ela.

— Você pode mandar uma mensagem para o Kylan? — perguntei, levando-nos ao nosso assunto final.

— Sim — Jace disse.

— Diga a ele que precisamos nos encontrar enquanto estivermos em Chicago. Se tornou bastante evidente para mim que minha escrava precisa dos seus amigos. — Olhei para Edon novamente. — Seu Silas deve continuar a visitá-la. Ele parece agradá-la.

Edon bufou.

— Você pode dizer isso a ele. Silas não aceita bem ordens. É por isso que ele é meu Executor.

— Ele vai obedecer à minha — eu disse. Finalmente, me dirigi a Damien. — Preciso de mais alguns dias. Você pode lidar com San José sem mim até nossa chegada na próxima semana?

— Farei todos os arranjos. Mas vou ficar com seu harém.

— Não tenho uso para ele.

— Eu sei — ele respondeu. — E eu vou ficar com a Tracey.

— Quem é Tracey? — perguntei.

— A criada que Meghan chicoteou.

Grunhi com a lembrança. A morte de Meghan foi muito rápida.

— Seja bom para ela.

— Ah, tenho sido muito bom para ela — ele respondeu, compartilhando um olhar com Jace.

Ah, pensei, entendendo. *Esse* era o segredo. Eles brincaram juntos esta semana. Bem, contanto que todas as partes se divertissem, eu não precisava saber mais.

— Vou encontrar minha escrava — disse a todos, me levantando. — Ainda temos posições para experimentar. — Uma das quais incluía anal. Ainda não tínhamos explorado isso. Seria esta semana ou logo depois, porque eu pretendia possuir tudo dela, assim como ela parecia me possuir por completo.

— Não se esqueça de alimentá-la — Damien me lembrou. — Sangue e comida.

— Ah, ela vai ficar bem alimentada — prometi, caminhando até a porta. Então parei para olhar para Edon mais uma vez. — Você ainda acha que ela precisa fazer uma escolha?

— Acho que ela decidiu na semana passada — ele respondeu.

— Também acho — concordei.

— A marca dela fica bem em você, a propósito —Edon falou, sorrindo.

Umedeci o lábio inferior, sentindo a dor.

— Estou prestes a retribuir o favor.

— Aproveite — Damien falou.

Eu sorri.

— Pretendo. — Afinal, ela era minha recompensa. Minha linda escrava híbrida. Minha distração. Minha nova razão de viver.

Ryder

Onze dias se passaram antes de Damien ligar e dizer que precisava de mim em San José.

Willow se sentou ao meu lado no carro, batendo a perna contra a minha. Rick estava dirigindo. Ele também pilotou o avião até aqui. Sua lealdade permanecia firme, o que foi evidenciado por sua falta de comentários ao ver minha escrava.

Seu cheiro a denotava como parte lycan, mas seus olhos brilhavam com o poder de um vampiro, tornando sua singularidade híbrida bastante evidente. No entanto, ele permaneceu tão silencioso como sempre, assim como agora, ao volante.

— Escrava. — Coloquei a mão em sua coxa, dando-lhe um aperto suave para impedir sua inquietação. — Pare.

Concordamos com uma espécie de charada em que ela continuava a desempenhar o papel de humana submissa em público. Isso faria todo mundo acreditar que criei uma híbrida para escrava – uma espécie de diversão passageira. O que permitiria que seu valor não fosse detectado pelas massas.

Todos iriam subestimar suas habilidades e, ainda mais importante, minha crescente afeição por ela. O primeiro servia como um ativo enquanto o último se qualificava como uma fraqueza.

— Desculpe — ela sussurrou.

— Eles não vão te tocar — jurei. — Só eu posso acariciar você.

Ela usava um dos vestidos reveladores que Damien comprou para o guarda-roupa do harém. No entanto, adicionei uma coleira de couro à mistura. Exagero, talvez, mas eu achei bastante divertido.

Pelo menos, não coloquei uma guia nela.

Humm, embora isso tenha me dado mais ideias para brincar no quarto mais tarde. Não que eu precisasse de cenários adicionais. Minha lista para ela continuava a crescer, não importava quantos itens eu riscasse. E ainda não tínhamos nos entregado ao anal.

Suspirei. Nesse ritmo, estaríamos transando pelo próximo século, no mínimo. Isso não divertia Damien?

Embora eu tenha ficado obcecado em ir para a cama com ela, também fomos produtivos durante nosso tempo sozinhos e passamos muitas horas testando sua nova velocidade e agilidade. Ela ainda tinha trabalho a fazer como um bebê imortal, mas sua aptidão para a luta mostrava capacidade de adquirir novas habilidades com rapidez e eficiência. Ela era uma ótima protegida.

Tirei a mão da sua coxa e envolvi sua nuca, puxando-a para um beijo longo e sensual. Tornou-se minha indulgência. Ela passou a língua pelo meu lábio inferior, sorrindo para o leve inchaço na minha pele.

— Sem morder — sussurrei. Tornou-se sua coisa favorita de fazer, mas eu não podia me dar ao luxo de mostrar fraqueza hoje.

— Isso só me faz querer morder mais — ela admitiu.

— Ainda estou me curando da última — eu a lembrei. Pareceu levar cerca de doze a catorze horas para que as marcas da sua mordida desaparecessem completamente. A que estava no meu lábio agora tinha sido feita durante o sexo, antes de irmos dormir. Depois de receber a mensagem de Damien ao acordar, eu disse a ela que não...

— Senhor — Rick disse em polonês, chamando minha atenção. — Temos companhia.

— Onde? — perguntei, também em polonês. Ele falava inglês, mas preferia sua língua nativa. Meu polonês não era bom, mas conseguia compreender e falar bem o suficiente.

Ele gesticulou com o queixo para o espelho.

— Atrás de nós.

— A que distância estamos da torre? — perguntei enquanto estendia a mão para Willow, a fim de segurar seu cinto de segurança e prendê-la.

— Dois quilômetros meio — ele disse enquanto checava o retrovisor novamente.

Segurei meu cinto assim que ele jogou o carro para o lado.

— Há outro! — ele gritou, ainda em polonês.

Prendendo-o em mim mesmo, eu disse:

— Ande.

Ele pisou fundo no acelerador, fazendo com que voássemos pela rua enquanto eu puxava o telefone do bolso do paletó. Selecionei o nome de Damien, apertando o botão de discagem.

Ring, ring.

— Ryder! — Willow gritou.

Olhei para a esquerda assim que um veículo bateu na minha lateral do carro. *Puta merda!* O mundo girou e perdi o equilíbrio. Outra batida veio de trás e o impacto fez com que o cinto machucasse meu pescoço.

Mais uma batida nos fez cambalear na direção oposta, provocando uma onda brutal de náusea dentro de mim. Willow uivou. Seu grito soou perdido no eco de vidros quebrados e caos geral.

O sangue subiu para minha cabeça e a fivela de metal apertava em meu quadril enquanto o cinto lutava para me manter no assento.

Levei um minuto para perceber que estávamos de cabeça para baixo e minha bagagem, no teto do carro. Finalmente paramos de girar, mas o som de portas batendo me disse que estávamos prestes a experimentar muito mais do que um acidente de carro.

Não pensei. Agi, desafivelando o cinto para alcançar a bagagem e abrir o zíper. A mensagem de Damien hoje chegou com uma sombra de urgência, me fazendo pensar que estava prestes a encontrar o caos. Então, fiz a mala de forma apropriada.

— Rick — falei em voz baixa.

Sem resposta.

Ele deve ter sido nocauteado com o impacto, já que os airbags ocupavam a maior parte dos dois assentos dianteiros. Willow choramingou ao meu lado enquanto seus dedos procuravam a fivela do cinto de segurança.

— Te peguei — sussurrei, estendendo a mão para ajudá-la a descer.

Colocando-a ao meu lado, tirei duas armas da bolsa de viagem – eu já tinha uma terceira presa em um coldre na lateral do meu corpo – e entreguei uma a ela. Em seguida, me virei para avaliar a situação lá fora.

Willow seguiu meu exemplo, mas seu vestido não fazia nada para protegê-la do vidro. Eu pelo menos estava de terno, mas não havia tempo para tentar protegê-la. Já havíamos usado segundos preciosos, apenas para nos colocarmos nesta posição e ficarmos devidamente armados. O único item a nosso favor foi a abordagem lenta de nossos agressores. Eles não tinham certeza de qual era a minha condição e estavam sendo espertos em não correr para verificar.

Olhei para trás, notando o outro lado do carro. Estávamos presos contra o revestimento de metal, sugerindo que um prédio havia interrompido nosso movimento.

Certo. Isso só deixava um caminho a percorrer.

— Fique aqui e atire em qualquer um que se aproxime de você que não seja eu — eu a instruí em voz baixa. Seus ouvidos lycans lhe permitiriam ouvir muito bem. Os vampiros lá fora, nem tanto.

Estiquei o pescoço para o lado, relaxando os músculos rígidos do impacto e calculei mentalmente os ângulos de cada agressor que se aproximava. Eu podia ver cinco da minha posição atual, mas estimei pelo menos mais três com base no número de vezes que fomos atingidos e a maneira como eles atacaram.

Algumas das portas pareciam danificadas. Outras, não.

O que significava que alguém enviou um bando atrás de mim.

A questão era: eles me queriam vivo ou morto? Porque isso influenciaria no que eles fariam a seguir.

Humm, eles não tinham aberto fogo contra o tanque de combustível ainda, que era o que eu teria feito se quisesse minha vítima morta. E sua abordagem lenta sugeria que eles foram instruídos a me levar, não me matar.

Isso me deu uma ligeira vantagem, porque não eu teria escrúpulos em destruí-los.

Ouvi barulho de passos, indicando a aproximação dos agressores.

Ainda conseguia ver apenas cinco pares de pernas e sua abordagem sugeria treinamento amador. Eles estavam extremamente próximos, tornando o que eu tinha que fazer em seguida muito fácil.

Cinco, comecei a contagem regressiva. *Quatro. Três. Dois...*

Atirei no tornozelo do Idiota Um, mandei um segundo tiro na panturrilha do Idiota Dois e mais um na canela do Idiota Três. O Idiota Quatro e o Idiota Cinco pularam para o lado, me dando a distração que eu precisava para rastejar para fora dos escombros, com a arma já apontada na direção deles.

Bam. Bam.

Rolei para frente do carro, analisando o local. *Tudo limpo.*

Então me concentrei nos gemidos.

Seus sons me disseram para onde atirar, acertando em cheio nas cabeças.

Onde estão seus colegas?, me perguntei, olhando ao redor e procurando pelos outros. De jeito nenhum alguém poderia ter sido corajoso o suficiente para enviar apenas cinco homens atrás de mim.

Mas não encontrei mais ninguém.

— Você só pode estar brincando. — Quem teve essa ideia brilhante? Me levantei, olhando ao redor. — Sério, não há mais ninguém?

Além de algumas pessoas espiando pelas portas e janelas, parecia que estávamos sozinhos.

Caminhei até os homens por trás dessa merda de operação e fiquei boquiaberto.

Vigílias? Olhei ao redor. *Alguém enviou humanos para me matar? O que há de errado com as pessoas?*

Isso só podia ser um pesadelo.

Mas, não. Eles eram todos mortais.

Voltei para o carro, me abaixando.

— Venha aqui — disse a Willow. Meu tom estava repleto de um aborrecimento. Porque isso estava errado pra cacete. — Pegue minha bolsa.

Ela se esforçou para obedecer, seu chiado de dor me lembrando de que ela não estava vestida adequadamente para esta operação.

— Merda. — Eu me agachei. — Aguente firme. — Tirei meu paletó e entreguei a ela. — Coloque isso no chão e rasteje sobre ele. — Suavizei meu tom apenas o suficiente para ela saber que eu não estava descontente com ela, mas com toda a nossa situação. — Rick? — chamei.

Ainda sem resposta.

— Droga — murmurei, me levantando novamente para ir olhar os carros que foram usados para nos parar. Quatro no total, com dois mortais inconscientes dentro de um deles. Devem ter sido nocauteados com o impacto. Que operação ridícula.

Willow gritou quando tropeçou, caindo no cimento duro. Me

virei para ela, notando sua roupa destruída e o sangue cobrindo sua pele. Isso me fez querer matar os mortais novamente. Desta vez, lentamente.

Felizmente, sua genética imortal já estava trabalhando para curar os arranhões superficiais.

— Precisamos encontrar algo melhor para você vestir — eu disse, assim que um zumbido caiu sobre a cidade. Pisquei, olhando ao redor e tentando localizar a fonte enquanto tudo ficava escuro como breu.

Willow saltou e os pelos ao longo de seus braços se arrepiaram enquanto a eletricidade chiava no ar.

Semicerrei os olhos.

— Isso tudo foi uma distração. Algo para me impedir de chegar à torre antes que o verdadeiro show começasse. — Balancei a cabeça. — Vadia maliciosa.

— O que é isso? — Willow perguntou e percebi que sua voz tinha um leve tremor. — Por quê...? Para onde foram todas as luzes?

— Ela cortou a energia de San José — eu disse, sorrindo, porque não pude deixar de me impressionar. — Ela deve ter desligado a energia em toda a minha região, na verdade.

— Não entendo.

— Lilith — expliquei. — Ela está me mostrando que detém todo o poder ao impedir nosso acesso aos recursos dela.

— Ela pode fazer isso?

Eu bufei.

— Parece que sim. Veja, vampiros e lycans usaram uma tática semelhante ao lutar contra os humanos durante a reforma. Eles derrubaram os mortais removendo seu acesso à sua preciosa tecnologia e, em seguida, começaram a mostrar porque nossa espécie é superior, forçando os humanos a lutar com as próprias mãos.

Só que o problema de empregar essa tática agora era que eu

não precisava da eletricidade ou poder de Lilith para lutar. Eu tinha o meu próprio poder.

— Ela presume que preciso de seus recursos — acrescentei em voz alta. — Provando que ela não sabe nada sobre mim. — Me abaixei para avaliar a posição de Rick. Ele estava em péssimo estado. Suspirando, abri a bolsa para pegar uma faca, depois comecei a trabalhar para libertá-lo do cinto de segurança e air bags ao seu redor.

— Você é pesado pra caramba — reclamei, puxando-o para libertá-lo. Ele não estava respirando e seu pescoço estava torcido em um ângulo ruim por causa do acidente. Ele levaria horas para se recuperar, ficando inútil em nossa situação.

Me levantei e fui até o estabelecimento mais próximo para bater na porta. Alguns dos clientes espiaram pelas janelas durante toda a situação, mas nenhum tentou ajudar. Mais uma prova de que esta região tinha se acabado sob o reinado de Silvano.

Uma humana loira baixa atendeu a porta olhando para o chão.

— Sim, Senhor?

— Sabe quem sou? — perguntei a ela.

— Meu superior — ela respondeu imediatamente.

— Sua realeza — eu a corrigi. — Olhe para mim.

Seu medo permeou o ar e seus membros começaram a tremer.

— M-me desculpe, Meu Príncipe. Eu não... eu não sabia...

— Olhe para mim — repeti.

Seu tremor de nervosismo se tornou óbvio enquanto ela tentava me olhar. Ela chegou até a minha boca, aparentemente incapaz de se levantar mais.

Decidi deixar pra lá, já que não tinha tempo para perder com esse absurdo.

— Onde está o seu dono? — perguntei. Odiava fazer esse tipo de pergunta, mas sabia que era algo que ela entenderia.

— Aqui, Meu Príncipe — uma voz feminina respondeu da escada enquanto uma vampira de cabelos escuros atravessava a escuridão com facilidade. — A que devemos a honra?

— Um bando de Vigílias decidiu que eu precisava fazer um desvio — grunhi. — Ou você não notou o caos aqui fora?

— Eu ouvi — ela admitiu e suas bochechas ficaram coradas. — Eu... só não sabia como reagir.

Uma resposta honesta em vez de uma desculpa. Esse fato por si só salvou a vida da mulher sem que ela soubesse que estava em risco devido à minha ira crescente.

— Preciso da sua ajuda — disse a ela.

— Qualquer coisa, Meu Príncipe — ela respondeu.

— Espero que esteja falando a verdade — respondi, observando o resto da sala. Havia cinco humanos, todos parecendo ter uma saúde relativamente decente. Outro ponto a favor da mulher. — Qual o seu nome?

— Patricia — ela respondeu.

— Patricia — repeti, olhando ao redor. — Que tipo de estabelecimento é esse?

— Um salão de cabeleireiro e SPA. — Ela se moveu, descendo os degraus antes de virar à esquerda para abrir uma porta na parte de trás do saguão. Minha visão noturna me permitiu ver a série de cadeiras e suprimentos.

— Seus humanos cortam cabelo?

— Sim — ela confirmou.

Olhei para eles novamente.

— Eles não oferecem sangue?

Seus olhos pareciam nublados.

— Só quando um cliente exige.

— Como Silvano? — Imaginei. Vários humanos tremeram visivelmente com a menção de seu nome.

— Ele era um ex-patrono, sim.

Cerrei a mandíbula, ciente do que ele deveria pedir durante suas visitas.

— Entendo. Bem, tenho uma tarefa para você. Venha comigo. — Me virei para encontrar Willow ajoelhada ao lado de Rick. Ela o posicionou de forma a facilitar sua cura. — Tenho duas tarefas, na verdade — eu disse enquanto caminhava em direção a ela. — Minha escrava precisa de roupas funcionais e tênis, e preciso de alguém para cuidar de Rick enquanto ele se cura.

Patricia ofegou ao ver Willow e semicerrou os olhos ao reconhecer uma criação ilegal.

— Temos algum problema? — perguntei, arqueando uma sobrancelha.

— N-não, meu príncipe. Sem problemas.

— Ótimo. — Fui até Rick e o peguei com cuidado para não desfazer a tentativa de Willow de restaurar alguns de seus ossos desconjuntados. Mesmo assim, depois de alguns passos, percebi que era inútil. Ele precisaria ser completamente realinhado.

— Vou encontrar algumas roupas para ela — Patricia avisou, desaparecendo em seu estabelecimento e subindo as escadas quando entrei com Rick.

Os humanos se moveram para o lado, um deles, indo tão longe a ponto de abrir a porta para mim com a cabeça baixa.

— Há uma cama ou algo em que eu possa deitá-lo? — perguntei ao homem.

— Sim, Meu Príncipe — ele disse, me levando para outra sala que parecia estar preparada para massagens. Farejei o ar em busca de qualquer sinal de veneno, mas só encontrei o aroma muito doce de óleos.

O mortal puxou algumas toalhas de um armário e começou a arrumar a mesa. Quase disse a ele para parar, mas seus tremores me fizeram lutar para ter paciência. Esses humanos estavam todos com medo de mim.

Merda de Silvano, pensei, com raiva de novo.

Quando o garoto terminou, coloquei Rick no chão e acenei para Willow entrar. Ela estava observando do batente da porta.

— Pode me ajudar? — perguntei baixinho.

Ela respondeu, se juntando a mim e passando as mãos sobre Rick de uma maneira semelhante ao que havia feito com a criada que foi chicoteada.

— Onde você aprendeu isso?

— Universidade — ela respondeu, focando no pescoço primeiro.

— Você teve aulas de medicina?

— Não. — Ela olhou para mim. — Mas presenciei muitos ossos quebrados ao longo dos anos. Alguns de nós decidiram ajudar.

Franzi o cenho, não gostando da forma com aquilo soava. No entanto, agora não era o momento de pressionar por mais informações.

— Já volto — prometi, saindo para ir buscar minha bolsa na rua. Remexi dentro dela para encontrar um telefone que não dependia da rede de Lilith para operar, então liguei para Damien novamente.

Tocou duas vezes antes de ele atender.

Só que não era ele do outro lado da linha.

— Olá, Ryder — Lilith cumprimentou. — Que gentileza sua ligar. Já se passaram algumas semanas desde que nos falamos pela última vez.

Willow

O PIGARREAR EDUCADO DE ALGUÉM ME FEZ OLHAR PARA A porta para encontrar Patricia esperando com roupas. Terminei de arrumar a perna de Rick e me virei para ela.

— Obrigada — fale baixinho, sem saber como agir perto dela. Ryder e eu concordamos que eu desempenharia o papel de submissa em público, mas isso foi antes do ataque na rua.

Em vez de se virar para sair, ela se juntou a mim na sala e se aproximou para acender uma vela no canto. Eu não precisava para enxergar, mas o humano na sala relaxou visivelmente. Ele foi até a parede, esperando sua próxima ordem em silêncio.

— Qual é o seu nome? — Patricia perguntou.

Aparentemente, íamos ter essa conversa enquanto eu me trocava. Tudo bem então.

— Willow — eu disse enquanto colocava as roupas em uma cadeira. Meu vestido estava colado na pele com o sangue seco, tornando o processo de tirá-lo bastante doloroso.

Patricia foi até a pia e umedeceu uma toalha antes de entregá-la para mim.

— Aqui.

— Obrigada — respondi, cautelosa.

— Você deve ser nova — ela disse depois de um tempo. Olhei para ela, confusa. — Você me lembra de mim mesma quando me transformei — acrescentou. — Tímida. Não tendo certeza de como se dirigir aos seres que não são mais seus superiores.

Engoli em seco, sem saber como responder a isso. Então me concentrei em tirar o vestido.

— Você não ganhou a Copa Imortal este ano — ela murmurou. Não era uma acusação, mas uma constatação. — E você tem cheiro de lycan, mas tem a graça de uma vampira.

Já que isso não era uma pergunta, continuei cuidando da minha vida e meio que desejei que ela também fizesse isso.

— Você está bem? — ela perguntou baixinho e a preocupação em sua voz me fez parar enquanto eu terminava de limpar o sangue das minhas pernas. Meu vestido estava em farrapos no chão.

Olhei para ela.

— Eram arranhões superficiais. Estou curada agora.

— Não foi o que eu quis dizer. — Ela se abaixou para pegar o tecido e jogou-o em uma lixeira próxima. Então foi lavar as mãos. — Nos primeiros vinte e dois anos, não houve Copa Imortal. É algo que não dizem a vocês. Mas eles tiveram que passar por uma geração inteira de lavagem cerebral antes de produzirem uma safra excelente para a luta. Na verdade, naquele ano, seis foram escolhidos para vencer, não dois. Lilith disse que era para recompensar a primeira turma de graduação bem-sucedida.

Eu a observei enquanto vestia uma calça preta, curiosa para saber onde ela queria chegar com isso.

— Jace foi o primeiro a escolher. Depois Kylan. E, finalmente, Silvano. — Seus olhos adquiriram um brilho distante. — Eu queria ser lycan, mas Silvano achava o contrário. Ele me arrastou para cá... — Ela engoliu em seco, piscando para afastar a lembrança antes de me encarar. — Só estou dizendo que, se precisar de alguém para conversar, posso entender mais do que você imagina.

— Você estava na primeira Copa Imortal? — perguntei, maravilhada com aquela revelação.

— Sim. Ano vinte e dois. — Ela se endireitou e seu rosto ficou inexpressivo. Entendi o porquê no momento em que a colônia mentolada de Ryder tocou meus sentidos. Ele entrou com um telefone no ouvido e a expressão séria.

Vesti uma camiseta, então franzi a testa com a violência que emanava dele. Suas feições indicavam que ele estava bem, enquanto seu corpo irradiava uma energia primordial repleta de intenção assassina.

Ele acenou em direção à saída, indicando que eu deveria segui-lo. Então ele se virou sem dizer uma palavra.

— Preciso ir — eu disse enquanto colocava as meias e os tênis que ela me trouxe. Eles estavam um pouco folgados, mas funcionariam melhor do que os saltos que eu estava usando.

Patricia segurou meu braço quando comecei a sair.

— Se precisar de ajuda, me avise.

Olhei para ela – olhei *de verdade* – e percebi a verdadeira preocupação em seu olhar.

— Ryder não é Silvano — eu disse. — Preste atenção nele. Ele vai te surpreender. — Foi tudo o que pude dizer sem realmente conhecê-la. Embora eu pudesse sentir sua sinceridade, não era o suficiente para confiar nela.

Eu não precisava ser salva de Ryder.

Mas ele deixou claro que não poderíamos permitir que outros soubessem disso. Ainda não.

Patricia me deu um sorriso triste, algo que parecia dizer que ela estava preocupada com meu estado mental. Dado o tempo que demorei para ver o verdadeiro Ryder, entendi sua hesitação.

Ela me soltou e não tentou me impedir quando saí.

Ryder estava do lado de fora, com o telefone ainda no ouvido.

— Eu disse que você tem minha atenção — ele falou. Sua voz irradiava uma calma não refletida em sua postura. Ao me ver, ele se abaixou para colocar a bolsa no ombro, segurou minha mão e começamos a andar.

Aparentemente, seu comentário para manter Rick seguro foi dispensado sem mais tarefas relacionadas.

— Sou novo nisso, Lilith — ele disse alguns minutos depois. — Você terá que revisar as regras de forma mais clara comigo.

Só de ouvir o nome dela, senti um arrepio na espinha, mas Ryder parecia focado no que quer que ela estivesse dizendo. Ele também parecia saber para onde ir, porque seguia pelos becos com facilidade.

Os vampiros estavam do lado de fora, todos olhando em sua direção em estado de choque ao vê-lo passeando pelas ruas.

Vários tinham velas acesas dentro das casas.

Alguns até ousaram tentar se aproximar dele, mas um aceno de cabeça os fez se afastar.

Seu humor era uma nuvem intoxicante de perigo e selvageria. Fiquei tonta com isso enquanto me movia rapidamente para acompanhar seus passos largos.

— Entendo — ele respondeu novamente. — Vou pensar nisso durante a minha visita. Então conversaremos mais. — Ele encerrou a ligação e enfiou o telefone na bolsa com um grunhido que roubou meu fôlego.

Ryder estava com raiva.

Eu não tinha visto esse lado dele ainda.

No próximo quarteirão, ele parou de andar e me empurrou contra a lateral de um prédio. Sua boca capturou a minha. Fiquei chocada e consternada com seu carinho repentino. Mas ele não parecia muito afetuoso. Parecia furioso. Ameaçador. Paralisante.

Meus pulmões pararam de funcionar.

Por que isso parecia tão desesperador?

Um mau presságio revirou meu estômago, fazendo meus olhos arderem com lágrimas.

Parecia que ele estava se despedindo.

— Ryder — eu sussurrei.

— Shh. — Sua língua entrou na minha boca, exigindo minha rendição e reciprocidade. Respondi, porque não sabia mais o que fazer. Este homem passou a significar algo para mim, e mostrei isso a ele com meu corpo, já que eu sabia que ele preferia ações a palavras. Mas ele não parecia retornar o sentimento.

Algo estava muito errado.

Fundamentalmente quebrado.

Perdido.

Me agarrei a ele como se pudesse puxar o homem que eu conhecia de volta ao primeiro plano e reivindicá-lo com minha loba, mas ele não estava lá. Este homem me beijando parecia um estranho, suas emoções fortemente bloqueadas.

Ele finalmente se afastou. Não havia um pingo de sentimento em seu olhar. Procurei por sua besta interior, pelo vampiro pelo qual me apaixonei desesperadamente e encontrei a concha vazia de um homem.

Tudo aconteceu tão rapidamente que a realidade disso foi como um soco no estômago.

— Venha, escrava — ele disse. Seu tom de voz tinha uma pontada de frieza que me lembrava do tipo de nobre que pensava que ele fosse. — Temos uma reunião.

Estremeci, com o coração na garganta.

— Ryder...

— Não foi um pedido — ele disse, se virando sem segurar minha mão e andando com firmeza enquanto esperava que eu o seguisse.

Só fiz isso porque não tinha outro lugar para ir. Ele era meu Senhor. Meu amante. Minha esperança. Para onde foi a luz? Ela cintilou quase tão rapidamente quanto a eletricidade da cidade, sua presença substituída por uma névoa escura e sinistra.

Temos uma reunião. Não precisei perguntar para entender com quem estávamos prestes a nos encontrar. Lilith.

Minhas veias congelaram, tornando meus passos rígidos.

Ele continuou na minha frente em silêncio. Seus ombros eram uma linha de tensão.

— Não faça isso — pedi quando chegamos ao próximo beco. — Não me exclua.

— Você nunca esteve dentro de mim — ele respondeu friamente.

— Mentira — acusei. Meus pés colaram no chão e minhas pernas se recusaram a se mover. Minha loba surgiu e sua insatisfação conduziu meus instintos. — Você é meu.

Ele se virou lentamente, com uma expressão assustadoramente tolerante.

— Eu não pertenço a ninguém.

— Minha loba diz o contrário.

— Sua loba é jovem — ele respondeu. — Uma criança. Você é uma criança.

Semicerrei o olhar.

— Você é contra comer crianças, mas me comeu direitinho quando acordamos mais cedo.

Ele ergueu as sobrancelhas.

Aí está, minha loba disse, notando a besta cintilar em seus olhos escuros. Minhas palavras o chocaram quase tanto quanto a mim. O atrevimento de algo que internalizei por tantos anos parecia quase rejuvenescedor agora.

— Eu sou jovem — continuei, dando um passo em direção a ele. — Mas isso significa apenas que tenho muito a aprender. Você vai me ensinar. Vai ficar comigo. E eu vou ficar com você. — Parei a menos de meio metro de distância dele. Em seguida, cutuquei seu peito enquanto minha loba rosnava. — Você é meu, Ryder.

Dei o último passo para fechar a distância entre nós, muito ciente da energia agressiva que crescia ao redor dele.

— Me diga o que está acontecendo — exigi. — Fale comigo como sua igual. Não a sua escrava. Não seu brinquedo. Mas como sua companheira.

— Você não é minha companheira — ele respondeu. As

palavras eram tão frias que quase desabei sob o peso da sua negação.

No entanto, minha loba reagiu de forma diferente. Sua fúria se tornou uma onda de determinação que fez minha mão atingir sua mandíbula.

— Mentira.

Sua cabeça virou com meu tapa e sua raiva aumentou. Mas eu aceitaria essa reação deste idiota inexpressivo que fingia ser meu Ryder.

— Willow. — O aviso em sua voz só me fez querer pressioná-lo ainda mais, então eu o empurrei.

— Você não pode fazer isso — eu disse. — Não depois de me convencer a confiar em você. A acreditar em você. A ver um lado diferente. A mudar cada percepção que já tive deste mundo. — Eu o empurrei novamente. — Você não pode levar aquele homem embora. Ele é o *meu* vampiro. E eu me recuso a permitir que esse idiota sem emoção manche o que temos. Então traga-o de volta. Agora.

Fui empurrá-lo pela terceira vez, mas descobri que meus pulsos estavam presos em suas mãos.

Ele largou a bolsa no chão e me empurrou de encontro à parede, mas desta vez, quando ele capturou minha boca, havia uma paixão que reconheci. Um fogo que eu desejava acender. Uma chama na qual eu poderia morrer feliz.

Suas presas afundaram em meu lábio e meu sangue se acumulou entre nós enquanto ele aprofundava o beijo. Ele enfiou os dedos no meu cabelo, puxando com força enquanto a outra mão foi para o meu quadril.

Retribuí sua ferocidade, deixando minha raiva e medo explodirem em minha língua.

Ele me traiu.

Tentou me deixar de lado.

Me *machucou*, não física, mas emocionalmente. E eu o deixei saber com meus dentes que ele não faria isso de novo.

Ele grunhiu quando eu o mordi da mesma maneira que ele me mordeu. Minha loba apostou em sua reivindicação mais uma vez, lembrando-o de que eu não era apenas um brinquedo ou uma escrava. Eu era a *sua* escrava. Sua progênie. Sua amante. Seu futuro.

Não tínhamos falado sobre os próximos passos, e eu não precisava disso, porque eu estava dizendo a ele ,com minha boca, exatamente para onde estávamos indo.

Ele não podia me afastar.

Não podia me ignorar.

Nem mesmo alegar que eu não lhe dizia nada.

Porque vi através daquele véu de ausência de emoção.

Sua besta reconheceu a minha. Ele podia não ser capaz de mudar, mas despertei essa parte dele. *Senti* em seu toque que nossas almas dançavam de uma maneira que ninguém mais poderia entender.

— Puta merda — ele sussurrou, levando a mão à minha cintura enquanto me erguia. Envolvi as pernas em sua cintura, devorando sua boca com a minha e reivindicando-o como se fosse a primeira vez.

E talvez fosse.

Eu estava vivendo neste mundo de incertezas.

Não sabia o que aconteceria a seguir.

Quando o tempo todo eu só precisava aceitar.

Nosso sangue se misturou, as palmas das suas mãos percorreram meu corpo em uma obsessão sombria e sua excitação proeminente se acomodou entre minhas coxas.

Mas não era sobre sexo.

Era sobre uma promessa, sobre cumprir nosso destino juntos.

— Nunca mais me rejeite — eu disse, ofegando contra sua boca.

— Ela está com o Damien — ele respondeu, mas sua voz falhou. — Ela me fez ouvir os gritos dele até não haver mais nada além de silêncio.

Emoldurei seu rosto, observando as emoções despedaçarem seu olhar.

— Ah, Ryder — sussurrei, percebendo o que o havia deixado louco. Ele se desligou porque era demais para ele aceitar, a dor da agonia de sua progênie o estilhaçando.

Então via a desesperança do homem lutando contra a raiva de sua besta interior.

Ele se fechou para evitar processar tudo aquilo.

Mas essa não era a solução. Na verdade, depois de tudo que ele me disse nas últimas semanas, suspeitei que era exatamente o que Lilith queria.

— Não a deixe entrar em sua cabeça — falei. — Você não é como eles, Ryder. E essa é a sua maior força. Pelo menos, para mim.

Suas íris escuras percorriam minhas feições como se procurasse a verdade. Eu me abri para ele, permitindo que me explorasse sem quaisquer barreiras. Porque não havia nenhuma entre nós. Ele me possuiu desde o início. Era meu dono. Eu ainda usava a gargantilha ao redor do pescoço para provar isso.

Ele me beijou novamente, desta vez com mais gentileza, e sua boca disse palavras que só meu coração podia ouvir.

E então eu senti sua determinação se formar.

Meu Ryder nunca fez o que todos esperavam. Mas, pela primeira vez, tive uma ideia do que estava por vir. Só porque aprendi a antecipar suas reações.

— Obrigado — ele sussurrou antes de lentamente me soltar. — Vamos lá.

Desta vez, senti o calor em sua mão enquanto ele entrelaçava nossos dedos, assim como percebi a segurança em sua postura. Ele pegou a bagagem mais uma vez e assentiu, como se algum tipo de decisão tivesse sido tomada.

Fosse o que fosse, eu esperava que envolvesse sangue. Porque eu estava com sede disso.

Ryder

LILITH ME DEU UM ULTIMATO.

Volte para sua propriedade e vida de reclusão que deixo você levar o Damien junto. Ou pode tentar lutar por sua posição na realeza. Nesse caso...

Foi quando os gritos começaram.

Eu nunca mais queria ouvir aquele som sair de sua boca novamente.

Ele estava com dor por minha causa. Porque pedi a ele que me ajudasse a atrair Lilith, mas o deixei aqui para lidar com todos os meus deveres sozinho enquanto eu brincava com Willow.

Tudo dentro de mim se desligou em resposta e minha culpa evocou emoções que pensei que estavam mortas há muito tempo.

Então Lilith disse suas palavras de despedida.

E, Ryder? Sei tudo sobre a sua pequena híbrida. Mate-a como um sinal de boa fé e permitirei que você entre no prédio para recuperar sua progênie.

Ela queria que eu escolhesse entre Damien e Willow.

Queria que eu escolhesse entre retornar à minha solidão e fazer o que era certo.

Bem, eu recusava as duas escolhas.

Decidi por uma terceira opção.

Algo que ela não iria gostar.

Willow me fez reconsiderar uma decisão que eu não sabia como tomar. Desliguei minhas emoções, me preparando para me oferecer em troca da vida de Damien, e ela me forçou a ver a falha crucial em meu raciocínio.

Tudo aconteceu rápido demais e minha mente se desligou com a bizarra sensação de fracasso me oprimindo.

Eu nunca perdi.

Sempre ganhei.

E, pela primeira vez em minha longa existência, me senti como se tivesse sido derrotado.

Então a pequena guerreira ao meu lado me deu um tapa e me fez recuperar o, me lembrando de que estávamos no meio de uma batalha, não no final dela. Eu não podia desistir antes que o jogo fosse encerrado.

Lilith jogou bem, demonstrando seu domínio nesta partida impressionante. Ela colocou todos nós uns contra os outros em algum ponto, movendo seus peões ao redor do tabuleiro exatamente nos locais em que ela desejava.

Sendo que eu a trouxe para cá através de algumas peças minhas.

Removi a rainha da santidade de seu reino e a trouxe para o meu playground por um motivo.

Ela podia ter chegado cedo e me deixado desequilibrado com seus movimentos desleais, mas eu ainda tinha algumas jogadas restantes.

Lilith escolheu o vampiro errado para mexer.

Ela subestimou minha habilidade e idade desde o início, assim como subestimei seu talento para a tortura.

Mas agora, eu já sabia que não deveria fazer isso.

E ela, não.

O que eu pretendia usar a meu proveito.

Parei a um quarteirão do prédio principal para me orientar. Verifiquei o mapa no telefone antes de me decidir sobre a nossa rota, e agora queria verificar novamente. Largando a bolsa, eu a abri para pegar o aparelho e cliquei no GPS que baixei enquanto falava com Lilith.

Willow olhou para ele e seus olhos azuis brilharam com intenção.

— Qual é o plano? — ela perguntou, demonstrando sua fé em mim.

— A Lilith quer a sua cabeça — eu disse.

Ela me olhou depressa.

— O quê?

— Ela disse que tenho que te matar para ter permissão para entrar no prédio. O que me diz que ela tem guardas no lugar. Mas estou me perguntando se ela cobriu todos os pontos de entrada. — Benita teria fornecido a ela todas as localizações das portas. Assim como presumi que a empregada era a culpada por Lilith ter sido capaz de capturar Damien. Essa foi uma decisão da qual ela logo se arrependeria.

Analisei as estradas que levavam ao prédio, determinando minha abordagem preferida.

— Os Vigílias que nos atacaram provavelmente pertenciam a Lilith — eu disse. — O que sugere que ela está usando humanos para proteger as portas também. — A menos que ela tenha encontrado alguns aliados na minha região através de Benita, o que também era perfeitamente possível.

Comecei a vasculhar a bolsa novamente, retirando itens que nos ajudariam. Entreguei duas granadas para Willow.

— Não puxe esses pinos — eu avisei.

Encontrei a arma que mantinha no carro – ela devia ter colocado de volta na bolsa quando eu estava conversando com Patricia – e avaliei a munição que havia ali.

— É uma pena que eu não tenha trazido um rifle. — Assim eu poderia ter subido no telhado de um edifício e matado os guardas, só que isso daria a ela tempo suficiente para matar

Damien. Portanto, não importa. Um rifle teria sido uma jogada ruim.

Fiz alguns cálculos enquanto eu adicionava armas e balas, considerava a trajetória de entrada e especulava o número de guardas que ela teria lá dentro.

— Ela deve ter chegado de avião — eu disse, mais para mim do que para Willow. — E deve ter pousado entre o momento em que falei com o Damien e nossa chegada. Rick teria notado o tráfego aéreo nas proximidades, então acho que ela veio de jato. Algo pequeno. Talvez dez passageiros, no máximo. Ela também está apostando em Damien para me manter sob controle.

O que significava que ela não estava suficientemente protegida. Pelo menos, em teoria.

— Tudo bem, aqui está o que quero que você faça — eu disse enquanto a estratégia se desdobrava em meus pensamentos. — Você vai correr como louca em direção à entrada. Aja como se estivesse apavorada. Grite e implore para que eu não faça isso. Faça um show incrível. Então, quando estiver perto o suficiente da porta da frente, preciso que você tire os pinos dessas granadas.

Fiz uma pausa para mostrar a ela como funcionavam. Assim que fiquei convencido de que ela havia entendido, continuei.

— Daí você retira os pinos, joga as granadas na entrada de vidro e se esconde atrás dos vasos de palmeiras do lado de fora para se proteger.

Remexi na bolsa de novo para encontrar protetores de ouvido.

— Você vai precisar disso para proteger seus sentidos lycans — acrescentei, entregando-os a ela. Peguei a arma que ela não havia usado antes. — Pode esconder isso em algum lugar?

Ela olhou para a camisa e a calça antes de balançar a cabeça.

— Não se eu estiver carregando isso. — Ela ergueu as granadas.

Humm, infelizmente, eu não trouxe coldres adicionais.

— As granadas terão que servir. Se eles forem como os Vigílias de antes, nem estarão armados. — Minha espécie raramente mexia com armas, agora que os humanos não eram mais uma ameaça. Outro erro de cálculo na abordagem de Lilith – ela esperava que eu reagisse como um vampiro, não um mortal. Ela claramente não entendia minha apreciação por brinquedos que matam.

— Onde você estará? — ela perguntou.

— Vou entrar pelo vidro — eu disse a ela, verificando a arma no meu coldre e recarregando-a adequadamente. Então peguei sua arma e uma terceira da bolsa. Isso teria que ser o suficiente, porque eu não poderia carregar esta bolsa comigo para dentro do prédio.

— Pelo vidro? — ela repetiu.

Eu me levantei, sorrindo.

— Você vai ver. — Então me aproximei dela e a beijei. — Comece a correr, lobinha. Finja estar com medo.

— É só isso? Nenhuma outra conversa estimulante? Nenhum plano adicional?

— Confie em mim, será o suficiente. Agora vá ser minha distração. Tenho um trabalho a fazer.

— Você vai me dizer que caminho seguir? — ela questionou, parecendo adoravelmente irritada com a minha falta de instruções.

Eu a beijei novamente, só porque podia. Meu lábio ainda estava sangrando da sua mordida, me fazendo lembrar de quando ela me trouxe de volta ao estado de espírito adequado.

Ela me deixou de castigo de uma forma que ninguém jamais fez. E eu tinha certeza de que dei a ela meu coração naquele momento para mantê-la segura. Ou talvez ela já o possuísse. Eu realmente não poderia dizer, mas ela o tinha agora.

— Fica a um quarteirão — falei baixinho, apontando para a estrada. — Dá para ver aquele display floral horrível que Silvano instalou como entrada da garagem.

Ela seguiu meu olhar para ver o que eu quis dizer, franzindo o nariz.

— Posso sentir o cheiro.

— Sim. É horrível.

Seus olhos lentamente voltaram para os meus.

— Estou feliz por tê-lo de volta. Este Ryder eu entendo.

— É mesmo? — Eu perguntei, achando engraçado. — Porque eu me lembro de você dizer que nunca me entenderia.

— Aquela era a Willow humana — ela respondeu. — A Willow loba te entende muito bem.

Meus lábios se curvaram.

— Então deve ter sido a sua loba que conheci naquele primeiro dia, quando você tentou lutar comigo mesmo enquanto morria.

— Parece algo que ela faria — Willow admitiu.

Eu sorri.

— Ela é a sua metade guerreira.

— Então o que isso faz da minha metade vampira?

— Seu lado lógico — respondi. — É por isso que estou falando com esse lado agora, quando digo para você mexer seu traseiro bonito, porque estou cansado do joguinho da Lilith.

Eu pretendia acabar com isso esta noite.

Willow concordou.

— É melhor você saber o que está fazendo. — Ela saiu antes que eu pudesse responder, me forçando a entrar em ação. Dei a volta no prédio ao meu lado até o beco ali perto, então corri até o fim, acompanhando-a para o outro lado. Com a idade, veio a velocidade, e suas pernas humanas não eram tão rápidas quanto as de lycan.

Bem, elas poderiam ser mais rápidas agora. Ela ainda era muito desajeitada em quatro patas.

Assisti das sombras enquanto ela fazia exatamente o que eu disse, correndo pela estrada e gritando para eu reconsiderar.

Enquanto ela fazia uma cena, observei a entrada principal.

Vários Vigílias estavam do lado de fora, todos olhando para ela. Eles empunhavam metralhadoras, frustrando minhas expectativas anteriores, mas não apontavam para ela. Em vez disso, miraram em mim.

Me inclinei contra a parede, observando o comportamento deles e as mudanças de posição. Eles estavam nervosos, não por causa da abordagem de Willow, mas por causa da minha inevitável aparição.

Bem, eles não teriam que se preocupar por muito mais tempo. Quando ela estava perto o suficiente, fez exatamente o que disso.

Me afastei da parede, escapulindo pelas sombras criadas pelos edifícios. Os Vigílias não tinham visão sobrenatural, marcando-os como inferiores. Eles precisavam da lua para me iluminar antes de saberem para onde mirar.

Três.

Dois.

Saí do meu esconderijo e os Vigílias sacaram as armas. Sorri quando as granadas explodiram.

Então fiz exatamente o que disse a Willow que faria – corri direto para as janelas de vidro do saguão da frente.

Duas balas atingiram a vidraça, me permitindo entrar com um salto por cima do canteiro de flores.

Não perdi tempo, atirei em todos os que estavam lá dentro, baleando uma série de vampiros despreparados que, de forma estúpida, esperaram que uma fila de Vigílias me derrubasse.

Culpei Lilith por sua ignorância enquanto mergulhei atrás do balcão da recepcionista, apenas no caso de um Vigília ter sobrevivido, então espiei para derrubar aqueles que permaneceram de pé.

Tudo aconteceu em instantes. Minha idade vampírica e velocidade ajudaram na tentativa. Minha experiência com armas também ajudou.

Quando finalmente parei para respirar, foi para encontrar

mais de uma dúzia de corpos no chão, alguns dos quais tinham foram derrubados pela explosão. Todos os outros tinham levado uma ou duas balas. Nenhum deles estava realmente morto, apenas ferido o suficiente para ficar no chão.

Virei a cabeça, procurando a origem dos meus problemas. Sem eletricidade não havia filmagem, logo ela tinha que estar por perto para testemunhar minha abordagem.

Se fosse eu, não teria cortado a energia e teria permanecido no alto da torre para assistir pelas câmeras, me dando tempo suficiente para planejar um contra-ataque.

Eu também não teria desligado o recurso que minhas Vigílias humanas precisavam para fazer seu trabalho.

A falta de luz era igual a uma visão mínima – uma fraqueza que explorei lindamente com a ajuda da minha escrava.

Se eu já não estivesse chateado com as travessuras de Lilith com Damien, eu teria ficado chateado com o insulto por ela ter achado que isso seria o suficiente para me derrubar.

— Ei, Lilith — chamei, assobiando enquanto começava minha busca no nível inferior.

Eu estava contando com sua propensão para o entretenimento. Ela ia querer me punir, me fazendo assistir Damien morrer ao invés de me fazer entrar para encontrá-lo já morto. Essa era sua falha fatal: sua necessidade de atenção.

— Vamos, querida — eu disse, espiando a área administrativa atrás das mesas de recepção e encontrando-a vazia. — Achei que nós tínhamos um encontro.

Um grunhido abafado encontrou meu comentário, me fazendo sorrir. *Obrigado, Damien*, pensei, seguindo o som. Ele sempre me encontrava divertido, ou pelo menos, foi assim que interpretei sua reação.

— Por que você está jogando duro? — perguntei, entrando no restaurante. Lilith estava perto do centro da sala, debaixo do lustre apagado. Damien estava sentado em uma cadeira ao lado dela, amarrado, amordaçado e sem um olho.

Eles estavam sozinhos, o que significa que ela achava que isso seria o suficiente para me colocar de joelhos.

Ou talvez ela tivesse reforços chegando.

Isso explicaria seu silêncio prolongado.

— Você perdeu completamente a cabeça? — ela questionou, arqueando a sobrancelha loira perfeita. Isso meio que combinava com ela – toda perfeição gloriosa em um vestido branco elegante. Mas o ar de pureza acabava com um machado em sua mão direita, realmente levando para casa toda a fachada de anjo vingador.

— Não tenho certeza de que é sábio para você questionar a sanidade dos outros, Lilith — falei. — Quero dizer, você liderou uma revolução para escravizar a raça humana, tudo para quê? Vingar seu Michael?

Ela grunhiu.

— Não fale o nome dele.

Olhei em volta.

— Ah, se eu disser três vezes, será que ele apareceria? — perguntei em um sussurro conspiratório. — Ou isso é outro conto de esposas velhas? Eu os confundi ao longo dos milênios. Será que um espelho é necessário?

— Você ousa fazer piadas sobre a minha perda?

— Me perdoe — falei. — Eu tendo a amenizar as situações que me irritam. Como você arrancar o olho da minha progênie. Isso é uma metáfora? Olho por olho? Porque vou precisar do seu olho como pagamento.

Ela bateu com o machado no tornozelo, um sinal de que sua paciência estava começando a se esgotar.

— Você está protelando — observei. — Estamos esperando companhia? — Não fui ingênuo o suficiente de pensar que seria tão fácil. Embora seu ego servisse como uma séria fraqueza em sua tomada de decisão, ela não se deixaria ficar tão vulnerável sem um propósito.

Claro, eu tinha duas armas e uma terceira no coldre.

Então talvez tenha sido fácil.

Tudo que eu precisava fazer era erguer e mirar.

O que fiz.

— Eles vão te salvar a tempo, Lilith? — perguntei a ela, sem sorrir. Porque, ao contrário dela, eu não acreditava em shows longos e prolongados de diversão. Eu preferia ação e morte.

— Você não vai atirar em mim, Ryder — ela disse, parecendo entediada.

— Não vou?

— Você não pode.

Seu tom implicava tanta confiança que quase me perguntei se ela sabia algo que eu não sabia sobre minhas armas. O que era uma loucura total. Eu tinha acabado de usá-las para derrubar seu exército deplorável.

Minha mente zumbia com matemática rápida.

E sim, eu tinha munição suficiente para atirar algumas balas em seu crânio.

— Tenho certeza de que posso, Lilith — eu a informei.

Ela balançou a cabeça, como se estivesse triste.

— Eu não tinha ideia de que você ficou tão delirante ao longo dos anos. Eu deveria ter vindo ver como você está. A velhice pode realmente afetar a cabeça de alguém.

Essa maluca estava me chamando de delirante? Eu quase não sabia o que dizer.

Ela pegou o telefone e colocou o machado de batalha na perna de Damien. Em segundos, a energia voltou, cegando momentaneamente meus sentidos. Mas não foi o suficiente para atrapalhar meu foco. Minha pontaria não vacilou, mas minha suspeita aumentou.

— Precisamos registrar isso para o julgamento — ela explicou.

—Julgamento?

— Sim, seu próximo julgamento — ela respondeu, com a atenção voltada para o telefone. — Você é incapaz de liderar e depois de sua demonstração de desobediência esta noite, também vou providenciar seu extermínio.

Arqueei as sobrancelhas e uma risada saiu da minha garganta.

— Extermínio?

— Você é um perigo para nossa sociedade, Ryder — ela disse em um tom severo. — Você massacrou membros da nossa espécie durante seu curto mandato, e agora está apontando uma arma para minha cabeça como se tivesse autoridade para atirar em mim. — Ela fez uma careta triste. — Assumo parte da responsabilidade por isso. Está claro para mim que eu nunca deveria ter deixado você sozinho.

— Ah, você assume a responsabilidade? — perguntei. — Achei que eu era responsável por mim mesmo, mas é bom saber que você se sente envolvida no meu bem-estar. Na verdade, é comovente, Lilith.

Ela suspirou novamente, voltando sua atenção para o telefone.

— Se você me der mais um minuto para abrir o aplicativo adequado, vou começar a gravação.

Eu bufei.

— Então deixe-me ver se entendi. Você sente que sou um perigo para a sociedade e quer que eu seja executado, mas espera que eu fique aqui e apenas... obedeça?

Ela me ignorou, respondendo à minha pergunta.

— Não tenho certeza do que me impressiona mais – sua inaptidão ou arrogância — falei, franzindo a testa. Algo não estava certo. Ela se mostrou um verdadeiro gênio estratégico em suas ações anteriores. Embora ela me subestimasse, eu sabia que não devia julgar mal a situação. Esse foi meu erro antes.

O que você está fazendo?, me perguntei, semicerrando os olhos.

Olhei para Damien, notando a transpiração em sua testa. Isso poderia ter sido causado por dor, mas sua expressão dizia algo totalmente diferente.

Preocupação.

Não com ele mesmo, mas comigo.

Fiz uma careta. O que não estou percebendo?

Esta era a mulher que derrubou Cam publicamente. Agora ela queria nos gravar. Isso implicava em uma agenda oculta, algo que não levei em consideração. Achávamos que a ameaça residia em Chicago, mas e se Lilith a tivesse mobilizado?

Abaixei minha arma lentamente, meus sentidos queimando, procurando por uma ameaça viável e não encontrando nada. Além de alguns gemidos da outra sala, nada...

Um alarme estridente ecoou no meu crânio, tornando meus sentidos inúteis. Puta merda! Coloquei as mãos nos ouvidos, um pouco ciente de que havia soltado minhas armas. Meus joelhos atingiram o chão enquanto eu desabava e o eco rugia em meus pensamentos, paralisando todos os meus instintos.

— Finalmente — Lilith disse. Sua voz soou muito alta e autoritária na minha cabeça. — Eu só tinha que encontrar a frequência certa.

Frequência certa? repeti para mim mesmo, me encolhendo enquanto aquele grito continuava a soar na minha cabeça. *Que merda você está fazendo comigo?,* mas as palavras não saíam da minha boca. Ou talvez saíssem. Eu não conseguia ouvir porcaria nenhuma além do som que perfurava meu cérebro.

— Agora que tenho sua atenção — Lilith continuou. Sua voz estava apenas ligeiramente mais alta do que o caos rugindo atrás dela. — Vou começar eliminando sua progênie. Você será capaz de ver novamente em um momento quando eu diminuir um pouco a frequência, mas ainda estará imobilizado.

Jurei ouvir seus saltos batendo.

Senti seus dedos em meu cabelo.

Sentiu seu perfume muito doce.

Que merda era essa? Como isso está acontecendo?

— Depois vou transportá-lo de volta para Chicago para encontrar os outros — ela disse. Sua voz era quase calmante em comparação com o som agudo debilitando meus pensamentos.

— Faremos sua execução em uma data posterior — provavelmente durante a reunião do conselho. Claro, posso ficar com você. Sua idade e sangue serão bastante frutíferos.

A unha dela estava roçando meu pescoço?

Meu ombro?

Puta merda, isso era loucura.

Eu podia *senti-la* dentro de mim. Sua voz era como uma carícia hipnótica que eu desejava odiar, mas ansiava por causa da porcaria do alerta que estava destruindo minha mente.

Comecei a tremer, sentindo a raiva ferver dentro de mim.

Eu deveria ter atirado nela quando tive chance.

Por que esperei? Eu sabia que isso não poderia ser *tão fácil*.

Ela murmurou na minha cabeça.

— Calma, calma. — O som parecia com o de unhas em um quadro-negro.

Eu queria estrangulá-la.

Destrui-la.

Arrancar sua cabeça.

E queria atirar em mim mesmo por não aproveitar o momento que tive para derrubá-la. Droga, eu sabia que deveria ter feito isso.

— Sim, está feito — eu a ouvi dizer, aparentemente para outra pessoa. — Encontrou a híbrida dele?

Willow.

Merda!

Tentei grunhir, exigir que ela a deixasse fora disso, mas o alarme soou mais alto. Puta merda, aquilo doeu. Eu estava respirando? Estava vivo? Morri sem perceber? Estava no inferno? Eu nunca acreditei realmente na vida após a morte ou no tormento perpétuo. Mas acreditava agora.

Isso era uma agonia.

Devastação total.

Insanidade.

Estremeci, apenas vagamente ciente do chão abaixo de mim.

— Bem, vá procurá-la — Lilith retrucou. — Não volte sem ela!

Sua voz me ofereceu um momento de alívio. *Willow ainda está segura.*

Corra, lobinha. Corra, eu a encorajei enquanto minha cabeça pulsava com o som. Abri e fechei os olhos. A palavra corra aparecendo repetidamente em meus pensamentos. A ponto de não saber por que dizia isso, mas me lembrei vagamente de que era importante.

Corra.

Corra.

Corra.

Willow

Vários minutos antes

O ZUMBIDO NA MINHA CABEÇA ME IRRITOU ENQUANTO EU corria em direção ao prédio. Algum tipo de frequência parecia estar tentando perfurar meus tímpanos através dos protetores que Ryder me deu.

Deve ser uma coisa de lycan, disse a mim mesma, afastando o pensamento assim que a fila de Vigílias e suas armas surgiram. *Merda...*

A histeria em minha voz enquanto gritava para Ryder não me matar assumiu um tom muito real, só que eu a estava direcionando para os humanos que estavam de sentinela do lado de fora do edifício.

No entanto, além de me olhar, eles não fizeram nada, pois seu foco estava concentrado na área atrás de mim.

Porque essas armas eram para Ryder, não para mim.

Eles não me viam como uma ameaça, assim como ele havia previsto. Dado o tamanho das armas, eu estava bem com isso. Eu não estava pronta para testar os limites da minha imortalidade ainda.

Em vez disso, continuei minha atuação e corri na direção deles enquanto lançava olhares de pânico por cima do ombro. Então, soltei as granadas que estavam em minhas mãos e as joguei nos Vigílias antes de me esconder atrás do vaso de plantas mais próximo. Engatinhei para o mais longe que pude, tentando fugir da explosão inevitável e desabei com a vibração violenta que abalou a frente do edifício.

Puta merda! Se doía tanto com os protetores de ouvido, então eu não queria saber como me sentiria sem eles.

Me enrolei em uma bola, sentindo meus ouvidos zumbirem loucamente.

Vamos, Willow, me incentivei, contando os segundos. *Vamos. Vamos. Vamos.*

Não havia um plano depois dessa parte, mas me deitar no chão do lado de fora do prédio não parecia o mais inteligente a fazer.

O tiroteio me surpreendeu. O vidro se estilhaçou e Ryder saltou como um deus, entrando no prédio exatamente como ele disse que faria.

Pisquei, atordoada.

Em seguida, mais tiros ecoaram pelo ar, cada um parecendo um trovão contra meus ouvidos doloridos.

E aquele zumbido não estava ajudando.

De onde é que estava vindo? Talvez tivesse algo a ver com a queda de eletricidade?

Fiz uma careta, olhando em volta e tentando encontrar a fonte quando ouvi Ryder chamar Lilith. Ele acabou de dizer algo sobre um encontro? Balancei a cabeça. Só ele adicionaria insultos nesta situação. Eu preferia esse comportamento à sua frieza. Isso ajudava a me sentir mais em casa. Este era o meu Ryder, o vampiro confiante com milênios de experiência.

Eu deveria me juntar a ele? Ou esperar?

Um ruído suave arrastado atraiu meu foco para a lateral do prédio. Ele fez uma pausa, seguido por um xingamento baixo que fez meus olhos se arregalarem.

Eu era um alvo fácil aqui, sem uma arma.

Merda.

Havia três arbustos à minha esquerda. Era como se a vegetação chamasse meu nome. Rastejei o mais silenciosamente possível, tirei os plugues dos ouvidos e esperei que a fonte do som aparecesse.

Os tons profundos de Ryder chegaram aos meus ouvidos e suas palavras eram indecifráveis, pois estávamos distantes. Mas minha loba relaxou, satisfeita com seu status.

Enquanto isso, a vampira em mim planejou minha próxima jogada.

Eu precisava de uma faca ou arma, de preferência a primeira opção. Embora Ryder tenha me mostrado como atirar, não me sentia tão confortável quanto com uma lâmina.

Ouvi um gemido feminino. Então a ouvi sacudir os escombros como se tivesse sido nocauteada ou tivesse caído com a explosão. O solo tremeu violentamente e a lateral do prédio de onde seus sons vinham estava a apenas alguns metros de onde eu me escondia.

Se aprendi alguma coisa como nova imortal, era que meus sentidos estavam muito mais aguçados. Portanto, a explosão teria impactado todos os outros prédios nas proximidades.

Uma mulher apareceu, usando sapatos de um tom de vermelho profundo. Parecia estar faltando um, o que sugeria que eu estava certa sobre ela ter caído.

Observei suas pernas nuas e seu vestido preto curto. Seu rosto estava escondido pelos galhos.

Ela espirrou, reclamou sobre a sujeira e começou a mancar em direção à entrada. Contraí o nariz com seu cheiro ferroso. *Vampira*, imaginei. Porque ela não parecia estar sangrando, apenas um pouco machucada.

Estremeci quando o zumbido irritante se intensificou na minha cabeça. *Que merda é essa?* Tentei me livrar dele, mas a sensação só parecia aumentar. Parecia errado. Estranho. Invasivo.

As luzes se acenderam de repente, me fazendo estremecer

com a claridade abrupta que cercava as ruas e os edifícios. Pisquei, sentindo meus olhos lacrimejarem com a mudança inesperada. Isso me fez entender a antipatia de Ryder pelo sol.

Felizmente, meus sentidos se ajustaram quase que imediatamente e a cena assumiu um novo matiz através dos olhos da minha loba. Ela começou a andar dentro de mim, sua inquietação revirando meu estômago com uma sensação de pavor.

Meus braços se arrepiaram.

Algo está errado.

Franzindo a testa, me movi lentamente para longe dos arbustos e em direção à frente do prédio, permanecendo agachada e em silêncio. Marcas de sangue e queimaduras pintavam o chão, a maioria dos mortais derrubados em combate.

Fiz uma pausa, batendo na coxa de um humano em busca de facas ou armas em potencial. Nada. Fui para o próximo cadáver e localizei uma adaga em sua bota. Um terceiro corpo me deu uma segunda lâmina. E o quarto tinha uma pistola que cabia perfeitamente na minha mão.

Ryder me ensinou como atirar com uma arma de tamanho semelhante em sua casa. Verifiquei a munição como ele me ensinou e encontrei-a totalmente carregada.

Excelente.

Roubei o cinto e o coldre do corpo e prendi em meus quadris. Não era um encaixe perfeito, mas tinha uma ranhura para uma das minhas facas, o que me permitiu manter pelo menos uma das mãos livre.

Um grito de agonia fez minha loba rosnar na minha cabeça. Ryder. Quase comecei a correr, quando meu instinto quis assumir, mas a parte mais fria da minha mente – a vampira em mim – me manteve cativa.

O que Ryder faria?, me perguntei, passando para outro corpo para procurar mais facas.

Se ele estava com problemas, eu precisava de adagas que pudesse lançar.

Achei algumas, com peso razoável e preciso.

Então ouvi o som de um salto no mármore vindo de dentro do prédio.

Merda! Não havia tempo para me esconder atrás de outro arbusto, então me contorci debaixo de um humano morto, permitindo que seu sangue escondessem o meu próprio cheiro.

Foi instintivo, mas não tive tempo de avaliar a decisão.

— Encontre a híbrida — uma voz feminina murmurou. — Pegue Damien. Pegue Ryder. Algo mais?

Franzi o cenho. *Com quem ela está falando?*

— Ah, e se você puder fazer o trabalho inteiro sem nem mesmo receber um "obrigada", seria ótimo — ela continuou. — Certo! Eu adoraria. Devo comer você também?

A fêmea grunhiu, passando por cima de mim. Era a mesma de antes, com os sapatos vermelhos.

Ela suspirou.

— Por onde eu começo? — Ela apertou a ponta do nariz, parando a um metro de mim. — Esse lugar tem cheiro de morte.

Sim, é verdade, concordei.

— Merda — ela murmurou, então olhou de um lado para o outro na rua. — Ah, Willow! — ela chamou. — O Ryder está procurando por você!

Franzi o cenho. *Você não acha mesmo que isso vai funcionar, não é?*

Ela assobiou, então deu mais alguns passos antes de gritar por mim novamente, alegando que Ryder a havia mandado.

Ah tá, pensei. Ela continuou, variando seu comportamento entre mancar e gritar mentiras. Esperei até que ela estivesse a uns seis metros de distância antes de começar o processo de sair de debaixo do cadáver.

Ela estava muito ocupada assobiando e me chamando para notar meu progresso lento. Demorou alguns minutos, principalmente porque eu não queria arriscar que ela me visse, mas finalmente consegui sair e ficar em uma posição onde poderia atirar nela.

Mas eu não queria que ninguém ouvisse tiros.

Então, peguei uma faca.

Se eu não conseguisse detectar conversa lá dentro, o problema estava longe o suficiente para que eu não precisasse me preocupar com alguém ouvir o grunhido dessa vadia.

Fiquei na ponta dos pés, rastejando para frente.

A vampira praguejou e tirou os sapatos, completamente alheia de que eu me aproximava por trás. Considerando que ela pensava que eu era burra o suficiente para cair na sua conversa, ela não previu que eu a espreitaria.

Pesei uma das adagas em minha mão, contemplando a velocidade de arremesso necessária, então a soltei quando estava a mais ou menos um metro e meio dela. Atingiu-a bem entre as omoplatas, resultando em um grito que se transformou em um grunhido quando me lancei sobre ela por trás.

Ela caiu com um *humpf*.

Peguei outra faca e a enfiei em seu crânio com uma força criada pelo meu lado lycan.

Além de um gorgolejo, ela ficou em silêncio.

Olhei rapidamente ao redor para ver se alguém mais tinha me notado e encontrei alguns vampiros espiando de edifícios próximos, a maioria deles deveriam estar se perguntando sobre o que essa mulher estava gritando.

Quando ninguém reagiu, rolei e fiquei na ponta dos pés.

Ela acordaria com dor de cabeça mais cedo ou mais tarde. Embora eu suspeitasse que ela poderia ser Benita, eu não tinha certeza, já que nunca a vi. Ele só falou dela algumas vezes com Damien, depois mencionou que achava que ela estava passando informações para Lilith.

O que, se fosse verdade, significava que Lilith tinha vencido lá dentro.

Dada a agonia que ouvi de Ryder, isso infelizmente parecia provável.

Engolindo em seco, comecei o processo de rastejar através dos cadáveres novamente, desta vez com o objetivo de entrar no prédio. Eu ainda segurava várias facas com a mão esquerda, deixando a direita disponível para um possível lançamento ou para pegar a arma.

Me movi em silêncio – algo que parecia vir naturalmente do meu lado lobo – e me mantive abaixada. Com todas as luzes acesas lá dentro, era fácil ver a cena mórbida no saguão. A maioria dos corpos estava sem vida com apenas alguns membros se contorcendo aqui e ali. Passei pela entrada que Ryder fez, então me abaixei atrás da área de recepção. Provavelmente foi por isso que ele escolheu este caminho – ele sabia que existia um escudo natural do outro lado.

— ...vê ainda? — Ouvi uma mulher perguntando e seu tom provocou um arrepio na minha coluna.

Lilith.

Quantos filmes eu fui forçada a assistir na universidade que apresentavam a voz dela? Quantas fitas? Quantas cerimônias de adoração registradas?

Minha garganta ficou seca com as memórias.

Ela se apresentava como uma deusa linda e benigna. Orávamos por ela diariamente. Implorávamos a ela por seu precioso presente de imortalidade. Desejávamos que ela nos *escolhesse* para a Copa Imortal.

Isso foi introduzido em nossas mentes quando éramos jovens.

Ela assombrava meus sonhos quando criança. Eu adorava e temia a sua voz.

E ouvir seu tom insensível trouxe ainda mais lembranças das mentiras com que ela nos alimentou.

Uma coisa tão pequena, mas uma característica determinante que ela tinha acabado de quebrar em segundos ao ouvir seu lado verdadeiro.

Porque aquele tom que ela usou com Ryder irradiava intenções maliciosas.

— Ah, Damien, como você deve estar desconfortável — ela continuou. — Não se preocupe, doce criança. Tudo acabará logo, assim que seu senhor *abrir os olhos*.

Minha pele se arrepiou com eletricidade, aquele zumbido na minha cabeça se intensificando mais uma vez, me fazendo estremecer. *É ela*, percebi. Algo que ela estava fazendo. Mas eu não tinha ideia do quê.

Saí de trás da mesa para examinar a sala novamente em busca de qualquer sinal de vida.

Nada.

— Vamos, Ryder. Sei que dói, mas eu esperava que você fosse mais forte que isso — ela continuou. — Onde está aquele rebelde que passei a odiar? Aquele que pensa que pode simplesmente entrar aqui e desmantelar todas as leis que já criei?

Sua voz vinha da sala de jantar. Não estive naquele lugar desde a primeira noite em que Ryder e eu chegamos, quando ele matou todos aqueles vampiros.

A memória aqueceu meu sangue – uma reação bem vinda, já que o gelo fluía em minhas veias. Isso me ajudou a andar na ponta dos pés em direção a eles.

— Você tem ideia de há quantos séculos venho planejando isso? — ela perguntou em tom de conversa. — Michael e eu pensamos *em tudo*. Como acho que você está descobrindo agora, não é? Pelo que me lembro, você gosta de tecnologia, mas aposto que nunca poderia ter imaginado *isso*.

Ryder grunhiu em resposta, o que provocou uma risada de Lilith.

Parei do lado de fora, esperando para ver se ela conseguia me sentir. Um lycan seria capaz de farejar meu cheiro. Mas e um vampiro?

Embora eu estivesse coberta com o sangue daquele humano do chão. Talvez isso ajudasse a mascarar minha metade lobo?

— É baseado na mente coletiva — ela acrescentou. — Um link telepático que desabilita a mente e o corpo. Fascinante, não é?

Fiz uma careta. *Um link telepático?* Quase arrisquei olhar, mas me segurei, não querendo me entregar.

— Usei isso para acabar com diversos vampiros. — Ela parecia muito orgulhosa. — Cam, é claro, se recusa a cooperar.

Os saltos dela bateram no chão.

— Talvez você possa compartilhar uma cela com ele — ela comentou. — Ele ficou meio louco, então isso deve servir para você. Em algum momento, vou tirar a *Erosita* dele de Luka, apenas para ver o quanto posso me divertir com ela para derrubá-lo ainda mais. Por enquanto, é mais divertido provocá-lo com "e se" e "quando". Você deveria vê-lo tentar se oferecer para ficar no lugar dela. É terrivelmente triste.

Era isso que eu esperava de um vampiro.

Lilith parecia o mal em sua forma mais pura.

E de alguma forma, ela derrubou Ryder.

— Aí está você — ela disse.

Paralisei, pensando por um segundo que ela tinha me encontrado, mas suas próximas palavras ainda eram dirigidas a Ryder.

— Veja esses lindos olhos escuros cintilando de raiva — ela murmurou. — Eu amo essa reação. Vamos deixar você realmente bravo, certo? De pé.

Um barulho de luta fez cócegas em meus ouvidos, e eu a imaginei tentando ajudá-lo a se sentar. O que implicava que ele estava acordado, mas paralisado por tudo o que ela tinha feito com seu link telepático.

Se eu pudesse encontrar a fonte, talvez pudesse acordá-lo.

Mas a fonte tinha que estar lá dentro.

Uma arma derrapou no chão, batendo de leve no batente da porta.

— Não vai precisar disso, não é? — Lilith perguntou.

Isso significava que ela estava desarmada?

Algo de metal deslizou para outro lado, sugerindo que ela tinha acabado de chutar outra arma.

Segurei o cabo da arma ao meu lado, então olhei para a que estava a poucos metros de distância. Era a mesma que Ryder me entregou quando o carro capotou.

Estava carregada ou vazia?

Eu queria arriscar ou ficaria com a que estava comigo?

— Pronto — ela disse parecendo satisfeita. — Assim fica um ângulo perfeito, que permite que você veja a cabeça de Damien rolar.

Arregalei os olhos. *O quê?*

Isso o mataria.

Razão pela qual ela disse que tudo acabaria em breve.

Puta merda, eu precisava agir.

Claramente, ela estava sozinha lá. Mas tinha algum tipo de arma que incapacitou Ryder. Que chance eu tinha contra *isso?*

Isso importa?, me perguntei. *Ou fico aqui e o ouço morrer ou tento impedi-la.*

Não havia dúvida.

Eu tinha que fazer algo.

Ryder quase se perdeu por causa de Damien sendo ferido. Se ela matasse sua progênie...

Não. Isso não vai acontecer.

Eu tinha armas e a surpresa a meu favor. Ela também me subestimou, assim como todo mundo.

Faça isso, disse a mim mesma. *Faça isso agora!*

Parei na porta e a encontrei de costas para mim enquanto se curvava para pegar um machado. Ryder estava sentado em uma cadeira em frente a ela, completamente imóvel.

Pare de olhar e se mova!, gritei para mim mesma, me curvando para pegar a arma que ela havia descartado.

Ainda em silêncio. Ainda invisível.

Porque ela não estava me esperando.

A híbrida.

A escrava de Ryder.

Ela começou a falar, mas eu a desliguei, focando na arma e apontando para ela. Eu tinha uma chance de fazer isso direito.

As instruções de Ryder me voltaram à mente e minha respiração se acalmou enquanto eu fingia que ele estava bem atrás de mim, me orientando e me dizendo o que fazer.

Quando você começar, sempre mire no torso, ele me disse. *É um alvo maior e mais fácil para um novato.*

Na minha cabeça, o vestido branco se transformou nos alvos que ele havia alinhado quando treinamos.

Minha loba se concentrou.

Focou em um ponto.

Então puxei o gatilho.

O som foi ensurdecedor e o estalo da bala me fez estremecer.

Foi quando um lindo tom de vermelho apareceu no meu campo de visão.

Lilith se virou e o choque era evidente em sua expressão quando ela largou o machado.

— *Como você ousa?* — ela questionou.

A humana em mim lutou para não se curvar.

Mas aquela humana não me dizia mais como me mover ou como reagir. Minha loba assumiu, enfurecida com a vampira por machucar seu companheiro e rugindo na minha cabeça quando dei um passo à frente e atirei mais uma vez em seu torso. E de novo. Mais uma vez. Até que tudo o que restou foram cliques secos.

Rugi com uma raiva que não sabia que era capaz de sentir e a ataquei com uma faca, cravando-a em seu coração e jogando-a no chão.

Ela olhou para mim com olhos verdes cruéis, fechando as mãos em volta da minha garganta, apertando-a.

Então eu a esfaqueei novamente. E de novo. Em seguida, enfiei a lâmina bem no olho dela.

Enfiei outra em seu pescoço. Uma terceira em seu peito. Em seguida, tateei a lateral do meu corpo, procurando por mais.

Só então percebi que ela havia parado de se mover. Que eu a havia derrubado. E quando olhei para Ryder, vi as lágrimas rolando pelo seu rosto, seus olhos escuros brilhando com um orgulho que senti em minha própria alma.

Mas ele ainda não estava se movendo.

— Como faço para interromper isso? — perguntei a ele, girando e procurando o que quer que o tivesse feito ficar sentado ali daquele jeito.

Um grunhido chamou minha atenção para Damien.

Ofeguei ao ver sua órbita ocular vazia e seu rosto bonito parecendo muito maltratado. Ele grunhiu de novo, desta vez em impaciência. A bola em sua boca o impedia de falar. Me levantei e fui até ele, sentindo meus membros tremerem, mas de alguma forma consegui soltar a tira de couro atrás da sua cabeça.

— O telefone dela — ele disse imediatamente. — Encontre o telefone dela. Está no vestido.

Voltei para ela, procurei por um bolso no tecido rasgado e, finalmente, o encontrei perto de sua coxa.

— Use o dedo indicador direito dela para ativá-lo — Damien instruiu.

Eu não tinha certeza do que ele queria dizer até que a tela se iluminou, pedindo identificação. Fiz o que ele falou e fiquei boquiaberta com a tela cheia de códigos e imagens.

— Traga-o para mim — ele exigiu.

Fiquei de pé e o segurei diante dele. Ele me fez selecionar vários ícones, deslizando de um lado para o outro, até que finalmente achei um que pareceu interessá-lo.

— Aí. Pressione o botão vermelho.

— Tem certeza?

— Pressione — ele ordenou.

Meu dedo tremia enquanto eu seguia seu comando.

Silêncio.

Engoli em seco.

— Damien, você está...

— Essa vadia filha da puta — Ryder rugiu de repente, me fazendo dar um salto tão alto que quase perdi o telefone. Ele avançou, agarrou o machado e cortou seu pescoço tão rápido que eu não teria visto se tivesse piscado.

Então ele começou a golpear seu peito, xingando-a a cada golpe. Sua fúria era uma onda tão palpável que fez minha loba andar em círculos dentro de mim.

Mas o quê?

Fiquei boquiaberta com ele, confusa com minha reação interna e, subsequentemente, com medo da besta que olhava para mim quando ele se virou.

Ele me agarrou no mesmo segundo. A palma da sua mão era como uma marca contra a minha nuca enquanto ele me puxava para um beijo que roubou meu fôlego.

Derreti nele por instinto e meus tremores se transformaram em terremotos de violência cheia de desejo.

Ouvi o som de um pigarrear atrás de mim, mas Ryder estava muito ocupado me devorando para prestar atenção. Então Damien disse:

— Você poderia, pelo menos, me desamarrar antes de transar com ela? Eu adoro assistir ao show, mas estou com um pouco de dor aqui.

Ryder o ignorou por mais um segundo antes de sorrir contra minha boca.

— Você é completamente minha, Willow.

— Achei que tivéssemos estabelecido isso do lado de fora — respondi, um pouco sem fôlego.

Ele mordeu meu lábio inferior com força suficiente para sangrar.

— Não se mexa. Ainda não terminamos.

Ryder

A tela de Damien piscou com os dados do telefone de Lilith e a barra de progresso subia lentamente enquanto ele fazia o download de tudo do seu dispositivo no nosso sistema.

Apoiei a mão na nuca e estiquei os músculos rígidos dos ombros. O que quer que Lilith tivesse feito na minha cabeça, ainda permanecia em pulsações persistentes, disparando espasmos esporádicos na minha coluna.

Bater nela com aquele machado foi bom, assim como Damien gostou de cortar a cabeça de vários imortais no saguão, mas os impactos duradouros da sua visita me deixaram me sentindo mais fraco do que eu gostaria de admitir.

Levantando os braços sobre a cabeça, tentei relaxar as juntas para me livrar de seu toque prolongado.

Um link telepático replicado através do uso de tecnologia, fiquei maravilhado pela milésima vez. De alguma forma, ela encontrou uma maneira de aproveitar a energia da mente colmeia lycan e aplicá-la a seu favor.

Fiquei enojado e impressionado.

Não era de se admirar que ela tivesse derrubado Cam. Eu também entendi porque ele não havia procurado Izzy.

— Ela deveria estar acessando a mente dele através da conexão de acasalamento — eu disse, andando de um lado para o outro. — Esse é o único link telepático de que tenho conhecimento, exceto nas raras ocasiões em que é ativado durante a troca de sangue.

Infelizmente, essa não era uma habilidade que eu possuía. Humm, como eu adoraria entrar nos pensamentos de Willow. Especialmente agora, já que ela estava cochilando lá embaixo. Deixá-la em nossa suíte para tomar banho sozinha foi doloroso – visto que tudo que eu queria fazer era comê-la contra uma parede – mas eu não podia deixar Damien fazer tudo isso sozinho.

Era minha culpa ele estar sozinho quando Lilith chegou.

Assim como foi minha culpa ele ter sido transformado em um peão neste jogo perigoso.

Eu não cometeria esse tipo de erro novamente.

— Humm, acessar nossa psique através de uma porta reservada para companheiros explicaria a sensação de alarme — Damien respondeu. — Sua mente lutaria contra a intrusão e a explosão de sinais de erro, que poderiam ser interpretados por meio do som.

— Mas como ela me paralisou?

— Algum tipo de manipulação mental através do link? — ele sugeriu. — Ou desligar foi a defesa natural do seu corpo. — Ele deu alguns toques para verificar o progresso do nosso download. Apenas sessenta por cento e já estávamos nisso há quase noventa minutos. A vadia tinha muitos dados em seu telefone.

— Passar pelo link de acasalamento também explicaria por que Cam não procurou a Iz. — Sempre achei que ele estava tentando protegê-la por meio de alguma abordagem retrógrada e depois de sentir a dor da intrusão mental, entendi perfeitamente essa proteção. No entanto, minha curta experiência também indicou que podia ser literalmente impossível para ele entrar em contato com ela. — Senti como se meu cérebro tivesse sido desligado. Tudo o que pude fazer foi me concentrar na voz de Lilith.

— Teremos mais informações assim que o download do

telefone terminar — ele disse, se recostando na cadeira. Ele vestiu uma camiseta preta e calça combinando. Tirando o curativo sobre o olho esquerdo – para proteger o processo de regeneração e cura – ele parecia novo em folha. — Você acha que a Benita já acordou?

Considerei o dano que ele provocou depois de encontrá-la do lado de fora com uma faca na cabeça.

— Se tiver, está com muita dor — falei baixinho.

— Estou tão triste por ela — ele respondeu. — De alguma forma, não acho que era isso que ela tinha em mente quando decidiu nos trair para ajudar Lilith.

— Você não acha que ela vai gostar de acordar com um machado no estômago? — perguntei, fingindo surpresa.

— Eu realmente espero que ela se recupere.

— Assim você pode arrancá-lo dela? — perguntei.

— É por isso que somos amigos — ele disse, gesticulando entre nós. — Você me entende bem.

Parei de andar para inclinar minha cabeça para o lado.

— Estamos tendo um momento sentimental, Damien?

— Acredito que sim.

— Precisa de um abraço? — perguntei, arqueando uma sobrancelha.

— Acho que estou bem.

— Então nós somos de fato amigos — respondi, fazendo-o sorrir. — Quer que eu vá verificar o freezer para você? — Ele instalou um frigorífico na cobertura, equipado com um painel de segurança que me fez babar um pouco. Ele realmente sabia como me impressionar às vezes.

Ele considerou a oferta.

— Não. Vou verificar o conteúdo em algumas horas.

— Você quer mesmo que o machado grude nela — eu disse, achando graça. Ele amarrou Benita a uma cadeira para garantir que ela não seria capaz de remover o machado de seu abdômen.

Isso foi depois que ele entregou a Willow as facas que ela usou para derrubar a fêmea.

Minha escrava não tinha entendido o propósito até que ele se referiu a elas como troféus com uma piscadela. Serviu como um sinal de afeto de Damien – uma raridade, mas bem merecida.

— Vai ser muito mais divertido quando eu entrar para brincar com ela mais tarde — Damien disse, se referindo a localização de Benita.

— Quanto você acha que ela sabe? — perguntei.

— Espero que seja o suficiente para satisfazer minha sede de sangue. — Ele coçou o queixo e deu de ombros. — Ou só vou mantê-la viva para me divertir e visitá-la sempre que precisar de um treino.

Eu grunhi.

— Ela está em um mundo de dor.

Ele olhou para a morena adormecida no sofá no canto, semicerrando os olhos ligeiramente.

— A vadia merece depois do que fez com a Tracey.

Observei a mulher pequena.

— Você gosta dela.

— Ela está sob minha proteção — ele corrigiu. — A Benita não tinha o direito de tocá-la.

— Ela demonstrou grande lealdade ao te contar sobre a ameaça de Benita — murmurei, caminhando para me aproximar do sofá.

Benita havia dado a Tracey a tarefa de drogar Damien, afirmando que se ela não obedecesse, daria a pobre garota para Lilith como comida. Em vez de aceitar a ameaça, ela informou Damien da verdade – uma coisa admirável e corajosa de se fazer.

Sua decisão deu a Damien a oportunidade de enviar algumas mensagens antes de absorver o conteúdo de boa vontade. Depois, ele mandou Tracey informar a Benita que a tarefa estava cumprida, e a vampira recompensou a humana transformando-a em lanche antes de deixá-la aqui para morrer.

Ela parecia estar se recuperando, graças a uma dose saudável do sangue de Damien em seu organismo. Ofereci o meu, mas ele foi inflexível sobre ser o dele.

— Você pretende recompensá-la além de salvar sua vida mortal? — perguntei a ele, me referindo à opção de transformá-la em imortal.

— Você me apoiaria se eu fizesse isso?

Olhei para ele.

— Eu sempre te apoio.

Ele assentiu, mas não disse mais nada. O que significava que ele ainda estava debatendo suas opções. Justo.

Apoiei a mão na nuca novamente. A barra de download avançou lentamente, fazendo meu queixo latejar.

— Quanto tempo até os outros chegarem?

— Eles não estarão aqui até o final da manhã — Damien disse, verificando um de seus monitores. — Estão vindo de todo o mundo. Rick está ajudando a direcionar o tráfego aéreo, pois insiste em trabalhar durante sua recuperação.

Eu sorri.

— Típico do Rick. — Ele ligou assim que acordou, chateado por ter perdido a luta. — Vai ser uma festa e tanto amanhã.

— Sim — Damien concordou. — Pode ir até ela, Ryder — ele acrescentou depois de outro minuto. — Todos os detalhes urgentes foram tratados e estou bem o suficiente para monitorar o download sozinho.

Apesar de ele ter razão, eu não conseguia convencer meus pés a se moverem em direção à porta. Parecia imperativo que eu permanecesse ao seu lado, não apenas por causa das descobertas monumentais que se escondiam nos arquivos de Lilith, mas porque eu devia meu tempo a este homem.

— É meu dever supervisionar esta região e não levei isso a sério. Em vez disso, deixei você aqui para administrar tudo na minha ausência e quase te perdi. Isso não vai acontecer de novo.

Ele ergueu seu único olho ativo e sua expressão demonstrava certa descrença.

— Você está brincando comigo, certo?

— Eu não brincaria com isso.

Ele bufou e riu ao mesmo tempo.

— Sério, essa merda de sentimentalismo não é para nós. Você sabe disso.

Não compartilhei de seu humor.

— A Lilith quase te matou.

— E ela te incapacitou — ele retrucou de volta.

— Ela quase te matou para me machucar — reformulei.

— Ela quase me matou, porque era uma vadia psicótica em uma viagem de poder — ele falou, se afastando da mesa para se levantar. — Olha, você me colocou no comando aqui porque sou bom nisso. — Ele contornou a mesa para caminhar em minha direção. — Além do mais, você sabe que eu gosto. Se eu não quisesse bancar o estrategista, não o faria. Se eu não quisesse matar vampiros que atacam crianças, eu não o faria. E se eu não quisesse ir às reuniões e mandar as pessoas se foderem o dia todo, eu não o faria.

Ele parou bem na minha frente, me desafiando a discutir.

— Você gosta de emitir decretos e fazer exigências, mas nós dois sabemos que só obedeço ao que quero obedecer. Vou brigar contigo quando discordar, assim como direi quando precisar de você. E estou dizendo que agora, não preciso de você. Então, pare de ser um idiota e vá trepar com sua loba. Porque depois do que ela fez, com certeza merece alguns orgasmos. A menos que você esteja entrando em outro século de celibato? Nesse caso, fico feliz em tomar seu lugar. Porque aquele show na sala de jantar foi sexy pra cacete.

— Eu não compartilho — grunhi.

— Então vá fazer a merda do seu trabalho — ele retrucou. — E me deixe fazer o meu.

Semicerrei os olhos para ele.

— Você parece muito bom em emitir decretos sem mim.

— Aprendi com o melhor — ele rebateu.

— Sim. Aprendeu mesmo. — Segurei seu ombro e o puxei para um abraço, o que me rendeu um grunhido irritado de Damien. Mas não me importei. — Nunca mais se deixe ser capturado — eu disse a ele.

Ele relaxou um pouco, mas não o suficiente para retribuir o abraço.

— Guarde as emoções para a sua escrava.

Eu ri e o soltei.

— Seja pego de novo, e eu mesmo te mato. Melhor?

— Sim.

Balancei a cabeça.

— Quer que eu verifique a limpeza lá embaixo?

Ele me olhou como se eu tivesse perdido a cabeça.

— Você está protelando transar com a Willow? É esse o propósito desse questionamento idiota?

— Estou tentando ajudar, babaca.

— Você vai me ajudar mais voltando para Willow e me deixando fazer meu trabalho sem bancar a mãe. — Ele voltou ao seu lugar bufando. Sua irritação era palpável. Mas percebi a sugestão de um sorriso em seus lábios também. — Se precisa de uma tarefa para se sentir útil, então vá agradecer a sua loba por mim. Diga a ela que aprecio estar vivo para que eu possa continuar te servindo por toda a eternidade.

— Engraçadinho — eu disse.

— Na verdade, estou considerando um novo emprego como comediante — ele respondeu sem perder o ritmo. — Você vai servir de referência?

— Claro.

— Excelente. — Ele voltou a se concentrar na tela. — E nunca mais me abrace.

— Você gostou.

Ele me lançou um olhar de falsa preocupação.

— Se você considera isso gostar, então talvez eu precise ir cuidar de Willow em seu nome. Eu odiaria que você infligisse o mesmo nível medíocre de prazer a ela, especialmente depois de tudo que ela conquistou esta noite.

— Continue duvidando da minha vida sexual e farei você assistir.

— Você diz isso como se fosse um castigo — ele respondeu.

— Seria, se eu não permitisse que você participasse — retruquei, indo em direção à porta. — E para que conste, você não foi convidado a participar. Nunca.

— Ryder — ele chamou quando passei pela porta.

Virei a cabeça e arqueei a sobrancelha.

— Sim?

— Só para constar — ele disse —, eu também teria sentido sua falta.

Eu o encarei por um momento, vendo a sinceridade absoluta em suas feições, e assenti em reconhecimento.

Realmente não havia mais nada a dizer, então deixei que ele gerisse o resto do download. Falaríamos sobre as atribuições mais tarde. Independentemente de sua opinião, foi errado eu deixá-lo aqui para fazer tudo sozinho.

Eu era o membro da realeza desta região agora e precisava realmente assumir o comando.

Porque a rainha vadia estava morta.

Agora, todo o inferno estava prestes a explodir.

E eu mal podia esperar.

Willow

Uma onda de calor me atingiu, me puxando do casulo de cobertores ao meu redor. Minha loba vagou pelos meus sentidos e seu rosnado provocou uma vibração em meu peito que não consegui conter.

Ryder.

Sua presença me dominava por completo e sua essência mentolada se infiltrava a cada vez que eu respirava.

Ele está aqui.

Mas eu não conseguia vê-lo, a nuvem de seda ao meu redor atrapalhou a minha visão.

— Você acabou de rosnar para mim, escrava? — ele perguntou com uma pontada de perigo em sua voz que fez minhas coxas se fecharem.

O colchão cedeu a minha esquerda, seguido pelos lençóis cobrindo minha pele para me revelar ao predador que pairava sobre mim. Inspirei seu aroma e sua fragrância me deu uma nova vida.

Shampoo.

Gotas de água.

E o calor de um homem muito excitado.

Tudo isso se misturou para criar a colônia inebriante.

Estendi a mão para ele, precisando de mais, mas ele segurou meus pulsos com uma mão e os puxou sobre minha cabeça.

— Parada — ele disse, continuando o processo de remoção do tecido sedoso para expor cada centímetro da minha pele nua. — Este presente é para mim? — perguntou, se referindo à minha nudez.

— Sim — eu sussurrei.

— Humm... boa menina — ele elogiou, se inclinando para beijar meu monte.

Tremi com o toque, sentindo meu corpo em chamas por sua existência. Quando ele decidiu lamber um caminho até meu quadril, só aumentou minha necessidade.

— Ryder — gemi, quase alcançando-o novamente. Mas seus olhos brilharam para mim no escuro e sua besta interior emitiu um desafio com aquele olhar. Quase quis testá-lo, só para ver o que ele faria.

— Eu não faria isso — ele murmurou, lendo minha intenção.

— Por que não?

— Vou morder — ele prometeu.

Meus mamilos endureceram com a perspectiva e minhas pernas ficaram tensas.

— Ah, isso soa como uma recompensa, não uma punição — apontei.

Ele passou os dentes pela minha coxa.

— Uma recompensa? — ele repetiu enquanto sua boca roçava na minha boceta lisa. — Você merece uma recompensa, Willow?

Meu coração começou a bater forte.

— Sim.

Suas íris ardentes cintilaram para mim.

— Eu concordo, escrava.

Gemi quando ele me penetrou com a língua e suas mãos deslizavam para cima e para baixo em minhas pernas enquanto ele se acomodava entre elas.

Havia algo diferente em seu toque. Era mais potente do que o normal. Mais intenso. Mais reverente.

Arqueei em sua direção enquanto ele me dava um beijo

íntimo que interrompeu meus pensamentos, me forçando a me concentrar nele.

Ele me tomou por completo e sua aura me consumiu de dentro para fora.

Me senti possuída e protegida, querida e respeitada, devorada e *amada*.

Abri os olhos — eu não poderia nem dizer quando eles fecharam — e meu coração bateu em um ritmo caótico.

Essa era a diferença.

Emoção.

Sempre esteve lá, subjacente a cada toque e beijo, mas agora ele estava permitindo que eu realmente a sentisse. Ou talvez ele finalmente estivesse se permitindo sentir.

Olhei para ele, perplexa e apaixonada ao mesmo tempo enquanto meu prazer explodia em uma onda de êxtase que me deixou ofegante e tonta embaixo dele. Minhas bochechas estavam úmidas e meus cílios marcados com lágrimas não derramadas.

Tudo me atingiu tão de repente que parei de funcionar.

E então ele estava lá, me beijando. Seus lábios me adorando de forma gentil, me permitindo provar a excitação em sua língua.

— Shh — ele sussurrou, me acariciando, me adorando e me fazendo sentir tonta novamente.

Que sensação é essa?, me perguntei, flutuando em uma névoa erótica com Ryder como meu único guia.

Minha loba se esticou dentro de mim, contente.

Minha vampira só aceitou o que considerou óbvio.

E minha humana, que percebi que ainda era uma parte de mim, olhou para o homem maravilhoso que me prendia debaixo do seu corpo forte e nu.

— Minha — ele disse simplesmente, passando os dentes pelo meu lábio inferior.

— Meu — concordei, olhando em seus olhos escuros, ainda atordoada com as emoções que emanavam dele.

Ele me beijou novamente enquanto seu pau se encaixava em minha entrada.

— Passe as pernas em volta do meu corpo — ele exigiu.

Eu o apertei com minhas coxas e meus tornozelos travaram em suas costas enquanto ele me penetrava.

— Se segure — ele disse com a voz rouca.

Segurei seus ombros e minhas unhas perfuraram sua pele quando ele deslizou para fora e entrou de novo em seguida.

— *Ryder*.

— Mais — ele respondeu, pegando o ritmo e me tomando com uma ferocidade que eu nunca tinha visto antes.

Ele estocou em mim. Sua necessidade era tão sombria que ameaçava nos consumir. Eu o incentivei – *dei boas-vindas a isso* – e o abracei enquanto levantava meus quadris para encontrar os dele.

Era uma loucura selvagem e animalesca.

Tirei sangue.

Ele mordeu meu pescoço, mordiscou meu queixo e capturou minha boca.

Foi intenso.

Rápido.

Pesado.

E incrivelmente perfeito.

Sua besta assumiu o controle, me forçando a sentir seu desejo, sua reivindicação, sua necessidade de estar comigo.

— Para sempre — ouvi Ryder sussurrar e a reverência em seu tom era como um beijo em meus sentidos — *companheiros*.

Meus músculos internos se fecharam em torno dele, aquela palavra que reconheci em minha própria alma.

— *Companheiros* — repeti, desmoronando embaixo dele em um clímax que cobriu minha visão em tons de preto. Seus dentes se fecharam em volta do meu ombro, mordendo de uma forma que fez minha loba uivar em aprovação.

Afundei os dentes em seu ombro também, gemendo com o

gosto de seu sangue na língua. Ele grunhiu meu nome e seu orgasmo explodiu dentro de mim em uma onda pulsante de calor e êxtase. Seus tremores rivalizavam com os meus e nós dois respirávamos pesadamente.

E então estávamos nos beijando como se nossas vidas dependessem disso.

Seu ar se tornou meu.

Meu ar se tornou seu.

Nossos corpos já estavam se movendo novamente, já que seu pau continuava duro dentro de mim. Ele me virou para me deixar montá-lo. Depois, nos virou novamente para mergulhar dentro de mim. E, finalmente, ele se sentou, me forçando a montá-lo enquanto ele diminuía o ritmo e olhava nos meus olhos.

Notei o sol de forma muito vaga, percebendo que estávamos fazendo isso por horas e horas.

Mas eu não conseguia parar.

Nem queria tentar.

Me senti conectada a ele. Marcada. Totalmente possuída.

Seus braços me envolveram enquanto eu abraçava seu pescoço e nossas línguas duelavam em um beijo preguiçoso que combinou com o nosso ritmo. Ele gozou dentro de mim inúmeras vezes, assim como eu caí em êxtase repetidas vezes.

Mas esse ritmo não tinha nada a ver com prazer. Estávamos apenas existindo juntos, nossos corpos acasalando em uma dança conhecida apenas por companheiros.

Eu não entendia totalmente. Mas minha natureza híbrida, sim.

Estávamos criando um voto eterno um para o outro.

Nascido de uma emoção que nunca entendi de verdade até conhecer Ryder: *amor*.

Eu amava Rae e Silas como meus irmãos.

Mas amava Ryder como algo mais.

Minha outra metade.

A conexão ideal da minha alma.

A besta da minha loba.

Ele me beijou suavemente, sussurrando as palavras de volta para mim enquanto nos juntávamos. Nossos corpos estavam exaustos e esgotados, mas renovados e preenchidos. Comecei a chorar com a sensação de que era quase demais. Ele levou seus lábios a minha pele, absorvendo cada lágrima como se fosse devido, então nos acomodou de volta na cama, comigo embaixo dele.

— Sabe o que isso significa, certo? — ele me perguntou. Sua voz era um ronronar baixo e masculino aos meus sentidos.

— Você vai ficar comigo — respondi, emoldurando seu rosto.

— Vou — ele disse, sorrindo para mim. — Minha escrava para sempre.

— Não vou te chamar de meu mestre — murmurei, bocejando. Parecia a resposta certa, principalmente porque minha loba se recusava a ser domesticada.

Ele deu uma risadinha.

— Vai se eu mandar.

— Humm — murmurei, nem concordando nem discordando.

— Você é magnífica, Willow. — Ele passou os lábios da bochecha até a minha orelha. — E não estou falando apenas sobre sexo.

Eu sorri e meus olhos se fecharam.

— Você também é. — Bocejei novamente. — E eu estou falando sobre sexo.

Dessa vez, ele riu. O som foi um estrondo do seu peito para o meu, fazendo minhas pernas apertarem em torno dele.

— Você me intriga, escrava — ele disse, brincando com uma das nossas primeiras conversas.

— Isso é bom — sussurrei. — Eu gosto de estar viva.

Seus lábios se curvaram contra minha bochecha.

— Eu gosto de você estar viva também.

— Acho que preciso de outro martelo.

— Vai tentar me acertar com ele? — ele perguntou.

Provavelmente, não.

— Sim — eu disse.

— Que bom. — Ele roçou o nariz no meu queixo. — Tente não errar desta vez.

— Pode deixar.

Ele saiu de dentro de mim e me puxou para o seu lado. Apoiei a cabeça, usando seu ombro como travesseiro. A marca da minha mordida do outro lado não tinha começado a cicatrizar ainda, o que me agradava no sentido mais sombrio. *Meu.*

— Eu te amo, Willow — ele sussurrou, com os lábios pressionados na minha testa. — Caso isso não tenha ficado claro.

— Ficou — assegurei, sorrindo. — Eu também te amo.

— Durma um pouco — acrescentou. — Tenho uma surpresa para você esta noite.

— Uma surpresa?

— Você vai ver, doce escrava — ele prometeu. — Agora sonhe comigo.

— Não preciso sonhar — disse a ele. — Não mais.

Porque ele era meu sonho. Eu só não sabia disso. E agora que eu o tinha, eu nunca mais o deixaria.

Ele era a luz no limite dos meus sonhos, aquele pequeno vislumbre de esperança no qual estava com muito medo de acreditar. Em vez disso, corri para os pesadelos, endurecendo meu coração para me preparar para o mundo ao redor.

Ainda era uma existência violenta.

Monstros continuavam a espreitar nas sombras.

E o mundo não se iluminaria durante a noite.

Mas eu tinha uma besta comigo.

Minha realeza. Meu príncipe. Meu Ryder.

Minha estrela em uma noite escura.

Eu sempre estenderia a mão para ele.

Assim como sabia que ele iluminaria para sempre meu caminho.

Fechei os olhos.

Sem sonhos.

Apenas minha realidade.

Com meu companheiro para a eternidade.

~

ACORDEI algum tempo depois com a sensação de um dedo acariciando meu queixo. Abri os olhos e encontrei Ryder de pé, vestido com um terno todo preto.

— Sua surpresa está aqui — ele sussurrou.

— O quê? — perguntei, sentindo a cabeça confusa por ter dormido pelo que pareceu muito tempo. Uma olhada pelas janelas me mostrou uma noite escura como breu, com as luzes da cidade brilhando por toda parte. Eu preferia muito mais a vista da sua casa, algo no isolamento me chamava.

— Vá tomar um banho. Então você vai entender — ele disse baixinho, acariciando meu lábio inferior com o polegar.

— Você vai se juntar a mim?

— Humm... é uma oferta que eu adoraria aceitar, mas tenho companhia para atender. — Ele se inclinou para me beijar suavemente antes de pressionar seus lábios no meu ouvido. — E você também, minha escrava querida.

Fiz uma careta, sem entender.

Então contraí o nariz.

Tínhamos companhia na suíte.

— Silas — reconheci, sorrindo.

— Sim, ele está aqui — Ryder respondeu com um brilho secreto em seu olhar. — Vá tomar banho, escrava. Você vai ver.

Culpei uma noite de sexo e meu estado grogue por não perceber o óbvio. Porque foi só depois de tomar banho, me trocar e entrar na sala que finalmente me dei conta da *surpresa* que ele tinha reservado.

Ela estava parada no meio da sala de estar, com seu cabelo

vermelho familiar brilhando sob as luzes. Quando se virou para me cumprimentar, senti seu sorriso em minha alma.

— Rae! — Corri para ela, abraçando-a. Ela desabou no segundo em que nos tocamos. Seus ombros tremeram enquanto nos abraçávamos em um mar de lágrimas silenciosas, e nossa miséria se transformou em alegre descrença.

Silas observava do lado da sala, com os olhos exibindo um brilho que dizia que ele entendia.

Porque ele entendia mesmo.

Todos nós entendíamos.

Era aquele sentimento não dito entre nós, aquele conhecimento de que nunca mais nos veríamos depois do Dia de Sangue. No entanto, nunca dissemos adeus. Nós nos recusamos a reconhecer essa possibilidade. Mas estava lá, aquele sentimento terrível de que nos separaríamos e morreríamos. E se tornou realidade no segundo em que chamaram meu número, me deram uma designação e me mandaram para os campos de reprodução.

Não podíamos demonstrar nosso medo naquele dia.

Fomos forçados a esconder nossas lágrimas.

Mas podíamos liberá-las agora.

E foi o que fizemos. Por cada um. Pelo nosso passado. Pelo nosso futuro.

Estávamos vivos.

Juntos.

E imortais.

Era o milagre que nunca poderíamos ter previsto, uma impossibilidade que surpreendia a todos nós. Nossas lágrimas se transformaram em sorrisos, desabrochando em risadas. E então, nós três nos abraçamos e nosso trio floresceu com uma amizade renovada, sublinhada pela *esperança*.

— Não posso acreditar que você está aqui — Rae finalmente disse, segurando minhas bochechas como se tentasse se convencer de que eu estava viva. — E *híbrida*? Como é isso?

— Ah, não. Quero ouvir sobre ser a *Erosita* de Kylan — eu

disse. Silas tinha me contado tudo sobre o relacionamento de Rae com o infame membro da realeza, mas agora eu queria ouvir dela.

— Imagino que seja semelhante a ser a companheira de Ryder — ela respondeu, arqueando uma sobrancelha. — Foi assim que ele te chamou quando cheguei esta manhã.

— Ele chamou? — perguntei, sentindo minhas bochechas aquecerem. Uma coisa era ele dizer isso para mim, outra era se referir a mim dessa maneira para os outros.

— Suas palavras exatas foram: *Você. Suba. Minha companheira quer te ver* — Silas disse, fazendo uma imitação horrível da voz de Ryder. — Aparentemente, também recebi ordens para estar aqui. Ele me informou que devo fazer uma visita por mês, no mínimo.

Apertei os lábios.

— Isso é típico do Ryder.

— Edon não achou graça — Silas respondeu.

— Nem o Kylan — Rae concordou.

— *Minha Raelyn tem nome* — Silas disse, aprofundando a voz e dando um leve sotaque.

Rae franziu a testa para ele.

— Você não tem futuro em falsificações de identidade.

Ele deu de ombros.

— Vou continuar sendo um Executor então.

Rae e eu assentimos, concordando que era um caminho muito melhor para ele.

— Ah, você precisa conhecer a Juliet — Rae disse.

— Juliet? — repeti.

— A *Erosita* do Darius — ela respondeu. — Ele é o soberano do Jace. Uma espécie de vampiro assustador e taciturno...

— Diz a fêmea acasalada com Kylan — Silas falou lentamente.

— Mas ela é muito doce — Rae continuou. — Ela é uma virgem de sangue.

— O que é uma virgem de sangue? — Eu nunca tinha ouvido

falar de tal coisa.

— Um humano com um tipo de sangue único. Eles foram criados em uma escola completamente separada e são leiloados para os vampiros mais ricos. — Ela curvou os lábios para o lado. — Ela é um pouco diferente de nós. É mais suave. Mais permissiva.

— Ela foi criada para ser um brinquedo sexual para vampiros — Silas murmurou. — Deve ser um inferno.

— Fomos criados para matarmos uns aos outros em nome da imortalidade — Rae o relembrou de forma categórica. — Isso era um inferno para nós.

Bufei em concordância.

Rae assentiu e começou a me contar mais sobre Juliet – alguém com quem ela aparentemente tinha passado muito tempo – e seu estranho relacionamento com Darius. Ao contrário de Ryder, Darius *compartilhava* Juliet. Pelo menos, o seu sangue. Normalmente, com Jace.

Ouvir seu nome trouxe memórias da minha transformação, então eu contei a Rae sobre o que tinha acontecido.

Nos perdemos em uma conversa repleta de histórias, cada um de nós atualizando aos outros, compartilhando coisas que aprendemos e explicando como acabamos em certos lugares.

No final, me senti quase humana novamente.

Ainda não.

Porque, ao contrário de quando eu era humana, eu realmente sorria agora.

E ria.

E me divertia de forma genuína.

Tudo porque tentei lutar contra dois vampiros enquanto morria por causa de uma mordida de lobo.

Dois vampiros que acabei salvando ontem à noite.

Derrubando a própria Deusa.

Que tal uma reviravolta nos eventos?, pensei. *Então, o que virá a seguir?*

Epílogo

Ryder

Olhei para o telefone, checando Willow novamente e sorri enquanto ela conversava animada com seus amigos.

Kylan olhou por cima do meu ombro.

— Stalker — ele murmurou. Mas vi a felicidade em seu olhar ao ver Rae.

— Nem todos nós temos ligações telepáticas com nossos companheiros — eu disse, guardando o telefone.

— Sim, é muito estranho para mim que você não possa falar com ela. Consegui falar com Silas depois de dar meu sangue a ele há quase dois meses.

Edon rosnou com a menção do incidente, que presumi ser em relação ao seu companheiro ter sido baleado e quase morrido pela bala de prata. O sangue de Kylan o salvou.

— A telepatia nunca foi um presente concedido a mim — admiti. — Imagino que o Todo-Poderoso decidiu que fui abençoado o suficiente em aparência, habilidade e outras áreas e não precisei da compensação adicional.

Kylan sorriu de um jeito afetado.

— Sempre adorei sua inteligência, mesmo quando aplicada de maneira imprópria.

— Não havia nada de impróprio nisso. — Cruzei as pernas e fixei meu olhar em Jace, que estava sentado na ponta da mesa. — Vejo que você está no comando de novo.

— Parece ser o meu papel ultimamente. — Ele não parecia muito satisfeito com isso. — Mas como sou o único que parece interessado em decidir o caminho a seguir, vou aceitar esse trabalho até que alguém diga o contrário.

Olhei para Kylan novamente.

— Você quer liderar?

— Não. — Seus lábios estalaram ao falar.

— Nem eu — respondi. — Isso deixaria o Jace como o próximo da fila.

— Sim — ele concordou. — Todo mundo é muito jovem.

— A idade nem sempre é o fator decisivo na liderança — Darius comentou.

— Está dizendo que quer liderar então? — perguntei a ele.

— Com certeza, não — ele respondeu.

— Então seu comentário é irrelevante. Alguém mais? — perguntei, olhando pelo grupo de vampiros e lycans.

Tínhamos representantes de todo o mundo, nosso grupo mal cabia nesta sala de conferências destinada a trinta pessoas.

Fiquei realmente impressionado ao perceber que Jace tinha tantos imortais do seu lado para esta rebelião. Juntos, representávamos três das dezessete regiões de vampiros – não contei o antigo território de Lilith – e três dos dezessete países do clã.

Isso podia não parecer uma boa chance, mas a idade e a experiência nesta sala diziam o contrário.

Havia também várias áreas cinzentas no mapa de regiões ou clãs que Luka e Jace suspeitavam que poderiam cair para o nosso lado no caso de uma eventual guerra – algo que acelerei ao cortar a cabeça de Lilith.

No entanto, isso funcionou bem a nosso favor, porque agora estávamos de posse de todos os detalhes que poderíamos desejar sobre o conselho existente.

Passamos duas horas analisando todas as anotações dela sobre cada líder, sinalizando os alfas e membros da realeza com os quais ela mantinha as maiores contendas, como aqueles que deveríamos ir atrás para um potencial recrutamento.

Agora, todos nós olhamos ao redor, concordando sem votar sobre o claro papel de liderança de Jace. Embora eu não fosse admitir em voz alta, poderia dizer baixinho: *ele nasceu para isso.*

Porque era verdade.

Ele possuía uma abordagem equilibrada, e sua inclinação para o jogo político era evidente na forma como ele agiu no último século e meio. Ele também era genuinamente querido, mesmo por aqueles que estavam entre os aliados mais fortes de Lilith.

— Tudo bem, líder — eu disse a ele. — O que faremos agora?

— Vamos encontrar aquele laboratório — ele respondeu, se referindo ao lugar em que Lilith fazia experimentos. — E Cam.

— Ele vem usando uma roupa de mago e uma varinha? — Kylan perguntou. — Porque vamos precisar disso para a próxima reunião do conselho.

Eu sorri, achando graça. Porque ele tinha razão. Jace insistia em encontrar Cam, como se ele fosse aparecer de forma mágica com todas as respostas. E embora eu quisesse encontrá-lo, especialmente depois de saber o que Lilith tinha feito com ele, eu não via como isso resolveria nenhum dos nossos problemas.

— Fiquei sob seu domínio telepático por menos de trinta minutos — eu disse. — Isso me deu uma amostra do que Cam está passando. Acredite em mim quando digo que ele não estará bem quando você o localizar.

Levei horas para me livrar daquela sensação estranha na cabeça. Eu não conseguia imaginar como seria para alguém sofrer com aquela intrusão por mais de um século.

Jace assentiu, confirmando ter ouvido os dois comentários.

— Temos duas opções. Podemos informar preventivamente o mundo da morte de Lilith ou podemos esperar até a reunião do conselho. Existem méritos para as duas opções. A primeira permite que os outros enfrentem a realidade antes que os vejamos. A última nos dá o elemento surpresa.

— Por que estamos discutindo comparecer? — perguntei, ligeiramente ofendido pela própria noção de ceder às besteiras políticas de Lilith por mais um minuto da minha vida. — Nós nos consideramos parte do seu conselho? Ou este é o nosso conselho?

Os olhos azuis gelados de Jace encontraram os meus, e havia um desafio em suas profundezas.

— Você acha que temos aliados suficientes nesta sala para derrubá-los e provocar mudanças?

— Acho que temos aliados suficientes nesta sala para fazê-los considerar uma discussão sobre a mudança — rebati.

— É uma consideração justa — Ivan nos informou. Ele se sentou ao lado de Darius. Nos conhecemos no início de tudo isso. Jace o apresentou como uma espécie de conselheiro político. Aparentemente, ele tinha experiência em política externa no velho mundo.

— Vá em frente — Kylan pediu, nada convencido. — Me diga como seis líderes se sairão contra vinte e oito.

— Isso é vinte por cento do conselho. Mas o mais importante, temos três dos vampiros mais antigos do nosso lado. E há poder na idade, como você bem sabe — Ivan respondeu.

Damien me olhou do outro lado da mesa de um jeito que dizia *eu gosto dele*.

Inclinei o queixo em concordância. O vampiro tinha coragem. Eu valorizava isso.

— Do lado lycan temos menos peso — Luka falou. — Logan e Edon são alfas novos. Jolene está fora de circulação há vários séculos. E minha palavra pode influenciar alguns, mas não todos. — Ele apoiou os longos dedos no mogno, se inclinando para a frente.

— No entanto — ele continuou —, a tecnologia telepática de Lilith indica que ela usou lycans para criá-la, algo que duvido que meus irmãos aprovem. Se pudermos encontrar mais provas disso, você ganhará o voto lycan.

— O que nos traz de volta a encontrar o laboratório — Jace disse. — E Cam.

O silêncio caiu e todos consideraram a próxima jogada.

— Podemos manter a morte dela em segredo até a próxima reunião do conselho? — Darius finalmente perguntou. — Isso é mesmo viável?

— Estamos com o telefone dela — Damien respondeu. — Podemos continuar a nos comunicar em nome dela. Também posso criar algo que se pareça com sua voz, caso alguém ligue.

— Uma IA Lilith — falei, estremecendo.

Damien contraiu os lábios.

— É essa a atualização que você tinha em mente?

— Você quer que eu queime o prédio? — perguntei a ele.

— Vocês dois deveriam namorar — Kylan interrompeu.

— Ele não faz meu tipo — Damien disse. — A escrava, no entanto...

Grunhi para ele.

— Cuidado.

— Podemos adiar a reunião do conselho? — Edon perguntou de repente. — Para nos dar mais tempo para encontrar o laboratório? Você está com o telefone dela. Não poderia simplesmente enviar uma mensagem dizendo que ela precisa remarcar para o mês que vem? Podemos dizer que ela está lidando com o Ryder e suas besteiras aqui, ou dando um jeito em suas falhas e trabalhando com ele. Algo que seja crível.

— Nós dois trabalharmos juntos não seria crível — acrescentei.

— Seria se a Willow pudesse desempenhar o papel de Deusa — Luna disse ao lado de Edon. Ela permaneceu quieta durante a maior parte da discussão, mas estava muito consciente.

— Explique — Jace disse.

— Ela é loira. Alta para uma mulher. Tem o corpo semelhante. Coloque-a com as roupas certas, mostre-a apenas de costas, mantenha-a longe das multidões e você terá um vislumbre da deusa.

Vários de nós ficaram boquiabertos com a mulher, incluindo eu. Então eu ri. Porque era brilhante no sentido mais imoral e depravado. O que, é claro, me fez amar a ideia.

— Quase posso sentir Lilith se revirando dentro de seu... bem... do freezer. Não há túmulo ainda. Ou caixão.

— Isso pode funcionar — Damien disse, me ignorando. — Eu poderia tirar algumas fotos e vazá-las. Podemos levá-la ao escritório de Ryder quando ele for se encontrar com outras pessoas na sala de conferências. Ele só precisa fechar as cortinas ao sair para dar privacidade a ela – algo que Lilith exigiria. Por algumas semanas? Com certeza poderíamos fazer isso.

— Enquanto Jace e eu procuramos os laboratórios em Chicago — Darius disse.

— Isso também nos dá tempo para alcançar alguns dos membros da lista infeliz de Lilith — Jace acrescentou.

— Deixe que eu faço isso — Kylan pediu. — Todo mundo sabe que estou insatisfeito com Lilith. Não será um choque quando eu ligar e disser coisas vis sobre ela.

Jace concordou com a cabeça.

— Enquanto isso, Luka, Logan e Edon podem começar a trabalhar nos clãs mais próximos de casa. Descubram quais são seus pontos fracos. E, Jolene, é hora de começar a falar com seus contatos mais antigos que possam estar dispostos a ajudar a inspirar uma revolução dentro de seus clãs antes do esperado.

— É por isso que você ficou meio decente — eu disse, olhando para Edon. — Jolene te manteve na linha.

Edon grunhiu para mim, obviamente ainda azedo por eu ter mandado seu Executor ir até meu quarto mais cedo. Bem, ele teria que superar isso. Willow precisava de seus amigos.

E eu precisava dela.

Verifiquei meu telefone novamente mas ela não estava na

suíte. Franzindo a testa, procurei no corredor, mas estava vazio também.

— Ela sabe que você a stalkeia? — Kylan perguntou, olhando por cima do meu ombro novamente.

— Para onde eles a levaram? — questionei.

Kylan acenou em direção às portas de vidro, e vi os três se aproximando.

— Eu disse a Raelyn que eles poderiam vir até aqui para que Willow possa concordar com o plano estúpido de personificar a Deusa.

— Não é estúpido — Luna retrucou.

— É brilhante — Edon disse.

— Eu não quis dizer que não vai funcionar. Mas é pedir muito a uma híbrida recém-transformada que mascare seu cheiro com aquele fedor que Lilith considera como um perfume.

— Era horrível mesmo — concordei.

— Eu sei — Kylan respondeu. — Era de se imaginar que ela teria escolhido um perfume mais atraente. Quero dizer, especialmente porque ela conquistou o mundo.

— Não há como explicar o gosto dela — eu disse.

— Infelizmente, é verdade — ele murmurou enquanto as portas se abriam. Rae entrou primeiro, caminhando direto para Kylan para se sentar na cadeira vazia ao seu lado.

Willow não parecia tão certa, sua surpresa ao se encontrar em uma sala cheia de vampiros e lycans era palpável. Levantei-me para oferecer a ela minha cadeira, já que não havia o suficiente na sala enquanto Silas vagava para ficar atrás de Edon e Luna. Seu sorriso me disse que ele estava se comunicando mentalmente com sua tríade, uma característica que agora invejo.

— Venha, companheira — eu disse para Willow, estendendo a mão para ela.

Seus olhos sorriram para o apelido que escolhi. Eu ainda pretendia chamá-la de escrava também, mas nesta sala, eu precisava que seu título fosse conhecido para que eles entendessem que ela era minha parceira e igual.

Em vez de se sentar, ela ficou ao meu lado, me permitindo abraça-la pela cintura.

— A Rae mencionou que você precisava de mim — ela falou baixinho e só para que eu ouvisse.

— Queremos fazer você se passar pela Lilith — Kylan falou. — Para tirarmos algumas fotos.

Ela arregalou os olhos.

— O quê? — Willow olhou para ele e depois para mim.

— Só de costas — eu disse a ela. Então contei o plano de Luna – de uma maneira muito melhor que Kylan – e incluí o motivo da farsa. No final da minha explicação, Willow parecia um pouco mais confortável.

— Ah. Isso faz sentido — ela concordou, balançando a cabeça. — Posso tentar, sim.

— Então temos o início de um plano — Jace anunciou, aparentemente satisfeito.

— Há um pequeno problema para discutirmos — Damien interrompeu, mudando seu foco para Luka. Eu sabia o que ele ia dizer, porque ele havia me passado os detalhes antes. Não me surpreendeu, considerando o que Lilith disse na noite passada. — Você tem um espião em seu clã que passava informações para Lilith. Tenho o nome e as informações salvas para sua análise. O culpado forneceu detalhes sobre a minha irmã.

Luka ergueu a sobrancelha.

— A Lilith sabia sobre Izzy?

— Sim — respondi. — Ela me disse ontem à noite que usa a informação para provocar o Cam.

A sala voltou a ficar em silêncio.

Darius e Jace trocaram um longo olhar, a preocupação evidente.

— Ele não será o mesmo homem que vocês conheceram — eu os avisei. — Eu não posso explicar direito a sensação de tê-la em sua cabeça assim. Apenas... espere que ele seja violento quando você o libertar da tecnologia.

Eles assentiram, sem dizer mais nada.

— Acho que terminamos por enquanto — Kylan falou.

— Sim — vários outros concordaram.

— Venha comigo até meu escritório — Damien disse a Luka. — Conversaremos lá.

Não reconheci o nome do culpado em seu clã, mas imaginei que seria uma discussão difícil. Ninguém gostava de identificar um traidor. Era o caso de Benita. Ela ainda estava muito viva no freezer de Damien, fazendo companhia ao cadáver de Lilith. Pareceu apropriado o suficiente para mim.

— Não foi o Mikael, foi? — Kylan perguntou de repente.

Damien franziu a testa para ele.

— Quem?

— O traidor do Clã Majestic — Kylan esclareceu.

— Ah, não — Damien respondeu. — Por quê?

— Só estou me certificando de que não cometi um erro grave de julgamento — Kylan respondeu.

— Ele está se aclimatando muito bem — Luka disse, dando um sorriso gentil para Kylan. — Vou atualizá-lo mais tarde, se quiser.

— Quero, sim — Kylan disse, voltando sua atenção para Rae. Ela sorriu para ele e estendeu a mão para apertar a sua. Eles estavam conversando por telepatia, me deixando com inveja novamente.

Ainda assim, quando olhei para Willow, percebi que não era realmente necessário. Porque líamos um ao outro de maneiras diferentes. Através de nossos olhos e nossos corpos. Como agora, que eu poderia dizer que ela queria que eu a puxasse para mais perto e a beijasse, então foi o que fiz. E seu suspiro me disse que era exatamente a coisa certa a fazer.

— Obrigada pela minha surpresa — ela murmurou.

— De nada. — Emoldurei seu rosto em minhas mãos,

olhando profundamente em seus lindos olhos azuis. — Meu ombro ainda dói com a sua mordida.

Ela sorriu.

— Que bom.

— Achei que você pudesse se sentir assim. — Minha pequena companheira mal-humorada e sua loba possessiva pareciam gostar de me marcar. Felizmente, minha besta interior também gostava. — Você encontrou um martelo? — perguntei a ela.

— Ainda não.

— Humm, isso é muito ruim — falei. — Acho que estou ficando entediado.

Ela semicerrou os olhos.

— Preciso morder o outro ombro?

— Que tal algo um pouco mais abaixo? Mas não com tanta força.

Um fogo azul cintilou em seu olhar.

— Talvez eu goste disso.

— Eu também.

Um pigarrear me lembrou que tínhamos audiência. Mas eu não dava a mínima para o que eles ouviram. Todos nós tínhamos nossas preferências. Acontecia que a minha envolvia tirar sangue.

— Eu disse que o perigo é inebriante — Jace murmurou, com um brilho malicioso no olhar.

— Com certeza me faz sentir vivo — retruquei, relembrando seu comentário. — Vamos, companheira. Acho que terminamos aqui.

Manteríamos a charada viva por enquanto. Deixaríamos o mundo pensar que Lilith ainda estava viva.

Então caberia a Jace contar a verdade.

Parei na porta, olhando para ele por cima do ombro.

— *Rei Jace* soa bem. Ou você prefere *deus* quando assumir o conselho?

— Nem brinque com isso — ele respondeu, sem achar graça.

— Quem disse que eu estava brincando?

Ele fez uma careta.

Eu sorri.

Rei Jace.

Sim, eu poderia respeitar esse título.

— Boa sorte — eu disse a ele. — Você vai precisar.

A história continua em *Realeza Perdida*....

Realeza Perdida

Houve um tempo em que a humanidade governava o mundo enquanto lycans e vampiros viviam em segredo.
Esse tempo já passou.

Calina

Tenho trinta e seis horas de vida.
Trinta e seis horas para encontrar uma solução.
Trinta e seis horas para matar todos eles.

Meus amigos. Minha família. Meus problemas.
É um destino cruel ao qual meu criador me sujeitou há mais de um século, quando me colocou neste inferno. Aprendi que a liberdade é uma mentira. Não é possível escapar. Sou uma bomba-relógio prestes a explodir.
Até que ele apareceu do alto. Um vampiro. Um deus ambulante com olhos azuis como gelo. Ele afirma ser nossa salvação, mas eu o vejo como ele realmente é: o diabo disfarçado.

Jace

Não quero ser rei, mas vou me tornar um se isso significar que posso ter a linda rainha do gelo que encontrei à minha espera dentro dos laboratórios de Lilith. Ela finge indiferença, alegando que não faço nada por ela, mas vejo as chamas em seus olhos castanhos deslumbrantes.

Só que ela é mais que um rostinho bonito.
Ela não é vampira nem lycan.
É uma imortal sem classificação.

Um segredo que devo guardar em um mundo em colapso no
caos.

Bem-vindos ao recomeço.
Meu nome é Rei Jace. Permita-me ser seu guia...

AGRADECIMENTOS

Uau, por onde eu começo?

Este livro quase me matou.

Parece uma piada, mas provavelmente não é.

A informação completa é que esta não foi uma experiência fácil, mas Ryder realmente me envolveu. Sua voz provavelmente é uma das minhas favoritas. Quero falar com ele o dia todo. Talvez isso me deixe um pouco louca? Ryder diz que está tudo bem, embora eu tenda a fazer tudo o que aquele homem diz.

Vou resumir com isso: os prazos são uma droga.

Eu não teria sobrevivido sem a ajuda de Katie e Jean e seus olhos de águia para a leitura. Elas me ajudaram a manter Ryder na linha. Não, isso é mentira. Não há como manter esse homem na linha, mas elas tentaram ajudar!

E teve também a Bethany, minha extraordinária editora, que me ajudou a editar o livro em partes... de novo. Desculpe. A culpa é toda do Ryder. Mencionei como esse homem é tagarela? Jogamos fora pedaços inteiros de manuscrito. Teve uma sequência inteira que tive que deletar, porque ele não parava de falar! E ele ainda quer anal. Esse homem. Talvez eu escreva uma cena bônus.

Ryder: Correção. Você vai escrever uma cena bônus.

Eu: Shh. Agora é hora de silêncio, Ryder. Seu livro está pronto.

Ryder: Ah, humana. Você não aprendeu nada?

Percebe com o que estou lidando? Quer dizer, meu Deus, esse homem é demais.

De toda forma...

Obrigada Katie, Jean e Bethany por me ajudarem a resolver tudo. Um agradecimento especial a Joy pela leitura beta e por me ajudar a me sentir melhor sobre o conteúdo. Um ENORME obrigada a Louise, Diane, Kathy e Chas por manterem minha marca e meu nome vivos enquanto eu desaparecia por semanas a fio.

Agradeço aos meus leitores por estarem comigo, me enviando mensagens positivas, fazendo resenhas, comentando e me incentivando diariamente a continuar. Eu amo todos vocês e realmente gosto muito de conversar no Foss's Night Owls!

Obrigada à Tracey por me deixar usar seu nome. Jace manda lembranças. E, aparentemente, Damien também. Sua amizade significa muito para mim. Sinto por Meghan ter te chicoteado. Também lamento que Benita tenha tentado te matar. Estou começando a achar que posso não ser uma boa amiga. Hum... oops? Desculpe!

Obrigada à minha equipe de ARC por serem pacientes comigo e com meus ARCs de última hora.

E por último, mas não menos importante, obrigada a Matt por aguentar este meu sonho maluco. Eu te amo. Você é meu companheiro para sempre. <3

Até a próxima, pessoal...

Quem está pronto para o Jace?

Lexi C. Foss é uma escritora perdida no mundo do TI. Ela mora em Atlanta, na Geórgia, com o marido e seus filhos de pelos. Quando não está escrevendo, está ocupada riscando itens da sua lista de viagem. Muitos dos lugares que visitou podem ser vistos em seus textos, incluindo o mundo mítico de Hydria, que é baseado em Hydra nas ilhas gregas. Ela é peculiar, consome café demais e adora nadar.